朱守亮著

詩經評釋

（上）

臺灣學生書局印行

詩經評釋目次

上冊

魏……二九八

唐……三一五

秦……三四四

下冊

魯頌

商頌

凡例

一：本書爲使讀者能了悉詩經每詩情志旨趣所在，篇章字句之義外，則重在欣賞品評。故撮取各家最精當之詮釋、剖析、評論、欣賞等解說於一書，而名之爲詩經評釋。

一：本書爲使讀者於詩經有一概括認識，先於緒論中作一總介紹。然後依十五國風、小雅、大雅、周、魯、商三頌排列，並各冠以扼要之說明。各篇篇名之後，先標明篇義。每章畢，標明章旨。另以註釋、解說該章之字句義。每詩後之欣賞品評，則重在語句之剖析，作法之審辨，層次之解說，文字之欣賞，義旨之探究等。

一：本書爲集解性質，惟是是從，既不專主一家，亦無古今漢宋門戶之見，要以就三百篇本文，以探求其本義旨歸。

一：本書行文，以簡明爲主，故採淺近文言。於緒論部份，多採胡樸安先生之詩經學。

一：本書於篇義部份，多採張學波先生之詩經篇旨通考。

一：本書於章旨部份，多採王靜芝先生之詩經通釋。

一：本書於註釋部份，雜採衆說。以文字多有更動，概不註出處，蓋恐魚目雜乎明珠，失原著作之眞善也。又兩說均有得者，則兼存之。

一：本書於欣賞品評部份，多採王鴻緒之詩經傳說彙纂，龍起濤之詩經本事，裴普賢先生之詩經評註讀本。先列前人成文，後於作者案語中，除有所陳述，說明，申辨外，則雜一己讀詩偶得。

一：古韻之學，至今雖甚昌盛，然亦僅能知其所屬之韵部，而不能確讀其本音。本書爲初學而設，故從略。至讀者如欲探求古音，自可於緖論中取其有關之書而研究之。

一：賦比興爲詩經三緯，解詩者或逐章標明。然各家見解不一，爭論亦多，於讀詩亦無必然關係。故除於緖論中作一簡介外，於詩中則從略。

一：本書以篇幅過長，分爲上下兩册。以緖論十五國風爲上册，二雅三頌爲下册。

緒論

一、引言

中國文學肇始於詩經。詩經爲我國第一部文學總集，在文學上價值最大，其後諸文學，多由其變化而來，猶西方文學源於聖經然。章學誠文史通義詩教上曰：「後世文章（學），皆源於六藝，而多出於詩教。」其所歌詠者，言物：則星辰風雲，山岳河川，宗廟宮室，兵器車服，器皿衣物，蟲魚草木，無不有之。言情：則歡娛、欣喜、悲苦、惆悵、哀惋、虛寂，無不有之。言方式：則讚美、歌頌、冷嘲、熱諷、怒罵、悲鳴、低吟、泣訴，無不有之。言文字：則舉凡後世詩、詞、曲、賦之四言、五言、七言之字數相等，或多寡不同，而詩經中一至八字句，又無不有之。至其用韵也，亦皆源於詩經。如詩韵有句中、句尾、隔句韵、換韵等，絕無出詩經範圍者。其他練字謀篇，亦多採自詩經，讀中國文學而舍詩經，如數典忘祖然。

二、詩之來源

詩之肇始，蓋有文字之先，情動口號而已。故沈約宋書謝靈運傳論曰：「然則歌詠所興，宜自生民始也。」是詩者，言志者也。虞書曰：「詩言志，歌永言。聲依永。律和聲。」說文曰：「詩，志也，從言寺聲。古文作訨，從言之聲。」釋名曰：「詩，之也，志之所之也。」詩大序曰：「詩者，志之所之也，在心爲志，發言爲詩。」文心雕龍明詩篇曰：「詩者，持也，持人情性。」是詩之爲作，乃情感之所之也。故詩大序又曰：「情動於中而形於言，言之不足，故嗟歎之。嗟歎之不足，故永歌之。永歌之不足，不知手之舞之，足之蹈之也。」朱熹詩集傳序曰：「人生而靜，天之性也。感於物而動，性之欲也。夫既有欲矣，則不能無思。既有思矣，則不能無言。既有言矣，則言之所不能盡，而發於咨嗟詠歌之餘者，必有自然之音響節族（奏）而不能已焉，此詩之所以作也。」然則詩之爲作，由情而發，由言而現，由永歌韵律而成，至於手舞足蹈而爲之象。是知古之詩也，可低詠長嘯，可扣絃高歌，亦可依聲和律，頓足起舞者也。其爲至情之表現，人性之流露，而生活之寫照乎！至其激發，或緣於苦楚，或緣於激憤，或緣於喜怒。皆爲情之所觸，意之所之，而宣之於詞也。

三、詩之名稱

詩經一詞，古無之，古惟稱之曰詩。論語陽貨篇曰：「詩，可以興，可以觀，可以群，可以怨。」又季氏篇曰：「不學詩，無以言。」又述而篇曰：「子所雅言，詩、書、執禮，皆雅言也。」或稱詩三百者，言其數目也。論語爲政篇曰：「孔子曰：『詩三百，一言以蔽之，曰：思無邪。』」又子路篇曰：「誦詩三百，授之以政，不達。使於四方，不能專對，雖多，亦奚以爲。」或稱之爲毛詩，緣毛公而得名，蓋與齊、魯、韓三家詩同以傳人稱。是在詩之上注以傳人，仍爲詩而已。詩始稱爲經，當起於戰國晚年。禮記經解篇曰：「入其國，其敎可知也。其爲人也，溫柔敦厚，詩敎也。」是以詩爲經。莊子天運篇曰：「孔子謂老聃曰：『丘治詩、書、禮、樂、易、春秋六經。』」而莊子天道篇又有「十二經」之言。禮記經解，與莊子天運、天道，不知究竟作成何時，約而言之，天運、天道，最早不能超過戰國晚年，而經解一篇，則十之八九爲西漢初年作品。於此，知詩之被稱爲經，當在戰國之世，不應後於墨經與孝經之稱爲經。莊子天下篇論別墨曰：「俱誦墨經，而倍譎不同。」呂氏春秋察微篇曰：「孝經云：『高而不危，所以長守貴也。』」就天下篇敍述各學派，尚無秦漢間色彩，可證知彼篇之著成，當在戰國晚年。而呂氏春秋，則作成於秦八年。據此記載，知子書如墨子，而孝經爲傳紀之書，漢志列於論語之後，小學之前，在戰國晚年或秦初，皆已有經尊稱。至高文典册之詩、書、易之稱爲經，當不後於此。是以荀子勸學篇曰：「學惡乎始？惡乎終？始乎誦經，終乎讀禮。」此所謂經，當指詩、易而言。惟將經字與詩連在一起，最早爲司馬遷史記儒林傳之「申公獨以詩經爲訓以敎。」至正式連屬爲書名，以宋人廖剛之詩經講義爲最早，約爲南宋初年。而漢志云：「詩、易經」云云，經字應屬下讀。

四、詩之內容

詩經爲我國最古之詩歌總集，分風、雅、頌三部份。風又別爲十五國風，周南、召南、邶、鄘、衞、王、鄭、齊、魏、唐、秦、陳、檜、曹、豳等。雅則別爲大雅及小雅。頌則有周頌、魯頌、商頌，共三百零五篇。此外尚有南陔、白華、華黍、由庚、崇丘、由儀六篇，在毛詩中尙存其篇名，「有其義」而「亡其辭」。如連言「亡其辭」之六篇計算，總計爲三百十一篇。

五、詩之時代

詩經作於何時？孟子離婁下曰：「王者之迹息而詩亡，詩亡然後春秋作。」據此，則知詩之作當在春秋前。詩序列商頌爲太甲之世所作，然國語魯語曰：「正考父校商之名頌十二篇於周太師，以那爲首。」正考父爲宋之大夫，周太師爲周室樂官，國語所言，謂正考父以其所作商頌十二篇，請周太師校正。而詩序曰：「有正考父者，得商頌十二篇於周之太師，以那爲首。」乃竟以爲商頌爲正考父所得，而非正考父所作矣。是正考父作商頌一事，論者或有未信。商頌乃宋詩，其所以稱之爲商者，以其爲商之後也。商頌當作於春秋諸侯宋襄公之時，其非商代作品，可成定論。詩經中最早之作，當爲周頌，爲周初周公攝政，成王卽位之時。最晚之詩，當爲陳風之株林，作於周定王之世，當魯宣公之時。是詩之時代，大約作於西曆紀元前一千一百年至六百年之間。

六、詩之完成

詩經之完成，周之政府，甚有功績。有官吏多司詩歌，行人之官訪諫言以採詩。左傳襄公十四年：「遒人以木鐸徇於路，官師相規，工執藝事以諫。」漢書食貨志曰：「孟春之月，群居者將散，行人振木鐸徇於路以采詩，獻之太師，比其音律，以聞于天子。」是收集後，太師負整理、編纂、收藏之責，並請天子賜閱。禮記王制曰：「天子五年一巡守，……命太師陳詩，以觀民風。」漢書藝文志曰：「古有采詩之官，王者所以觀風俗，知得失也。」國語周語曰：「爲民者宣之使言，故天子聽政，使公卿至於列士獻詩。」荀子王制言及太師之責曰：「審詩商，（詩之宮商音調也）禁淫聲。」國語魯語記閔馬父語曰：「昔正考父校商之名頌十二篇於周太師。」由以上記載，周代確有採詩獻詩之事。所謂採詩者，乃王朝樂官，搜集流傳民間或出於士大夫之手之詩歌。所謂獻詩者，乃諸侯樂官，掌管本國樂歌，以尊重王朝，交換音樂，乃獻予王朝。除此外，王朝貴族爲朝會宴享、宗廟祭祀，以誇耀功業，而作成詩歌，陳交樂官，詩經因此而集成。

七、詩之刪錄

據傳說，古代所采集之詩歌有三千餘篇，至孔子刪去十分之九，僅餘三百餘篇。史記孔子世家曰：「古者，詩三千餘篇，及至孔子，去其重，取可施於禮樂，上采契、后稷，中述殷、周之盛，至幽、厲之缺，……三百五篇，孔子皆弦歌之，以求合韶、武雅頌之音。」漢書藝文志曰：「孔子純取周詩，上采殷，下取魯，凡三百五篇。」陸德明經典釋文曰：「孔子最先刪錄，既取周，上兼商頌，凡三百十一篇。」歐陽修曰：「馬遷謂古詩三千餘篇，孔子刪存三百。鄭學之徒，以遷爲繆，予考之，遷說然也。」蘇轍曰：「孔子刪詩三百五篇，其亡者六焉。」孔子刪詩之說，孔穎達已致其疑，謂其不可信。鄭氏詩譜序孔疏曰：「案書傳所引之詩，見在者多，亡逸者少，則孔子所錄，不容十去其九。馬遷言古詩三千餘篇，未可信也。」屈萬里先生謂左傳、國語及禮記所引之詩，今存者：左傳有一百五十六則，國語有二十二則，禮記有一百則。而佚詩：左傳爲十則，國語爲一則，禮記爲三則。由此觀之，三書所引之詩，今存者總計爲二百七十八則，佚者爲十四則，佚詩數量，僅佔存詩者二十分之一，孔說是也。不特此也，襄公二十九年左傳記季札在魯觀樂，所見之詩，已與今本無大差異。是爾時魯國所傳之本，已與今本相似。時孔子甫八歲，其詩非孔子所刪定，斷然可知。且孔子僅正樂，論語子罕篇曰：「吾自衞反魯，然後樂正，雅頌各得其所。」崔述讀風偶識亦曰：「孔子刪詩，孰言之？孔子未嘗自言之也，史記言之耳。孔子曰：『鄭聲淫』，是鄭多淫詩也。孔子曰：『誦詩三百』，是詩只有三百，孔子未嘗刪也。」又孔子每言詩三百，故論語爲政篇曰：「詩三百，一言以蔽之，曰：思無邪。」又子路篇曰：「誦詩三百。」孔子一再云詩三百，知孔子時，詩三百已成定本。且諸子言詩，亦皆舉三百之數，如墨子公孟篇之「誦詩三百，絃詩三百，歌詩三百，舞詩三百」是，足證孔子未嘗刪詩。

八、詩之六義

六義之名，見於詩大序。大序曰：「詩有六義焉，一曰風，二曰賦，三曰比，四曰興，五曰雅，六曰頌。」六義又名六詩，周禮春官太師曰：「太師敎六詩，曰風、曰賦、曰比、曰興、曰雅、曰頌。」蓋風、雅、頌三者，依詩之性質而作編集之類別也，即詩之三種分類。賦、比、興者，依詩之作法而分爲體別也，即詩之三種作法。

風：風有三義，風敎、風俗、風刺是也。詩大序曰：「風，風也、敎也。風以動之，敎以化之。」又曰：「上以風化下，下以風刺上，主文而譎諫，言之者無罪，聞之者足以戒，故曰風。」風，多爲民間歌謠。其歌謠所詠者，多民間風土人情，生活情狀，社會動態，以見風敎，風俗，間有風刺之意。其作者多出自民間男女，里巷老小，販夫走卒之平民。

雅：雅與夏古音近相通。荀子榮辱篇曰：「越人安越，楚人安楚，君子安夏。」又儒效篇曰：「居楚而楚，居越而越，居夏而夏。」墨子天志篇引大雅皇矣，謂之大夏，是雅卽夏。所謂雅者，於地爲中夏，乃文化較高黃河流域之地。於聲爲正聲，乃今所謂官話。其樂非若風之爲地方腔調，而爲中原雅正之音樂。故詩大序曰：「雅者，正也。」至於小雅、大雅之分，詩大序曰：「政有小大，故有小雅焉，有大雅焉。」朱子詩集傳曰：「正小雅，宴饗之樂也。正大雅，會朝之樂，受釐陳戒之辭也。……詞氣不同，音節亦異。」當以朱傳說爲是。雅，多爲燕享朝會公卿大夫作品，爲政治詩。其作者多爲士大夫或文人。

頌：頌者，容也，爲歌而兼舞之義。阮元揅經室集曰：「頌之訓爲形容者，本義也，且頌字卽容字也。故說文：頌，皃也，從頁公聲，籀文作額，是容卽頌。」頌卽形容之容，容者，形態也。詩大序曰：「頌者，美盛德之形容，以其成功，告於神明者也。」頌，多爲贊美詩，乃祭鬼神或頌先祖之樂歌。魯頌贊美當代偉人，周頌、商頌贊美先祖或神明。惟商頌中亦有阿諛時君之詩，詩多莊嚴肅敬。作者一爲士大夫，一爲樂工。

賦：直陳鋪述。朱子詩集傳曰：「敷陳其事，而直言之者也。」又曰：「直指其名，直敍其事者，賦也。」王應麟困學紀聞引李仲蒙曰：「敍物以言情，謂之賦，情盡物也。」

比：比方譬喻。朱子詩集傳曰：「以彼物比此物也。」又曰：「引物爲說，比也。」李仲蒙曰：「索物以託情，謂之比，情附物者也。」

興：觸起引發。朱子詩集傳曰：「先言他物，以引起所詠之詞也。」鄭樵六經奧論曰：「凡興者，所見在此，所得在彼，不可以事類推，不可以義理求也。」

九、詩之四始

四始者，指詩中四篇，爲風、小雅、大雅、頌四部分之開始。詩大序曰：「關雎，后妃之德也，風之始也，……是謂四始，詩之至也。」鄭箋曰：「始者，王道興廢之所由。」意謂風、小雅、大雅、頌四者，乃王道興衰之起點，爲詩之至高意義。故毛詩所謂四始，乃指施政應留意於與治亂因素有關之風、小雅、大雅、頌四者。此乃王道興衰之始，而非詩之始，故其義未能明晰。魯詩講四始，史記孔子世家曰：「關雎之亂，以爲風始，鹿鳴爲小雅始，文王爲大雅始，清廟爲頌始。」語甚平實，易爲人所接受。齊詩講四始，詩緯汎歷樞曰：「大明在亥，水始也。四牡在寅，木始也。嘉魚在巳，火始也。鴻雁在申，金始也。」全採陰陽五行之說，近人多不能接受。韓詩外傳講四始，其說近魯。「子夏問曰：『關雎何以爲國風始也？』孔子曰：『至矣乎！…天地之間，生民之屬，王道之原，不外此矣。』」清今文家魏源詩古微對魯詩四始說，則有關雎、葛覃、卷耳，前三篇連奏，宜爲風始之論。故曰：「蓋嘗深求其故，而知皆三篇連奏，……曷言三篇連奏也？古樂章皆一詩爲一終，而奏必三終。」雅、頌亦如此。史記但舉首章，舉一以概三也。證以關雎之亂一語，魏氏所考，似亦可信。以上諸說，毛詩偏於政治興衰，齊詩囿於陰陽五行，魯詩、韓詩相近，惟範圍大小不同。但所謂始者，嚴格言之，只可每始但舉一篇，因之，當以魯詩說史記所述爲是。漢志謂「魯最爲近之。」此亦一例。

十、詩之正變

國風與大小雅，皆有正變之說。詩序與孔穎達以世之治亂分，毛詩序曰：「至於王道衰，禮樂廢，政教失、國異政、家殊俗，而變風變雅作矣。」孔穎達曰：「然則變風變雅之作，皆王道始衰，政教初失，尚可匡革之，追而復之。故執彼舊章，繩此新失，覬望自悔其心，更遵王道，所以變詩作也。」鄭康成與歐陽修以時代分，鄭玄詩譜序曰：「文武之德，光熙前緒，以集大命於厥身，遂爲天下父母，使民有政有居。其時詩風有周南、召南，雅有鹿鳴、文王之屬。及成王、周公致太平，制禮作樂，而有頌聲興焉，盛之至也。本之由此風雅而來，故皆錄之，謂之詩之正經。後王稍事陵遲，懿王始受譖亨齊哀公，夷身失禮之後，邶不尊賢。自是而下，厲也、幽也，政教尤衰。……故孔子錄懿王、夷王時詩，訖於陳靈王淫亂之事，謂之變風變雅。」歐陽修曰：「風之變，自夷、懿始。雅之變，自幽、厲始。霸者興，變風息焉。王道廢，詩不作焉。」顧炎武則以入樂與否分，朱熹則以樂之應用不同分，尚有以美刺分者，如惠周惕，然世多以鄭玄所分爲準。玆據鄭氏之說，凡文、武、成王時詩，皆謂之正詩。懿王以後之詩，皆謂之變詩。依鄭氏說，則國風之周南、召南爲正風，邶以下至豳十三國爲變風。小雅自鹿鳴至菁菁者莪爲正小雅，六月以下至何草不黃爲變小雅。大雅自文王至卷阿爲正大雅，民勞以下至召旻爲變大雅。盛世之詩爲正，衰世之詩爲變，其說是否合理，姑勿置論。卽以鄭氏之說爲然，而所定時代，亦多不可據。如周南、召南，顯然有東周時詩，而毛鄭皆以爲係周初作品。又毛鄭以爲豳風諸詩，皆作於成王之世，而鄭氏反列入變風，其矛盾可知。且詩之正變，與詩之本身並無必然關係，又衆說紛紜，不必多加探討。

十一、詩序

詩序，說明每首詩內容之旨，卽本事，有大小之別。孔穎達正義引釋文載舊說曰：「起此（關雎后妃之德也）至『用之邦國焉』名關雎序，謂之小序。自『風，風也』訖末，名爲大序。」朱熹詩序辯說以「詩者，志之所之也」至「詩之至也」爲大序，其餘首尾爲關雎之小序。程大昌考古編曰：「凡詩發序兩語，如關雎后妃之德也，世人謂之小序者，古序也。兩語以外，續而申之，世謂之大序者，衞宏語也。」鄭樵又以爲發端命題之語爲大序，其下爲小序。實統論全詩之義者爲大序，關雎序是也。分論各詩之義者爲小序，葛覃以下各篇之序是也。至詩序之作者究爲何人？其說甚多，亦甚分歧。大序之作者：謂孔子所作者，程頤主之。謂子夏所作者，陸璣主之。謂衞宏所作者，程大昌主之。小序之作者：謂詩人自製者，王安石主之。謂國史所作者，程頤主之。謂子夏所作者，王肅主之。謂毛公所作者，成伯璵主之。謂子夏、毛公合作者，沈重主之。謂子夏、毛公合作，衞宏潤飾者，隋志主之。謂毛傳初行，尚未有序，其後門人互相傳授，各記其師說者，曹粹中主之。謂衞宏所作者，范曄主之。衆說紛紜，莫衷一是，後人亦各有駁論辯說。惟就序之每篇句義相承，章法井然，其詞調體格，首尾完密言，一望而知非出自多人，係出自一人之手，但又非西漢筆墨，此其一。史記未提及毛詩，漢書有之，但仍未云及詩序。漢世文章，亦無引用詩序者。提及詩序者，爲後漢書，明指作者爲衞宏。儒林傳云：「謝曼卿善毛詩，乃爲其訓，宏從曼卿受學，因作毛詩序，善得風雅之旨，於今傳於世。」其說近實，似有其根據。但亦非衞宏妄作，多用左傳、孟子、國語及西漢儒者之說，綜古書說詩者而筆之。古書所不及者，得之其師謝曼卿，此其二。詩序雖作於衞宏，對讀者有參考價值，但不能絕對相信，故篤守詩序者有之，反對詩序者亦有之，宋開其端，近人尤烈。

十二、詩譜

詩譜，說明每首詩之世次，卽時代，今傳最早者爲鄭玄所作，已殘缺不全。隋書經籍志云韓詩有譜，已亡佚。鄭玄是否據韓詩而作，不可究。鄭玄作詩箋據毛詩，兼采齊、魯、韓之說，詩譜兼采史記。據鄭玄詩譜序觀之，知詩譜與詩，有密切關係。詩三百篇，欲由其時代背景，而知其所指，必徵之於譜，按世以求，而得失自見。自唐正義，卽以鄭譜冠於各國國風、小大雅、周頌、魯頌、商頌之首。惟正義譜文，亦多佚脫。鄭後補正者甚多，宋歐陽修有詩譜補亡，補譜十五，補文字二〇七，增損塗改者有八百八十三處。歐陽氏之補增，清人批評甚厲，云其舛駁殊多，不足爲據。清作考證者，有戴震之考正詩譜，專指正歐陽修之錯誤，而自訂正之。但戴氏所正者，亦爲後人所不滿。後有丁晏、胡元儀二氏之考證，皆甚佳。丁有詩譜考正，胡有毛詩譜，胡作又精於丁。吾人對詩譜，亦只可作參考用，不能完全相信。又明何楷作詩經世本古義，仿詩譜而作，依時代爲次，故曰世本古義。旁徵博引，然後人亦有謂其博而不純，駁雜不精當，而嗤點其書者。而民國馬振理之詩經本事，每一詩前，於其時代背景，原委由來，大加考證。其旁徵博引，較明何楷，又有過之。惜多舊說，而少新意，於讀詩似無何幫助。

十三、詩之價值

讀詩之價值何在？論語陽貨篇曰：「詩可以興，可以觀，可以群，可以怨。邇之事父，遠之事君，多識於草木鳥獸之名。」又季氏篇曰：「不學詩，無以言。」又陽貨篇曰：「人而不爲周南、召南，其猶正牆面而立也與。」又子路篇曰：「誦詩三百，授之以政，不達。使於四方，不能專對。雖多，亦奚以爲！」總括以上諸言，知其價值。一：用詩涵養性情，以爲修身之用。二：藉詩通達世務，以爲從政之用。三：用詩練習辭令，以爲應對之用。至其多識草木鳥獸之名，乃其餘事。但以今日眼光視之，其價值尚有，一：作語言文字聲韵研究之資料。二：作辭章結構，文字技巧研究之資料。三：作古代歷史研究之資料。四：作古代地理研究之資料。五：作古代政治研究之資料。六：作古代社會研究之資料。七：作古代名物研究之資料。八：作古代風土民情研究之資料。九：作古代愛情婚姻研究之資料。十：作古代宗教道德研究之資料。

十四、兩漢之詩經學

漢經秦火之後，經書多因之亡佚，惟詩因便於歌誦，不專在竹帛，似未受其影響，尚稱完整。漢初說詩者，有申培公，轅固生及韓嬰。申培公魯人，文帝時博士，爲詩作訓詁，所說爲魯詩。轅固生齊人，景帝時博士，作詩傳，所說爲齊詩。韓嬰爲燕人，文帝時博士，推詩之意，作內外傳，所說爲韓詩。今將其流別，略述於后：

魯 詩

申培少與劉交俱學於浮丘伯，申培授瑕邱江公，江公授許生、孔安國。許生授王式、韋賢。王式授張長安、唐長賓、褚少孫、薛廣德。張長安授張游卿，張游卿授王扶，王扶授許晏。張長安、唐長賓、褚少孫、許晏皆爲博士，爲魯詩四大家。迨至東漢，則有高詡、包咸、魏應等。又劉向說詩爲魯詩，以向爲交之孫。而王符、王逸、蔡邕、徐幹、高誘等亦治魯詩。

齊詩

轅固生授夏侯始昌，夏侯始昌授后蒼，爲西漢有名齊詩家。后蒼授翼奉、匡衡，二人皆以學者出現於世。又授蕭望之，官至宰相。匡衡學生甚多，最著者爲師丹、伏理。伏理授伏湛，已至東漢。伏湛授伏黯，伏黯授伏恭，伏恭授任末，任末授景鸞。而桓寬、班固亦治齊詩。

韓詩

韓嬰授趙子、韓商，商爲博士，嬰之孫。趙子授蔡誼，蔡誼授王吉、食子公，二人詩尤著名。王吉授長孫順。迨至東漢，則有薛漢、杜撫、張恭祖等。而習毛詩之賈徽、賈逵、許愼、鄭玄等亦治韓詩。

上述三家，皆治今文，稱三家詩。其優劣，漢書藝文志曰：「漢興，魯申公爲詩訓故，而齊轅固，燕韓生皆爲之傳。或取春秋，采雜說，咸非其本義，與不得已，魯最爲近之。」三家詩多亡佚，齊詩以講陰陽五行，不爲人所喜，最早亡佚，亡於魏。魯詩亡於西晉。韓詩內傳亡於宋靖康之亂時，外傳傳至今。

毛詩

今所傳定本詩經爲毛詩。漢書藝文志曰：「又有毛公之學，自謂子夏所傳，而河間獻王好之，未得立。」其所以如此者，以古文晚出，知之者稀，雖有一二好之者，士安於習，終不得立於官也。漢書儒林傳曰：「毛公，趙人也，治詩，爲河間獻王博士，授同國貫長卿，長卿授解延年，延年爲阿武令，授徐敖，敖授九江陳俠，爲王莽大夫，由是言毛詩者，本之徐敖。」陳俠授謝曼卿，謝曼卿授衞宏，已至東漢。衞宏授徐巡，徐巡授鄭衆，鄭衆授賈徽，賈徽授賈逵，賈逵授許愼，許愼授馬融，馬融作毛詩傳。馬融授鄭玄。關雎正義引鄭氏詩譜曰：「魯人大毛公爲詁訓傳於其家，河間獻王得而獻之，以小毛公爲博士。」陸璣毛詩草木鳥獸蟲魚疏曰：「毛亨作詁訓傳，以授趙國毛萇，時人謂亨爲大毛公，萇爲小毛公。」是大毛公亨作詁訓傳，古文毛詩由其傳下矣。又西漢時今文三家詩獨盛，以其立爲學官，學者以之取功名富貴，競相傳說，爲獵祿之具耳。至東漢古文毛詩遂盛，傳之者特多，漢末鄭玄，從馬融傳古文毛詩，從張恭祖傳今文三家詩，兼古今文以作毛詩箋。以毛傳爲主，而闡明其旨，如意見不同，則兼采三家。以此，古文顯而毛詩行，當時三家詩雖未亡，而其傳已微矣。

十五、三國之詩經學

自鄭箋出，講詩者多奉以爲主，而三家詩衰。至魏王肅，述毛而攻鄭，立說在駁鄭論。或以今文說駁鄭之古文，或以古文說駁鄭之今文。其攻鄭之著作，有毛詩注，毛詩義駁，毛詩問難等，書今皆佚，部份見於孔穎達引述中。又有王基，旨在反對王肅，著毛詩駁，以駁王而申鄭，書亦佚失。蜀李譔作毛詩傳，依準賈、馬，異於鄭玄，與王肅殊隔，初不見其所述，而意歸多同，亦足爲王學張目，書亦不傳。吳韋昭、朱育著毛詩答雜問，書亦亡。惟有陸璣，本論語多識鳥獸草木之說，專治詩之博物學，書有毛詩草木鳥獸蟲魚疏，詳於名物，有考古之功，最有名，傳至今。又劉楨著毛詩義問，訓釋名物，與陸疏相似，書已佚。

十六、兩晉之詩經學

至晉，三家詩僅存韓詩，治者少，無傳授者。故治詩者多爲毛詩。孫毓有毛詩異同評，以申王基說，評毛鄭王肅之異同。陳統有難孫氏毛詩評，以明鄭義。書皆不傳。其專治音讀者，徐邈著有毛詩音，書已亡佚，僅可在陸德明之經典釋文毛詩釋文中，窺其一斑。束晳有補亡詩，補南陔、白華等六亡詩。

十七、南北朝之詩經學

至南北朝，治詩者多傳毛詩，甚少名家，著作亦亡佚。其有成就者，爲有關義疏之劉焯作品，與劉炫之毛詩述義，爲當時北朝有名著作。唐孔穎達作毛詩正義時，取二劉之說以爲藍本。二劉書雖亡佚，於正義中可見其面目。南朝崔靈恩有毛詩集注，集衆解爲之，書亦亡佚。

十八、唐之詩經學

唐對經學皆墨守，其貢獻爲義疏之學，多據舊注釋之，意見不出舊注範圍，代表作品爲孔穎達之五經正義。毛詩正義，專明毛鄭之旨，據其自序，多據劉焯、劉炫之說，以其最能明毛鄭之學者也。修成後頒佈全國，讀詩以之爲定本。毛傳、鄭箋、孔正義成一完整系統。至此，毛傳、鄭箋，定於一尊。施士丐之詩說，亦明毛鄭詩，書已佚。此外有陸德明毛詩釋文，專講字義字音，書今尚存，爲考詩音讀最重要參考書。其以一己意見說詩，而不依傍毛鄭者，爲成伯璵之毛詩指說，書今尚存。分四篇，爲興述、解說、傳授、文體。興述無甚貢獻，解說、傳授，前人多述之，亦不甚重要。惟文體貢獻頗大，凡詩中句法之長短，篇章之多寡，措辭之異同，用字之體例，皆臚舉而詳之，專以文學眼光解詩，一反漢儒之帶有政治意味，由政治藩囿中脫出，文字類文心雕龍。再者於成氏之前，無懷疑詩序者，於成氏則開始懷疑。宋之於詩發生大波濤，成氏之影響甚巨，惟當時未能受人注意。

十九、宋之詩經學

宋對詩與對其他經學相同，爲一革命態度，打破舊解，自立新說。解詩不從毛傳、鄭箋、孔正義，不受其約束。開其風氣者，爲歐陽修之詩本義。其書曰：「先儒於經，不能無失，而所得固已多矣。盡其說而理有不通，然後以論正之。」雖不輕易議論毛鄭，但亦不確守毛鄭之說，開宋人以己意說詩之始。宋人說詩可分爲三派：

(1)：廢小序派

以詩序完全錯誤，其說最盛，推原所始，實發於歐陽修之詩本義。代表者爲蘇轍之詩集傳，本成伯璵首句子夏所作之說，而删詩序首句後所有文字。此後王得臣、程大昌從之。程大昌有詩論，不僅疑序，以南、雅、頌爲樂詩，諸國爲徒詩，並欲删去國風名目。南宋主廢詩序者有鄭樵詩辨妄，非難毛鄭，成一家言。王質詩總聞，取詩三百篇，每篇說其大義。朱子詩序辯說，專斥毛鄭，反駁詩序。至朱子詩集傳，幾全廢詩序。楊簡慈湖詩傳，不用小序說，本論語思無邪爲講詩宗旨。其說詩也，謂左傳不可據，爾雅亦多誤，經典釋文好異音，鄭康成不善屬文，甚而評子夏爲小人儒。袁燮絜齋毛詩經筵講義，其說詩也，注重時事，專供南宋皇帝而講，多勉勵語。大旨在加强其恢復北土之志，如講式微卽大事發揮。此外廢小序，宗朱子集傳者，有輔廣之詩童子問，朱鑑之詩遺說。又朱子三傳弟子王柏詩疑，其攻斥毛鄭，改刪經文，至刪朱子所謂淫詩三十二篇，並移其篇次，爲廢小序派之變本加厲者。

(2)：存小序派

於鄭樵作詩辨妄時，而周孚卽作非鄭樵詩辨妄以駁之。朱子詩集傳出，陳傅良、呂祖謙著文以反之。陳有詩解詁，呂有呂氏家塾讀詩記，專與朱子作對。其後戴溪主尊重毛鄭之法，綜合諸家之說，著續呂氏家塾讀詩記，以毛傳爲宗，折衷衆說，集各家見解於一書。此外嚴粲亦以呂書爲據，雜采衆書，斷以己意，而著詩緝。後又有段昌武之毛詩集解，亦同呂氏見解。

(3)：專言訓詁名物派

此派步陸璣路，多王安石弟子。王有新經毛詩義，以義理講詩。其學生蔡卞之毛詩名物解，陸佃之詩物性門類皆甚佳。錢文子之詩訓詁，據蔡毛詩名物解而擴充者。王應麟之詩考，集三家詩遺說，勒爲一書，存古學，而不專佞其說。又有詩地理考，全錄鄭氏詩譜，又旁采爾雅、說文、地志、水經以及先儒之言凡涉於詩中地名者，薈萃成編，開另一新局面。吳棫之毛詩叶韵補音，專門研究詩之讀音叶韵，爲研究詩經叶韵之第一人。

二十、元之詩經學

元講詩僅馬端臨主存序，然無有關詩經專著，餘咸爲廢小序之朱子派。許謙之詩集傳名物鈔，雖考訂名物音訓，然篤守其師王柏之說。劉瑾之詩傳通釋，大旨發明集傳，類輔廣之詩童子問。梁益之詩傳旁通，凡集傳所引故實，一一引據出處，辨析原委。朱公遷之詩經疏義，據朱子集傳而作疏，墨守集傳，不踰尺寸。劉玉汝之詩纘緒，梁寅之詩演義，皆不過纘朱子集傳之緒，演朱子集傳之義耳。

二十一、明之詩經學

明之詩經學，約而言之，可分四派：

(1)：尊朱子集傳者

此派皆墨守朱說，多爲考試取士用之官書，利祿之心重，學問之道少。較爲穩妥者，有朱善之詩解頤，其說不重訓詁字句，惟意主借詩以立訓。故反覆發明，務在闡明論語及禮記興觀群怨之旨，溫柔敦厚之意。而於興衰治亂，尤推求源本，剴切明著，較佳。胡廣奉命修五經大全，其詩經大全，羽翼朱傳，剽竊舊聞，本元劉瑾詩傳通釋而稍損益之。顧亭林曰：

「大全出，而經義亡。」於此可知其價值。

(2)：兼采漢宋，博考名物者

元代文學經學皆因襲前人之說，不足取。兼采漢宋，博考名物，在明代可稱傑出之士者爲季本。其著名作品爲詩說解頤，專講理學，多出新意，不肯剽竊前人，而徵引賅洽，頗足以自申其說。郝敬之毛詩原解，大指在駁朱傳改序之非。李芳先之讀詩私記，所釋多從毛鄭，毛鄭有所難通，則參之呂氏讀詩記，嚴氏詩緝。朱謀㙔之詩故，多以漢學爲主，與朱子集傳多所異同。名物訓詁之考徵，此書較善。馮應京之六家詩名物疏，六家爲齊、魯、韓、毛、鄭、朱，其書因宋蔡卞毛詩名物解而廣之，徵引頗爲賅博。

(3)：摒棄前人，自闢其徑者

此派說詩，不采漢宋人之說，另創新說新見，何楷之詩經世本古義可作代表。其書專考詩之背景，援引賅洽，凡名物訓詁，一一考證詳明，典據精確，實非宋以來諸儒所可及。

(4)：專治古音者

此派皆襲吳棫路綫，不過吳棫不知詩經中原讀音爲古音，至明代此派學者卽能明瞭詩經中之讀音爲古音，較之宋代，大有進步。陳第之毛詩古音考，明於詩最有價值者，可作代表。

二十二、清之詩經學

清代詩經學成就，超越元明，以及宋代。乾隆以前，多沿襲元明，兼采漢宋。錢澄之有田間詩學，采毛傳、鄭箋、孔疏十之二，采朱子十之三，采宋至清二十多家十之四，自創者十之一，持論頗為精核。於名物、訓詁、山川、地理言之尤詳。其說不主一人，無所攻，亦無所主，於此可見錢氏著書之意矣。王夫之有詩經稗疏，辨正名物、訓詁，以補傳箋諸說之遺。朱鶴齡有詩經通義，專主小序，力駁廢序之非，兼采漢宋。漢采毛傳、鄭箋，唐采孔疏，宋采歐陽修、蘇轍、呂祖謙、嚴粲四家，傾向於漢學。於同時人中，采陳啟源之毛詩稽古篇。語有本源，於清代漢學之復興，功殊大焉。又講詩經音，用陳第、顧炎武之說。此外李光地之詩所，楊名時之詩經劄記，嚴虞惇之讀詩質疑，毛奇齡之毛詩寫官記、詩札、詩傳詩說駁議，惠周惕之詩說。前述，或重於詩義之推衍，而疏於訓詁。或重在考證，傾向於漢學不一。清之詩經學，除清初上述者外，再以派別論之，又可分為：

(1)：研治漢學，並采毛鄭者

陳啟源之毛詩稽古篇，為清代第一人純講漢學者。訓詁一準爾雅，篇義一準小序，詮釋經旨一準毛傳，而以鄭箋佐之，其名物則多以陸璣疏為主。曰毛詩，明所宗也。曰稽古篇，明爲唐以前專門之學也。所辨正者，惟朱子集傳爲多。歐陽修詩本義，呂祖謙讀詩記次之。嚴粲詩緝又次之。所掊擊者，惟劉瑾詩傳通釋爲甚，輔廣詩童子問次之。蓋一駁宋申毛之專著，爲復興詩經漢學第一部作品。其後李黼平之毛詩紬義，戴震之毛鄭詩考，此二書純漢學，全無宋跡。馬瑞辰之毛詩傳箋通釋，專以毛鄭爲主，而糾正孔疏之不足或繆誤，時有新說而不鑿，對漢學研究更詳細精密。胡承珙之毛詩後箋，引徵極爲豐富，斷制亦頗謹嚴。兼采毛鄭，凡鄭箋之失毛旨者，必求諸本經，博稽他籍，以還其舊，開後之舍鄭用毛派。

(2)：舍鄭用毛，爲古文派正宗者

陳奐之毛詩傳疏，爲清代表作。全以毛傳爲主，不雜韓魯之說。用清儒考證學講詩經，最精密。主讀詩一定讀序，否則爲無本之學，自創新說處多有所據。文簡而義賅，語正而道精，洵乎小學之津梁，群書之關鍵，爲純粹毛詩學派。書後附毛詩傳義類，保存漢前訓詁。鄭氏箋考徵，以證鄭箋之用韓魯說。釋毛詩音，保存漢前聲韵。毛詩說，專講陳氏自治詩之條例方法。

(3)：調和毛鄭，不專主一家者

調和毛鄭者，有戴震之毛鄭詩考。研精漢儒傳註，及方言、說文諸書。由聲音文字以求訓詁，由訓詁以尋義理，實事求是，不專主一家，不徇毛，亦不徇鄭。又將毛鄭不同處加以

解說者，有朱珔之毛傳鄭箋破字不破義辨。意在調和毛鄭，謂古書多用假借字，倘令悉以本義解之，必捍格難通，故鄭不得不破字，不知毛之借義，卽鄭之破字。惟據例百八十條，未成專書。

(4)：治三家詩者

上述爲古文派，此爲今文派。莊存與之毛詩說，專講微言大義，不講訓詁考證，已開今文學派之漸。此後治三家詩者日多，范家相之三家詩拾遺，收遺文遺句，依宋王應麟詩考，重加增益，而少變其體例，較王氏之書，則詳贍遠矣。後學者不僅收集遺文遺句，且研究其學術價值。魏源之詩古微，雖主張今文，實多自立新義，駁毛傳鄭箋甚劇，其後龔自珍備極推崇。丁晏之王氏詩考補注補遺，亦作考證工夫。馮登府之三家詩異文疏證，除輯三家詩外，並考文字之不同。阮元之三家詩補遺，爲補王應麟詩考之遺。最重要而成就最佳者，爲陳喬樅之三家詩遺說考。陳氏書晚出，故完備繁富，賅綜諸家。並敍各家傳授，另爲敍錄，以冠於首，使學者於其源流興亡，了然可曉。又齊詩翼（奉）氏學疏證，專門研究齊詩中翼奉之學，亦極有價值。此外有迮鶴壽之齊詩翼奉學一書，亦專門研究齊詩翼氏之學者。王先謙之詩三家義集疏，采三家遺說異義，書亦佳。

(5)：治詩經譜序者

多對詩之譜序而作研究考證工作。前者如戴震之考正詩譜，呂騫之詩譜補亡後訂，丁晏之詩譜考正，胡元儀之毛詩譜等是。後者如姜炳璋之詩序補義，龔鑑之毛詩序說，汪大任之詩序辨正，夏鼎武之詩序辨等是。

(6)：治詩經小學者

專門研究詩經中文字、訓詁、聲韵之學。有段玉裁之詩經小學，陳喬樅之毛詩鄭箋改字說，四家詩遺文考。李富孫之詩經異文釋，爲考證異文最詳者。周邵蓮之詩考異字箋餘，不執一說，不偏一家。顧炎武之詩本音，分古韵爲十部。孔廣森之詩聲類，苗夔之毛詩韵訂，江有誥之詩經韵讀，丁以此之毛詩正韵等。

(7)：治詩經博物者

此派步陸璣博物考據之路而治詩經。專治詩經內鳥類者，有毛奇齡之續詩傳鳥名。言鳥獸草木四門者，有姚炳之詩識名解。所有名物皆解之者，有牟應震之毛詩名物考。成就最大而集詩經博物之大成者，爲陳大章之詩傳名物集覽。以自陸璣以下，釋名物者，毋慮數十家，此書成之最後，於諸家之說，多所採集故也。雖精核不足，而繁富有餘。

⑻：治詩經地理者

此派多沿宋王應麟詩地理考，而作辨正或補充。朱右曾之詩地理徵，雖沿王氏，但王氏採錄遺文，案而不斷，往往得失並存。此書則舊說未安者，頗多辨正。又尹繼美之詩地理考略，大旨在補王應麟詩地理考，而稍變其例。

⑼：治詩經禮教者

包世榮有毛詩禮徵，從毛詩中考周代禮制禮教。又朱廉有毛詩補禮，書成毛詩禮徵後，依詩序說之，大抵根據毛鄭，亦不能無誤。

⑽：識其旨歸，品評析論者

此派多識其詩旨，或評或論以欣賞詩。牛運震之詩志，於詩之章句間，會其語妙，著其聲情，而識其旨歸。于祉之三百篇詩評，以評古唐詩之法評三百篇，見解不高，評語亦近俗，不如牛運震之詩志。龍起濤之毛詩補正，篇末有論有評。論以考時勢，而取證於史傳。評以發詩趣，而資用於文章。又王鴻緒奉敕撰詩經傳說彙纂，錄荀卿以下至明說詩者之論評，條列於各詩篇章後，眉目清楚。此派論評，頗有助於詩之欣賞品評。

(11)：自立門戶，不囿漢宋者

此派多以意逆志，直探旨趣以欣賞詩。姚際恆之詩經通論，既斥毛詩序之譌，尤攻朱集傳之短。去訓詁直探詩旨，亦有旁著圈點以作欣賞評論者。崔述之讀風偶識，非惟不取毛詩，於齊魯韓三家，亦復有所軒輊，尤多獨特見解。方玉潤之詩經原始，舍序傳以意逆志。不惟議論多宗姚際恆，其旁批圈點，亦效詩經通論而為之。上三書亦大有助於詩之欣賞品評。

二十三、民國之詩經學

民國以降，致力於詩經之研究者至夥，研究方式亦多。或由小學入手，進而研究詩之名物訓詁，再探討詩之情志，據毛傳、鄭箋、孔正義，並盡量采納後人於詩經之研究成果。用歸納法創新說，得結論，以傳統方式說詩。亦有就詩之本文，佐以其他可信資料，從事客觀研究，欣賞品評，既不專主一家，亦無漢宋門戶，廣采衆說，實事求是。或以西洋歸納法從事考據，或用文法學知識排比類反，以革新方式說詩。因之，研究途徑大開，研究範圍亦廣，故所獲成就，似非昔儒所能幾及。爰就在臺所能搜集之著作，簡述於後，以見其一斑。因限於體例，零篇論文散見於各類文集及雜誌之中未成專書者，則略而不載。

(1)：通論概說類

此類多就詩經全書，或其中某一問題，作概論或專題研究。有胡樸安先生之詩經學，謝无量先生之詩經研究，蔣善國先生之三百篇演論，聞一多先生之詩經新義，朱自清先生之詩言志辨，傅斯年先生之詩經講義稿，張西堂先生之詩經六論，金公亮先生之詩經學新論，何定生先生之詩經今論，周滿江先生之詩經，程元敏先生之王柏之詩經學，趙制陽先生之詩經賦比興綜論，黃振民先生之詩經研究，朱子赤先生之詩經關鍵問題的異議求徵，宮玉海先生之詩經新論，日人白川靜之詩經研究等。

(2)：譜序旨趣類

此類多就詩之時代背景或旨趣而加以研究。前者如馬振理先生之詩經本事，後者如張學波先生之詩經篇旨通考是。

(3)：注解語譯類

此類多就詩篇本文探求其篇旨，既不專主一家，亦無漢宋門戶，兼采衆說，疏通證明。或詳其詩旨，或明其大致，無不逐句加以註釋，串貫解說，甚而語譯之，以利閱讀。有馬其昶先生之詩毛氏學，程兆熊先生之詩經講義，屈萬里先生之詩經釋義、詩經選注。余冠英先生之詩經選注，王靜芝先生之詩經通釋，李辰冬先生之詩經通釋，馬持盈先生之詩經今註今譯，張允中先生之白話註解詩經，李一之先生之詩三百篇今譯，宋海屏先生之詩經新譯，于宇飛先生之詩經新義，高亨先生之詩經今注，余冠英先生之詩經譯注，江舉謙先生之詩國風籀略，賴炎元先生之韓詩外傳今註今譯，吳步江先生之詩經義韻臆解，袁愈嫈先生、唐莫堯先生合著之詩經新譯注，寧榮璋先生之詩經新譯與人生哲學之研究，日人竹添光鴻之毛詩會箋等。

(4)：欣賞評述類

此類多仿效方玉潤詩經原始方式解詩經，除標出詩旨及註解，一如上一類註解語譯類外，並作欣賞品評或討論。有吳闓生先生之詩義會通，高葆光先生之詩經新評價，糜文開先生、裴普賢先生合著之詩經欣賞與研究初集、續集、三集、四集，裴普賢先生之詩經評註讀本，符顯仁先生之詩經欣賞等。

(5)：語詞虛字類

此類多用比較歸納法，以分析說解詩經中之語詞、虛字。有劉光義先生之詩語詞集釋，趙制陽先生之詩經虛字通辨等。

(6)：音韻諧讀類

此類多步吳才老、顧炎武、段玉裁、江有誥路線，專研治詩經中用韵諧讀。有陸志韋先生之詩韵譜，楊恭桓先生之毛詩古音諧讀，丁惟汾先生之毛詩韵聿，江舉謙先生之詩經韵譜，賈禮先生之詩經韵考，王力先生之詩經韻讀等。

(7)：文字詮釋類

此類多就各家注疏，明其字義之詮釋、通假、訓詁。有王闓運先生之詩經補箋，劉師培先生之毛詩詞例舉要、毛詩札記，于省吾先生之詩經新證，丁惟汾先生之詩毛氏傳解詁，賴炎元先生之毛詩鄭氏箋釋例，趙汝眞先生之詩國風通假字考，陳應棠先生之毛詩訓詁新詮，瑞典人高本漢之詩經注釋等。

(8)：考徵斠補類

此類多就三家詩或注疏及其他典籍徵引之異同，而考徵斠補之。有江翰先生之詩經四家異文考，謝章鋌先生之毛詩注疏考異，許澣先生之韓詩外傳校議，趙善詒先生之韓詩外傳補正，羅振玉先生之毛鄭詩斠議，賴炎元先生之韓詩外傳考徵，汪中先生之詩經朱傳斠補等。

(9)：博考名物類

此類多就陸璣疏而研治詩經中之博物學。有羅振玉先生之毛詩陸疏校訂，李遵義先生之毛詩草名今釋、毛詩魚名今考，陸文郁先生之詩草木今釋等。

⑽：音樂文學類

此類就詩經中音樂而研究之，治其樂論，音樂文學。有羅倬漢先生之詩樂論，白惇仁先生之詩經音樂文學之研究等。

⑾：方法導讀類

此類多就如何研治詩經，提出方法或指導。有李辰冬先生之詩經研究方法論，裴普賢先生之詩經研讀指導，趙制陽先生之詩經名著評介等。

⑿：目錄引得類

此類多就詩經本文及注疏引詩作引得，或介紹參考書目、重要典籍，以便研治詩經者查覽檢稽參考者也。引得方面：有燕京大學圖書館引得編纂處所編之毛詩引得、毛詩注疏引詩引得等。至參考書目之介紹，如鄭振鐸先生之關於詩經研究的重要書籍介紹，張壽林先生之清代詩經著述考略是。亦有附在專著後者：如胡樸安先生詩經學所附研究詩經學之書目，裴普賢先生詩經研讀指導所附詩經學書目，張學波先生六十年來之詩學所附詩經論文彙錄是。

⒀：論文研究集類

此類多集各家研究論文於一書，或有一中心，或無之，以便取閱參考者也。有張易克先生之詩經論戰，古史辨中之詩經部分，黎明文化事業公司之詩經研究論集，林慶彰先生之詩經研究論集㈠、㈡等。

二十四、總結

詩經，漢學因距周代近，故漢儒解詩，似較接近詩義。而漢學毛傳最完整。三家詩多逸，除韓詩外傳外，已無定本。治詩須據鄭箋，不獨可見古文，亦可見今文。孔氏正義，采納唐以前對詩經所有說解，而爲集大成之作。故毛傳、鄭箋、孔正義，爲吾人所必讀者。惟漢學精於訓詁，明於古義，是其所長。而墨守家法，不知變通，是其所短，此不可不知也。

宋至明專治義理，朱子詩集傳自是代表作。宋學不受古代經師拘束，專就詩本文以求詩義，是其所長。然疏於訓詁，鑿空立說，是其所短。故特殊見解雖多有，亦或有臆說，此又不可不知也。

詩經之徵實，全賴清儒。康熙以前，多不專主一家。其後漢學漸興，且多派別。惟陳啟源之毛詩稽古篇，陳奐之毛詩傳疏，馬瑞辰之毛詩傳箋通釋宜注意。治三家者，則魏源之詩古微，陳喬樅之三家詩遺說考、齊詩翼氏學疏證必讀。又自立門戶，不囿於漢宋者之姚際恆之詩經通論，崔述之讀風偶識，方玉潤之詩經原始尤不可不讀。其他如小學名物，亦多巨著，自可就一己所好而取閱焉。

民國以來，研究方法既新，研究範圍亦廣，而研究資料又日益豐富可靠，故成就遠超越前代。前所舉十三類中，自多有價值作品，治詩者可就一己喜好，分別從事研究焉。

至如何研讀詩經？除一般方法導讀所指引者外，則須識源流：辨明其流變沿革，發展途徑，以了解各詩派之所以詮釋不同。明小學：小學不明，則無以通其訓詁注釋，探其詩義詩旨。故字音字義，訓詁詮釋，當有基本認識。證史地：能證史地，則知時代背景及地理環境，此對詩之形成與風格，大有影響。當取證之，以了解詩之本事及特色。考名物：一物之不識，一名之不解，皆足以妨礙讀詩。當考稽之，以明其所以然。窺情致：讀詩在得其旨趣，而窺其情致。否則，雖大加考證辯解，而不得其詩義，以欣賞涵詠之。並進而運用其寶貴資料，以從事前價值中各方面之研究，則不得謂善讀詩者矣。

總之，吾人今日研讀詩經，須各就其興致之所在，從事某一方面之研究。然不論所重者何在？總宜摒除門戶學派之囿蔽，成心私見之執著，適度采納前人之研究成果，佐以有關可靠旁證資料，以新知識，新方法，發微鉤玄，推陳出新，承先啟後，光大文化。研求其真是，而獲其眞善眞美。如此研究詩經，則本書付梓之微旨，庶幾得之矣。

國風

朱傳曰：「國者，諸侯所封之域；而風者，民俗歌謠之詩也。謂之風者，以其被上之化以有言，而其言又足以感人，如物因風之動以有聲，而其聲又足以動物也。是以諸侯采之以貢於天子，天子受之而列於樂官，於以考其俗尙之美惡，而知其政治之得失焉。」所謂考俗尙之美惡，而知其政治之得失。雖未必一若其說。但吾人於此風謠之中，固可感其情，體其理，兼可窺其風俗、生活、禮儀、服飾、舟車、宮室之狀；得見其國之治亂，其人之好尙，其民之性情，其社會之組織，斯足以通古今世事之變，繫古今人物之情者也。自周南至豳，凡十五國之詩，謂之風，以其盡十五國之歌謠也。

周南

南，南方之國；周南，王朝所直轄南方之國也。史記自序：「太史公滯留周南。」摯虞曰：「古之周南，今之洛陽。」而周南之詩，有漢廣汝墳兩篇，關雎復有「在河之洲」之語；證知周南方域，約北抵黃河，南及汝漢，即今河南省黃河以南偏西之地也。又南方之樂，亦謂之南。周南詩十一篇，皆採自周南之地。其聲，則南國之樂調也。舊謂：周南召南，皆殷末周初時詩。而周南汝墳云：「王室如燬」，蓋指西周末年之喪亂而言。召南何彼襛矣云：「平王之孫」，明爲東周之詩。以此證之，舊說非也。

周南之國共十一篇

一、關雎

此為詠君子求淑女，終成婚姻之詩。

關關雎鳩❶，在河之洲❷。窈窕淑女❸，君子好逑❹。

右第一章，泛言淑女為君子之好逑，安詳。

【註釋】

❶關關：雌雄相應之和聲也，與喈喈同義。雎：音居ㄐㄩ，雎鳩：水鳥，即魚鷹。或以爲摯而有別，謂有定偶而不亂也。❷河：謂黃河也。詩經中凡單言河者，皆謂黃河。洲：水中可居之地也，今或謂之沙灘、沙洲。❸窈：音咬一ㄠˇ，美心爲窈。窕：音挑ㄊ一ㄠˇ，美容爲窕。窈窕：容貌美好，幽閒貞靜之貌。淑：善也。淑女：品德美善之女子也。句言有幽閒貞靜之德之淑女，內心外貌均美善。❹君子：詩經中之君子，多指有官爵者或貴族子弟言，婦人稱其夫亦用之，與後世專指品德高尚之人言者，異。逑：音求ㄑ一ㄡˊ，匹也，偶也。好逑：猶言嘉偶。

參差荇菜❶，左右流之❷。窈窕淑女，寤寐求之❸。求之不得，寤寐思服❹。悠哉悠哉❺，輾轉反側❻。

右第二章，言思淑女之切，漸趨悲哀。

【註釋】

❶參：音岑一聲ㄘㄣ，差：音雌ㄘ，參差：長短不齊之貌。荇：音杏ㄒㄧㄥˋ，水生植物，似蓴，可食，故曰菜。句言荇菜之葉長短不齊也。❷流：舊解求也。句言荇菜參差，在水面浮動，擇取不易，乃左右尋求采擇之也。實思女而神為之往，以荇菜隨水而流，喻己心之不定也。❸寤：音誤ㄨˋ，覺醒也。寐：音妹ㄇㄟˋ，入眠也。寤寐求之：言不僅醒時，即使寢眠，亦心向而求之也。❹思：舊多解句中語助。實乃為動詞，思念也。服：舊解思念也。實假借為伏，思服：謂伏而思之也。❺悠：長也。悠哉悠哉：言思念之深長也。詩中或言悠哉，或言悠悠，皆涵有憂義。❻輾：音展ㄓㄢˇ。輾轉：反覆轉動也。反側：反覆翻動不安貌。輾轉反側：猶今之俗語翻來覆去。此形容夜寐不能入眠也。

參差荇菜，左右采之❶。窈窕淑女，琴瑟友之❷。參差荇菜，左右芼之❸。窈窕淑女，鐘鼓樂之❹。

右第三章，言得淑女之樂，此為寤寐求其實現之願望，心情怡然。

【註釋】

❶采：即採之本字。❷友：親愛之意也。琴瑟友之：言以鼓琴鼓瑟求親近相愛也。❸芼：音冒ㄇㄠˋ，擇也。

既廣采之，而又擇取其美者也。❹樂：音肋ㄌㄜˋ，使其快樂也。鐘鼓樂之：鳴鐘擊鼓，盡其歡樂，象其已結合也。

【欣賞品評】

崔述曰：

常女易得，賢女難求。深居幽邃之女，尤不易知。故有求之不得，輾轉反側之思。惟其求之也難，則其得之也喜。故有琴瑟之友，鐘鼓之樂，所謂陰陽和則萬物生，夫婦和則家道成者也。

守亮案：

詩序云：「關雎，后妃之德也。風之始也，所以風天下而正夫婦也；故用之鄉人焉，用之邦國焉。」又云：「關雎，樂得淑女以配君子，愛在進賢，不淫其色。哀窈窕，思賢才，而無傷善之心焉，是關雎之義也。」謂詠后妃之德，不免牽强附會之甚。朱傳云：「周之文王，生有聖德，又得聖女姒氏以爲之配。宮中之人，於其始至，見其有幽閒貞靜之德，故作是詩。」文王姒氏云云，亦近穿鑿。二者清方玉潤皆已駁斥其非。細玩此詩，乃君子自求良配，終至結婚之詩。詩則佳處，全在首四句，多少和平中正之音，細味自見，此方玉潤所言者也。「求之不得」四句，乃詩中波瀾，險筆，幸後有「琴瑟友之」，「鐘鼓樂之」，快足意滿，以挽其狂濤也。「寤寐反側」，何等悲苦；友之樂之，又何等舒泰。然悲苦不致澤陂詩之「傷如之何，涕泗滂沱。」，舒泰不致溱洧詩之「洵訏且樂，伊其相謔。」朱熹「得性情之正，聲氣之和也」之言是矣。

二、葛覃

此為貴婦人自詠歸寧父母之詩。

葛之覃兮❶，施于中谷❷。維葉萋萋❸，黃鳥于飛❹，集于灌木❺，其鳴喈喈❻。

右第一章，描寫婦女采葛時之景物，為一幅春深山野圖。

【註釋】

❶葛：草名，蔓生，莖細長，莖之纖維，可織葛布。覃：音談ㄊㄢˊ，延也。或以為覃，蕈之假借，藤屬。葛之覃即葛之藤耳。❷施：音易ㄧˋ，蔓也。又古讀當與拖字同，拖蔓也。今北方俗語，謂之拖秧。中谷：谷中也。詩之中字如在名詞谷、林、河、流、夜等之上者，倒乙其字為谷中，林中，河中，流中，夜中即可。❸維：舊多解為語詞無義。實相當其字，指稱詞。萋萋：茂盛貌。❹黃鳥：較黃鶯體積為小之鳥，食粟，今俗名黃雀。于：助詞。于飛即飛。于字在動詞上，如飛、歸等，皆有正在進行之義。❺灌木：自根部叢生之木。❻喈：音基ㄐㄧ，喈喈：鳥鳴聲。

葛之覃兮，施于中谷。維葉莫莫❶，是刈是濩❷。為絺為綌❸，服之無斁❹。

右第二章，描寫采葛製爲絺綌之事，爲一幅耕織圖。

【註釋】

❶莫莫：廣而茂密貌。❷是：助詞。猶於是也。刈：音亦一丶，割也。濩：音穫ㄏㄨㄛ丶，煮之也。所謂煮者，去其葛類植物之膠質，取其纖維，以便紡織也。❸爲：治之以使成也。絺：音痴ㄔ，精細之葛織物。綌：音系ㄒ一丶，粗厚之葛織物。親自割草織布，可見其勤勞。❹服：穿著也。斁：音亦一丶，厭也。服之無厭，可見其節儉。

言告師氏❶，言告言歸❷。薄汙我私❸，薄澣我衣❹。害澣害否❺，歸寧父母❻。

右第三章，述旣成絺綌之服，乃告於女師，將歸寧也。

【註釋】

❶言：語詞，下同。相當於而或乃字。詩中皆可以此義解之。師：女師也。古有教女之師，猶後世之保姆。❷告：告於女師也。歸：歸寧也。❸薄：語詞，下同。有勉義，急忙義。與言字略同。汙：即汚字，洗衣而揉搓之以去其汚也。私：燕服，平時所著之衣，今或謂之便服，內衣。❹澣：音緩ㄏㄨㄢˇ，洗濯也。衣：外衣也，禮服也。❺害：音義同何，ㄏㄜˊ。否：不也。句言何者當洗，何者不當洗耶？自問之語。意謂皆當洗也。❻寧：安也。歸寧：歸父母家問安寧也。

【欣賞品評】

朱善曰：

即爲絺爲綌，而知其能勤。即澣濯無斁，而知其能儉；因其言告師氏，而知其能敬。因其歸寧父母，而知其能孝。關雎之所謂淑，指其德之全體言也。此所謂勤儉孝敬，又各就其一事言也。

守亮案：

詩序云：「葛覃，后妃之本也。后妃在父母家，則志在於女功之事。躬儉節用，服澣濯之衣，尊敬師傅，則可以歸安父母，化天下以婦道也。」朱傳以爲近似。然二者殊多臆斷附會，詩無后妃之義在。清人姚際恒、方玉潤已駁斥其非。屈萬里先生曰：「此婦人自咏歸寧之詩。由『言告師氏』之語證之，此婦似非平民。」斯言是也。胡適之以爲描寫女工放假急忙要歸情景。不知爾時有無女工，有無工廠假日？故不取焉。詩則於葛也，先言其延移，次言其茂密，再次連言刈而後濩，濩而後績，績而後成絺綌，成絺綌而後爲衣，爲衣而後服之無厭。及其欲歸寧父母也，則又汙其私，澣其衣，敍之何等有序。賀子翼曰：「首章追敍初夏葛盛，此時尚未刈也；但以黃鳥飛鳴小景點綴，自爾風致溢如。次章其言治葛爲衣之事，讀至『服之無斁』一語，淡樸眞至，其味無窮。三章則葛成矣，忽將汙澣歸寧，映帶生情，事愈樸而愈眞，詞愈雅而愈厚。」此不僅言其敍之有序，並兼及其景情矣。

三、卷耳

此為婦人念夫之行役，設想其夫馬疲、僕病，登山望鄉之詩。

采采卷耳❶，不盈頃筐❷。嗟我懷人❸，寘彼周行❹。

右第一章，詠閨人懷念行人之情也，一往情深。

【註釋】

❶采：同採。采采：採而又採，非一採也。卷耳：一年生草，葉形似鼠耳。叢生如盤，嫩葉可食。❷盈：滿也。頃筐：箕屬，後高前低，故曰頃，淺筐也。❸嗟：音皆ㄐㄧㄝ或撅ㄐㄩㄝ，歎辭。美歎曰嗟，哀歎亦曰嗟。懷：思也。懷人：心所繫念之人也。❹寘：同置。又與徦古通用，徦音吃ㄔ，行也。彼：語詞。下同。行：音杭ㄏㄤˊ，周行：周之國道，大道也。

陟彼崔嵬❶，我馬虺隤❷。我姑酌彼金罍❸，維以不永懷❹。

右第二章，閨人設想行役之夫，登高山以望故鄉，馬疲不能行，姑飲酒以解憂也。

【註釋】

❶陟：音至ㄓˋ，登也。嵬：音韋ㄨㄟˊ，崔嵬：土山之戴石者。此處謂山巔，山頂。❷虺：音灰ㄏㄨㄟ，隤：音頹去ㄨㄟˊ，虺隤：馬疲累致病也。❸姑：且也。罍：音雷ㄌㄟˊ，酒器。金罍：金屬之酒器，刻爲雲雷之象。❹維：舊多云語詞無義。實通惟，僅也。以：因也。維以與今語祇是爲了相當。永懷：長思也。

陟彼高岡❶，我馬玄黃❷。我姑酌彼兕觥❸，維以不永傷❹。

右第三章，此章重上章義，往復詠歎之。

【註釋】

❶岡：山脊曰岡。❷玄黃：病貌。❸兕：音四ㄙˋ，野牛也。觥：音工ㄍㄨㄥ，兕觥：以兕牛角製成之酒器，後以銅爲之。❹傷：憂思也。

陟彼砠矣❶，我馬瘏矣❷。我僕痡矣❸，云何吁矣❹！

右第四章，仍重第二章義，除馬疲外，益以僕病，且末句言云何吁矣，徒見其無可奈何之悲歎也。

【註釋】

❶砠：音居ㄐㄩ，石山之戴土者。或謂山中險阻之地也。❷瘏：音圖ㄊㄨˊ，病也。❸痡：音夫ㄈㄨ，亦病也。❹云：舊多解云如也。云何：如何也。實云仍爲云謂之云，動詞。云何即今言還能說甚麼呢！吁：音虛ㄒㄩ，憂歎也。今言衹有嘆息罷了。又或引吁作盱，張目遠望也。

【欣賞品評】

俞平伯曰：

當攜筐采綠者徘徊巷陌，迴腸盪氣之時，正征人策馬盤旋，度越關山之頃，兩兩相映，境殊而情却同，事異而怨則一。所謂「向天涯一樣纏綿，各自飄零」者，或有當詩人之指乎！

守亮案：

詩序云：「卷耳，后妃之志也。又當輔佐君子，求賢審官，知臣下之勤勞；內有進賢之志，而無險詖私謁之心，朝夕思念，至於憂勤也。」此說穿鑿附會，宋人歐陽修已駁斥其非。朱傳云：「后妃以君子不在而思念之，故賦此詩。」義稍近之，惟須去其后妃二字。詩則首章寫思婦，卷耳易採也，頃筐易盈也，然採之又採而不盈之者，蓋心繫行役之人，無心於所事之事也。餘則設想其夫馬疲、僕病、登山望鄉之情也。故賀子翼曰：「通篇憑空設想，若認作眞話，便是癡人說夢。」姚際恒曰：「二章寫山高，馬難行；三章寫山脊，馬益難行；四章寫石山，馬更難行。二、三章言馬病，四章言僕病，皆詩例之次敘。」思愁苦，情恍惚，意念含蓄，纏綿無盡也。

四、樛　木

此婦人祝福丈夫之詩。

南有樛木❶，葛藟纍之❷。樂只君子❸，福履綏之❹！

右第一章，樛木喻夫，葛藟自喻，言婦之於夫，猶葛藟之繞樛木，故而祝福之也。

【註釋】

❶南：泛言南面。樛：音糾ㄐㄧㄡ，樹木下曲曰樛。❷藟：音壘ㄌㄟˇ，葛屬。纍：音雷ㄌㄟˊ，纏繞攀援也。❸只：語助詞；樂只：猶言樂哉。❹履：祿也。綏：安也。句謂福祿使君子安寧也。

南有樛木，葛藟荒之❶。樂只君子，福履將之❷！

右第二章，義同首章，換韻而重唱之。

【註釋】

❶荒：掩蓋也，掩覆也。❷將：大也。句謂福祿使君子偉大也。又將猶扶助也。

南有樛木，葛藟縈之❶。樂只君子，福履成之❷！

右第三章，作法與前二章相同。

【註釋】

❶縈：音迎ㄧㄥˊ，纏繞也。❷成：成就之也。

【欣賞品評】

徐退山曰：

三章，一節深一節，纍，綴也，荒則奄之，縈則奄之周也。綏，安也，將則又進焉，成則全矣。

守亮案：

詩序云：「樛木，后妃逮下也。言能逮下而無嫉妬之心焉。」朱傳因之，謂衆妾之頌后妃。皆迂曲牽合，未見近理，清人方玉潤已駁斥其非。細考其詩，三章皆由樛木葛藟起興，有纏綿依附之義，婦人祝福其夫壻之詩也。詩則首章末句言「福履綏之」，綏，安也。次章易以將。將，大也。三章易以成。所謂成者，言諸福之物可致之祥，莫不畢至，有純全悠久之意也。此詩用字雖少，而祝福之義無盡，宜乎方玉潤有「三章只易六字，而往復疊陳，慇懃之意自見」之言也。

五、螽斯

此賀人生子盛多之詩。

螽斯羽❶，詵詵兮❷；宜爾子孫振振兮❸！

右第一章，賀人生子，乃以螽斯比之。蓋螽斯繁殖快速，喻子孫衆多也。

【註釋】

❶螽：音終ㄓㄨㄥ。螽斯：蝗屬，青色多子之蟲，能以股擦翅作聲。羽者，其翅也。❷詵：音身ㄕㄣ，詵詵：眾多蝗蟲起飛之聲也。❸爾：指螽斯。振：音眞ㄓㄣ，振振：眾盛貌。句言螽斯，爾宜乎子孫之眾多也。

螽斯羽，薨薨兮❶；宜爾子孫繩繩兮❷！

右第二章，義與作法如第一章，重複首章之義而換韻。

【註釋】

❶薨：音烘ㄏㄨㄥ，薨薨：猶詵詵。❷繩繩：連續不絕貌。

螽斯羽，揖揖兮❶；宜爾子孫蟄蟄兮❷！

右第三章，作法仍舊，仍重上兩章之作法，而又換韻，以為三唱，使祝意加深。

【註釋】

❶揖：音緝ㄑㄧˋ，揖揖：亦猶詵詵。❷蟄：音直ㄓˊ，蟄蟄：盛多貌。

【欣賞品評】

呂大臨曰：

螽斯將化，其羽比次而起；已化而齊飛有聲；既飛復斂羽而聚。歷言衆多之狀，其變如此也。

陸深曰：

螽斯之詩與樛木三章，皆詞氣和平，文義回互，反覆而吟詠，深醇醲郁之氣，自溢於筆墨蹊徑之外。以聲詩言之，三疊之類也；以聲樂言之，三闋之類也。而古調從可識矣。

守亮案：

詩序云：「螽斯，后妃子孫衆多也。言若螽斯，不妬忌，則子孫衆多也。」朱傳云：「后妃不妬忌而子孫衆多，故衆妾以螽斯之羣處和集而子孫衆多比之。言其有是德而宜有是福也。」其言子孫衆多之義固是，而言后妃則不免附會。歐陽修、方玉潤已駁斥其非。屈萬里先生曰：「此祝子孫盛多之詩。」後之解詩者多從之。詩則由首至尾，皆言螽斯，並未及於人。是螽斯生子衆多，而古又以多子多孫爲福，故借物以比人也。詩以疊字爲調，節短韻長。故徐退山曰：「詵詵、薨薨、揖揖，妙有意旨。可思比意不在下三疊字，而在上三疊字，宜字從此見得。只細玩上三疊字，便是寫生妙手。」

六、桃　夭

此賀人嫁女，祝其于歸後能宜其室家之詩。

桃之夭夭❶，灼灼其華❷。之子于歸❸，宜其室家❹。

右第一章，以桃花鮮豔，喻少女美麗，而喜女子之嫁後，宜其室家也。

【註釋】

❶夭夭：少好貌。重在年輕、柔和、美麗。詩以桃花喻出嫁之少女。❷灼：音酌ㄓㄨㄛˊ，灼灼：鮮明貌。華：古花字。❸之：是也。之子：是子也。猶言此一女子，指嫁者而言。于：助詞。有正在進行之意。歸：婦人謂嫁曰歸。句言此一女子正在出嫁。❹宜：和順之意。或以為男女年時相當。室家：家庭之泛稱。

桃之夭夭，有蕡其實❶。之子于歸，宜其家室❷。

右第二章，以桃實碩大，喻少女內在美，而喜女子之嫁後，宜其家室也。

【註釋】

❶蕡：音賁ㄈㄣˊ，大也。有蕡：即蕡然，大貌。詩中凡以有字冠於形容詞或副詞之上者，等於加然字於形容詞或副詞之下；故有蕡猶蕡然也。❷家室：猶室家也。

桃之夭夭，其葉蓁蓁❶。之子于歸，宜其家人❷。

右第三章，以桃葉茂密，喻家族昌大和諧，而喜女子之嫁後，宜其家人也。

【註釋】

❶蓁：音珍ㄓㄣ，蓁蓁：茂盛貌。❷家人：一家之人也，今謂家族。

【欣賞品評】

姚際恆曰：

桃花色最豔，故以取喻女子，開千古詞賦咏美人之祖。

崔述曰：

此篇語意平平無奇，然細思之，殊覺古初風俗之美，何者？婚娶之事，流俗之所豔稱，為壻黨者，多以婦之族姓顏色為貴，而誇示之，碩人之詩是也。為婦黨者，多以壻之富盛安樂為美，而矜言之，韓奕之詩是也。俗情類然，蓋雖賢者有不免焉。今此詩都無所道，祗欲其宜家室、宜家人，其意以為婦能順於夫，孝於舅姑，和於妯娌，即為至貴至美，此外都可不論，是以無一言及於紛華靡麗者，非風俗之美，安能如是？

守亮案：

詩序云：「桃夭，后妃之所致也。不妬忌，則男女以正，昏姻以時，國無鰥民也。」詩序以此篇強屬之后妃，實爲迂曲附會，清人姚際恆已駁斥其非。朱傳謂爲文王之化，雖已不言后妃，仍見束縛於王化后德舊說之中。屈萬里先生曰：「此賀嫁女之詩。」後之解詩者多從之。詩則以桃花起興，以其花色最豔也。以花比女子，前無所有，始於桃夭。故方玉潤曰：「豔絕，開千古詞賦香奩之祖。」寫華則夭夭少好，寫實則有蕡碩大，寫葉則蓁蓁，有綠葉成陰子滿枝意矣。夫一桃也，而句法之變化也如是，自非凡筆。且詩特重一宜字，輔廣曰：「婦人之賢，莫大於宜家。使一家之人，相與和順，而無一毫乖戾之心，始可謂之宜矣。」龍仿山曰：「詩旨在一宜字，此宜字即關雎一淑字。宋儒謂孝不衰於舅姑，敬不違於夫子，慈不遺於卑幼，義不拂於夫之兄弟，而後可謂之宜。此詩以桃花起興，而以一宜字爲頌爲誡。後世千言萬語，無有能踰之者。」是以牛運震有「宜字穩妙」之言也。

七、兔罝

此詠兔罝之夫，而膺重寄之人之詩。

肅肅兔罝❶，椓之丁丁❷。赳赳武夫❸，公侯干城❹。

右第一章，言施兔罝之武夫，而為公侯之干城也。

【註釋】

❶肅肅：舊多解爲整飾貌，糾結嚴密貌，或縮縮之假借。縮，數也，即密也。實摹聲之詞。狀兔罝拖曳所發之聲也。罝：音居ㄐㄩ，網也。兔罝：捕兔之網也。❷椓：音琢ㄓㄨㄛˊ，擊也。丁：音爭ㄓㄥ，丁丁：擊木橛以固定兔罝之聲也。❸赳：音糾ㄐㄧㄡ，赳赳：雄壯武勇貌。❹公侯：指國君。干城：干即盾，所以護身。城以阻敵。盾與城皆禦敵捍衛之物，故以之比武夫。可爲公侯之干城，言勇而忠，可以爲君禦敵也，護身也。

肅肅兔罝，施于中逵❶。赳赳武夫，公侯好仇❷。

右第二章作法同第一章，惟好仇深於干城也。

【註釋】

❶施：佈置也。逵：音奎ㄎㄨㄟˊ，九達之道也。此九達之道，指兔之行道，非指人行之道也。中逵：即逵中，言兔常行之路中。❷仇：同逑，匹也。此好仇猶言良伴，謂能伴公侯而佐之也。

肅肅兔罝，施于中林❶。赳赳武夫，公侯腹心❷。

右第三章，作法與前二章同，惟腹心又深於好仇也。

【註釋】

❶中林：林中也。❷腹心：可與公侯同心同德，爲公侯可靠而得力之人也。腹心，今爲心腹，謂機密之事，可與之謀慮，涵義不盡與此同。

【欣賞品評】

方玉潤曰：

干城、好仇、腹心，即從上肅肅字看出。落落數語可賅上林、羽獵、長楊諸賦。竊意此必羽林衞士扈蹕游獵，英姿偉抱，奇傑魁梧，遙而望之，無非公侯妙選。詩人咏之，亦以為正氣鍾靈特盛乎此耳。

守亮案：

詩序云：「兔罝，后妃之化也。關雎之化行，則莫不好德，賢人衆多也。」朱傳云：「化行俗美，賢才衆多，雖罝兔之野人，而其才之可用猶如此，故詩人因其所事以起興而美之。」二者仍拘泥王化后德舊說，詩中只詠武夫可爲公侯干城，何曾有此意？淸人方玉潤已駁斥其非。傅斯年曰：「此稱美武士之辭。」意近之，後人多就此言之，因詩中固有「赳赳武夫」句也。詩則以「赳赳武夫」之膺重寄也，初曰干城，次曰好仇，終曰腹心，一層深似一層，親之之意自見。且肅肅、赳赳字，落地有聲，不同凡響，是以龍仿山有「二南皆房中樂章，則此篇自在其內。誦之覺於弦管笙歌之際，忽聞鼙鼓笳吹之音；翠羽明璫之中，忽遇熊羆虎旅之徒。變兒女情爲風雲氣，此正是興王景象。靡靡之樂，安得有此」之言也。

八、芣苢

此婦女采芣苢時，信口所歌者之詩。

采采芣苢❶，薄言采之❷；采采芣苢，薄言有之❸。

右第一章，為開采。

【註釋】

❶采：同採。采采：或解爲採而又採，非一採也。或解爲粲粲之假借，此作萋萋講，茂盛之意。芣：音浮ㄈㄨˊ，苢：音以ㄧˇ，芣苢：即車前子，可入藥。或言治婦人難產，或言食之可以養肺，強陰，益精，令人有子。❷薄言：語詞。或單曰言，或單曰薄，或合曰薄言，其義無甚區別。❸有：越採越發現其多，富有。

采采芣苢，薄言掇之❶；采采芣苢，薄言捋之❷。

右第二章，為采時之動作。

【註釋】

❶掇：音奪ㄉㄨㄛˊ，拾也。❷捋：音勒ㄌㄜˋ，取其子也。子在地者拾之，未落者捋之。所謂捋者，一手持其穗，一手以指歷取之也。

采采芣苢，薄言袺之❶。采采芣苢，薄言襭之❷。

右第三章，為采得之情形。

【註釋】

❶袺：音結ㄐㄧㄝˊ，以衣貯物而執其襟也。❷襭：音協ㄒㄧㄝˊ，以衣貯物而扱其襟於腰帶間也。

【欣賞品評】

方玉潤曰：

此詩自鳴天籟，一片好音，讀者試平心靜氣涵泳，此詩恍聽田家婦女三三五五於平原繡野風和日麗中，群歌互答，餘音裊裊，若遠若近，忽斷忽續，不知其情之何以移，而神之何以曠！今世南方婦女登山採茶，結伴謳歌，猶有此遺風云。

守亮案：

詩序云：「芣苢，后妃之美也。和平，則婦人樂有子矣。」詩序之附會於有子，而又及於后妃，宋人鄭樵及近人康有爲已駁斥其非。朱傳云：「化行俗美，家室和平，婦人無事，相與采此芣苢，而賦其事以相樂也。」其說近是。詩則無何深義，故王靜芝先生曰：「此詩純屬采芣苢時合唱之詞，如今之采茶者之歌，揷秧者之歌。全詩無何深義，惟信口而歌耳。」雖如此，少婦春遊嬉戲之樂，雖不言之，自可想見。是以牛運震曰：「采采薄言，疊說連下，輕倩流逸，寫出少婦遊春嬉笑成隊光景。」是此詩一片元音，純然天籟，徐退山所謂「此篇作者不添一字，讀者不添一言，方得之」也。

九、漢廣

此江畔樵子慕隔岸游女，而求之不得者之所作之詩。

南有喬木❶，不可休思❷；漢有游女❸，不可求思。漢之廣矣，不可泳思❹；江之永矣❺，不可方思❻！

右第一章，以喬木高竦不可休，江漢廣永不可渡，喻漢女之不可追求也。

【註釋】

❶南：泛言南面。喬木：上竦無枝之木也。❷休：休息也。思：音肥ㄙ丂，語詞，今四川省仍用之。下同。喬木不能蔭下，故不可休息。❸游女：出遊之女也。❹泳：潛行水中也。❺江：即漢江。永：長也。❻方：桴也。編木爲筏以渡水者也，大曰筏，小曰桴。

翹翹錯薪❶，言刈其楚❷；之子于歸，言秣其馬❸。漢之廣矣，不可泳思；江之永矣，不可方思！

右第二章，刈其楚，取其好者也，喻女如于歸，己願秣馬以隨之也，但終不可得。

【註釋】

❶翹：音喬ㄑㄧㄠˊ，翹翹：叢生貌。錯：雜也。❷言：語詞。相當於而或乃字。刈：音亦ㄧˋ，割也。楚：木名，荊屬。❸秣：音莫ㄇㄛˋ，以草飼馬也。馬：古音母ㄇㄨˇ。二句爲希冀之詞，言此女子如出嫁，己願秣馬以隨之，乃雖爲之執鞭，亦欣慕焉之意。

翹翹錯薪，言刈其蔞❶；之子于歸，言秣其駒❷。漢之廣矣，不可泳思；江之永矣，不可方思！

右第三章，形式與第二章同。惟易蔞、駒兩字以換韻，重疊前唱，反覆詠歎之也。

【註釋】

❶蔞：音縷ㄌㄩˇ，蒿也。今名柳蒿，可以飼馬。❷駒：馬之小者。

【欣賞品評】

方玉潤曰：

終篇忽疊咏江漢，覺烟水茫茫，浩渺無際。廣不可泳，長更無方，唯有徘徊瞻望，長歌浩歎而已。

守亮案：

詩序云：「漢廣，德廣所及也。文王之道被于南國，美化行乎江漢之域，無思犯禮，求而不可得也。」此說至朱傳以下，多以爲然；甚至姚際恒皆從之。然細味其詩，誠距序說甚遠。方玉潤曰：「所謂樵唱是也。近世楚粵滇黔間樵子入山，多唱山謳，響應林谷。蓋勞者善歌，所以忘勞耳。其詞大抵男女贈答，私心愛慕之情。」斯言是也，後之解詩者多就此義發之。詩則言游女，注疏家多解爲出遊之女。證之史記齊太公世家有「蔡姬習水」，揚雄羽獵賦有「漢女水潛」句，或亦可釋爲游泳之女。觀朱傳所謂「江漢之俗，其女好遊，漢魏以後猶然，如大隄之曲可見也。」聞家驊所謂「夫求之必以泳以游，則女在水中明矣」之說，此義尤確。漢廣江永句，三疊三唱，不易一字，有千迴萬轉之致。較漢人詩：「河漢清且淺，相去復幾許，盈盈一水間，脈脈不得語。」爲義深且永也。且詩不著游女身上形容，又有不可泳，不可方，冤與後世高唐、洛神一例看也。然憑空設想「之子于歸」，而「言秣其馬」，「言秣其駒」，悅慕何似。是以牛運震曰：「寫得情款繾綣之至」也。

十、汝墳

此汝水近旁婦人喜其夫行役而歸，不欲夫再離己遠去，應以父母為念為借口之詩。

遵彼汝墳❶，伐其條枚❷。未見君子❸，惄如調飢❹。

右第一章，寫出無限渴想之意。

【註釋】

❶遵：循也，今謂沿著。彼：指示字。汝：水名，在今河南省。墳：大防也。或云當與濆通，水涯也。❷條：小枝也。枚：樹幹也。❸君子：婦人指其夫。❹惄：音溺ㄋ一ˋ，急切之思念也。調：音周ㄓㄡ，朝之假借字，早晨也。句言急切之思念，如朝飢之欲食也。

遵彼汝墳，伐其條肄❶。既見君子，不我遐棄❷。

右第二章，寫出無限欣幸之意。

【註釋】

❶肄：枝幹之斬而復生者曰肄。❷遐：遠也。不我遐棄：謂不遠棄我，仍與我相聚也。又詩中凡不遐，遐或作瑕，兩字冠於句首，或云不……遐……者，遐字皆語詞無義。不我遐棄，即不我棄也。

魴魚赬尾❶，王室如燬❷。雖則如燬，父母孔邇❸。

右第三章，寫出無限安慰之意。

【註釋】

❶魴：音房ㄈㄤˊ，鯿魚也。又名赤尾魚。赬：音稱ㄔㄥ，赤色也。或謂魚勞則尾赤，不知可信否。❷王

室：謂周朝也，舊謂爲殷王室，非是。燬：焚也。王室如焚，言天下離亂也。或指驪山亂亡之事。❸孔邇：甚近也。二句言王室雖如燬，意謂固應出而爲國服役。但父母爲最親近之人，應服侍留戀也。此婦不欲夫再遠去之借口，題目正大。

【欣賞品評】

輔廣曰：

未見君子，惄如調飢，思望之情也；既見君子，不我遐棄，喜幸之意也；雖則如燬，父母孔邇，慰勉之辭也。未見而思，既見而喜，發乎情也；終勉之以正，止乎禮義。此可見其性情之正矣。

龍仿山曰：

既伐條矣，而又伐肄，則役已踰年，此一篇之次第。既見句有「柴門鳥雀噪，歸客千里至」之意。不我遐棄句有「妻孥怪我在，驚定還拭淚」之意。

守亮案：

詩序云：「汝墳，道化行也。文王之化，行乎汝墳之國，婦人能閔其君子，猶勉之以正也。」朱傳云：「汝旁之國亦先被文王之化者。故婦人喜其君子行役而歸，因記其未歸之時思望之情如此，而追賦之。」崔述謂「王室如燬，即指驪山亂亡之事。」屈萬里先生因之，謂爲東周之詩，舊說非是。詩與文王之化無涉，乃汝水岸旁婦人喜其夫而歸，因勸以勿再遠別父母之作也。詩則以物紀時，所謂以草木爲春秋也。初則伐枚，繼而伐肄，已經踰年；物變時遷，感之動離思，則閨怨彌深矣！故未見也，則「惄如調飢」；既見也，則不欲其再遠己他去。詩云「父母孔邇」應奉侍，實則兒女私情作祟也。語極迴環，筆亦曲折。

十一、麟之趾

此美公族龍種，盡非常人之詩。

麟之趾❶，振振公子❷。于嗟麟兮❸！

右第一章，意在頌美公子，而以麟比之。

【註釋】

❶麟：相傳爲仁獸，又是靈獸，世不常出，王者至仁則現。趾：足也。足有指稱趾，無指稱蹄。❷振：音珍ㄓㄣ，振振：盛多貌。公子：指公侯之子孫。❸于：借爲吁。或單言于，或單言嗟，或合言于嗟，其義無甚區別。于嗟：歎詞，此用爲美歎義。

麟之定❶，振振公姓❷。于嗟麟兮！

右第二章，作法與第一章同，惟換韻。

【註釋】

❶定：頂之假借，額頭也。又通腚ㄉㄧㄥˋ，今北方稱臀部仍曰腚。❷公姓：公之子孫也。子孫同姓，故曰公姓。

麟之角❶，振振公族❷。于嗟麟兮！

右第三章，以換韻方法，重疊頌美之。

【註釋】

❶角：音俗ㄐㄩㄝˊ，麟一角，末端有肉。❷公族：公之子孫也。子孫同族，故曰公族。

【欣賞品評】

姚際恆曰：

詩因言麟，而擧麟之趾、定、角為辭。詩例次序本如此，不必論其趾為若何，定為若何，角為若何也。又，趾子、定姓、角族，第取協韻，不必有義。

守亮案：

詩序云：「麟之趾，關雎之應也。關雎之化行，則天下無犯非禮。雖衰世之公子，皆信厚如麟趾之時也。」關雎之應云云，迂謬過甚，清人姚際恆已駁斥其非是。朱傳云：「文王后妃，德修於身，而子孫宗族皆化於善，故詩人以麟之趾與公之子。言麟性仁厚，故其趾亦仁厚。文王后妃仁厚，故其子亦仁厚。」細審全詩，絕無文王后妃之義在，乃美公族龍種，盛多俊美，盡非常人之詩也。詩則無何特殊意義，惟藉麟以比公子，公姓，公族耳。蓋麟爲神獸，世不常出，公侯子孫，亦當爲非常人，而歎美之也。杜甫詩云：「高帝子孫盡隆準，龍種自與常人殊。」今俗亦有：「龍生龍，鳳生鳳，老鼠生來會打洞」之言。是以振振之公族龍種，豈凡庸常人之所可企及比擬者也。

召南

召南，召公采邑中之詩也。召南之詩十四篇，言地望者，則有江有汜；復證以江漢之詩，知其地南至長江，乃周南以南至於長江之地域也。甘棠之詩言召伯，當爲召公奭。何彼襛矣言「平王之孫」。以此證之，召南之詩，緣采地而得名，不必專言召公之事，采之亦非一時。早者或及周初，遲者已至東周初葉。舊以爲皆周初之詩，非也。

召南之國 共十四篇

一、鵲巢

此咏諸侯嫁女之詩也。

維鵲有巢❶，維鳩居之❷。之子于歸❸，百兩御之❹。

右第一章，由鵲有其巢，而鳩居之說起，引起女子出嫁，百兩迎之。

【註釋】

❶維：語詞。用於句首，與緊字同，猶今語之啊。鵲：鳥名，善爲巢。相傳鵲每年十月後遷巢，其空巢則鳩居之。❷鳩：鳲鳩也，即布穀。或謂八哥，班鳩。拙不能爲巢，居鵲之成巢。❸句言此一女子正在出嫁。❹兩：一車兩輪，故謂之兩。是兩，即輛，車輛也。車有百乘，象有百官之盛。御：迎也，夫以其車迎之也。

維鵲有巢，維鳩方之❶。之子于歸，百兩將之❷。

右第二章，與第一章同。方之將之，換韻而已。

【註釋】

❶方之：有之也，今謂據有，佔有。又讀爲放，依也。❷將：送也，父母家人送之也。

維鵲有巢，維鳩盈之❶。之子于歸，百兩成之❷。

右第三章，與一二章同，盈之成之，又換韻，三疊詠歌之也。

【註釋】

❶盈：滿也，陪嫁之人與妝奩將新居充滿也。❷成：成其禮也。

【欣賞品評】

薛應旂曰：

迎以百兩，送以百兩，而諸姪娣爛其盈門，昏姻之禮，於是乎成，無曠義，無缺典也。

守亮案：

詩序云：「鵲巢，夫人之德也。國君積行累功，以致爵位，夫人起家而居有之。德如鳲鳩，乃可以配焉。」與詩義相去甚遠，清人姚際恆已駁斥其謬。朱傳以爲南國諸侯被后妃之化，嫁於諸侯，而其家人美之。朱說所謂嫁於諸侯，家人美之者，已甚近之。惟所謂被后妃之化，又甚牽強。王靜芝先生曰：「詩中所咏，祇爲諸侯嫁女耳。」斯言是也。因詩中有百兩御之、將之、成之之語，自爲諸侯之家也。詩則以鵲有其巢，而鳩居之。由此居彼之巢，聯想女嫁於男而居男之室也。故姚際恆曰：「言鵲鳩者，以鳥之異類況人之異類；其言巢與居者，以鳩之居鵲巢，況女之居男室也。」居之、方之、盈之，義雖近而究有別。御之、將之、成之，此又詩之迎、送，成其禮先後次第也。短篇小章，雖僅此六字不同，亦自有其必然者在也。

二、采蘩

此婦人自咏采蘩奉公，以供祭祀之詩。

于以采蘩❶？于沼于沚❷。于以用之？公侯之事❸。

右第一章，寫于沼沚采蘩，得之以用於公侯祭祀之事也。

【註釋】

❶于以：猶言在何處。于以之以，假爲台，音怡一ˊ，何也。于以者，于何也。故凡言于以皆問詞，其下句則答詞也。又二字或解爲語詞。與越以同，薄言同。蘩：音煩ㄈㄢˊ，白蒿也。凡艾，白色爲皤蒿，春始生，及秋，香美可食。此采之以供祭祀。❷沼：池也。沚：渚也。于沼言在池，于沚言在渚。❸事：祭祀之事也。古謂祭祀之事曰有事，甲骨文、周易爻辭，皆常用此語。

于以采蘩？于澗之中❶。于以用之？公侯之宮❷。

右第二章，與第一章同，惟于澗之中，公侯之宮二句換韻，重唱也。

【註釋】

❶澗：山夾水曰澗。❷宮：廟也，所以言祭祀。

被之僮僮❶，夙夜在公❷。被之祁祁❸，薄言還歸❹。

右第三章，以首飾盛喻衆女，早夜助祭祀於宗廟，事後卽還歸也。

【註釋】

❶被：首飾也。或曰編髮爲之，古者剪賤者之髮，以被於其他女子之無髮者。僮：音童ㄊㄨㄥˊ，僮僮：形容首飾之盛多。❷夙：早也。詩凡言夙夜，多非指早晚講，謂早夜平旦時也。公：公所也，此謂宗廟。❸祁：音奇ㄑㄧˊ。祁祁：亦形容首飾之盛多。❹薄言：語詞。還：音旋ㄒㄩㄢˊ，還歸：返歸也。

【欣賞品評】

牛運震曰：

蘩至儉薄之物，借此寫祀典，較侈陳水陸者意特高。

方玉潤曰：

首二章事瑣，偏重疊咏之；末章事煩，偏虛摹之。此文法虛實之妙，與葛覃可謂異曲同工。

守亮案：

詩序云：「采蘩，夫人不失職也。夫人可以奉祭祀，則不失職矣。」朱傳從其說。又云：「或曰，蘩所以生蠶。蓋古者后夫人有親蠶之禮。」二者，曲解附會，不可信。王靜芝先生曰：「此婦人自咏采蘩奉公，以供祭祀之詩。」斯言是也，故用之焉。詩則以一問一答方式出之，後一問一答歌謠本色形式，始於此詩。牛運震曰：「連用于以，調法靈脫。」末章以僮僮、祁祁，首飾盛美，以形容其人之衆多，筆法亦甚新穎。

三、草蟲

此乃係思婦喜勞人歸來之詩。

喓喓草蟲❶，趯趯阜螽❷。未見君子❸，憂心忡忡❹；亦既見止❺，亦既覯止❻，我心則降❼。

右第一章，覯時物思念君子，故而憂戚也。及至見而遇之，則心降而安矣。

【註釋】

❶喓：音腰一幺，喓喓：蟲鳴聲。草蟲：蝗屬，俗名織布娘，大小長短如蝗蟲，喜生活在茅草中。❷趯：音替ㄊㄧˋ。趯趯：跳躍也。螽：音終ㄓㄨㄥ，阜螽：尚未生翅之幼蝗，俗名蚱蜢。❸君子：指出征之人，其丈夫也。❹忡：音冲ㄔㄨㄥ。忡忡：猶衝衝也。憂慮不安貌。❺亦：發語詞。止：舊多解爲語尾詞。實與之通，此指君子。❻覯：音構ㄍㄡˋ，遇也。❼降：音洪ㄏㄨㄥˊ，下也。心降猶心安。意謂心在憂懸，降則不懸而安矣。

陟彼南山❶，言采其蕨❷。未見君子，憂心惙惙❸；亦既見止，亦既覯止，我心則說❹。

右第二章，登山采蕨，感時之逝，思念君子，故而憂戚也。及至見而遇之，則心乃大悅也。

【註釋】

❶陟：音至ㄓˋ，登也，升也。彼：指示詞。❷言：語詞。相當於而或乃字。蕨：音厥ㄐㄩㄝˊ，羊齒類植物，嫩葉可煮食。❸惙：音綽ㄔㄨㄛˋ。惙惙：憂結貌，憂不絕貌。❹說：音義同悅，喜悅也。

陟彼南山，言采其薇❶。未見君子，我心傷悲。亦既見止，亦既覯止，我心則夷❷。

右第三章，與第二章之義同，惟薇、悲、夷三字換韻。

【註釋】

❶薇：似蕨而高，嫩葉可煮食，即野豌豆苗。❷夷：平也。又夷，悅也。蓋由懸念轉爲平靜之喜悅也。

【欣賞品評】

謝枋得曰：

惙惙，憂之深不止於忡忡矣，傷則惻然而痛，悲則無聲之哀，不止於惙惙矣；此未見之憂，一節緊一節也。降則心稍放下，說則喜動於中，夷則心氣和平；此既見之喜，一節深一節也。此詩每有三節，蟲鳴、螽躍，采蕨采薇之時，是一般意思；忡忡、惙惙，傷悲之時，是一般意思。則降、則說、則夷之時，是一般意思。

守亮案：

詩序云：「草蟲，大夫妻能以禮自防也。」此說穿鑿附會，詩無自防意，清人姚際恆已駁斥爲不通之論。朱傳云：「南國被文王之化，諸侯大夫行役在外，其妻獨居，感時物之變，而思其君子如此。」感時物之變，而思其君子。此說近是，然意有未盡。且不必文王之化，大夫行役也。王靜芝先生曰：「此詩祇是思婦喜勞人歸來之詠。」斯言是也。詩則首章一、二句寫秋景如畫。牛運震曰：「蟲鳴螽躍，何關思婦？觸景生情，自然意遠。」草蟲阜螽之躍鳴，深秋時也。采蕨采薇，則暮春事矣。夫君行役，深秋而往，暮春未歸，時序已變，道里悠遠，吉凶莫卜，是以憂之漸深也。及至見而覯之，則心胡不降而喜悅乎！

四、采蘋

此咏將嫁女，采蘋藻以奉祭祀之詩。

于以采蘋❶？南澗之濱❷；于以采藻❸？于彼行潦❹。

右第一章，言未祭之前，采蘋藻之事。

【註釋】

❶于以：猶言在何處。蘋：水萍有三種，大者曰蘋，中者曰荇菜，小者曰浮萍。❷濱：水涯也。❸藻：水草也。有二種，其一種葉如雞蘇，莖大如箸，長四五尺，其一種莖大如釵股，葉如蓬蒿，好聚生，謂之聚藻，二者皆可食。❹行：如字，流動也。潦：音勞ㄌㄠˊ，雨水也。行潦：流動之水也，指溪河言。

于以盛之❶？維筐及筥❷；于以湘之❸？維錡及釜❹。

右第二章，言既得蘋藻，而治以為菹之事。

【註釋】

❶盛：音成ㄔㄥˊ，以器受物也。❷維：舊多解爲語詞無義。實相當以，用也。筐：竹器之方者曰筐。筥：音舉ㄐㄩˇ，竹器之圓者曰筥。❸湘：烹煮也。❹錡：音奇ㄑㄧˊ，三脚鍋，無足曰釜，有足曰錡。

于以奠之❶？宗室牖下❷；誰其尸之❸？有齊季女❹。

右第三章，續二章言祭時獻豆菹之事。

【註釋】

❶奠：置也，放置祭品蘋藻荇羹等物而奠祭之也。❷宗室：大宗之廟也，大夫士祭於宗廟，奠於牖下。牖：音有ㄧㄡˇ，窗也。牖下：戶牖間之前也。❸尸：主也。古者孝子之祭，不見親之形體，心無所繫，故祭祀時設人爲尸，代受祭品，後世始改用畫像而廢尸。❹齊：讀如齋ㄓㄞ。有齊：齋然，莊敬也。季女：少女也。謂主持設羹者，乃齋然莊敬之少女也。或謂此尸爲齊國少女之嫁來爲婦者，則齊讀本音。

【欣賞品評】

方玉潤曰：

祭品及所采之地，治祭品及所治之器，祭地及主祭之人，層次井然，有條不紊。

守亮案：

詩序云：「采蘋，大夫妻能循法度也。能循法度則可以承先祖奉祭祀也。」此說清人姚際恆已駁斥其非。朱傳云：「南國被文王之化，大夫妻能奉祭祀，而其家人敘其事以美之也。」詩與文王之化無涉，且亦襲詩序說。王靜芝先生曰：「詩序釋采蘋祭祀之事，爲循法度之義。雖可牽引，但失本旨。此咏將嫁女，采蘋藻以奉祭祀之詩也。」此當是少女將嫁，行祭祖告廟之禮之詞。詩則如前采蘩，仍用一問一答歌謠本色形式。且連用五于以字，奔放迅快，莫可遏止。末忽接以「誰其尸之？有齊季女。」陡然變調，點實作結，自是奇筆。又首章言采之之處所，次章言盛之湘之之器物，是未祭以前之準備也。末章言祭時奠之之地，尸之之人。是敘事步步扣緊，有其先後次序也。

五、甘棠

此南國之人，念召公之德，因及其所曾憩息之樹，乃作之詩。

蔽芾甘棠❶，勿翦勿伐❷，召伯所茇❸。

右第一章，念召伯之遺德，而不忍翦伐其曾止息之樹也。

【註釋】

❶蔽：謂可蔽風日。芾：音費ㄈㄟˋ，茂盛貌。蔽芾：樹木茂盛掩覆之貌。甘棠：今棠梨樹。❷翦：謂翦其枝葉。伐：謂伐其條榦。❸召伯：召公奭也。茇：音拔ㄅㄚˊ，草中止息也。此指止息樹下，樹下為草地，故曰茇也。

蔽芾甘棠，勿翦勿敗❶，召伯所憩❷。

右第二章，與首章義同，惟換韻而重言之。

【註釋】

❶敗：折也。❷憩：音氣ㄑㄧˋ，息也。

蔽芾甘棠，勿翦勿拜❶，召伯所說❷。

右第三章，義同前兩章，重疊三唱。三章重疊詠歎，以表示其思慕懷戀之情也。

【註釋】

❶拜：拔也。又如人身之拜，小低屈也。或以為挽其枝以至地也。❷說：音稅ㄕㄨㄟˋ，舍止以休息也。

【欣賞品評】

方玉潤曰：

他詩鍊字，一層深一層，此詩一層輕一層，然以輕而愈見其珍重耳。

竹添光鴻曰：

善政民畏之，善教民愛之，召伯之教，入民深矣。民愛而思之，見其樹如見其人，故保護之無已也。

守亮案：

詩序云：「甘棠，美召伯也。召伯之教，明於南國。」後之說詩者，多從詩序之說。如朱傳云：「召伯循行南國，以布文王之政，或舍甘棠之下。其後人思其德，故愛其樹而不忍傷也。」王靜芝先生曰：「此詩蓋南國之人，懷念召伯在南國之政，而召伯當日勸農教稼，曾憩此甘棠樹下。後雖不見召伯，見樹思德，乃咏此詩。」古今說詩者，皆以甘棠美召公奭之詩。然傅斯年、屈萬里先生定爲美召伯虎，而非召公奭，但趙制陽先生又詳加考證，仍從舊說召公奭爲宜。詩則首章言勿伐，伐謂伐其枝榦也。二章言勿敗，敗謂拔折之也。則勿敗，非特勿伐而已，是敗輕於伐。三章言勿拜，拜謂低屈之也。則勿拜，非特勿敗而已，是拜又輕於敗。所謂愛之愈久，而愈深也，此朱熹所及言之。情深調高，言簡意長，故徐退山曰：「若稱頌功德，鋪張揚厲，恐滿紙書不盡。獨從甘棠着筆，而深愛之意，流溢楮外。命意立言，俱高人數倍。」

此女子許婚後，發現男子非偶，而藉聘禮不足，以拒男婚之詩。

六、行露

厭浥行露❶，豈不夙夜❷？謂行多露❸！

右第一章，以多露行之霑衣，喻非禮之求從之多誹議，以拒男婚也。

【註釋】

❶厭：音頁ㄧㄝˋ。浥：音邑ㄧˋ，濕貌。行露：道上之露也。❷夙：早也。豈不：言豈有不如此者。豈不夙夜：言豈有不欲早夜而行於道者？❸謂：畏之假借。言道路之上，露甚多，畏受露浸而不行也。或以為謂惟古通用，語詞。或又以為以字之假借，因由之意。

誰謂雀無角❶？何以穿我屋？誰謂女無家❷？何以速我獄❸？雖速我獄，室家不足❹。

右第二章，室家之禮不足，不可從嫁，雖速我獄，亦不汝從也。

【註釋】

❶角：喙也，鳥嘴也。又讀為本字，言雀雖無角，以能穿屋，故謂有角也。❷女：音義同汝。下同。家：音姑ㄍㄨ，謂媒聘，求為室家之禮也。❸速：猶促使也。獄：訟也，爭是非也。❹不足：謂求為室家媒聘

之禮不備也。古者禮不備，貞女不從。

誰謂鼠無牙？何以穿我墉❶？誰謂女無家？何以速我訟？雖速我訟，亦不女從。

右第三章，作法同第二章，意亦與二章同。此重複前章之義以加重言之。言之又言，示意之決。

【註釋】

❶墉：牆也。

【欣賞品評】

賀子翼曰：

誰謂何以四字，皆從必無而忽有之事，反覆駁詰。雖字一轉折出下句，倍覺森峭。

徐退山曰：

首章如游魚銜鈎而出，二三章如翰鳥披雲而墜。

守亮案：

詩序云：「行露，召伯聽訟也。衰亂之俗微，貞信之教興，强暴之男不能侵陵貞女也。」

朱傳云：「女子有能以禮自守，而不爲强暴所汚者，自述己志，自作此詩，以絕其人。」詩序以召伯聽訟爲主。朱傳不言聽訟，但言女子拒強暴，雖得其旨，但「強暴所污」字眼，似嫌落筆太重。屈萬里先生曰：「此女子拒婚之詩。」何以拒婚？必有其因。蓋許婚後，發現男子非偶，而藉故拒之也。詩則首章豈不二字，二三章四誰謂、四何以字，中間隱涵一己有不得已義，理虧義。謂字句似在道出一己之不得已。而雖字下之所以意志堅決，態度強硬者，以有充份藉口支持己之理虧，而不汝從也。決絕之辭凛然。

七、羔羊

此美官吏燕居生活之詩。

羔羊之皮❶，素絲五紽❷。退食自公❸，委蛇委蛇❹。

右第一章，大夫退朝後，服羔羊之皮裘，飾以素絲五紽，從容安詳，舒緩自得也。

【註釋】

❶羔：小羊也。羔羊爲裘，大夫燕居之服也。❷素：白色也。絲：飾裘者也。素絲：白色之絲也。兩皮之縫不易合，故織白絲爲條，施之縫中連結兩皮，並以爲飾。紽：音駝ㄊㄨㄛˊ，數也，指絲之數。素絲五紽：謂以白絲五紽以爲羔裘之飾也。❸退食：自公衙退値歸家而進食也，猶今言下班回家吃飯。公：公署也，公衙也，執行政務之處也。❹蛇：音移ㄧˊ，委蛇：形容行路紆曲舒緩，搖擺自得之狀。

羔羊之革❶，素絲五緎❷。委蛇委蛇，自公退食。

右第二章，義與一章同，惟換韻。

【註釋】

❶革：皮也。❷緎：音域ㄩˋ，四紽為緎。

羔羊之縫❶，素絲五總❷。委蛇委蛇，退食自公。

右第三章，義與一二兩章同，又換韻。

【註釋】

❶縫：音奉ㄈㄥˋ，謂兩皮相接合處。或讀為髼，音朋ㄆㄥˊ，謂皮裘多而散之羊毛也。❷總：四緎曰總。

【欣賞品評】

姚際恆曰：

此篇美大夫之詩，詩人適見其羔裘而退食，即其服飾、步履之間以歎美之；而大夫之賢不益一字，自可于言外想見。此風人之妙致也。

守亮案：

詩序云：「羔羊，鵲巢之功致也。召南之國，化文王之政，在位皆節儉正直，德如羔羊也。」詩序之說，迂謬之甚，清人姚際恆已駁斥其非。朱傳云：「南國化文王之政，在位皆節儉正直，故詩人美其衣服有常，而從容自得如此也。」朱傳采詩序之節儉正直，而謂美其衣服有常，從容自得，其意近是，惟仍拘泥文王之化舊說則非也。王靜芝先生曰：「此詩一寫衣服，一寫退食，純爲美南國大夫燕居之情況也。」斯言是也。詩則從容自得，溫文和雅。每章前兩句由衣著寫大夫之身分，後兩句由行步寫大夫之風度。而二章將「委蛇委蛇」移前，「退食自公」改爲「自公退食」。三章又恢復「退食自公」首章原貌。退食委蛇兩句，往復變換，上下顛倒換韻，以生往復申咏作用，變化奇妙。

八、殷其靁

此婦人懷念征夫之詩。

殷其靁❶，在南山之陽❷。何斯違斯❸，莫敢或遑❹！振振君子❺，歸哉！歸哉❻！

右第一章，聞雷鳴，感風雨將作，興起懷念征人，冀其早歸之耳。

【註釋】

❶殷：雷聲之盛也。其：語詞。猶然也。靁：雷本字。殷其雷：言殷然隆隆之雷聲也。❷陽：山南曰陽。❸違：去也。何斯之斯，斯人也。違斯之斯，斯地也。何斯違斯：言何斯人離去此地耶。❹或：間或之義。

遑：暇也。莫敢或遑：則無一時之暇，指行役未敢稍事偷安閒逸也。❺振振：信厚貌。君子：謂在外行役之夫。❻歸哉：猶今言回來吧！

殷其靁，在南山之側。何斯違斯，莫敢遑息❶！振振君子，歸哉！歸哉！

【註釋】

右第二章，義與第一章同，惟換韻。

❶息：休止也，休息也。

殷其靁，在南山之下。何斯違斯，莫或遑處❶！振振君子，歸哉！歸哉！

【註釋】

右第三章，義與前二章同，惟換韻。此仍為重疊詠歎，以加重表現思念之意。

❶處：居也。

【欣賞品評】

朱善曰：

何斯違斯，念其久也；莫敢或遑，閔其勞也；振振君子，美其德也；歸哉歸哉，望其至也。往役者，君子事上之義；思念者，婦人愛夫之情。二者固竝行而不相悖也。

謝枋得曰：

始不敢暇，中不敢止，終不敢暇居處，一節緊一節，此詩人之法度也。

守亮案：

詩序云：「殷其靁，勸以義也。召南之大夫，遠行從政，不遑寧處。其室家能閔其勤勞，勸以義也。」讀詩中文字，毫無勸以義之意。詩序之說，則失之鑿。朱傳云：「婦人以其君子從役在外，而思念之，故作此詩。」朱說是也，後之解詩者多從之。詩則以雷聲起興，賀子翼曰：「仲春雷乃發聲，古之戍役仲春而歸，故感時而作。」雷本不可言在，而言在南山之陽、之側、之下，又確指其地者，唐人詩「雷聲傍太白」，似自此化出。「何斯違斯」二語，言何斯人，違斯地，遠行他所，而無敢或暇，或息，或處也。末二句，三章全同，謂我信厚之君子，歸哉歸哉。劉辰翁曰：「再言歸哉者，不敢必其卽歸也。」嚴粲曰：「冀其畢事來歸，而不敢爲決辭，知其未可以歸也。」唐人詩「何日平胡虜，良人罷遠征。」此其所待也。雖無怨辭，但思念之情深矣。

九、摽有梅

此女子懼嫁不及時之詩。

摽有梅❶，其實七兮❷。求我庶士❸，迨其吉兮❹。

右第一章，謂青春所餘尚多，則及其吉日良辰也。

【註釋】

❶摽：音縹ㄆㄧㄠˇ，落也。有：語詞，無義，若有唐，有虞之有。❷七：七成，言未落之果實尚有十分之七，喻青春所餘尚多也。❸求：今言追求。庶：眾也。求我庶士：謂來追求我之眾男士也。❹迨：及也，今言趁著。吉：吉日良辰也。言及其吉日良辰，勿失時也。

摽有梅，其實三兮❶。求我庶士，迨其今兮❷。

右第二章，青春逝去過半，則不待吉日良辰，今即可矣。

【註釋】

❶三：三成，梅在樹者三，則落者又多矣，喻青春逝去過半也。❷今：今日也，蓋不待吉矣。

摽有梅，頃筐塈之❶。求我庶士，迨其謂之❷。

右第三章，青春殆盡，時不我與，告語之則可矣。

【註釋】

❶頃筐：淺筐也。塈：音系ㄒㄧˋ，取也。頃筐取之，則落之盡矣，喻青春殆盡，而興遲暮之感矣。❷謂：告語也。謂之：言但相告語之而約可定矣。

【欣賞品評】

裴普賢曰：

周代禮俗，男子三十當娶，女子二十當嫁。婚姻大事，必備禮而行之，以昭鄭重。然逾齡失婚男女，無力備禮者，可於仲春之月相會，奔者不禁，男女婚嫁，得以及時也！此詩刻劃逾齡待嫁女子心情，入木三分。

守亮案：

詩序云：「摽有梅，男女及時也。召南之國被文王之化，男女得以及時也。」細審此詩，詩中無一語言及及時者，詩序之說，自不足信。朱傳云：「南國被文王之化，女子知以貞信自守，懼其嫁不及時，而有強暴之辱也。」雖仍拘泥於文王之化說，但懼其嫁不及時語，頗得詩旨。屈萬里先生曰：「此詩疑諷女子之遲婚者。」此當是女子懼嫁不及時之詩。詩則寫來頗有層次，一步緊一步，充分表示出女子懼嫁不及時心理。筆法輕倩，秀韻天成。與古詩十九首：「傷彼蕙蘭花，含英揚光輝。過時而不採，將隨秋草萎」之憂戚氣氛不同。而折楊柳枝歌：「阿婆不嫁女，那得孫兒抱。」地驅樂歌：「老女不嫁，蹋地喚天。」又較此粗而激矣。

十、小星

此小臣遠役自嘆命苦之詩。

嘒彼小星❶，三五在東❷。肅肅宵征❸，夙夜在公❹。寔命不同❺。

右第一章，行役之人，戴月夜行，勤於王事，實命不同於他人也。

【註釋】

❶嘒：音慧ㄏㄨㄟˋ，嘒之假借，微明貌，興己之微賤。❷三五：言其星之稀疏，僅三或五，蓋初昏或將旦時也。❸肅肅：摹聲之詞，此乃疾行所成之聲也。征：行也。宵征：夜間行役也。❹夙夜：早晚也，與行露篇夙夜義不同。公：公事也。言爲公家之事而忙碌奔走也。❺寔：是也。又作實。

嘒彼小星，維參與昴❶。肅肅宵征，抱衾與裯❷。寔命不猶❸。

右第二章，與第一章同，惟換韻。

【註釋】

❶參：音申ㄕㄣ，昴：音卯ㄇㄠˇ，皆星名，西方星宿也。❷衾：音琴ㄑㄧㄣˊ，被也。裯：音綢ㄔㄡˊ，禪被也，今謂被單。或謂短衣，牀帳，實即今出差者之行李衣物也。❸猶：若也。不猶：即不若，不如也。

【欣賞品評】

方玉潤曰：

肅肅宵征者，遠行不遠，繼之以夜也。夙夜在公者，勤勞王事也。命之不同，則大小臣之不一，而朝野勞逸之懸殊也。旣知命不同而仍克盡其心，各安其分，不敢有怨天心，不敢有怨王事，此何如器識乎？此詩雖以命自委，而循分自安，毫無怨懟詞，不失敦厚遺旨，故可風也。

守亮案：

詩序云：「小星，惠及下也。夫人無妬忌之行，惠及賤妾，進御于君，知其命有貴賤，能盡其心矣。」鄭箋以爲「諸妾夜行，抱衾與牀帳，待進御之。」朱傳亦以爲然。詩序鄭箋之說，乖謬殊甚，淸人姚際恆已斥爲邪說。細玩全詩，詩中但言「肅肅宵征，夙夜在公」，絕無「夫人惠及賤妾，進御于君」之意。揆其文辭，當爲小臣遠役自歎命苦之詩也。惟胡適以爲嘒彼小星一詩，爲寫妓女生活最古記載。然古未有妓，至漢武始置營妓，以待軍士之無妻室者，見漢武外史。故此說無所取焉。詩則首兩句寫殘夜光景，宛然如見。次兩句寫戴月夜行，勤於王事。「寔命不同」一語，循禮安分，知此語者，可以省却多少怨辭。兩在字，兩與字，交相呼應，亦自有章法。

十一、江有汜

此江畔棄婦自歎自解之詩。

江有汜❶，之子歸❷，不我以❸；不我以，其後也悔❹。

右第一章，言夫歸不與己相共，後必有悔也。

【註釋】

❶汜：音四ㄙˋ，水決復入爲汜。水之歧流，復還本水也。❷之子：是子也，指其夫。❸以：猶與也，共也。不我以：言不與我相共與生活也。❹其：將然之詞。凡言「其……」者，皆將來恐必如何也。其後也悔：猶今言將來總會後悔的。

江有渚❶，之子歸，不我與❷；不我與，其後也處❸。

右第二章，義同首章，惟換韻詠之。

【註釋】

❶渚：音主ㄓㄨˇ，小洲也。又水所都聚曰渚。❷與：猶偕也，共也。又相好，猶親也。❸處：舊多解爲共處也，得其所安也。實處乃楚之借，病也，苦也。其後也處：猶今言將來總會痛苦的。

江有沱❶，之子歸，不我過❷；不我過，其嘯也歌❸。

右第三章，義同前兩章，仍換韻詠之。

【註釋】

❶沱：音駝ㄊㄨㄛˊ，江水之別出者。又今蜀人謂江灣水滙處曰沱。❷過：音鍋ㄍㄨㄛ，過訪也。❸嘯：音

孝ㄒ一ㄠ，蹙口作聲也，蓋狂歌當哭之意。其嘯也歌：猶今言將來總會由後悔，痛苦而悲歌的。

【欣賞品評】

龍仿山曰：

此篇妙於重一句見音節，若不重此「不我以」一句，則音節不緊湊。三末句皆以一字作煞，與上相合，短節促絃，彌見其峭。

守亮案：

詩序云：「江有汜，美媵也。勤而無怨，嫡能悔過也。文王之時，江沱之間，有嫡不以其媵備數，媵遇勞而無怨。嫡亦自悔也。」朱傳云：「汜水之旁，媵有待年於國，而嫡不與之偕行者，其後嫡被后妃夫人之化，乃能自悔而迎之。故媵見江水之有汜，而因以起興。」詩序之說，迂曲穿鑿，自不待言。至朱傳復將詩序加以演釋，附會后妃夫人之舊說，尤不可從。王靜芝先生曰：「此爲居江上之男女初相悅，而後男子棄女而歸，女子乃有所咏。」近是。方玉潤以爲妾婦稱夫亦曰之子。又謂：「歸也者，還歸之歸，非于歸之歸。」是此詩乃江畔棄婦自歎自解之詩也。詩如舊說所云則所述極有層次，先言後悔，繼言痛苦，終言狂歌當哭。一步緊逼一步，此亦情之常也。若二章處謂但願汝得安處，三章嘯歌謂但願其嘯歌自喜樂。雖極盡詩人溫柔敦厚之意，但失其常情，何以舒其憤懣之氣邪！

十二、野有死麕

此男求愛於女，女心許之，而仍戒其毋魯莽之詩。

野有死麕❶，白茅包之❷。有女懷春❸，吉士誘之❹。

右第一章，述男女相悅，男以獵物贈女，誘而結恩好也。

【註釋】

❶野：郊外謂之野。麕：音君ㄐㄩㄣ，麞也，形似鹿而小，色黃黑，頭無角，牝之牙露出口外，足善走。❷白茅：多年生草，高一二尺，葉細長而尖，春時先葉開花，簇生莖頂，有白毛密生，長二寸許。❸懷：思也。懷春：謂當春而有所懷思也，今言春情發動。❹吉士：猶言美士也。誘：以手相招，以言導引之也。

林有樸樕❶，野有死鹿。白茅純束❷，有女如玉❸。

右第二章，重覆上章之義，而變換寫法，文字絕美。以有女如玉作結，尤感餘波蕩漾。

【註釋】

❶樕：音素ㄙㄨˋ，樸樕：小木也。❷純：音屯ㄊㄨㄣˊ，或作屯，純束：純聚而包束之也。❸如玉：似玉質之温潤，所以喻嬌美少女也。

舒而脫脫兮❶，無感我帨兮❷，無使尨也吠❸。

右第三章，男女相晤，女以三事戒男，意微而婉，冀其勿過事魯莽也。

【註釋】

❶舒：徐緩也。舒而：猶舒然，今言慢慢地。脫：音對ㄉㄨㄟˋ，脫脫：遲緩貌。❷無：同勿，禁止之詞，叮囑之詞，今云別或不要。感：觸動也。或曰即撼字。我：女子自謂。帨：音稅ㄕㄨㄟˋ，佩巾也。一曰縭，一曰褘，一曰蔽膝。又曰市曰韍曰韠，繫巾於腰，下垂過膝，所以蔽前者也。❸尨：音旁ㄆㄤˊ，犬之多毛者。

【欣賞品評】

姚際恒曰：

女懷，士誘，言及時也；吉士，玉女，言相當也。定情之夕，女屬其舒徐而無使帨感、犬吠，亦情慾之感所不諱也歟？

胡適略謂：

野有死麕一詩，最具有社會學意味。初民社會中，男子求婚於女子，常獵取野獸，獻與女子。女子若取其所獻，即為允許表示。此詩第一第二章謂以白茅包麕鹿，即吉士誘佳人之贄禮也。

守亮案：

詩序云：「野有死麕，惡無禮也。天下大亂，強暴相陵，遂成淫風，被文王之化，雖當亂世，猶惡無禮也。」朱傳云：「南國被文王之化，女子有貞潔自守，不爲強暴所汚者。故詩人因所見以興其事而美之。」詩序之說，與詩意相去甚遠，不可信也。朱傳之說，淸人姚際恒已駁斥其非。季本曰：「女子爲吉士所誘者，而不忍絕以峻辭，諭使徐徐過從，故詩人樂道之也。」近是，然未盡也。細考末章舒而脫脫三句，此當是男求愛於女，女心許之，而仍戒其毋魯莽也。胡適謂男子勾引女子之詩，勾引二字拙。詩既言吉士，言玉女，則無禮云云，勾引云云，皆非其旨矣。詩則妙在一誘字，其所以致此者，蓋緣於此一誘字。殊不知此詩關鍵，亦在此一誘字。世多知男以麕鹿之獵物誘女，少知女以三事戒止之言語誘男也。循循善誘，得之於此矣。

十三、何彼穠矣

此詩人諷王姬車服侈美之詩。

何彼穠矣❶！唐棣之華❷。曷不肅雝❸？王姬之車❹。

右第一章，由唐棣之花之多而豔盛，興王姬之車之肅雝也。

【註釋】

❶穠：音農ㄋㄨㄥˊ，穠之假借，豔盛也。❷棣：音弟ㄉㄧˋ。唐棣：即棠棣，其花或白或紅，六月中實熟，大如李，可食。華：古花字。❸曷：音義同何。肅：敬也。雝：和也。曷不肅雝：言何能謂爲不肅敬和雍邪！贊歎之語。謂車肅敬和雍者，言車馬行動與所繫車鈴之肅整和諧也。❹王姬：周王之女也；周，姬姓，故稱王姬。此指周平王之孫女嫁於齊國者。

何彼穠矣，華如桃李。平王之孫❶，齊侯之子❷。

右第二章，由桃李之花之多而豔盛，進而與乘車出嫁之女及所適之人也。

【註釋】

❶平王：周幽王之子名宜臼。平王之孫：平王之子桓王之女，莊王姊妹也。❷齊侯：齊君也。春秋書王姬歸于齊者二：一在魯莊公元年，即齊襄公五年，一在魯莊公十一年，即齊桓公三年，二者未詳孰是。或別有其事，而春秋未書。

其釣維何❶？維絲伊緡❷。齊侯之子，平王之孫。

右第三章，由釣絲合而成綸，興婚姻之合亦如是。謂齊侯之子，平王之孫，已媾婚矣。

【註釋】

❶釣：釣魚之具也。維：語詞。相當於乃字。❷伊：語詞。相當於維字。緡：音敏ㄇㄧㄣˇ，釣竿之絲綸也，今云釣魚繩。

【欣賞品評】

牛運震曰：

後二章不更提肅雝，只將平王孫、齊侯子顛倒咏歎。言如此貴胄而可以不肅雝乎？諷意悠然，高遠之極。

守亮案：

詩序云：「何彼襛矣，美王姬也。雖則王姬亦下嫁於諸侯，車服不繫其夫，下王后一等。猶執婦道，以成肅雝之德也。」毛傳謂王姬爲武王女、文王孫，顧炎武、魏源已斥其非。且詩諷意甚明，詩序何獨言美？方玉潤曰：「此詩所咏雖未必即於淫佚，然以視周初全盛時，則德意亦漸侈矣。」提出侈字，甚是。詩則一章二章首句飄然而來，所以狀下句桃李二物，興男女之貴盛也。「曷不肅雝」句，語帶諷刺，自是主峯。以之狀車，自是奇筆。二章則去此諷刺語，而言人矣。三章以絲緡一物也，故以興婚姻之纏綿，此賀子翼所及言之者也。

十四、騶虞

此美田獵得手之詩。

彼茁者葭❶，壹發五豝❷。于嗟乎騶虞❸！

右第一章，美田獵得手，乃囿官騶虞善驅獸之功也。

【註釋】

❶茁：音卓ㄓㄨㄛˊ，草生壯盛貌。葭：音佳ㄐㄧㄚ，蘆也。彼茁者葭：言彼生長盛壯者，蘆葦是也。❷壹發：獵車一次出發也。豝：音巴ㄅㄚ，牝豕也，母豬也。豕二歲亦曰豝。❸于：同吁。吁嗟：歎詞，此用爲美歎。騶：音鄒ㄗㄡ，騶虞：古時爲天子或國君掌鳥獸之官。

彼茁者蓬❶，壹發五豵❷。于嗟乎騶虞！

右第二章，義與一章同。

【註釋】

❶蓬：草名，葉似柳，有鋸齒。❷豵：音宗ㄗㄨㄥ，豕生一歲曰豵。

【欣賞品評】

方玉潤曰：

末句與于嗟麟兮相似而實不同。彼通章以麟為比，故末句單歎麟兮不為突。此詩發端未題騶虞，末句不得突出為比，故知騶虞斷非獸名也。

守亮案：

詩序云：「騶虞，鵲巢之應也。鵲巢之化行，人倫既正，朝廷既治，天下純被文王之化，則庶類蕃殖，蒐田以時，仁如騶虞，則王道成也。」詩序之說，穿鑿附會，自不足信。朱傳云：「南國諸侯承文王之化，修身齊家以治其國，而其仁民之餘恩，又有以及於庶類。故其春田之際，草木之茂，禽獸之多，至於如此，而詩人述其事以美之。」朱傳以此為美南國諸侯愛及庶類之作，以獸比君非其倫類，自不可從。屈萬里先生曰：「此美田獵之詩。」斯言是也。詩則簡而味永。每章首句，言葭蓬生長壯盛，中必多畜獸，故二句接言獵獲之衆多。末句讚美掌苑囿之官驅獸供射之田獵得手。且乎虞二字自爲韻，同於夏屋詩二章末句乎輿二字亦自爲韻。又一發五豝之解，多以爲一發矢而中五豝。一以貫五，似非近理。方玉潤以爲「一發之發，乃車一發而取獸，非矢一發而中獸五。」斯論得之。

邶

邶，周國名。鄭玄詩譜云：「武王伐紂，以其京師封武庚；三分其地，置三監，使管叔、蔡叔、霍叔尹而教之。自紂城而北謂之邶，南謂之鄘，東謂之衞。」史記正義引皇甫謐帝王世紀云：「自殷都以東爲衞，管叔監之；殷都以西爲鄘，蔡叔監之；殷都以北爲邶，霍叔監之。是謂三監。」其說不一，莫知孰是。成王時紂子武庚與管、蔡作亂，周公平之。既平，以衞封武王弟康叔，兼領邶鄘之地，都於朝歌，即今河南淇縣。傳至懿公，爲狄所滅，戴公東徙渡河，處於漕邑，即今河南滑縣。文公時又徙居楚丘，即今河南滑縣東。其地皆衞之本土。王國維古史新證，以爲邶包括後之燕地，鄘則及於魯境，則衞國東境及於今山東省，北境包括河北省南部地也。

漢書地理志云：「河內本殷之舊都，周既滅殷，分其畿內爲三國，詩風邶鄘衞國是也。」又云：「邶鄘衞三國之詩，相與同風；邶詩曰：『在浚之下』，鄘曰：『在浚之郊』；邶又曰：『亦流于淇』『河水洋洋』，鄘曰：『送我淇上』『在彼中河』；衞曰：『瞻彼淇奧』『河水洋洋』」。三國之詩，言城邑皆及浚，詠河流均涉淇與河，而其詩所歌者，又皆衞事。且左傳衞北宮文子引邶風柏舟「威儀棣棣」二句，而稱爲衞詩。吳季子在魯觀樂，工爲之歌邶鄘衞，季子謂爲衞風。故馬瑞辰、朱右曾諸人，皆以爲古邶鄘衞乃一篇，後人分而爲三，其說殆是。蓋邶鄘衞三地腔調本有分別，及康叔兼領其地，久漸混同，編詩者欲存邶鄘舊名，一如魏之與唐，檜之與鄭等，而其詩又不易分，故統名之曰「邶鄘衞」耳。後世析而言之，一若邶風均採自邶，鄘風均採自鄘，衞風均採自衞者，其實不然。

三國詩邶風十九篇，鄘風十篇，衞風十篇，共三十九篇。鄭玄詩譜以爲起自西周夷王，下迄東周襄王。經近人考證，三風中或有西周晚年時詩，最早應是衞武公時之詩，然大都皆東遷以後至春秋前期之作。

邶國 共十九篇

一、柏舟

此婦人不得於其夫，以柏舟堅貞自比，語有幽怨之詩。

汎彼柏舟❶，亦汎其流❷。耿耿不寐❸，如有隱憂❹。微我無酒❺，以敖以遊❻。

右第一章，以柏舟之漂浮無所止，喻一己不寐之隱憂無所盡。言非我無酒，亦非不得遨遊，實憂心太甚，飲酒遨遊，亦不能解其憂也。

【註釋】

❶汎：音犯ㄈㄢˋ，同泛，漂浮貌。柏舟：柏木所造之舟也。❷亦：語詞。詩中亦字，有上無所承只作語詞者。流：順流而下也。亦汎其流：謂汎汎然順流而下，不知所止，作者以喻一己身世也。❸耿：音哽ㄍㄥˇ，耿耿：心憂不安貌。又小明貌。謂失眠時睜眼有光也。又耿字从耳从火，謂心煩耳熱也。❹隱：幽藏也。又同殷，盛大也。隱憂：憂之甚，難言難盡之憂也。❺微：非也。❻敖：古遨字，出遊也。敖：指其放逸而言。遊：指其不定而言。

我心匪鑒❶，不可以茹❷；亦有兄弟，不可以據❸。薄言往愬❹，逢彼之怒❺。

右第二章，言逆來順受，忍無可忍，歸而訴於兄弟，又遭其恚怒。不可依據，似身之不能自主者然。

【註釋】

❶匪：同非。下同。鑒：即鑑，鏡也。❷茹：容也，納也。二句言我心非如鑒之照物，不擇妍媸，皆容納其影也。又茹，度也。二句言己心又不爲人所知，非如鏡之照物，可以畢現也。又茹，拭也。二句言鏡有塵埃可拭去，我心非鏡，不可拭其塵埃，喩己之憂戚，不可除去也。❸據，依據也。❹薄言：語詞。愬：音義同訴，告也。❺逢：遭也。彼：指示字，指兄弟也。

我心匪石，不可轉也❶；我心匪席❷，不可卷也❸。威儀棣棣❹，不可選也❺。

右第三章，言心甚堅，不可隨俗，亦不能屈志，自反而又無闕失也。

【註釋】

❶轉：轉動也，滾動也。❷席：藉地之物也。❸卷：即捲，謂收而束之也。以上四句，言石可轉而我心不可轉，席可卷而我心不可卷。謂心堅不可隨俗，亦不能屈抑其志也。❹威儀：容止也，今言合乎禮節之態度與舉動。棣：音弟ㄉㄧˋ，棣棣：富盛而嫻習貌。謂威儀雍容閑習而有常度也。❺選：算之假借，數也。言威儀容止，甚多可稱，不可數說也。

憂心悄悄❶，慍于羣小❷。覯閔既多❸，受侮不少❹。靜言思之❺，寤辟有摽❻。

右第四章，言無抵抗陵侮之力，拊心椎擊，自悲其身也。

【註釋】

❶悄悄：憂貌。❷慍：音運ㄩㄣˋ，怒也。群小：眾妾也。慍于群小：言為眾妾所恨怒也。❸覯：音夠ㄍㄡˋ，遘之借字，遭逢也。閔：病也，痛也。❹二句言見怒於群小，遭逢甚多傷痛之事，並受甚多侮辱也。❺言：語詞。相當於而或乃字。靜言：猶靜而。❻寤：覺也。辟：音闢ㄆㄧˋ，擗字之省，拊心貌。摽：音殍ㄆㄧㄠˇ，有摽：即摽然，拍心之貌。初則拊胸，繼而椎擊，寫憂極慘切之甚也。

日居月諸❶，胡迭而微❷？心之憂矣，如匪澣衣❸。靜言思之，不能奮飛❹！

右第五章，言幽憂之甚，日月竟失明，何能自脫也。

【註釋】

❶居、諸：皆語詞，無義。❷胡：何也。迭：音蝶ㄉㄧㄝˊ，更迭也。微：虧傷也，指日蝕月蝕言。言日月更迭，何以竟有虧蝕之時，失其光明，使正理不白也。❸匪：通非。匪澣衣：謂垢污不濯之衣。二句言己心之憂，有如未洗之汚衣在身也。❹奮飛：振奮羽翼飛去也。

【欣賞品評】

牛運震曰：

騷愁滿紙，語語平心厚道，卻自悽婉欲絕柔媚出。

守亮案：

詩序云：「柏舟，言仁而不遇也。衞頃公之時，仁人不遇，小人在側。」朱傳以爲「婦人不得於其夫，故以柏舟自比。」世之解詩者多從前說。然俞平伯曰：「觀其措詞，觀其抒情，有幽怨之音，無激亢之語，殆非男子之呻吟也。」又曰：「以憂思喻不澣之衣，就近取譬，更足證爲女子之詩。又言不能奮飛，若爲男子，曲終奏雅，必不若是其卑弱也。」細審詩義，朱傳說較長。詩則首章亦字，楚楚可憐。柏舟也，而竟汎汎飄泊，不得情景，隱然可見。耿耿之義，如物不去，如火不熄，不寐人深知此苦。隱憂，隱字妙，覺得傷心之極，翻不可告人也。「微我無酒」二句，極言憂思之難銷，猶宋詞所謂「借酒澆愁，奈愁濃於酒，無計銷鑠」矣。比金罍兕觥，更深更婉。二章首兩句不可解說之無可奈何情形，何等委曲？兄弟四句，孑危無可依之苦衷，將何所愬之？三章匪石不轉，匪席不卷，乃自道其不枉己而從人，變節從俗也。四章至「慍于群小」句，始將一篇本意點出。而「寤辟有摽」一句，頗露不平之意。末章以日月之胡迭而微，呼天而問之何以如此也。心憂如未洗汚衣在身，比喻淺近切妙。至末句「不能奮飛」，則無可奈何之歎，又當歎其奈何也。結語何等煩憂悽楚！全詩筆極屈曲，意甚含蓄，而情又何等纏綿也，三百篇中，此等詩不多。

二、綠衣

此男子覩物思人，懷念亡妻之詩。

綠兮衣兮，綠衣黃裏❶。心之憂矣，曷維其已❷！

右第一章，覩物思人，心憂不能自已也。

【註釋】

❶裏：裏衣也，即下裳。就內外言，衣外裳內；就上下言，則衣上裳下。❷曷：詩中曷字，多形容時間，猶言何時也。維：語詞。相當於乃字。已：止也。二句言己心之憂戚，何時始能休止也。

綠兮衣兮，綠衣黃裳。心之憂矣，曷維其亡❶！

右第二章，義與一章同，惟換韻。

【註釋】

❶亡：無也，言憂戚何能消失之也。又通忘，言憂戚何能或忘之也。

綠兮絲兮，女所治兮❶。我思古人❷，俾無訧兮❸！

右第三章，裳衣皆亡妻親手所製，見之悲戚；且其在世時，多所匡逮，使無過尤，思之感傷也。

【註釋】

❶女：同汝。治：猶製，謂縫製。❷古人：指亡妻。❸俾：音必ㄅㄧˋ，使也。訧：音尤ㄧㄡˊ，過失也。詩

人憶亡妻在世時，遇事規勸，使無過失也。

絺兮綌兮❶，淒其以風❷。我思古人，實獲我心❸！

右第四章，憶昔著絺綌葛衣時，每逢淒然涼風至，則先獲我心，加衣禦寒，今則不復得之矣。

【註釋】

❶絺：音蚩彳，細葛布。綌：音系丅一丶，粗葛布。❷風：涼也。其：語詞。淒其：猶淒然也。❸獲：得也。言先得我心也。

【欣賞品評】

姚際恆曰：

先從綠衣言黃裏，又從綠衣言絲，又從絲言絺綌，似乎無頭無緒，卻又若斷若連，最足令人尋繹。

守亮案：

詩序云：「綠衣，衞莊姜傷己也。妾上僭，夫人失位，而作是詩也。」自來解此詩者，多從詩序之說，如朱傳云：「莊公惑於嬖妾，夫人莊姜賢而失位，故作此詩。」惟高亨以爲「丈夫悼念亡妻之作。」細審全詩，高說近是。詩則以衣裳爲遺物，古人爲亡妻，覩遺物而憂戚感傷，此悼亡詩之所常有者也。觀潘安仁：「帷屏無髣髴」，「撫衿長歎息」語，則知此詩之情切，心憂「何維其已」，「曷維其亡」之非虛發矣。

三、燕燕

此衛君送女弟遠嫁之詩。

燕燕于飛❶，差池其羽❷。之子于歸❸，遠送于野❹。瞻望弗及❺，泣涕如雨。

右第一章，述送女弟之情。

【註釋】

❶燕燕：重言燕也。于：助詞，于飛即正在飛。❷差池：猶參差，不齊也。羽：翅也。❸歸：女子出嫁曰歸。于歸：出嫁也。❹于：於也。野音宇ㄩˇ，郊外謂之野。❺弗及：今言看不到，言遠望而不能視及也。

燕燕于飛，頡之頏之❶。之子于歸，遠于將之❷。瞻望弗及，佇立以泣❸。

右第二章，重前章之義，惟換韻。

【註釋】

❶頡：音協ㄒㄧㄝˊ。頏：音杭ㄏㄤˊ。頡頏：鳥飛而上曰頡，飛而下曰頏。❷于：猶以也。將：送也。❸佇：音宁ㄓㄨˋ，久立也。

燕燕于飛，下上其音❶。之子于歸，遠送于南❷。瞻望弗及，實勞我心❸。

右第三章，又重疊前章之義。

【註釋】

❶下上其音：言燕飛鳴上下也。❷南：指衛之南郊。或說南與林聲近字通，林，野外也。❸勞：愁苦也，傷痛也。

仲氏任只❶，其心塞淵❷。終溫且惠❸，淑愼其身❹。先君之思❺，以勗寡人❻。

右第四章，述其嘉善美德，以贊許之也。

【註釋】

❶仲氏：衛君稱其妹之辭。仲：伯仲之仲，猶今言老二。任：誠篤也，可信任也。只：語詞。❷塞：實也。淵：深也。句謂其心誠實而深遠，寬洪有容量也。❸終：旣也。詩凡言終…且…者，皆謂旣…且…也。溫：和也。惠：順也。句言旣有溫和之性情，且有柔順之女德也。❹淑：善也。言其立身行事，能持善而謹愼。❺先君：指衛君之先君。之：是也。先君之思：即先君是思。意謂當以常思先君爲是也。❻勗：音旭ㄒㄩˋ，勉勵也。衛君之妹勉衛君常思先君之德，以善治其國也。寡人：衛君自稱。

【欣賞品評】

黃櫄曰：

差池、頡頏、上下，有回首再三，不忍相別之意。

方玉潤曰：

前三章不過送別情景，末章乃追念其賢，愈覺難舍。且以先君相勗而竟不能長相保，尤為可悲。語意沉痛，不忍卒讀。

守亮案：

詩序云：「燕燕，衞莊姜送歸妾也。」鄭箋云：「莊姜無子，陳女戴嬀生子名完，莊姜以爲己子。莊公薨，完立，而州吁殺之，戴嬀於是大歸。莊姜遠送於野，作詩以見志。」詩序鄭箋之說，王質、崔述已駁斥其非是。據史記衞康叔世家，戴嬀之子完爲君被弒之時，戴嬀早已死，何勞莊姜之送？王質曰：「此當是國君送女弟適他國之詩。」詩富惜別意，又有「之子于歸」語，王說是也，後之解詩者多從之焉。詩則前三章皆以「燕燕于飛」說起，以燕之飛而興遠別依依不舍之思，甚少變化。首章其所以言「泣涕如雨」者，初別時也。二章言「佇立以泣」者，已別而久立以泣也。三章言「實勞我心」者，既去而思之不忘也。不說泣涕，更婉痛。四章但言仲氏作人之好，以贊美之。而其好處，卻在別後想出，可見其思之深矣。牛運震曰：「前三章空寫別情，末章實敍仲氏，情之所繫，涕泣心勞，正因乎此。此詩意章法貫串處。」斯言得之。

四、日月

此妻子怨訴其夫變心之詩。

日居月諸❶，照臨下土❷。乃如之人兮❸，逝不古處❹。胡能有定❺？寧不我顧❻！

右第一章，夫心志不定，乃不顧我，呼日月而慨歎之也。

【註釋】

❶居、諸：皆語詞，無義。女子借日月運行，永恆不變之天體，以訴其夫變動無常之可悲。❷照臨：日以照晝，月以照夜，皆居高以臨下也。下土：即下地。日月在上，下土人所居也。東周初葉以前載籍，率稱地日土。❸乃如：轉語詞，即今語可是像之意。之人：是人也，指其夫而言。❹逝：發語詞。或以爲：到了……地步。古處：以古時夫婦之道相處。或古訓故，謂相處如故也。❺胡：何也。此句謂其心志何能有定，意即心志不定也。❻寧：乃也。顧：顧念也，眷念也。句言乃不顧我也。

日居月諸，下土是冒❶。乃如之人兮，逝不相好❷。胡能有定？寧不我報❸！

右第二章，義與一章同，惟換韻。

【註釋】

❶冒：覆蓋也。言日月光輝普照下土，一似覆蓋也。❷相好：相親相愛也。❸報：報答也。言盡婦道而不得報也。

日居月諸，出自東方。乃如之人兮，德音無良❶。胡能有定？俾也可忘❷！

右第三章，義同前二章，惟換韻而重疊慨歎之。

【註釋】

❶德音：語言也。凡稱他人之語言，謂之德音，非眞有德之音也。無良：言無善意也。❷俾：音必ㄅㄧˋ，使也。句謂使我成爲可忘却之人，與寧不我顧之義同。又使我忘其德音之無良也。

日居月諸，東方自出。父兮母兮❶！畜我不卒❷。胡能有定？報我不述❸。

右第四章，義同前三章，惟換韻，並再三呼訴而不應，乃改呼父母也。

【註釋】

❶父兮母兮：即父啊母啊！乃呼天呼父母之意，人遇痛苦慘怛，多如是也。❷畜：音旭ㄒㄩˋ，喜好也。卒：終也。謂夫不能始終善待己，故呼父母而訴之也。❸述：韓詩作術，道也。不述：即不道也，言不以常道待我也。又不述：言不欲稱述也。

【欣賞品評】

方玉潤曰：

一訴不已，乃再訴之；再訴不已，更三訴之；三訴不聽，則惟有自呼父母而歎其生我之不辰，蓋情極則呼天，疾痛則呼父母，如舜之泣于旻天，于父母耳。此怨極也，而篇終乃云「報我不述」，則用情又何厚哉！

守亮案：

詩序云：「日月，衞莊姜傷己也。遭州吁之難，傷己不見答於先君，以至困窮之詩也。」自來說解此詩者，多與詩序之說相近，如朱傳云：「莊姜不見答於莊公，故呼日月而訴之。」詩不必定爲莊姜傷己，任何婦人無不可。故傅斯年曰：「婦見棄於夫之哀歌。」近是詩則所言痛悲，全在其夫之對己變心。一己雖怨而幾於憤；但其沉痛又何可宣洩之？是以多無可奈何之呼號耳。故劉瑾曰：「日居月諸，呼日月而訴之；父兮母兮，呼父母而訴之也。」太史公於史記屈原列傳所謂：「夫天者，人之始也；父母者，人之本也。人窮則反本，故勞苦倦極，未嘗不呼天也；疾病慘怛，未嘗不呼父母也。」其此詩之說明歟！

五、終　風

此婦人不得於其夫之詩。

終風且暴❶，顧我則笑❷。謔浪笑敖❸，中心是悼❹。

右第一章，言夫急暴無常，戲謔不敬，中心悼傷之也。

【註釋】

❶終：既也。凡言終…且…者，皆謂既…且…也。暴：疾雷也。終風且暴：言既風且暴，喻夫性情之急暴無常也。❷則：猶而也，乃也。笑：此笑非善意，今謂嬉皮笑臉，胡拉亂扯，侮之也。❸謔：音虐ㄋㄩㄝˋ，戲言也。浪：放蕩也。敖：同傲，調弄也。謔浪笑敖：戲謔也。句言無敬愛之意也。❹悼：傷痛也。

終風且霾❶，惠然肯來❷。莫往莫來❸，悠悠我思❹。

右第二章，冀其夫來而不來，思之增憂也。

【註釋】

❶霾：音埋ㄇㄞˊ，風揚沙土落如雨，天昏地暗貌。❷惠然：和順貌。此希冀之辭，謂其將惠然而肯來乎？❸莫：不也。謂其終不往不來也。❹悠悠：思之長也。涵有憂義。

終風且曀❶，不日有曀❷。寤言不寐❸，願言則嚏❹。

右第三章，心為之憂，竟至不寐，終而成疾也。

【註釋】

❶曀：音亦ㄧˋ，陰而風也。❷不日：不旋日也，見日未久也。有：又也。不日有曀：言既曀矣，不旋日而又曀也。❸寤：覺醒也。言：語詞。相當於而或乃字。寤言不寐：言覺醒而不能入寐也。❹願：思也。嚏：音替ㄊㄧˋ，噴嚏也。今感冒時有之，人感傷閉鬱，睡眠不足，或為風露所侵，則有是疾也。或以為惱怒也，煩悶也。或又以為今人謂他人念己，己則噴嚏，與古俗略似。

曀曀其陰❶，虺虺其靁❷。寤言不寐，願言則懷❸。

右第四章，略同三章，惟哀傷愈厲，感歎益深耳。

【註釋】

❶曀曀其陰：狀陰暗淒淡之甚也。❷虺：音灰ㄏㄨㄟ，虺虺：雷聲也。虺虺其雷：狀狂暴之甚也。❸懷：憂傷也。

【欣賞品評】

徐退山曰：

「顧我則笑，謔浪笑敖。」「惠然肯來，莫往莫來。」中間用不得一轉。後二章寫出千古暗世界，不痛不癢光景，尤妙。

守亮案：

詩序云：「終風，衞莊姜傷己也。遭州吁之暴，見侮慢而不能正也。」朱傳云：「莊公之爲人，狂蕩暴疾，莊姜蓋不忍斥言之，故但以終風且暴爲比。」詩序朱傳之說，清人崔述已駁斥其非。屈萬里先生曰：「此亦婦人不得於其夫之詩。」斯言是也，故用之焉。詩則言夫之遇己，狂態畢露，幾近虐待，故始終不離感傷、怨怒、悲痛。鬱抑既久，終致不能入寐，而患因常期睡眠不足，氣塞而逆，心情不開朗，類似感冒之神經衰弱症矣！此時也，猶謂夫之正在念己而有噴嚏，眞癡情一片，溫柔敦厚之極，可歎亦復可哀也。

六、擊鼓

此衞戍卒思歸不得之詩。

擊鼓其鏜❶，踊躍用兵❷。土國城漕❸，我獨南行❹。

右第一章，寫己之出征。

【註釋】

❶鏜：音湯ㄊㄤ，擊鼓聲。其鏜：鏜然也。❷踊：音勇ㄩㄥˇ，踊躍：猶跳躍，跳躍奮起之貌。一云操練武衛時之動作。兵：兵器也。用兵：練武也。❸土國：役土功於國也。古謂都城曰國，土國與城漕當是一事。城漕：於漕邑築城也。漕：衛邑，在今河南滑縣。❹南行：指出兵往陳宋，二國皆在衛之南，故曰南行。二句言土國城漕，非不勞苦，而猶處於境內；今我之南行遠征，死亡未可知也。

從孫子仲❶，平陳與宋❷。不我以歸❸，憂心有忡❹。

右第二章，寫己之獨不得歸。

【註釋】

❶孫子仲：人名，公孫文仲也，當時領兵之將。❷平：平其禍亂也。陳、宋：國名。陳國在今河南開封以東及安徽北部之地，宋在今河南商丘以東及江蘇銅山以西之地。兩者皆在衛國之南。句言平定陳、宋二國之禍亂也。❸以：猶與也。句言不與我而歸也。不許我解甲歸田也。❹有忡：忡然也，憂貌。二句言人皆歸矣，而我獨留，是以憂之也。

爰居爰處❶？爰喪其馬❷？于以求之❸？于林之下❹。

右第三章，寫士無鬥志。

【註釋】

❶爰：語詞。相當於乃、於是。居：今云坐。處：今云躺。❷喪：亡也。此謂走失其馬。馬：古音讀母ㄇㄨˇ。❸于以：在何處。❹下：古音讀虎ㄏㄨˇ。二句言在何處求得走失之馬，於彼樹林間也。

死生契闊❶，與子成說❷。執子之手：「與子偕老❸」。

右第四章，寫念其家室。

【註釋】

❶契：音切ㄑㄧㄝˋ，契闊：隔遠之義。死生契闊：言死生遠離，生而不能見，死而永長別也。又不論是死是生，是合是離，而愛情永不渝也。❷子：指妻子。成說：與離騷之成言同意，猶今語云有言在先，謂約誓也。❸偕：音皆ㄐㄧㄝ，俱也。偕老：相伴到老也，有共生同死意，此即約誓之辭。

于嗟闊兮❶，不我活兮❷。于嗟洵兮❸，不我信兮❹。

右第五章，寫怨之極，慨歎無已也。

【註釋】

❶于：借爲吁，于嗟：歎詞，此表達悲傷怨恨之哀歎義。闊：闊別也，遠離也。❷句言不能與我相共而生活也。❸洵：音旬ㄒㄩㄣˊ，遠也。❹信：古同伸，實現也。句謂不能實現舊約之諾言，以與子偕老也。

【欣賞品評】

方玉潤曰：

夫國家大役，無過土工城漕，然尚為境內事，卽征伐敵國，亦尚有凱還時。惟此邊防戍遠，永斷歸期，言念室家，能不愴懷？未免咨嗟涕洟而不能自已。此戍卒思歸不得詩也。

守亮案：

詩序云：「擊鼓，怨州吁也。衞州吁用兵暴亂，使公孫文仲將，而平陳與宋。國人怨其勇而無禮也。」詩序之說，淸人崔述已駁斥其非。朱傳云：「衞人從軍者自言其所爲，因言衞國之民，或役土功於國，或築城於漕，而我獨南行，有鋒鏑死亡之憂，危苦尤甚也。」朱傳之說，與詩義已甚相近。方玉潤曰：「此戍卒思歸不得詩也。」後之解詩者多就此意發之。詩則曰「我獨南行」，曰「不我以歸」，似有違常規常理者在，其怨之深，憂之切之所生者歟？「死生契濶」語，悲酸異常；而「不我活」，「不我信」句，又悽楚何堪也。一片悽惻慘苦，悲痛哀怨。徐退山所謂「老杜垂老別諸作可不讀矣。」信夫！又首章之「我獨南行」之獨字，二章之「不我以歸」之不字，三章之三爰字之無情無緒，四章之三子字之纏綿悽惻，五章之連用不我字，于嗟字。練字之妙，劉勰「鬼哭粟飛」之語，無過於此矣！不可以等閒看。

七、凱　風

此孝子感母氏劬勞而自疚之詩。

凱風自南❶，吹彼棘心❷。棘心夭夭❸，母氏劬勞❹。

右第一章，讚美母氏勞苦撫子也。

【註釋】

❶凱風：南風也。南風和煦，長養萬物，以喻母愛。❷棘：小棗叢生者。心：纖小也，指棗棘之尖刺言。尖刺幼嫩以自喻。❸夭夭：少好貌。形容棘心之茁壯。言已漸長成也。❹劬：音渠ㄑㄩˊ，劬勞：勞苦也。

凱風自南，吹彼棘薪❶。母氏聖善❷，我無令人❸。

右第二章，讚美母之撫七子成長，而子無善可報。

【註釋】

❶棘薪：謂棘已長大，可以爲薪者。喻子女長大成人，僅可作柴薪，而非棟樑之材，謂不善也。❷聖：叡智也。善：賢淑也。❸令：善也。句言我等子女無能爲善，以報母恩者。

爰有寒泉❶？在浚之下❷。有子七人，母氏勞苦。

右第三章，再述母氏之勞苦。

【註釋】

❶爰：語詞。相當於乃，於是。寒泉：泉水清冷，故曰寒泉，喻憂思。❷浚：音俊ㄐㄩㄣˋ，衞邑，在今山東濮縣境。似即作者母子居住之處。下：北爲上，南爲下，謂在浚之南也。

睍睆黃鳥❶，載好其音❷。有子七人，莫慰母心❸。

右第四章，自疚之辭也。

【註釋】

❶睍睆：音現ㄒㄧㄢˋ晚ㄨㄢˇ，美好貌。又鳴聲。一說睍爲睆之譌。❷載：語詞。相當於則或乃字。❸慰：安也。以上四句，言黃鳥猶有睍睆之容貌，婉轉之好音以悅人。而我七人，竟不成材以安慰母心！自疚之深矣。

【欣賞品評】

孔穎達曰：

經皆自責之辭，將欲自責，先說母之勞苦。故首章二章上二句，皆言母氏之養己，以下自責耳。

王靜芝曰：

本詩七子自疚，非真不能孝其母也。惟以愈能孝母，故見母之勞而愈自疚，乃思更盡其孝道，以慰母心也。

守亮案：

詩序云：「凱風，美孝子也。衞之淫風流行，雖有七子之母，猶不能安其室，故美七子能盡其孝道，以慰其母心，而成其志爾。」詩序據孟子告子「凱風，親之過小者也」一語立說，曲解附會，自相矛盾，幾不成詞。有子七人，即紅杏也，亦已腐敗而變色矣，何仍有不安於室出牆之舉？且置母氏聖善於何地？既曰美孝子，而孝子乃成其母之淫蕩之行，而謂之盡孝道乎！果如此，是我眞無令人矣。朱傳云：「衞之淫風流行，雖有七子之母，猶不能安其室，故其子作此詩。」朱傳以此爲孝子自作之詞，甚是，但仍以爲淫風流行，母不安其室，則非是矣。細審此詩，無一語涉及淫風流行，亦無一語涉及不安於室，故王靜芝先生曰：「此詩祇是孝子念母氏劬勞而自疚之詞也。」斯言是也。詩則但有感母氏長養之恩，思慰其劬勞之心，此最可風世者也。故龍仿山曰：「此種詩可以厚教化，美人倫，吾欲日日焚香誦之。」至漢明帝賜東平王書曰：「今送衣巾一篋，以慰凱風寒泉之思。」陶潛孟府君傳曰：「淵明先親，君之第四女也，凱風寒泉之思，實鍾厥心。」自是詠賢母事。詩一二章上兩句寫母氏之養己，以下自疚。三章以寒泉喻憂思，四章自責曾黃鳥之不如，辭逾婉而意逾深也。

八、雄雉

此夫行役于外，其妻勸以善，期其全身遠害之詩。

雄雉于飛❶，泄泄其羽❷。我之懷矣❸，自詒伊阻❹。

右第一章，物得自由，人不如物，喻其夫從役而己留在家之淒苦也。

【註釋】

❶雄雉：雄野雞，長而有冠，能飛，羽有文采。于：助詞。于飛猶在正飛。❷泄：音異(一)。泄泄：鼓翼貌。❸懷：思念也。❹詒：同遺，遺留也。伊：猶其也。阻：借爲慼，憂慼也。句謂一己未阻止丈夫遠行，自遺此憂慼也。

雄雉于飛，下上其音❶。展矣君子❷，實勞我心❸。

右第二章，重首章義。惟思君為勞，意轉深也。

【註釋】

❶下上其音：言飛鳴上下，意甚得也。❷展：誠也。言誠以君子久役之故。❸勞：愁苦也，傷痛也。

瞻彼日月❶，悠悠我思❷。道之云遠❸，曷云能來❹？

右第三章，以日月之流轉不息，喻己之憂思無盡，而歎其路遠難晤也。

【註釋】

❶瞻：視也。❷悠悠：思之長也。涵有憂意。❸道：道路也。云：句中語助詞，無義。下同。❹曷：何時也。

百爾君子❶，不知德行❷？不忮不求❸，何用不臧❹！

右第四章，勸以善而冀其全身遠害也。

【註釋】

❶百爾：猶凡爾，即所有之意。君子：此君子指在官者。❷不知者：明知其知，而反問之。德行：指安貧樂道，安分守己之精神生活。意謂豈有不知德行之理？❸忮：音至ㄓˋ，嫉害也。求：貪求也。❹用：以也。臧：善也。二句言僅需不妒嫉他人，不貪求財物，將何行而不善也。

【欣賞品評】

朱善曰：

雄雉四章，前三章皆所謂發乎情，後一章乃所謂止乎禮義。蓋閨門之內，以愛為主，則雖思之之切，是亦情之正也。惟其思之也切，故其憂之也深。惟其憂之也深，故其勉之至。忮求者，皆取禍之道也。必能不忮害，不貪求，乃可以自免於患矣。噫！不忮不求，此孔門克己之術，求仁之方，而行役之婦人能言之，其亦可謂賢也已！

守亮案：

詩序云：「雄雉，刺衞宣公也。淫亂不恤國政，軍旅數起，大夫久役，男女怨曠，國人患之，而作是詩。」大夫久役本亦思婦之義。然牽入宣公淫亂，則使人迷惑。朱傳云：「婦人以其君子從役於外，故言雄雉之飛，舒緩自得如此。而我之所思者，乃從役于外而自遺阻隔也。」朱傳但云婦人以其君子從役于外，則較序之必附會宣公，接近眞實多矣。季本曰：「婦人以其夫遠遊於外，有所沮抑而不得以其志，故作此詩以規戒之，而欲其全身以歸也。」尤較朱傳爲是。詩則言丈夫遠遊求仕，歸期莫卜，寂寞愁苦，情何以堪！首章「自詒伊阻」，怨不得他人，有「悔教夫壻覓封侯」之意。次章「實勞我心」，實由體驗中得來，義轉深也。三章覩日月之往來，則君子之從役，積時已久矣，心憂路遠，不知何時可歸邪？末章不敢望其必歸，而以不忮之可以懲忿，不求之可以窒慾相期，願其善處得全。眞情摯思苦，溫柔敦厚之作也。

九、匏有苦葉

此詠婚嫁之詩。

匏有苦葉❶，濟有深涉❷。深則厲❸，淺則揭❹。

右第一章，深厲淺揭，喻諸事皆有其宜也，婚姻亦然。

【註釋】

❶匏：音袍ㄆㄠˊ，即瓠，葫蘆也。渡水者佩之，可增加浮力以防溺，故有腰舟之稱。苦：舊解謂瓠葉苦不可食。或讀苦爲枯，葫蘆葉枯則其實已乾而輕，可摘下作腰舟之用。❷濟：水名，即泲水。涉：徒步渡河曰涉。此處用作名詞，即渡頭。此渡頭云深實非深，下文有不濡軌可證。❸厲：舊解以衣涉水爲厲，實厲當係裸音之轉變。謂水深將衣脫下以渡也。❹揭：音器ㄑㄧˋ，高擧也，謂水淺將衣提起以渡也。

有瀰濟盈❶，有鷕雉鳴❷；濟盈不濡軌❸，雉鳴求其牡❹。

右第二章，由雌雉之鳴求其雄雉，喻男女成長，必相互追求，婚嫁及時，亦不易之理也。

【註釋】

❶瀰：音迷ㄇㄧˊ，有瀰：瀰然，水盛貌。濟盈：泲水盈滿也。❷鷕：音咬ㄧㄠˇ，雉鳴聲。有鷕：鷕然。雉：野雞也。❸濡：沾濕也。軌：車軸頭也。❹牡：此指雄雉。禽之雌雄亦言牝牡，如書云：「牝雞司晨」。非舊謂飛者曰雌雄，走者曰牝牡，因謂雉鳴求其牡爲求非其類也。

雝雝鳴鴈❶，旭日始旦❷。士如歸妻❸，迨冰未泮❹。

右第三章，由雉鳴而憶起納采時所用之雁，謂禮不可失。迨冰未泮，言婚嫁須及時也。

【註釋】

❶雝：音庸ㄩㄥ，雝雝：鳴聲之和也。❷旭日：初出之日也。始旦：旭日初升也。❸歸：嫁也。歸妻：言有妻嫁之，即娶妻之義。或以爲歸妻指男子出贅妻家。❹迨：及也。泮：音畔ㄆㄢˋ，冰解也。古時習慣男女結婚在冰解之前。又泮，合也，古時結婚以春秋爲正時，故曰迨冰未泮也。若河結冰封合，則爲時晚矣。

招招舟子❶，人涉卬否❷。人涉卬否，卬須我友❸。

右第四章，雖婚嫁須及時，亦得待我良偶之至，以禮相合，完成室家之道也。

【註釋】

❶招招：以手招呼貌。❷卬：音昂ㄤˊ，我也。言人皆從舟子之言以渡，我之所以不然者，有所待也。❸須：等待也。所待者何，良伴嘉偶之友也。

【欣賞品評】

牛運震曰：

一篇寓言隱語，祇士如歸妻二語略露本旨。正自玲瓏含蓄。

守亮案：

詩序云：「匏有苦葉，刺衞宣公也。公與夫人，並爲淫亂。」朱傳云：「此刺淫亂之詩。言匏未可用，而渡處方深，行者當量其深淺而後可渡，以比男女之際，亦當量度禮義而行也。」詩序之說，前人已駁斥其非。朱傳之說，亦與詩義相去甚遠。朱道行曰：「深則厲，淺則揭，亦各有宜，彼男女昏姻，少長良賤，豈無其宜，而得私相暱就耶！」毛萇曰：「人皆涉，我友未至，我獨待之而不涉。以言室家之道，非得所適，貞女不行；非得禮義，昏姻不成。」屈萬里先生曰：「此咏婚嫁之詩。」證之詩本文「雉鳴求其牡」，「士如歸妻，迨冰未泮」句，當以詠婚嫁之說近是。詩則首章以「深則厲，淺則揭」喻男女之際，各制其宜也。二章以「雉鳴求其牡」，喻男女成長，相互追求之不爲過。卽男大當婚，女大當嫁也。三章以「士如歸妻，迨冰未泮。」喻婚媾之須及時也。末章則前毛萇已言之詳矣。詩雖由來衆說紛紜，其旨可明也。

十、谷風

此婦人為夫所棄，故作此詩，道其悲怨自傷之詩。

習習谷風❶，以陰以雨❷。黽勉同心❸，不宜有怒❹。采葑采菲❺，無以下體❻？德音莫違❼：「及爾同死❽。」

右第一章，寫婦結婚之初所抱心志，言就常情，對丈夫之期望與態度。

【註釋】

❶習習：和舒貌。谷風：谷中之風也，東風也。谷風吹而穀生。❷以陰以雨：謂爲陰爲雨，言風雨調和時節。❸黽：音敏ㄇㄧㄣˇ，黽勉：勉力也，努力也。同心：心同志合無乖違也。❹二句言以勉力，心同志合，不應有怒之生。❺葑：音封ㄈㄥ，蕪菁也，根可食。菲：蘿蔔也。❻以：猶及也。下體：謂葑菲之根也。此當是反問語氣。二句謂采葑采菲，能不及其根乎？以喻夫婦當有始有終，不當愛華年而棄衰老也。❼德音：語言也。莫：無也。德音莫違：謂彼此之言，莫相違也。❽及：與也，句謂與爾同生共死也。此即當初所發之誓言。

行道遲遲❶，中心有違❷。不遠伊邇❸，薄送我畿❹。誰謂荼苦❺？其甘如薺❻。宴爾新昏❼，如兄如弟❽。

右第二章，直寫見棄於夫，言丈夫情薄，喜新厭舊。

【註釋】

❶遲遲：腳步緩慢貌。❷中心：心中也。二句言中心徘徊，不願行也。又違猶怨恨也。❸伊：語詞。相當於維字。邇：近也。❹薄：語詞。畿音基ㄐㄧ，機之假借，門限也。二句言夫之送我，不遠維近，僅及門限而已。❺荼：苦菜也。❻薺：音記ㄐㄧˋ，甘菜也。二句言荼雖苦菜，而己甘之如薺者，喻己之見棄，其心之苦又有甚於荼也。❼宴：樂也。昏：同婚。新昏：夫所更娶者也。❽如兄如弟：言相親也。

涇以渭濁❶，湜湜其沚❷。宴爾新昏，不我屑以❸。毋逝我梁❹，毋發我笱❺。我躬不閱❻，遑恤我後❼？

右第三章，推言見棄之故自嘆自解，並忽憤氣使性，忽平心安命之無可奈何也。

【註釋】

❶涇：音經ㄐㄧㄥ，涇、渭：二水名，在今陝西省，涇濁渭清。然涇未屬渭之時，雖濁而未甚見，由二水既合，則清濁益分矣。以：因也，由也，使也，故言涇以渭濁也。涇喻故婦，喻醜；渭喻新婦，喻美。❷湜：音時ㄕˊ，湜湜：水清貌。沚：音止ㄓˇ，說文引作止。水止則清。二語喻其夫之理智爲新婦所惑而不悟，不知涇雖稍濁，若非渭清形之，則不如是，猶可見其湜湜然水止之清也。言外之意，己雖稍醜，若非貌美

之新婦來，何致顯其色衰而不見其嬿好邪？❸屑：潔也。以：猶與也，共也。句言不以我爲潔，不與我相共與生活也。❹逝：往也。梁：堰石障水而空其中，以通魚之往來者也。今謂魚梁，堵魚壩。❺發：擧也，開也。笱：音苟ㄍㄡˇ，以竹爲器，而承梁之空以取魚者也。今仍有此捕魚具，俗謂鬚籠。❻躬：身也。閱：容也。❼遑：暇也。恤：憂也。我後：我去後之事。二句謂我自身已不見容，何暇憂慮我去後之家事乎？

就其深矣，方之舟之❶；就其淺矣，泳之游之❷。何有何亡❸，黽勉求之❹。凡民有喪，匍匐救之❺。

右第四章，回憶不該見棄，言處夫家中，治家睦鄰，深淺得宜，黽勉勤勞，無見棄之理。

【註釋】

❶方：筏也。舟：船也。深則或筏或船以渡之也。❷泳：潛行也。游：浮水也。淺則或泳或游以渡之也。以上四句，言勤於家事，就其難易而處之也。❸有：謂富有。亡同無，謂貧也。❹二句言不論家境富有或貧乏，無不黽勉努力操持之也。❺民：人也，鄰里鄉黨之人也。喪：禍患也，困難也。匍：音僕ㄆㄨˊ，匐音福ㄈㄨˊ。匍匐：手足並行，急切之甚也。二句言於鄰里鄉黨之禍患困難，無不盡力救助之也。

不我能慉❶，反以我爲讎❷。既阻我德❸，賈用不售❹。昔育恐育鞫❺，及爾顚覆❻；既生既育❼，比予于毒❽。

右第五章，寫夫之遇己不淑，言可與共患難，不可與共安樂。低徊呻吟，斷續幾不成聲。

【註釋】

❶能：猶乃也。慉：音蓄ㄒㄩˋ，養也。❷二句言今乃不養我，反而以我爲仇讎。❸阻：拒却也。德：善也，今云好處。❹賈：音古ㄍㄨˇ，賣物也。二句言我之善意盡被拒而不納，如賣物之不得出售也。❺育：生也，猶言生活。鞠：窮也。❻顚覆：傾跌也。二句言昔生活於恐懼患難窮困之中，與爾共之同度也。❼生：指財業，今言生計好轉。育：謂長大，今言變爲富有。❽比：視也。于：如也。毒：惡也，傷害也。二句言於既生既育之後，乃以我爲惡，加以傷害而棄之也。

我有旨蓄❶，亦以御冬❷。宴爾新昏，以我御窮❸。有洸有潰❹，既詒我肄❺。不念昔者，伊余來塈❻。

右第六章，寫往昔無限傷心，言己並無錯失，以明夫之情薄。

【註釋】

❶旨：甘美也。蓄：即蓄菜，乾菜也。❷御：禦也。二句言冬月罕鮮菜，故我乃儲甘美乾菜以禦之也。❸御窮：謂擋禦窮困也。❹洸：音光 ㄍㄨㄤ，有洸：洸然，武貌。有潰：潰然，怒色。❺詒：音宜ㄧˊ，遺也，給予也。肄：音亦ㄧˋ，勞也。二句言今乃武怒相加，而遺我勞苦之事也。❻伊：語詞。相當於維字。來猶是也。助詞。塈：音系ㄒㄧˋ，怒也。二句言汝不念昔初婚之時，今維我是怒也。

【欣賞品評】

朱善曰：

谷風雖棄婦所作，而觀其自序，有治家之勤，有睦鄰之善，有安貧之志，有周急之義，皆其節之可取者也。至於見棄矣，而拳拳忠厚之意，猶藹然溢於言辭之表，則是初無可棄之罪也。徒以其夫之安於新昏，不以爲潔而棄之耳。然其言之有序而不迫如此，殆庶幾乎夫子所謂可以怨者矣。

守亮案

詩序云：「谷風，刺夫婦失道也。衞人化其上，淫於新婚，而棄其舊室。夫婦離絕，國俗傷敗焉。」詩序之說，其意近是。惟「衞人化其上，淫於新昏，而棄其舊室」語，殆又失之鑿。朱傳云：「婦人爲夫所棄，故作此詩，以敍其悲怨之情。」全篇多述室家之事，仳離之恨，極委曲悲怨之致，朱傳之說是也。詩則首章先伏一怒字，而不宜二字最婉摯，宛然閨房中商約語。次章寫婦出門情況，看不得，想不得。至新昏兄弟云云，似贊似羨，十分酸楚，眞「但見新人笑，那聞舊人哭」矣。三章勿逝四句，明知與新婚無關，卻不得不借此以寫鬱憤。「人賤物亦鄙，不足迎後人」，古之遺婦，於此迴盡愁腸也。至「我躬不閱，遑恤我後」，乃其徹悟處，但其徹悟又何等可悲。四章又重述昔者一番治家睦鄰深淺泳游之得宜，黽勉匍匐之勤勞，無可棄之理。五章低迴呻吟，幾不成聲。怨懟之切，在連用我字，爾字，予字，並突出一讎字，一毒字。末章以「有洸有潰」，回應首章怒字，而以不念二句作結，情眞絕矣，彌覺可痛。全詩情癡意厚，哀怨至深。然通體詞理從容，反覆陳述；戚切婉摯，如泣如訴。所可怪者，於此苦痛不堪，迴盡愁腸一詩中，竟未一出哭淚字，其眞如高葆光所謂：「柔腸寸斷，欲哭無淚。天荒地老，此恨何已」乎?!

十一、式微

此黎侯寓于衞，其臣勸以歸之詩。

式微式微❶，胡不歸❷？微君之故❸，胡爲乎中露❹？

右第一章，慨歎勸君之言也。

【註釋】

❶式：發語詞。微：猶衰也。再言之者，言衰之甚也。❷胡：何也。句言何以不歸返故國乎？❸微：非也，今言若非爲了。故：患難也。❹中露：露中也。在露中言有霑濡之辱，無所庇覆也。

式微式微，胡不歸？微君之躬❶，胡爲乎泥中❷！

右第二章，與一章同義，惟換韻而重言之，反覆而勸之也。

【註釋】

❶躬：身也。非以君之身，亦猶以其故也。又躬與窮通。❷泥中：在泥塗之中也。

【欣賞品評】

徐退山曰：

英雄之氣，忠藎之謨。

守亮案：

詩序云：「式微，黎侯寓于衞，其臣勸以歸也。」鄭箋云：「黎侯爲狄人所逐，棄其國而寄於衞。衞處之以二邑，因安之。可以歸而不歸，故其臣勸之。」朱傳亦以詩序之說爲是。惟列女傳以爲式微之詩，當是衞侯之女，黎莊公夫人寧忍困辱，不肯失歸，作此詩以明志。玆採詩序說。詩則可以歸而不歸，故所勸之之詞激也。語有怨懟，意則憤懣。但英雄之氣，忠藎之謀，憂國愛君之心，中夜起舞之意，溢於言表。是以左傳襄公二十九年有公欲無入，榮成伯賦式微，而魯侯乃歸之事。詩之感人，有如是者。

十二、旄　丘

此黎臣勸君勿望救於衛之詩。

旄丘之葛兮❶，何誕之節兮❷；叔兮伯兮❸，何多日也❹！

右第一章，責衛之群臣曠日持久，而不相救也。

【註釋】

❶旄：音毛ㄇㄠˊ。旄丘：前高後下之丘也。葛：蔓生植物。❷誕：通覃，延也，猶葛覃之覃。之：猶其也。節：葛之節。❸叔、伯：呼衛之諸臣也。❹此句言何日之多，時之久如此，而未見來救也。

何其處也❶？必有與也❷。何其久也？必有以也❸。

右第二章，推測衛不相救之原因，自問自答，望人情形如畫。

【註釋】

❶處：安處也，今謂按兵不動。言衛之諸臣何其安處坐視而不來救耶？❷與：猶以也，原因。或釋爲與國，言必有相與俱來者，以俟時也。❸以：原因也，他故也。又同與字。

狐裘蒙戎❶，匪車不東❷。叔兮伯兮，靡所與同❸。

右第三章，見不相救而慨歎之也。

【註釋】

❶狐裘：指黎國大夫之服裝。蒙戎：散亂破敗也。❷匪：彼也。二句言狐裘既敝矣，爲時已久矣，何衞車乃不東來相迎，以救復黎國乎？❸靡：無也。同：同心協力也。句言靡與我同心協力者，故無救於我也。

瑣兮尾兮❶，流離之子❷。叔兮伯兮，褎如充耳❸。

右第四章，黎臣怨衞之甚也。

【註釋】

❶瑣：細也。尾：末也。瑣尾言細小微末，指黎國君臣之地位，日見卑微，不爲衞國君臣所重視也。❷流離：漂散也。流離之子：謂流離之人，指黎國君臣而言。❸褎：音右ㄧㄡˋ，盛服貌。又褎當讀爲褎，音抔ㄆㄡˊ，聚也，有充滿義。褎如：形容充耳。充耳：塞耳也。意謂衞人塞耳不聞黎侯君臣之流離困苦也。

【欣賞品評】

賀子翼曰：

首章言葛，至三章言裘，由夏歷冬，時已變矣。裘又蒙戎，正起下瑣尾流離，是聯絡法。

守亮案

詩序云：「旄丘，責衞伯也。狄人迫逐黎侯。黎侯寓于衞，衞不能修方伯連率之職，黎之臣子，以責於衞也。」朱傳因之。皆近是。方玉潤曰：「黎臣勸君勿望救於衞也。」揆諸全詩，方說尤長。詩則曰「何多日也」，怪而疑之也。「必有與也」，「必有以也」兩必字，表面代衞自解，實乃嘲諷之也。「靡所與同」，怨而慨歎之也。「瑣兮尾兮」，自悲身世之卑微，不為人所重也。雖三呼「叔兮伯兮」，已有秦庭之哭，其奈衞之不耳熱心動，未作無衣之賦何？至「褎如充耳」，則不能不怨而深責之矣。語雖自怪自疑自慨歎，吞吞吐吐，實則悲訴嘲諷，怨到深頭，責到深頭，言而有序也。故朱公遷有「一章怪之，二章疑之，三章微諷之，四章直責之。旄丘責人而不刻，可謂賢矣」之言也。

十三、簡兮

此美衞庭之舞之詩。

簡兮簡兮❶，方將萬舞❷。日之方中❸，在前上處❹。

右第一章，述將舞之準備也，敘明舞名、舞時與舞地。

【註釋】

❶簡：選擇之也。又碩大魁偉也。❷方將：即將也。萬：舞之總名，兼文武之舞。武用干戚，文用羽籥。❸方中：正中也。❹在前上處：在前列明顯之處也，蓋領隊者。

碩人俁俁❶，公庭萬舞❷。有力如虎，執轡如組❸。

右第二章，述武舞之狀也，敘明舞師雄姿及其充滿力之美。

【註釋】

❶碩：大也。俁：音雨ㄩˇ，俁俁：大貌，亦帶威儀說。❷公庭：宗廟公庭也，朝庭也。❸轡：御馬之索也，

今謂韁繩。組：織絲為之，言其柔也。御能使馬，則轡柔如組矣。句狀其操縱自如也。

左手執籥❶，右手秉翟❷。赫如渥赭❸，公言錫爵❹。

右第三章，述文舞之狀也。敍明舞師之容姿及衞公之欣賞並賜之以酒。

【註釋】

❶籥：音越ㄩㄝˋ，樂器，以竹為之，似笛，六孔。❷秉：持也。翟：音笛ㄉㄧˊ，本山雉，此謂雉羽。今仍有持羽翳身而舞者。❸赫：音賀ㄏㄜˋ，赤貌。渥：音臥ㄨㄛˋ，浸染也。赭：音者ㄓㄜˇ，赤色也。句言其面色之紅潤。❹公：衞君。邶、鄘皆衞風，故云。錫：賜也。爵：酒器，此謂賜之以酒。

山有榛❶，隰有苓❷。云誰之思？西方美人❸。彼美人兮，西方之人兮！

右第四章，讚歎舞者之美也。以細媚淡遠之筆作結。

【註釋】

❶榛：音珍ㄓㄣ，樹名，其實似栗而小。❷隰：音席ㄒㄧˊ，下濕之地也。苓：即今中藥之甘草。❸云：發語詞，無義。之：猶是也。西方美人：謂舞師來自西方。或以為西方美人，託言以指西周之盛王，蓋西周盛王時，文物鼎盛，故能生此善舞之人，有此盛美之舞也。

【欣賞品評】

萬茂先曰：

西方之人兮，若遠若近，無限深情。

守亮案：

詩序云：「簡兮，刺不用賢也。衞之賢者，仕於伶官，皆可以承事王者也。」朱傳云：「賢者不得志而仕於伶官，有輕世肆志之心焉，故其言如此，若自譽而實自嘲也。」詩序以此爲刺不用賢，朱傳以此爲賢者自作，皆離詩太遠，不可信也。王靜芝先生曰：「此美衞庭之舞之詩。」斯言是也。詩則言碩大有威儀，容姿不平凡之文武兼備舞師，乃舞前簡選之，擇其所宜者也。故能於武舞也，則「有力如虎，執轡如組。」於文舞也，則「左手執籥，右手秉翟。」且由「公言錫爵」，「云誰之思」二語，知此舞者，深獲衞公激賞，觀衆愛慕也。末章上句景，下句情，開後世寫作法門，如楚辭湘夫人歌曰：「沅有芷兮澧有蘭，思公子兮未敢言。」秋風詞曰：「蘭有秀兮菊有芳，懷佳人兮不能忘。」皆是如此。

十四、泉水

此衞女嫁於他國，思歸寧之詩。

毖彼泉水❶，亦流于淇❷。有懷于衞❸，靡日不思❹。孌彼諸姬❺，聊與之謀❻。

右第一章，衞女思歸，姑與諸姬謀之也。

【註釋】

❶毖：音必ㄅㄧˋ，泉流貌。彼：指示字，無義。❷亦：語詞。淇：衛國水名。流經今河南湯陰、淇縣等地。❸懷：思也，念也，思念也。❹靡：無也。❺孌：音攣三聲ㄌㄩㄢˇ，美好貌。諸姬：衛與周同姓，諸姬謂媵從之諸姪娣也。❻聊：姑且也。謀：謀劃也。姑且與之謀劃歸寧之策也。

出宿于泲❶，飲餞于禰❷。女子有行❸，遠父母兄弟❹。問我諸姑❺，遂及伯姊❻。

右第二章，與諸衛女相謀之言也。

【註釋】

❶泲：音濟ㄐㄧˇ，水名，今作濟，流經今山東定陶縣境。❷餞：音賤ㄐㄧㄢˋ，設酒宴送行也，今謂餞行。禰：音你ㄋㄧˇ，水名。即大禰溝，在今山東荷澤縣西南。❸行：嫁也。有行：即已出嫁。❹二句言既已出嫁，故遠離父母兄弟也。❺姑：父之姊妹稱姑。❻伯：伯仲之伯，今謂老大。姊：女之先生曰姊。伯姊：大姊也。二句謂如能歸寧回衛，則將兼問諸姑以及伯姊也。

出宿于干❶，飲餞于言❷。載脂載舝❸，還車言邁❹。遄臻于衛❺，不瑕有害❻。

右第三章，由相謀而空擬虛摹其詳細之情也。

【註釋】

❶干：地名。在今河北清豐縣西南。❷言：地名。在今河北清豐縣北。❸載：則也。脂：以油脂塗車軸也。牽：音義同轄，車軸頭鍵，以牽固車轂。轄不用則脫下，用則加之。此處作動詞，謂將車轄加於車軸頭也。❹還：音旋ㄒㄩㄢˊ，返也。言：語詞。相當於而或乃字。邁：行也。此句謂歸返於衛。❺遄：音船ㄔㄨㄢˊ，速也。臻：音珍ㄓㄣ，至也。❻瑕：語詞。不瑕有害，謂將不致有甚過害也。

我思肥泉❶，茲之永歎❷。思須與漕❸，我心悠悠❹。駕言出遊❺，以寫我憂❻。

右第四章，述思歸不得，乃出遊以除憂也。

【註釋】

❶肥泉：衛國水名。或以爲泉名，在河南淇縣，即首段所謂之毖彼泉水，亦流於淇之泉。❷茲：通滋，增益也。永歎：長歎也。❸須、漕：衛二邑名。須：在今河南滑縣東南。漕：亦作曹，即白馬縣，在滑縣東。❹悠悠：言思之長也。涵有憂義。❺駕：駕車也。❻寫：音泄ㄒㄧㄝˋ，除也，發散也。宣泄也。二句言駕車出而遨遊，以除我之憂也。

【欣賞品評】

輔廣曰：

思歸寧者，思之正也；謀及姪娣，謀之正也；恐害義理而卒於不歸，事之正也。始終一出於正。雖賢士且難之，況婦人乎？

守亮案：

詩序云：「泉水，衞女思歸也。嫁於諸侯，父母終，思歸寧而不得，故作是詩，以自見也。」朱傳因之。詩序以此爲衞女思歸而不得之詩，是也。但以此爲父母終而思歸寧之作者，恐又非是。王靜芝先生曰：「此衞女嫁於他國，思歸寧之詩。」詩有「孌彼諸姬，聊與之謀」之語，乃思歸寧而不得，故作此詩以寫其憂也。詩則言「有懷於衞，靡日不思」者，一篇主旨也。「孌彼諸姬，聊與之謀」者，或有其事也。至出宿飲餞云云，還車遄臻云云，出遊寫憂云云，皆空擬虛摹之詞也，不可認眞看。故徐退山曰：「有懷于衞二句，詩題也，以下俱極寫懷思情景。海市蜃樓，懸空揑擬，認作實話，痴矣！」

十五、北門

此仕者自訴其任重而祿薄之苦之詩。

出自北門，憂心殷殷❶。終窶且貧❷，莫知我艱。已焉哉❸！天實爲之❹，謂之何哉❺？

右第一章，仕而貧困，出北門而自歎咏之詞也。

【註釋】

❶殷殷：深憂貌。句言極其憂，憂之甚也。❷終：旣也。窶：音具ㄐㄩˋ，貧而無以爲禮，謂居處狹陋也。句言居處旣狹陋而又貧窮也。❸已焉哉：猶今語算了吧。❹天實爲之：實老天使之如此。人在窮困時，常

呼天，且將窮困委之於命運。❺謂：猶奈也。謂之何：猶如之何，奈何之義。

王事適我❶，政事一埤益我❷。我入自外❸，室人交徧讁我❹。已焉哉！天實爲之，謂之何哉？

右第二章，自詠其勞如此，而貧困不改，家人責難之狀。

【註釋】

❶王事：王命使爲之事，猶今言公事。適：當讀爲擿，音直ㄓˊ，投擲也。適我：謂投擲於我，交付於我也。❷政事：公事也。一：一切也，今言一古腦兒。埤：音皮ㄆㄧˊ，增也。言公事皆一切增益於我之身也。❸自：從也。句謂我自外而入，即今下班返入家門也。❹室人：家人也。交：交互也。讁：音折ㄓㄜˊ，責怒也。

王事敦我❶，政事一埤遺我❷。我入自外，室人交徧摧我❸。已焉哉！天實爲之，謂之何哉？

右第三章，與二章同，惟換韻而重言之，以增慨歎也。

【註釋】

❶敦：通堆，厚也。謂厚厚堆加於我之身也。又迫也，投擲也。❷遺：音未ㄨㄟˋ，加也。言政事一切增加於我之身也。❸摧：刺譏之言也。又沮也。謂出沮喪之言以排擠打擊之也。

【欣賞品評】

朱善曰：投之以王事之重，遺之以國事之難，益之以家計之窘，賢者之處此亦難。而又家人之交讁，則是內不見知於妻子也。祿食不足以自存，則是外不見知於君上也。斯二者，人之所為乎？抑天之所為乎？然不得於天而不怨天，不合於人而不尤人，盡心竭力，以為其所當為，而無一毫忿悶之心，所以為賢。

守亮案：

詩序云：「北門，刺仕不得志也。言衞之忠臣不得其志爾。」自來說解此詩者，多從詩序之說，如朱傳云：「衞之賢者處亂世，事暗君，不得其志，故因出北門而賦以自比。」詩中但有任重祿薄，無亂世暗君意。季本曰：「忠臣勞於役而困於貧，不得以行其志，故作此詩而安於命也。」其說近是。詩則所言苦難，全在每章前半段，且一章比一章深切緊迫。其沉痛，全在每章全同後半段「已焉哉、天實爲之，謂之何哉」之將其無可奈何，一歸之於天也。方玉潤曰：「觀其王事之重，政務之煩，而能以一身肩之，則其才可想矣。而衞之君上乃不能體恤周至，使其終窶且貧，內不足以蓄妻子，而有交讁之憂；外不足以謝勤勞，而有敦迫之苦。重祿勸士之謂何？乃置若罔聞焉。此詩所以作也。」牛運震曰：「連用數我字，氣餒而聲蹙。最苦是室人交徧讁我一句。」噫！今之忠貞、奉公守法公務員，類此者多矣。時也命也，夫復何言！不委之於天，又能如何？令人不能不蹙眉扼腕，悲憤至極，而多怨尤也。

十六、北風

此蓋詩人傷國政不綱，而偕其友好避亂之詩。

北風其涼❶，雨雪其雱❷。惠而好我❸，攜手同行❹。其虛其邪❺？既亟只且❻！

右第一章，由北風雨雪說起。北風其涼，雨雪其雱者，一者描寫當前之景物，一者喻衛政之亂。

【註釋】

❶其：猶之也。有如此之意味。詩中凡其字在第三字，下為形容詞者皆然。❷雨：音玉ㄩˋ，落也。下同。雱：音旁ㄆㄤˊ，雪落盛多之貌。❸惠：愛也。好：音號ㄏㄠˋ，愛好也。❹行：音杭ㄏㄤˊ，同行：謂一同離此而他去也。❺虛：舒之同音假借，寬虛之貌。邪：音徐ㄒㄩˊ，緩慢也。其虛其邪：猶言慢了吧、慢了吧？謂行路之寬緩，未能盡其速也。❻既：已也。亟：音義同急。且：音居ㄐㄩ，只且：語詞。相當於耳矣。此言已甚急速矣，二句謂人民有不可一朝居之感，欲速離去也。

北風其喈❶，雨雪其霏❷。惠而好我，攜手同歸❸。其虛其邪？既亟只且！

右第二章，作法文義與首章均同，惟換韻而重言之。

【註釋】

❶喈：風疾聲。又湝之假借，水寒也。❷霏：音非ㄈㄟ，雪盛貌。❸歸：歸家，歸鄉，歸田園，適彼樂土之義也。

莫赤匪狐❶，莫黑匪烏❷。惠而好我，攜手同車。其虛其邪？既亟只且！

右第三章，以狐烏諷執政者。

【註釋】

❶莫：無也。匪：彼也。又同非。狐之毛黃赤，故云。❷烏之羽色黑，故云。二句言沒有赤者非彼狐，沒有黑者非彼烏，蓋即天下老鴉一般黑之意，所以諷執政之人盡奸邪者也。

【欣賞品評】

李樗曰：

夫去國豈人之本情哉？昔孔子去魯，曰遲遲我行也，去父母國之道也。今衛之暴虐而民亟去者，恐遲留於此而遭其禍，必有大不忍於此而奪其情也。

黃櫄曰：

覩此詩而見民情之不可失也。人君能發政施仁，則耕者皆欲耕於其野，商賈皆欲藏於其市，行旅皆欲出於其塗，賢者皆欲立於其朝，而尚忍去之哉！

守亮案：

詩序云：「北風，刺虐也。衞國並爲威虐，百姓不親。莫不相携持而去焉。」威虐而致百姓不親之語，甚合詩旨。惟莫不指國中全民，言之過甚，欠妥。朱傳云：「國家危亂將至，而氣象愁慘，故欲與其相好之人，去而避之。」此得其平實之說也。詩則以北風雨雪喻虐政，以赤狐黑烏喻執政者，以好我同行喻泉涸，魚相與處於陸，相呴以濕，相濡以沫之時也。斯政也，斯君也，斯時也，非獨賢者相率而去之，卽平凡之輩，當亦皆然。孟子有：「桀、紂之失天下也，失其民也。」又「爲湯、武敺民者，桀與紂也」之語。其衞之謂歟?!何危亂愁慘，一至於是也。

十七、靜女

此男女約期而會，歡悅無比，相戀之情詩。

靜女其姝❶，俟我於城隅❷。愛而不見❸，搔首踟躕❹。

右第一章，述與女相約未見也。

【註釋】

❶靜：安詳也，貞靜也。靜女：安詳貞靜之淑女也。其猶之也。有如此之意味。姝：音抒ㄕㄨ，美色也。❷俟：等待也。城隅：城角也，幽僻之處。此言相期俟於城角也。❸愛：薆字之假借，魯詩作薆，隱蔽也，藏躲也。又讀如本字。❹搔首：人煩急時則以手搔其首也。踟：音吃ㄔ，躕：音厨ㄔㄨˊ，踟躕：徘徊也。

靜女其孌❶，貽我彤管❷。彤管有煒❸，說懌女美❹。

右第二章，述與女相見怡悅之狀。

【註釋】

❶孌：音攣三聲，ㄌㄩㄢˇ，美好貌。❷貽：貽送也。彤：音同ㄊㄨㄥˊ，赤漆也。彤管：舊說為赤管之筆。今人云乃塗紅漆之管，或云為鍼線管。或云管作簫笛解。或謂彤管乃與下章之荑同為一物，乃紅色管狀之初生植物也。❸煒：音偉ㄨㄟˇ，赤貌。有煒：即煒然。❹說：音義同悅。懌：音亦ㄧˋ，悅也。女：同汝，指彤管，又讀如本字，蓋雙關，既悅彤管之燦爛，又喜女子之淑美也。

自牧歸荑❶，洵美且異❷。匪女之為美❸，美人之貽❹。

右第三章，述男女相期會已晤，於是同遊，而兩心相悅之狀。

【註釋】

❶牧：野外可牧牛羊之處，郊外也。歸：讀如饋ㄎㄨㄟˋ，贈貽也。荑：音提ㄊㄧˊ，嫩茅之可生食者，味甘，狀似玉針，俗名茅針。❷洵：音旬ㄒㄩㄣˊ，信也，猶言實在。異：特異，不平凡也。❸匪：同非。女：音義同汝，荑也。之：是也。言非汝茅芽本身是美也。❹美人之貽：美人之所贈也。以上四句，言靜女又贈我以荑，而其荑亦美且異，然非此荑之為美也，特以美人之所贈，故其物亦美耳。

【欣賞品評】

牛運震曰：懷思贈答，寫男女之私政，極深婉閑雅。自是詩家高品。

守亮案：詩序云：「靜女，刺時也。衞君無道，夫人無德。」審其詞與衞君及夫人絲毫無關。朱傳云：「此淫奔期會之詩也。」朱傳凡有見於男女之情者，即指爲淫奔，不獨此詩。傅斯年曰：「爲男女相愛之辭。」其說近是，後之說解者，多不離此旨矣。詩則既曰靜女，則關雎之淑女也。關雎淑女，靜則靜矣。而此靜女較彼淑女，雖云靜矣，實靜中多動也。初則相俟於城隅，繼則貽之以彤管，終則相逐於野而自牧歸荑矣！動作繁多，似少歛抑，其野有死麕詩之懷春玉女乎？筆意騰空翻轉，詩家高品之讚宜矣。

十八、新臺

此刺宣公之詩。

新臺有泚❶，河水瀰瀰❷。燕婉之求❸，籧篨不鮮❹。

右第一章，由新臺景物寫起，本為伋來，而逢此醜物也。

【註釋】

❶新臺：衞宣公於黃河岸上迎齊女宣姜所築之樓臺。泚：音此ㄘˇ，有泚：泚然，鮮明貌。❷瀰瀰：水滿盛貌。❸燕婉：美色也，青春少年也，指太子伋。之：是也。又燕，安也。婉，順也。燕婉之求：謂齊女來

爲求與太子伋爲安順於室家也。❹籧：音渠ㄑㄩˊ，篨：音除ㄔㄨˊ，籧篨：形如大水缸之竹簍。或以爲不能俯，疾之醜者也。蓋籧篨本竹席之名，人或編以爲囷，其狀如人之臃腫而不能俯者，故又因以名此疾也。鮮：善也。不以壽終曰鮮。燕婉之求二句，齊女意中語，謂本求美貌之夫，乃逢此醜而不早死之人也。

新臺有洒❶，河水浼浼❷。燕婉之求，籧篨不殄❸。

右第二章，與首章同義，換韻重言之。

【註釋】

❶洒：音崔ㄘㄨㄟ，高峻貌。韓詩作漼，鮮盛貌。又音洗ㄒㄧˇ，洗淨也。❷浼：音免ㄇㄧㄢˇ，浼浼：平廣也，漫漫也。❸殄：音忝ㄊㄧㄢˇ，絕也，滅也。不殄：猶言不死也。

魚網之設，鴻則離之❶。燕婉之求，得此戚施❷。

右第三章，改換章首二句，由魚網之設說起，以喻事之離奇。

【註釋】

❶鴻：爲苦蠪之合聲。苦蠪即蟾蜍，俗名癩蝦蟆。離：猶罹也。罹，遭遇也。二句言本爲求魚而設之網，今乃得此癩蝦蟆，喻女子思嫁美男子而得此醜物也。❷戚施：不能仰之醜疾也，今語謂之駝背。

【欣賞品評】

范處義曰：

凡人之為不善，猶有羞惡之心，往往多秘其迹，懼為人所指目，雖其過未有隱而不形，然視宣公於河上鮮明高峻之臺，肆為燕婉之行，固有間矣。

守亮案：

詩序云：「新臺，刺衞宣公也。納伋之妻，作新臺于河上而要之。國人惡之，而作是詩也。」詩序之說，後人多以爲是。朱傳云：「舊說以爲衞宣公爲其子伋娶於齊，而聞其美，欲自娶之，乃作新臺於河上而要之。國人惡之，而作此詩以刺之。」吳闓生曰：「序之說詩，惟此篇最有據。」宣公此事見左傳桓公十六年，及史記衞世家。宣公初淫其庶母夷姜，生子急。急，史記及詩序均作伋。以伋爲太子。伋娶齊女而美，宣公納之，生子壽及朔。夷姜失寵而自縊。宣公名晉，桓公之弟。所納太子伋之妻，卽宣姜也。古今說詩者，多無異議。詩則若宣公者，屢爲鳥獸之行，老而不死，眞言之欲嘔。至宣姜其女子，雖魚網鴻離，固不祥矣！然所以使宣公遂其意者，一己亦有大不韙者在也。觀下二子乘舟及牆有茨二詩朱傳之「宣姜愬伋於公。」「宣公卒，惠公幼，其庶兄烝於宣姜」及君子偕老詩詩序之「夫人淫亂」云云，則亦不知羞恥，非善類之尤物矣。是此詩雖刺宣公，當亦兼及宣姜也，故方玉潤曰：「刺齊女之從衞宣公也。此刺宣姜之作，非但宣公也。靜女篇以刺宣公爲主而帶及夫人，此篇以刺夫人爲主而愈醜宣公。」

十九、二子乘舟

此傷衞伋壽二人爭死之詩。

二子乘舟，汎汎其景❶；願言思子❷，中心養養❸。

右第一章，寫二子乘舟遠去，思而憂之也。

【註釋】

❶汎：與泛通。汎汎：漂浮貌。景：古影字。或謂景同憬，遠行貌。❷願：思也，念也。言：語詞。猶相當於而或乃字。❸中心：心中也。養養：同漾漾，憂不知所定貌。

二子乘舟，汎汎其逝❶；願言思子，不瑕有害❷。

右第二章，義同第一章，惟增願其無禍害也。

【註釋】

❶逝：往也。❷瑕：語詞。不瑕有害：謂將不致有甚過害也。此祝其一路平安之意。

【欣賞品評】

龍彷山曰：

始憂其見害，繼虞其有害，而終不直言其遇害，此風人之蘊藉也。

守亮案：

詩序云：「二子乘舟，思伋壽也。衞宣公之二子，爭相爲死，國人傷而思之，作是詩也。」朱傳云：「舊說以爲宣公納伋之娶，是爲宣姜。生壽及朔，朔與宣姜愬伋於公，公令伋之齊，使賊先待於隘而殺之。壽知之，以告伋。伋曰：君命也，不可以逃。壽竊其節而先往。賊殺之。伋至，曰：君命殺我，壽有何罪？賊又殺之，國人傷之而作是詩也。」事載左傳桓公十六年及史記衞世家，但與詩文不盡相合，故惠周惕、崔述、姚際恆等疑之。致有謂非伋壽二子之死，乃二子之遠行也。或又以爲送別詩。玆姑仍從舊說。詩則首章言「中心養養」，憂不知其所定也。二章言「不瑕有害」，願二子之無禍患也，皆祈冀希望之詞。或又據之以爲皆二子未死以前恐其被害之詞，非既死後追悼之詞。且二子自衞至齊，皆遵陸而行，既未乘舟，亦未同行，不盡與他書相合。然詩在達情，傷二子之沒，托事以詠之，似亦無害也。

鄘

鄘，音庸，又作庸，國名。在今河南新鄉附近之地，餘見前邶。

鄘國共十篇

一、柏舟

此貞婦自誓不嫁之詩。

汎彼柏舟❶，在彼中河❷。髧彼兩髦❸，實維我儀❹。之死矢靡它❺。母也天只❻！不諒人只❼！

右第一章，由柏舟之漂浮，興起人生之漂浮。柏舟之堅，興貞婦之堅。

【註釋】

❶汎：漂浮也。柏舟：柏木所造之舟也。❷中河：即河中。河：指黃河。❸髧：音旦ㄉㄢˋ，髮垂貌。髦：音毛ㄇㄠˊ，髮由兩面下垂至眉也。即今所謂前劉海兒。兩髦：前劉海兒中間分開，垂於兩眉之上。子事父母，幼小之飾，父母在，雖長不去。親沒乃去之。此髧彼兩髦者，指男，即女之夫也。❹維：通爲，是也。儀：音俄ㄜˊ，匹配也。句言實爲我之配偶也。❺之：至也。矢：誓也。靡：無也。它：即他。靡它：今言沒有別的。句言自誓至死亦無其他心意也。❻也、只：均語詞。猶言母啊、天啊，所謂呼天呼父母也。❼諒：諒解也，體諒也。

汎彼柏舟，在彼河側。髧彼兩髦，實維我特❶。之死矢靡慝❷。母也天只！不諒人只！

右第二章，換韻重疊首章之義，以加重言之也。

【註釋】

❶特：四也。又畜之牡者曰特，亦謂配偶也。❷慝：音特去ㄜˋ，邪也，邪念也。又借爲忒，改變也。句言自誓至死亦無其他邪念，以改變初衷也。

【欣賞品評】

龍仿山曰：

兩章有淺深，靡它，它字嚴。次章靡慝，慝字尤嚴。末二句如聞號泣之聲，詩之動天地，感鬼神，在此等處。

守亮案：

詩序云：「柏舟，共姜自誓也。衞世子共伯蚤死，其妻守義，父母欲奪而嫁之，誓而弗許，故作是詩以絕之。」朱傳因之。詩序之說，清人姚際恒已駁斥其非。姚際恒又曰：「此詩不可以事實之。當是貞婦有夫蚤死，其母欲嫁之，而誓死不願之作也。」斯言是也。然傅斯年曰：「母氏欲其嫁一人，而自願別嫁一人，以死矢之。」或又以爲女子已有愛人，或已定情，母欲其改嫁，誓死不從。然觀詩中一實字，其中似有既已經歷過，體驗到意味，當以貞婦自誓不嫁爲準。詩則兩章易字不多，由詩中誓詞，可知女子意志之堅。而兩章皆以「母也天只，不諒人只」作結，又可知母氏確有欲奪其志，改適他人之意。否則不致下筆如是之重，而一再重言之。其所以如此者，蓋怨之深也。然正以其怨之深，可知其自誓不嫁之堅貞也。

二、牆有茨

此刺衛宮淫亂之詩。

牆有茨❶，不可埽也❷。中冓之言❸，不可道也❹；所可道也，言之醜也❺。

右第一章，借墻茨之不可盡掃，喻宮中淫事之多。

【註釋】

❶茨：音此ㄘˇ，蒺藜也，三角刺人。牆以防盜，隔斷內外之物也。今牆上乃生蒺藜，牆已失其堅，而不能隔絕牆內外之事，於是室內之事人已知之也。或謂茅茨，鄉間土牆上多覆以茅茨以保護之。❷埽：同掃。句以牆茨之不可埽，所以固其牆，與內醜之不可外揚，將以隱其惡也。❸冓：交積材木也。材木之交積，結構蓋屋之義，謂宮室也。中冓：即冓中，謂宮中也。又中夜也，蓋淫僻之言也。又冓同垢同詬，是中冓

謂宮中汚穢可恥之事也。❹不可道：即今云說不得。❺醜：惡也。醜惡可恥之汚穢事也。

牆有茨，不可襄也❶。中冓之言，不可詳也❷；所可詳也，言之長也❸。

右第二章，作法與首章同，惟換韻重複道之。

【註釋】

❶襄：同攘，除也。❷詳：審也。又仔細說之也。不可詳：即今說也說不得，不勝枚舉。❸長：難以說完，猶今一言難盡，亦不便說出之意。

牆有茨，不可束也❶。中冓之言，不可讀也❷；所可讀也，言之辱也❸。

右第三章，與前二章同，惟又換韻，三重複之，以加重其義。

【註釋】

❶束：束而去之，言其淨盡。不可束：喻其繼續發展。❷讀：說也。即談論，談說。❸辱：羞辱可恥之汚穢事也。

【欣賞品評】

范祖禹曰：埽之則傷牆，道之則傷君。必不得已而道之，則不可復詳。必不得已而詳之，則不可復讀。詩人之意，本不欲道，疾之而不能不道。旣道而復以為恥，又悔而相戒也。

守亮案：

詩序云：「墻有茨，衞人刺其上也，公子頑通乎君母，國人疾之，而不可道也。」朱傳云：「舊說以爲宣公卒，惠公幼，其庶兄頑烝於宣姜，故詩人作此詩以刺之。」詩序朱傳之說，落在宣姜身上，雖淸人魏源以爲非，但以刺衞宮淫亂，當無不是。詩則雖未明言淫亂，但衞國宮廷，確淫亂不檢，穢行醜聞，亦屢見不鮮。宣公既烝於庶母夷姜，又奪其子媳宣姜於新臺。宣公歿，齊人又使公子頑烝於宣姜，復生齊子、戴公、文公、宋桓夫人、許穆夫人等。其淫亂也，三世不絕。何可道、何可說、何可詳也?!如必欲道說之，則言之長而盡爲醜辱之事矣。醜字恥惡，辱字穢汚，此春秋一字褒貶例也，故牛運震謂之「深文毒筆」。

三、君子偕老

此刺衞夫人宣姜之詩。

君子偕老❶。副笄六珈❷。委委佗佗❸，如山如河❹。象服是宜❺。子之不淑❻，云如之何❼！

右第一章，述宣姜服飾之盛，而爲不善之行，德之不相稱也。

【註釋】

❶君子：謂夫也。偕：音皆ㄐㄧㄝ俱也。偕老：相伴到老也，有共生同死意。❷副：后夫人之首飾，編髮

爲之，以覆首也。笄：音基ㄐㄧ，橫揷之頭簪。珈：音加ㄐㄧㄚ，加於副笄上之玉製飾物，乃笄飾之最盛者，所以別尊卑。侯伯夫人六珈。❸委：音尾ㄨㄟˇ，佗：音駝ㄊㄨㄛˊ，委委佗佗：與召南羔羊之委蛇委蛇同，行路紆曲之狀，言其舒緩從容，雍容自得也。❹如山如河：狀其氣象如山之安重，如河之弘廣。❺象服：法度之服，王后及夫人所服，上畫有日月鳥羽等文彩。或借爲橡，音象ㄒㄧㄤˋ，鑲也。謂衣之周緣領袖所鑲繡之花邊也。❻子：指宣姜。淑：賢淑也。不淑：不善也。或釋爲不幸，謂宣姜早寡。❼云：發語詞。句感歎其不能稱其服飾也。

玼兮玼兮❶，其之翟也❷。鬒髮如雲❸，不屑髢也❹。玉之瑱也❺，象之揥也❻。揚且之晳也❼。胡然而天也❽！胡然而帝也❾！

右第二章，言服飾之盛有如天帝，刺其德不稱也。

【註釋】

❶玼：音此ㄘˇ，鮮盛貌。❷翟：音狄ㄉㄧˊ，畫雉羽爲飾之衣，王后六服之一。❸鬒：音診ㄓㄣˇ，鬒髮：稠黑之髮。如雲：言盛也。❹屑：絜也。髢：音替ㄊㄧˋ，假髢也。不屑髢：言以假髮爲不潔。謂不肯施用假髮，加於一己之眞髮上也。❺瑱：音掭ㄊㄧㄢˋ，塞耳之玉也。❻象：謂象骨也。揥：音替ㄊㄧˋ，搔首之簪也。象之揥：象牙所製之搔首簪也。❼揚：眉上廣也。即眉之上髮之下額頭寬廣。且：音居ㄐㄩ，語詞。無義。晳：音希ㄒㄧ，白晳也。❽胡然：何以如此。天：天仙也。❾帝：帝子也。二句謂何以如此似天仙，何以如此若帝子？蓋刺宣姜之品德不淑，未能與其服飾之盛相稱也。

瑳兮瑳兮❶，其之展也❷。蒙彼縐絺❸，是紲袢也❹。子之清揚❺，揚且之顏也❻。展如之人兮❼，邦之媛也❽。

右第三章，作法如二章，極讚其服飾之盛。然徒豔麗而已，非高尚也。

【註釋】

❶瑳：音脞ㄘㄨㄛˇ，鮮白貌。❷展：音站ㄓㄢˋ，展衣，亦王后六服之一，色白。❸蒙：覆也。絺：音吃ㄔ，縐絺：絺之蹙蹙者，即所謂有皺紋之葛布也。或謂縐絺，皆細葛布，縐較絺尤細。❹紲：音謝ㄒㄧㄝˋ，袢：音凡ㄈㄢˊ，紲袢：貼身素淨之內衣。❺清：目之美也。揚：眉之美也。清揚：眉目清明也。❻顏：容貌也。❼展如：誠然也。❽媛：音願ㄩㄢˋ，美女也。

【欣賞品評】

嚴粲曰：

此詩惟述夫人服飾之盛，容貌之尊，不及淫亂之事，但中間有「子之不淑」一言，而譏刺之意盡見。

方玉潤曰：

全篇極力摹寫服飾之盛，而發端一語忽提君子偕老，幾與下文詞義不相連屬。豈知全詩題眼即在此句，貞淫褒貶悉具其中。是詩也春秋法寓焉矣。至其藻采之工，音節之妙，則姚氏際恆謂為神女感甄之濫觴；山河天帝，廣攬遐觀，驚心動魄，傳神寫意，有非言辭所能釋者。

守亮案：

詩序云：「君子偕老，刺衞夫人也。夫人淫亂，失事君子之道，故陳人君之德，服飾之盛，宜與君子偕老也。」衞夫人，卽宣姜也。詩序之說，世多從之。朱傳云：「言夫人當與君子偕老，故其服飾之盛如此，而雍容自得，安重寬廣，又有以宜其象服。今宣姜之不善乃如此，雖有是服，亦將如之何哉？言不稱也。」細玩詩篇，當是衞人惋惜宣姜美而不淑之作。前此之新臺詩刺宣公之奪子妻，二子乘舟詩傷伋壽之爭死，墻有茨詩刺衞宮之淫亂，無一不涉及宣姜。其淫蕩無恥，何可道說？詩則絕不及淫亂之事。但「子之不淑，云如之何」語，多少感慨在內，故辭婉而意深也。子字固輕賤之甚，而不淑乃德之不賢不善也，落筆何重。「云如之何」！則嘆其詩雖全力在美其服飾，美其質色，美其容顏。愈如此，則愈顯其德之不能與之相稱也，刺意全在此。呂祖謙於首章末二句云：「責之也」；二章末二句云：「問之也」；三章末二句云：「惜之也」。乃責其問其惜其服飾之盛，何其德之不相稱也。筆法結構絕高。

四、桑中

此男女相悅之詩。

爰采唐矣❶？沬之鄉矣❷。云誰之思❸？美孟姜矣❹。期我乎桑中❺，要我乎上宮❻，送我乎淇之上矣❼。

右第一章，敘與女相約晤之情況。

【註釋】

❶爰：語詞。相當於乃、於是。又于焉二字之合聲。即在何處？唐：蒙菜也，一名兔絲。又唐與棠古通用，棠即白梨。采唐：謂采取白梨之果實也。❷沬：音妹ㄇㄟˋ，衞邑名，即妹邦，今屬河南淇縣境。❸云：語詞。之：是也。句言所思者是誰也。❹孟：長也。姜：齊女。孟姜：姜姓之長女，此託言也。❺期：定期約會也。桑中：桑林之中也。或以爲衞國小地名。❻要：音腰一ㄠ，邀約也。又迎接。上宮：樓也。或以爲衞國小地名。❼淇：衞國水名，在今河南省北部。上：津口也，涯側也。

爰采麥矣？沬之北矣。云誰之思？美孟弋矣❶。期我乎桑中，要我乎上宮，送我乎淇之上矣。

右第二章，作法與首章同，惟換韻。

【註釋】

❶弋：音亦一ˋ，春秋或作姒，蓋杞女，夏后氏之後，亦貴族也。孟弋：弋姓之長女，亦託言也。

爰采葑矣❶？沬之東矣。云誰之思？美孟庸矣❷。期我乎桑中，要我乎上宮，送我乎淇之上矣。

右第三章，作法與前二章同，惟換韻。

【註釋】

❶葑：音封ㄈㄥ，蕪菁也，根可食。❷庸：亦姓也。或以爲庸或鄘之假借，鄘本衞地，古人每因地得姓也。

孟庸：庸姓之長女，亦託言也。

【欣賞品評】

龍仿山曰：

通首以四矣字為節奏。起手一句一矣字，次兩句一矣字，三三句一矣字。一氣流走，極縱送之妙。末三句疊三我字，更饒琵琶曼聲。

守亮案：

詩序云：「桑中，刺奔也。衞之公室淫亂，男女相奔，至于世族在位，相竊妻妾，期於幽遠，政散民流，而不可止。」詩序之說，本之左傳成公二年及樂記「鄭衞之音，亂世之音也，比於慢矣。桑間濮上之音，亡國之音也。其政散，其民流，誣上行私而不可止也」之言，清人姚際恆已駁斥其非。朱傳云：「衞俗淫亂，世族在位，相竊妻妾。故此人自言將采唐於沫，而與其所思之人相期會迎送如此也。」朱傳之言，亦因襲詩序，衞俗卽淫亂，亦不致如此，斯二說非也。傅斯年曰：「男女相愛之詩。」此說是。詩則想係當時男女相悅所詠，類今山歌式之流行戀歌。若謂孟姜、孟弋、孟庸非託言而爲三女。指爲淫奔，濫愛。有如樂記、詩序所言者，則失之鑿矣！蓋如係三女，何能期、要、送乎同一處所？所詠低徊往復，流離上口。牛運震所謂「容與纏綿，豔情欲流。云誰之思，吞吐有情。末句扯長，更覺風韻嫋嫋。」斯言得之。

五、鶉之奔奔

此衛人慨歎衛公子頑及宣姜淫亂之詩。

鶉之奔奔❶，鵲之彊彊❷。人之無良❸，我以爲兄❹。

右第一章，以鶉、鵲禽鳥也，尚匹配有常，與頑與宣姜之亂倫無恥。之頑也，如此不善，而我反以爲兄，良可哀也。

【註釋】

❶鶉：音純ㄔㄨㄣˊ，鳥名，即鵪鶉。雌雄有固定配偶。奔奔：居有常匹，飛則相隨之貌，奔則相跳行之貌。❷鵲：鳥名，即喜鵲。雌雄亦有固定配偶。彊：音姜ㄐㄧㄤ。彊彊：與奔奔同義。或云鵲鳴聲。又奔奔，彊彊：或以爲皆形容雄鳥乘雌鳥之背交尾時拍翅之聲。❸人：指頑。無良：不忍詳道其行之無恥，故以不善概括之也。❹我：詩人以惠公口吻作詩，故我爲惠公自稱。而兄則指惠公之異母兄公子頑，即昭伯也。

鵲之彊彊，鶉之奔奔。人之無良❶，我以爲君❷。

右第二章，仍以鶉鵲之有匹偶引起，惟兩句倒置，以換韻脚。

【註釋】

❶人：指宣姜。❷君：國小君。蓋國君之夫人爲小君，亦稱君。此指宣姜而言。

【欣賞品評】

牛運震曰：

極醜詆之詞，却自占絕頂雅妙，任他人千百思正無着筆處。

守亮案：

詩序云：「鶉之奔奔，刺衞宣姜也。衞人以爲宣姜鶉鵲之不若也。」詩序言獨刺宣姜，非是。蓋淫亂事非宣姜一人可爲也。故朱傳云：「衞人刺宣姜與頑非匹耦而相從也，故爲惠公之言以刺之。」詩人代爲言以刺之，似可信。詩則所言宣姜與頑亂倫之事，何等醜惡。但一惠公也，則無可言以責，亦不忍責其母及其異母兄之淫穢。詩人代爲之，以紓其心中隱痛，不亦可乎！夫奔奔，彊彊，惡狀也。竟以入詩，則其無良程度可知矣。詞意甚率直，所指亦甚明確，未免有傷忠厚。即牆有茨詩，雖曰直言無隱，而猶作未盡辭。此則直唾而怒罵之，似有失溫柔敦厚之旨也。其所以如此者，恥惡穢汚，一至於斯。不如此，不足以宣洩其憤恨，識其感歎，以戒來茲也。范處義曰：「宣姜之惡，不可勝道也。國人疾而刺之，或遠言焉，或切言焉。遠言之者，君子偕老是也；切言之者，鶉之奔奔是也。」切言之言，深獲我心。

六、定之方中

此美衛文公之詩。

定之方中❶，作于楚宮❷。揆之以日❸，作于楚室❹。樹之榛栗❺，椅桐梓漆❻。爰伐琴瑟❼。

右第一章，敘作宮植樹之狀。

【註釋】

❶定：星名，即營室星。中：謂初昏時其星適在天中也。定星於夏曆十月望後至十一月初黃昏出現中天。古人以定星出現時可營建房屋。❷作：興作也。于：當讀如爲。下同。楚宮：楚丘之宮也。宮：謂宗廟也。❸揆：音葵ㄎㄨㄟˊ，度也。古人建築房屋立一竿以測度日影，以定方向。故謂揆之以日。今之測量地基類似之。❹室：居室也。前四句依開工程序，一二三句當互易。惟如此，益顯曲折有致。❺樹：種也。榛：音針ㄓㄣ。榛栗二木。其實榛小栗大，皆可供籩實。❻椅桐梓漆：四者皆木之名，文木也，可製樂器。❼爰：語詞。相當於乃、於是。伐：斬伐也。謂四木長大可伐製琴瑟也。

升彼虛矣❶，以望楚矣❷。望楚與堂❸，景山與京❹。降觀于桑❺。卜云其吉❻，終然允臧❼。

右第二章，敘文公升望降觀，考察地勢之狀。

【註釋】❶虛：同墟，大丘也。或謂故城廢墟也，指漕墟言。漕與楚丘，皆在今河南滑縣東。❷楚：楚丘也。❸堂：楚丘附近之邑名。❹景：大也。景山：大山也。京：音將ㄐㄧㄤ，高丘也。或以爲景爲山名，京爲丘名。❺降：由高處下至平地也。觀：觀察也。桑：桑林也，下有桑田可證。桑葉飼蠶，故觀察之以視生產情況也。❻云：語詞。其：語詞。相當於乃字。卜云其吉：卜之乃得吉辭也。❼終：猶既也。然：猶而也。允：信也。臧：善也。句謂終而知其信爲美地也。

靈雨既零❶，命彼倌人❷，星言夙駕❸。說于桑田❹。匪直也人❺，秉心塞淵❻，騋牝三千❼。

右第三章，美文公為衞之興，勤於農桑畜牧，謀慮切實而深遠也。

【註釋】❶靈：善也，祥瑞也。靈雨：甘霖也。零：降也，落也。❷命：衞文公下命令也。倌：音官ㄍㄨㄢ，倌人：小臣，主駕者。❸星，正字應作夝，古晴字。又星：雨止星見也。言：語詞。相當於而或乃字。夙：早也。駕：駕車也。句言雨止星現，則早起而駕，勤勉之狀也。❹說：音稅ㄕㄨㄟ，停息也，舍息也。❺匪：彼也。直：正直也。又匪或作不僅講。直：徒也、特也。用心所及，非僅人，亦兼物也。❻秉心：存心也，持心也。塞：誠實也。淵：深沉也。句言彼正直之人，存心實誠實深厚也。❼騋：音來ㄌㄞˊ，馬七尺以上曰騋。牝：音聘ㄆㄧㄣˋ，雌馬也。或以爲言牝以該牡，非謂騋牝即專指騋馬之牝者。三千：言多也。後八十餘年，孔子適衞，有庶矣哉之贊歎。

【欣賞品評】

沈守正曰：

營建時不忘惜民，樹木又取有用，無非遠慮。而營建以前，恁地詳審；纔營建了，又恁地勤民，皆是秉心塞淵處。故舉騋牝，以見富庶。見得操心之要如此。

守亮案：

詩序云：「定之方中，美衞文公也。衞爲狄所滅，東徙渡河，野處漕邑。齊桓公攘戎狄而封之。文公徙居楚丘，始建城市，而營宮室，得其時制，百姓說之，國家殷富焉。」鄭箋云：「春秋閔公二年，冬、狄人入衞，衞懿公及狄人戰於熒澤而敗。宋桓公迎衞人遺民渡河，立戴公，以廬於漕。戴公立一年而卒。魯僖公二年，齊桓公城楚丘而封衞，於是文公立而建國焉。」後之說詩者，多無異說，如朱傳云：「衞爲狄所滅，文公徙居楚丘，營立宮室，國人悅之而作是詩以美之。」詩則言文公之建國也，占天時，審土宜，盡人力。完其城郭，修其宮室，備其器用。綜理既周，計畫又遠。大布之衣，大帛之冠，身自勞役，與百姓同苦。故中興之象，煥乎改觀也。孔子繼庶矣哉之贊歎後，復思富之教之，非文公生聚之所貽歟？

首章美其得營建之時，符建國之制。次章追美遷國之愼，卜占之吉；三章就其親民重本之誠，推及異日富强之盛；極周詳，極簡鍊，極嚴明，又極生動。此詩規畫久遠，無不備具，斯眞可美者也。

七、蝃蝀

此詩人代宣姜答新臺之事，以申其委屈之情之詩。

蝃蝀在東❶，莫之敢指❷。女子有行❸，遠父母兄弟❹。

右第一章，虹象宣公，為人所懼，言宣姜之無可奈何。

【註釋】

❶蝃：音帝ㄉㄧˋ，蝀音東ㄉㄨㄥ，蝃蝀：虹也。暮晴則虹在東方。❷莫之敢指：虹，古代傳說為天地靈氣所現，指之則為不敬，當必有禍。今北方猶戒小兒勿指虹，否則爛手或手歪。❸有行：女子出嫁也。❹遠：音苑ㄩㄢˋ，遠離也。遠父母兄弟，故孤單而無人照顧，受強力壓迫，不敢反抗也。

朝隮于西❶，崇朝其雨❷。女子有行，遠兄弟父母。

右第二章，與首章同，有事不可改之勢。

【註釋】

❶隮：音基ㄐㄧ，同躋：升也。此謂虹之出現，如自下而升也。在朝則升於西方。❷崇：終也。自旦至食時爲終朝。終朝其雨：言朝雨而虹見，則終朝雨不止也。

乃如之人也❶，懷昏姻也❷！大無信也❸；不知命也❹？

右第三章，直刺宣公。

【註釋】

❶乃如：轉語詞。之人：是人也，指宣公，此爲鄙視其人之語。❷懷：思也。思婚姻之事，以有所圖也。❸大：讀爲太ㄊㄞˋ。句責其太無信用。❹命：指父母之命。責其難道不知雙方婚姻，皆應遵守父母之命？今何竟成此毀命之舉？又命與名通，此言宣公何以不知與其有翁媳名分在邪！又命運也，言宣公淫暴，不知安於命也。

【欣賞品評】

牛運震曰：

一二章婉諷，末章直斥。苦心厚道，情見乎詞。

守亮案：

詩序云：「蝃蝀，止奔也。衞文公能以道化其民，淫奔之恥，國人不齒也。」詩序之說，清人姚際恆已駁斥其非。朱傳云：「此刺淫奔之詩。言蝃蝀在東，而人不敢指，以比淫奔之惡，人不可道。況女子有行，又當遠其父母兄弟，豈可不顧此而冒行乎。」刺奔之說亦欠妥，詩明言女子有行，謂出嫁也，何仍一本序說爲奔？方玉潤曰：「蝃蝀，代衞宣姜答新臺也。」此言近是。新臺事，前已言之；然重在刺宣公，於宣姜多表同情，此詩亦如此。或爲此二詩者，皆不知宣姜後之醜行也。詩則第一章首二句，有不純正氣候，則畏而恥之也。第二章首二句，有事不可改之勢，則痛而惡之也。第二章末二句，有失其所依，不敢反抗意，則惋而惜之也。至第三章云云，則深責而唾罵之矣。或婉諷，或直刺，語無不自莊雅，意亦不失厚道，眞代書聖手也。

八、相鼠

此刺無禮之詩。

相鼠有皮❶，人而無儀❷；人而無儀，不死何爲❸！

右第一章，由鼠之有皮，與人之不可無儀。

【註釋】

❶相：視也。鼠：蟲之可賤惡者。❷儀：禮儀也，威儀也。即今言合乎禮節之態度與舉動也。❸不死何爲：言人而竟不如鼠，則不死亦何爲哉？甚疾之辭也。

相鼠有齒，人而無止❶；人而無止，不死何俟❷？

右第二章，與首章作法同，惟換韻而重言之。

【註釋】

❶止：容止也。與上禮儀，威儀同。❷俟：音四ㄙˋ，等待也。

相鼠有體❶，人而無禮；人而無禮，胡不遄死❷？

右第三章，與前二章同，又換韻三疊而言之，重複加重其辭也。

【註釋】

❶體：支體也。言有其合理之定型也。❷胡：何也。遄：音船ㄔㄨㄢˊ，速也。

【欣賞品評】

范處義曰：

鼠雖微物，猶有皮以被其外，猶有齒以養其內，猶具四體以全其形。今在位之人，無威儀容止，不知有禮則生，無禮則死。是人不如鼠也。疾惡之甚，以見清議之不可犯，遷善改過不可不力也。

守亮案：

詩序云：「相鼠，刺無禮也。衞文公能正其群臣，而刺在位，承先君之化，無禮儀也。」詩序刺無禮之言，已甚妥矣。衞文公以下云云，落實言之，反覺迂曲，可刪。朱傳云：「言視彼鼠而猶必有皮，可以人而無儀乎？人而無儀，則不死亦何爲哉！」朱傳亦泛刺無禮是也。詩則或解相鼠爲相州之鼠。埤雅又有：「有一種鼠，見人則交其前兩足而拱，謂之禮鼠，亦或謂之拱鼠。」呂祖謙曰：「韓愈聯句云：禮鼠拱而立。」是相鼠，即禮鼠或拱鼠也。如此解相字，實不如毛傳「相，視也」爲善。蓋視彼鼠之卑汚可惡賤物也，猶有皮毛、齒牙以成其合理支體；而人爲萬物之靈，獨可無威儀、容止以自飾其身，曾鼠之不如乎？若鼠之不如，則胡不遄死，而何所俟？何所爲乎？此甚疾之之辭也。亦即牛運震所謂：「措語令人難堪」，「痛呵之詞，幾於裂眦」也。

九、干旄

此美衞大夫夫婦出遊之詩。

孑孑干旄❶，在浚之郊❷。素絲紕之❸，良馬四之❹。彼姝者子❺，何以畀之❻？

【註釋】右第一章，寫出遊車馬之盛，與儀態高雅，令人羨慕之狀。

❶孑：音結ㄐㄧㄝˊ。孑孑：特出之貌。干：通杆。又通竿。旄：牛尾也。干旄：以犛牛尾飾於杆首之旗也。此旗多樹之車後。❷浚：衛邑名。郊：邑外也，城外也。❸素：白色也。紕：音皮ㄆㄧˊ，聯屬相爲組織也。蓋以素絲爲線，縫旄旗而成之也。或解紕爲馬繮繩。下組，祝同。❹四之：四馬，兩服兩驂也。一車四馬，兩服在中，兩驂在左右外側。❺彼：指示字。姝：美色也。句言彼美色之女也。❻畀：音必ㄅㄧˋ，予也。此言愛而欲有以贈之也。句言將以何贈之。贈之以言乎？贈之以物乎？

孑孑干旟❶，在浚之都❷。素絲組之❸，良馬五之❹。彼姝者子，何以予之❺？

右第二章，作法與首章同，惟換韻重言之。

【註釋】

❶旟：音餘ㄩˊ，九旗之一，畫或繡鳥隼以爲飾者也。❷都：城邑也。又都猶居也，謂民所聚之處也。以前後章推之，則都在郊之內，城之外也。❸組：聯合之謂，實亦縫也。❹五之：言其盛也。車惟四馬，言五者，形容其多而已，並求叶韻。或謂一車四馬，蓋以從人所乘者一而爲五馬也。❺予：猶與也。

孑孑干旌❶，在浚之城。素絲祝之❷，良馬六之❸。彼姝者子，何以告之❹？

【註釋】

右第三章，與前二章同，又換韻三疊詠之。

❶旌：析羽飾於干首也。干旌：以鳥羽飾於杆首之旗也。或以爲九旗皆有旄有羽，干旄言其旄，干旌言其羽，而其旗則旟也。❷祝：屬也。聯屬之義，亦縫合之謂也。❸六之：又加多其數，言其車馬之盛，未必眞爲六，誇大之耳，且叶韻。或謂一車四馬，益以從人所乘者二而爲六馬也。❹告：音故ㄍㄨˋ，告訴也，講說也。

【欣賞品評】

姚際恆曰：

郊、都、城，由遠而近也；四、五、六，由少而多也。詩人章法自是如此，不可泥。以首章四馬為主，五、六則從四陪說。

守亮案：

詩序云：「干旄，美好善也。衞文公臣子多好善，賢者樂告以善道也。」朱傳同之。但詩有「彼姝者子」之語，例以靜女詩，「靜女其姝」，稱女曰姝。東方之日詩，亦曰「彼姝者子」，以稱女子。故姚際恆有「以稱賢爲未安」之語，當以稱女爲長。王靜芝先生曰：「此美衞大夫夫婦出遊之詩。」斯言是也，故用之焉。詩則有在郊、在都、在城之語，明言其遨遊之不定也。又寫旄旗車馬甚盛，其貴婦人從其夫同車出遊可知。再即「彼姝者子」下，連用三何以？一曰畀之，二曰予之，三曰告之，明係二人相語之狀。此則同遊甚樂，其夫相與語，期其有所相贈貽者也。

十、載馳

此許穆夫人作也，閔其宗廟顛覆，自傷不能救之之詩。

載馳載驅❶，歸唁衛侯❷。驅馬悠悠❸，言至于漕❹。大夫跋涉❺，我心則憂。

右第一章，敘赴漕唁衛之狀，語帶憂思。

【註釋】

❶載：則也。載……載……，即語體一邊……一邊……。馳：走馬謂之馳。驅：策馬謂之驅。馳驅：謂車馬疾行也。❷唁：音宴一ㄢˋ，弔生爲唁，弔失國亦曰唁，慰問也。衛侯：文公。❸驅馬：策馬也。悠悠：遠貌，狀路途之長也。涵有憂義。句言心急道遠，野曠馬遲也。❹言：語詞。相當於而或乃字。漕：衛邑名，在今河南滑縣。狄滅衛後，衛君暫居於此。❺大夫：指許國之大夫。跋涉：草行曰跋，水行曰涉，蓋行走急遽之義也。國君夫人父母既歿，不得復歸。今許穆夫人歸寧，於禮不合，故許國大夫跋涉而來，以阻許穆夫人之返衛，致許穆夫人頗爲擔心憂急也。

既不我嘉❶，不能旋反❷。視爾不臧❸，我思不遠❹？既不我嘉，不能旋濟❺。視爾不臧，我思不閟❻？

右第二章，敘己不能歸唁之情，由憂思而憤激也。

【註釋】

❶嘉：善也。指許穆夫人欲親往唁衛侯，而許人不以爲善也。❷旋反：旋反於衛也。❸臧：善也。言視爾之不以我爲善。❹遠：去也。不遠：謂不去，即不止之義。言我思衛不止也。❺濟：渡水也。旋濟：自許旋反於衛所渡之水也。❻閟：音閉ㄅㄧˋ，閉也。閉猶止也，謂遏抑壓制也。

陟彼阿丘❶，言采其蝱❷。女子善懷❸，亦各有行❹。許人尤之❺，衆穉且狂❻。

右第三章，敍許穆夫人不能親歸，惆悵之情也，由憤激而責罵之也。

【註釋】

❶陟：升也。阿丘：一邊偏高之山丘。❷蝱：音忙ㄇㄤˊ，貝母也，可製藥，主療鬱結疾。❸善：多也。懷：思也。善懷：謂多憂思也。❹行：音杭ㄏㄤˊ，道也。句言女子雖多思，亦各有其道。但許人不善之，令人惆悵也。❺許：許國，今河南許昌。尤：過也，責也，不以爲是也。❻衆：讀爲終，既也。穉：驕也。狂：妄也。句言既驕慢且狂妄也。

我行其野，芃芃其麥❶。控于大邦❷，誰因誰極❸。大夫君子❹，無我有尤❺。百爾所思❻，不如我所之❼。

右第四章，辯一己之是也，餘恨猶存。

【註釋】

❶芃：音朋ㄆㄥˊ，芃芃：茂盛貌。❷控：控告也，走告也。自傷許之小而走告大邦。❸因：親也。極：正也。兩句言但控于大邦，誰爲親者，誰爲能持正義而救者。❹大夫君子：隱指國中之賢者。❺無我有尤：勿以我之所爲爲有過也。❻百爾：凡爾也，言其思之多也。❼之：心之所之也，即思。句言不如我之所思爲合理也。

【欣賞品評】

牛運震曰：

控于大邦，以報亡國之讎，此一篇本意，妙在於卒章說出，而前則吞吐搖曳，後則低徊繚繞，筆底言下，眞有千百折也。

守亮案：

詩序云：「載馳，許穆夫人作也。閔其宗國顚覆，自傷不能救也。衞懿公爲狄人所滅，國人分散，露於漕邑。許穆夫人閔衞之亡，傷許之小，力不能救，思歸唁其兄，又義不得，故賦是詩也。」後之說詩者，雖偶有小異，然大致不離詩序。且詩序確切指出作者，此乃第一首。朱傳云：「宣姜之女爲許穆公夫人，閔衞之亡，馳驅而歸，將以唁衞侯於漕邑。未至，而許之大夫有奔走跋涉而來者。夫人知其必將以不可歸之義來告，故心以爲憂也。既而終不果歸，乃作此詩以自言其意耳。」此說尤詳。許穆夫人，衞文公同母女弟也。狄人破衞，思歸國弔唁文公，並控於大邦，以謀救之。許人不以爲是，中途攔阻使回，遂憤而爲此詩也。

詩則所言夫人富義俠之氣，故多憂憤之思。時而語意吞吐含蓄，時而情詞迫切異常。或激怒，或憤恨，或哀愬，或責罵，無不低徊無盡，溫婉入神。故方玉潤有「纏綿繚繞」，「文勢極佳」，「沈鬱頓挫，感慨唏噓，實出衆音上」之贊嘆也。

衞

衞，國名。在今河南汲縣一帶之地。餘見前邶。

衞國共十篇

一、淇奧

此美武公之德之詩。

瞻彼淇奧❶，綠竹猗猗❷。有匪君子❸，如切如磋❹，如琢如磨❺。瑟兮僩兮❻，赫兮咺兮❼，有匪君子，終不可諼兮❽。

右第一章，美其治學。

【註釋】

❶淇：衞國水名。在今河南省北部。奧：音玉ㄩˋ，水涯之曲處也，涯岸之內側也。❷綠竹：綠色之竹也。猗：音依一，猗猗：美盛貌。❸匪：通斐。有匪：即斐然。斐然，有文彩之貌。狀文雅。下同。❹如：讀爲而。切：以刀切斷。磋：音搓ㄘㄨㄛ，以銼剉平。治骨角者，既切以刀斧，而復磋以錯刀也。❺琢：以刀雕琢。磨：以物磨光。治玉石者，既琢以槌鑿，而復磨以沙石也。兩句言精益求精，以喻進德之不已也。❻瑟：莊矜貌。僩：音現ㄒㄧㄢˋ，威嚴貌。❼赫：顯明貌。咺：音選ㄒㄩㄢˇ，宣著貌。皆昭顯之義，謂威儀容止也。❽終：永也。諼：音喧ㄒㄩㄢ，忘也。

瞻彼淇奧，綠竹青青❶。有匪君子，充耳琇瑩❷。會弁如星❸。瑟兮僩兮，赫兮咺兮，有匪君子，終不可諼兮。

右第二章，美其服飾。

【註釋】

❶青：音義同菁，菁，音精ㄐㄧㄥ。青青：堅剛茂盛貌。❷充耳：玉飾也，即瑱，古人用以塞耳，後變爲耳環。琇瑩：美石也。❸會：音快ㄎㄨㄞˋ，縫也。弁：音便ㄅㄧㄢˋ，皮弁也，冠之屬。會弁：即弁之兩皮相接之縫。句言以玉飾皮弁之縫中，如星之明也。

瞻彼淇奧，綠竹如簀❶。有匪君子，如金如錫❷，如圭如璧❸。寬兮綽兮❹，猗重較兮❺，善戲謔兮！不爲虐兮❻！

右第三章，美其成德。

【註釋】

❶簀：音責ㄗㄜˊ，竹席也，形容竹之密比，有如今之籬笆。❷錫：古稱銀亦曰錫。金錫，言其鍛鍊之精純。指品德言。❸圭璧：皆美玉，言其生質之溫潤。指氣質言。❹寬：寬宏也。綽：從容也。寬綽：恢宏寬大貌，即今所謂雍容大方。指器量言。❺猗：同倚，憑也。較：車兩旁之立板，以其高出軾上，故曰重較，卿士之車也。此狀武公乘華貴之車，儀態雍容之狀。指風度言。❻戲謔：猶今語所謂開玩笑。虐：劇也，言過甚而爲虐於人也。二句謂善開玩笑，但並不過分，刻毒尖酸。指修養言。

【欣賞品評】

方玉潤曰：

始雖瑟僴赫咺，猶有矜嚴之心。終乃寬兮綽兮，絕無勉强之迹。故篇末又言及善謔，以見容止語默，無不雍容中道。詩之摹寫有道，氣象可謂至矣。史稱武公修康叔之政，百姓和集，佐周平戎，有勳王室。國語又稱其耄而咨儆於朝，受戒不怠。今觀詩詞，甯不信然！然則初年纂弒，晚成聖德，英雄聖賢，固一轉念間哉！

守亮案：

詩序云：「淇奧，美武公之德也。有文章又能聽其規諫，以禮自防，故能入相于周，美而作是詩。」自來解此詩者，多從詩序之說，如徐幹中論云：「昔衞武公年逾九十，猶夙夜不怠，思聞訓道。」朱傳云：「衞人美武公之德，而以綠竹始生之美盛，興其學問自修之進益也。」惟德性學問之事美之最難寫，似非詩家所長。一有不當，不是失之媚諛溢美，則是失之鄙俚腐酸。詩則描寫武公也，通篇以極妥當之比喻勝。竹也、金錫也、圭璧也是。琇瑩也、星弁也是。甚至切磋琢磨也云云，亦無不是。用字精而比喻切。且瑟僩赫咺，矜嚴於前，畏其過甚。故以寬綽戲謔，而舒緩於後以濟之也。是以能理致情微，神趣充悅，而無不當有所失之累。

二、考　槃

此贊賢者隱居自樂之詩。

考槃在澗❶，碩人之寬❷；獨寐寤言❸，永矢弗諼❹。

右第一章，寫賢者隱處幽深之澗谷，而自得其樂之狀。

【註釋】

❶考：扣也，敲擊也。槃：器也。考槃：扣之以節歌，如鼓盆拊缶之爲樂也。澗：山夾水之處，隱士所在之地也。❷碩：大也。寬：胸懷寬廣也。或以廣大，謂碩人之廣居。碩人：性行高潔胸懷寬廣之人，謂達人高士也。之：是也。❸寐：睡也。寤：醒也。言：說話也。句謂碩人獨自睡，獨自醒，獨自說。隱居自適之狀也。❹永：長也。矢：誓也。諼：音喧ㄒㄩㄢ，忘也。句謂碩人長誓以此爲樂而終身不忘也。

考槃在阿❶，碩人之薖❷。獨寐寤歌，永矢弗過❸。

右第二章，與首章同，換韻重言之。

【註釋】

❶阿：音婀ㄜ，山陵曲處，今云山坳，山坡。❷薖：音科ㄎㄜ，寬閒自適貌。或以爲假借爲窠，碩人所住之草房。❸過：音郭ㄍㄨㄛ，過從也。隱者之語，謂不與他人相過從也。或以爲弗過，不犯錯誤。

考槃在陸❶，碩人之軸❷。獨寐寤宿❸，永矢弗告❹。

右第三章，章法同首二章，三疊而咏之也。

【註釋】

❶陸：高平之地也。❷軸：音迪ㄉㄧˊ，道也。言此謂碩人樂天知命之道也。或以為盤桓不行，如在軸之狀。❸宿：舊解為眠寢也，臥睡也。實應讀為嘯。句謂碩人獨自睡，獨自醒，獨自呼嘯也。❹告：音雇ㄍㄨˋ，告語也。隱者之語，謂不以此樂告語人也。或以為與他人交談亦曰告。

【欣賞品評】

徐退山曰：

每章精神在第二句，下二句從此拈出。細讀此詩，覺山月窺人，澗芳襲袂，能不作人外想？

守亮案：

詩序云：「考槃，刺莊公也。不能繼先公之業，使賢者退而窮處。」詩序之說，義殊牽强，前人已斥其非。朱傳以為詩人美賢者隱居自樂之作，細審詩意，朱傳說是也。詩則言考槃在澗、在阿、在陸者；言其優遊無定，不一其處也。碩人之寬、之薖、之軸者：言其成德自適，樂天知命也。獨寐寤言、寤歌、寤宿者：言其初則獨寐、獨寤、獨自言語，繼則由言語而歌唱，終則由歌唱而呼嘯也。層次井然一貫。宿字當依聞一多應讀爲嘯，若作眠寢或臥睡解，則與上寐字相複。朱子釋寤宿爲已覺而復臥，則類今之睡回籠覺，與前寤言，寤歌相應乎!?永矢弗諼，弗過，弗告者：乃隱士決絕之詞，言長誓以此爲樂而終身不忘，不與他人相過從，相交談也。觀三獨字，三永矢字，冷冷清幽，出世之想，煥乎文字間。恍遇陶靖節，徐孺子一流人物。讀之，覺山月窺人，澗芳襲袂，此游心象外，隱逸詩之祖也。

三、碩 人

此莊姜嫁時，衛人美之之詩。

碩人其頎❶，衣錦褧衣❷。齊侯之子❸，衛侯之妻❹，東宮之妹❺，邢侯之姨❻；譚公維私❼。

右第一章，敘其出身高貴。

【註釋】

❶碩人：身材高大之人也，指莊姜。其：猶之也。有如此之意味。頎：音其ㄑㄧˊ，秀長而高貌。此言莊姜儀表，長麗姣好。❷衣：音亦ㄧˋ，穿著也。錦：文衣也。褧：音窘ㄐㄩㄥˇ，褧衣：今所謂罩袍，以防灰塵之汚及錦衣也。錦褧衣：出嫁之衣也。❸齊侯：齊莊公。❹衛侯：衛莊公。❺東宮：太子所居之宮，此指齊太子得臣也。妹：女之後生曰妹。繫太子言之者，明與同母，言所生之貴也。❻邢：姬姓之國。邢侯：

邢國國君。邢國故地，在今河北邢臺縣；邢侯，未詳何人。姨：男子稱妻之姊妹爲姨。❼譚公：譚國國君。譚國故地，在今山東濟南東龍山鎭附近。譚公，亦不詳何人。維：是也。私：女子稱姊妹之夫爲私。

手如柔荑❶，膚如凝脂❷。領如蝤蠐❸，齒如瓠犀❹。螓首蛾眉❺。巧笑倩兮❻，美目盼兮❼。

右第二章，敘其貌美。

【註釋】

❶荑：音啼ㄊㄧˊ，初生白茅嫩芽也。此狀其手之尖柔滑膩之美也。❷凝脂：脂寒而凝者也。此狀其膚之白嫩腴潤之美也。❸領：頸也。蝤：音酋ㄑㄧㄡˊ，蠐：音齊ㄑㄧˊ。蝤蠐：白而長圓之木中蟲也。此狀其頸之白皙柔婉之美也。❹瓠：音戶ㄏㄨˋ，犀音西ㄒㄧ。瓠犀：瓠中之子方正潔白，而比次整齊也。此狀其齒之潔白整齊之美也。❺螓：音秦ㄑㄧㄣˊ，如蟬而小，其額廣而方正。蛾：蠶蛾也，其眉細而長曲也。此狀其額之廣而方正，眉之細而長曲之美也。❻倩：音欠ㄑㄧㄢˋ，笑時顋頰所現之姸美，如今所云酒窩類也。此狀其笑之兩顋嫣然之美也。❼盼：白黑分明也。此狀其目之黑白分明，流盼有神之美也。

碩人敖敖❶，說于農郊❷。四牡有驕❸，朱幩鑣鑣❹，翟茀以朝❺。大夫夙退❻，無使君勞❼。

右第三章，敘其初至衞時禮儀之盛。

【註釋】

❶敖敖：修長貌。狀其美。❷說：音稅ㄕㄨㄟˋ，停息也，舍息也。農郊：城外宜農耕之郊野也。此指莊姜自齊至衛都之近郊，尚未入城也。❸牡：公馬也。驕：雄昂強壯貌。有驕：即驕然。❹朱：赤色也。幩：音墳ㄈㄣˊ，馬銜外鐵之飄帶也。朱幩：以赤色飄帶爲飾，狀其容色甚盛也。鑣：音標ㄅㄧㄠ。鑣鑣：借爲瀌瀌，盛貌。❺翟：音狄ㄉㄧˊ，野雞也。茀：音扶ㄈㄨˊ，車帘也。翟茀：婦人之車設蔽帘，或畫或眞以翟羽以爲飾也。以朝：入君之朝也。以上三句，言夫人旣舍息農郊之後，乃乘四牡朱鑣翟茀之車而入君之朝也。❻夙：早也。此謂夫人初至，大夫之朝者，宜早退也。❼句言無使國君勞於政事而不得與夫人早相近也。

河水洋洋❶，北流活活❷。施罛濊濊❸，鱣鮪發發❹，葭菼揭揭❺。庶姜孽孽❻，庶士有朅❼。

右第四章，敘送嫁仕女之多之美。

【註釋】

❶洋洋：水盛大貌。❷活：音郭ㄍㄨㄛ，活活：水流聲。❸施：設置也。罛：音姑ㄍㄨ，魚網也。濊：音或ㄏㄨㄛˋ，濊濊：撒魚網入水，碍阻水流所成之聲也。❹鱣：音占ㄓㄢ，黃色大魚。鮪：音偉ㄨㄟˇ，魚名，似鱣而小。發：音撥ㄅㄛ。發發：魚入網撥動其尾之狀及因此而發之聲也，狀獲魚之多。此上以水與魚，狀莊姜隨從之盛。❺葭：音加ㄐㄧㄚ，蘆也。菼：音坦ㄊㄢˇ，荻也。揭揭：高貌，挺秀貌。❻庶：眾也。庶姜：謂莊姜之姪娣也。指媵女。孽孽：盛飾貌。❼庶士：眾士也，指齊之送女之媵臣。朅：音揭ㄐㄧㄝ，武壯貌。有朅：即朅然。

【欣賞品評】

方玉潤曰：

此衞人頌莊姜美而能賢。莊姜固不徒恃其貴、恃其美、恃其富，而自有餘於富與美與貴之外。蓋美且賢焉者也。其富貴本其所自有，固不足為之異。然則詩何以不咏其賢而僅歎其貴與美與富而若有餘慕耶？曰詩之不咏其賢者，詩之所以善咏乎賢者也。托月者必渲雲，繪龍者必點睛，此繪事之妙也。詩亦通焉。且詩亦未嘗不言其賢也，而人不覺也。詩發端不曰碩人其頎乎？夫所謂碩人者，有德之尊稱也。曾謂婦之不賢而可謂之碩人乎？故題眼既標下，可從旁摹焉。極意鋪陳，無非為此碩人生色。畫龍既就，然後點睛；渲雲已成，而月自現。詩固有言在此而意在彼者，此類是也。不然莊姜亦不過一富貴美人耳，詩又何必浪費筆墨而為之寫照耶！

守亮案：

詩序云：「碩人，閔莊姜也。莊公惑於嬖妾，使驕上僭，莊姜賢而不答，終以無子，國人閔而憂之。」詩序之說，乃執泥於左傳隱公三年：「衞莊公娶于齊東宮得臣之妹，曰莊姜，美而無子，衞人所爲賦碩人也」之言，詩惟有贊美之詞，而無閔憂之語，故無所取焉，然朱傳從之，更無異說。豐道生曰：「衞莊公取於齊，國人美之，賦碩人。」斯言近之。詩則極述其族類之貴，容貌服飾之美，儀從輿衞之盛。細言之，第一章除首二句爲一幅小像外，後五句則爲族類之貴也。第二章前五句寫其生質容貌之美，後二句寫其性靈神韻之美。姚際恆有云：「千古頌美人者，無出其右，是爲絕唱。」三四兩章，或言服飾，或言禮儀，或言侍從，或言輿衛。無不夸侈鋪張，備極其致，旣美且盛也。所陳恢廓雄厲，有泱泱大國氣概；而所敍描摹極工，亦有珠璣錯落之妙也。龍起濤「此章與君子偕老詩，並爲神女、洛神所從出。」牛運震「如此姸妙，高唐、洛神賦中亦不多得」之言，當不誣也。

四、氓

此棄婦自傷之詩。

氓之蚩蚩❶，抱布貿絲❷。匪來貿絲❸，來即我謀❹。送子涉淇❺，至于頓丘❻。匪我愆期❼，子無良媒❽。將子無怒，秋以爲期❾。

右第一章，寫男女相識及爲媒聘之經過。

【註釋】

❶氓：音忙ㄇㄤˊ，自他地歸往之民，野民也。蚩：音笞ㄔ，蚩蚩：敦厚貌。或借爲嗤嗤，猶嘻嘻，戲笑貌。又無知貌。❷布：布帛之布，幣也。或以爲布帛。貿：買也，交換也。此謂以布易絲也。❸匪：非也。下同。❹即：就也。謀：音移ㄧˊ，圖謀也，商議也。二句言此民非來買絲，但來就我，欲與我圖謀商議爲室家也。❺涉：徒步渡河曰涉。淇：衛國水名，在今河南省北部。❻頓丘：地名，在今河北省清豐縣西南。

❼愆：音牽ㄑㄧㄢ，過也。愆期：誤期也，拖延日期也。❽子無良媒：爾無良媒以來請求。此謂女子要求男子能憑媒成禮，以應民俗之言也。❾將：音羌ㄑㄧㄤ，發語詞。有願也、請也、希望也之意。二句言民欲爲近期，請其勿怒，約以秋日爲期也。婚嫁以秋冬爲正時。

乘彼垝垣❶，以望復關❷。不見復關，泣涕漣漣❸。既見復關，載笑載言❹。爾卜爾筮❺，體無咎言❻。以爾車來，以我賄遷❼。

右第二章，寫訂婚至結婚之經過，皆女子之敘述。

【註釋】

❶乘：登也。垝：音鬼ㄍㄨㄟˇ，舊解爲毀也。或以爲垝，危古通用，危，高也。似較舊說爲長。垣：墻也。❷復關：男子之所居也。不敢顯言其人，故託言之耳，此爲氓之代名詞。寰宇記有復關城，云在澶州臨河縣。今河北清豐縣附近。❸漣：音連ㄌㄧㄢˊ，漣漣：淚流不絕貌。❹載：則也。載……載……，即語體一邊……一邊……。❺爾：汝也。卜筮：卜用龜甲，筮用蓍草，古者遇重要事必卜筮以占吉凶，以決可否。❻體：卜筮所顯示之卦兆與卦辭。咎：凶也，過也。咎言：即不吉之言。句言卜筮皆吉也。❼賄：財也。遷：徙也。二句言以爾之車來，我則以財物遷往汝家而嫁之也。

桑之未落，其葉沃若❶。于嗟鳩兮❷，無食桑葚❸。于嗟女兮，無與士耽❹。士之耽兮，猶可說也；女之耽兮，不可說也❺。

右第三章，寫婚後之情，初本歡娛，但已有悔意。

【註釋】

❶沃若：沃然也，柔嫩潤澤貌。二句謂愛情之高潮時期。❷于嗟：歎詞。此用爲悲傷怨恨之哀歎義。鳩：斑鳩鳥。❸葚：音甚ㄕㄣˋ，桑實也。鳩食葚則致醉，以喻女子與男子熱戀時易失去理智。❹士：多言夫，未婚夫，情人，蓋所歡者也。耽：舊多音丹ㄉㄢ，實應音陳ㄔㄣˊ，凡樂過其節曰耽。❺說：解也。以上四句，寫當時男女之不平等，至今猶然。此已爲夫所棄，乃追思之而自悔也。

桑之落矣，其黃而隕❶。自我徂爾❷，三歲食貧❸。淇水湯湯❹，漸車帷裳❺。女也不爽❻，士貳其行❼。士也罔極❽，二三其德❾。

右第四章，直寫色衰愛弛而見棄，有舊夢如煙，不可追尋之感。

【註釋】

❶隕：音允ㄩㄣˇ，落也。一說黃貌。二句言其時秋深矣，桑已凋落矣，以喻女子之色衰也。❷徂：音殂ㄘㄨˊ，往也。徂爾：謂往嫁汝家也。❸食貧：言食穀貧乏，生活貧困也。猶今語過窮日子。❹湯：音傷ㄕㄤ，湯湯：水盛貌，或曰水流聲。❺漸：漬濕也。帷裳：車衣也。婦人之車有之。二句追思來嫁時之情景。或以爲被棄而去時之情景。❻爽：差錯也。句謂居心行事，並無差失過錯也。❼貳：變異而與前不同也。又貳貳之譌，貳即忒，差失也。句言士之行爲前後不一致，不如初時之相好也。❽罔極：無所極止也，無常也。又猶言無良。句言士之心也叵測，存心不良，而無極止也。❾二三其德：言不能守其專一不變之德，猶今言三心二意。謂愛情不專也。

三歲爲婦，靡室勞矣❶。夙興夜寐❷，靡有朝矣❸。言既遂矣❹，至于暴矣❺。兄弟不知❻，咥其笑矣❼。靜言思之❽，躬自悼矣❾。

右第五章，回憶婚後，持家甚勞，無見棄之理，寫男子之負情背德。

【註釋】

❶靡：無也。下同。句謂不以家務爲勞苦也。又意謂無入室休息之時，極言其勞也。又使丈夫無室家之勞也。❷夙：早也。興：起也。句言侵晨而起，深夜始眠，未稍有怠也。❸靡有朝：猶今言沒早晨，沒晚上，極言其事之忙也。❹言：相謀之言也。遂：成也。句言男子初相謀婚之言既成事實也。❺暴：今言虐待。句言今乃以我色衰，加我以暴而棄之也。❻不知：不知其所以然或不諒解也。❼咥：音戲ㄒㄧˋ，嘲笑之貌。此謂兄弟見其被棄而歸，但咥然而譏笑之也。由以上二語，知此女子已無父母，故無母也天只，父兮母兮之呼訴。且初婚時，兄弟或曾加反對也。否則，當不致如此。❽言：語詞。相當於而或乃字。思之：追憶以前種種也。❾躬：自身也。悼：悲傷也。躬自悼：惟一己悲傷而已。

及爾偕老❶，老使我怨❷。淇則有岸，隰則有泮❸。總角之宴❹，言笑晏晏❺，信誓旦旦❻。不思其反❼。反是不思❽，亦已焉哉❾！

右第六章，總結其深怨之意也。

【註釋】

❶及：與也。爾：汝也。偕：俱也。偕老：相伴到老也，有共生同死意。❷老使我怨：本期與爾偕老，但

言及偕老，則使我怨恨也。舊謂此婦以年老而被棄，非是。因詩中既言「三歲食貧」，又言「三歲爲婦」，知僅結婚三年即被棄也。❸隰：音席丅一ˊ，低濕之處也。泮，讀爲畔ㄆㄢˋ，涯也。淇有岸，隰有泮，物皆有止，而汝獨無極止也。❹總角：即結髮，結兩角之髮辮。男未冠女未笄之時，髮型如此。宴：樂也。❺晏晏：和柔貌。❻信誓：誓所以昭其信，故曰信誓。旦旦：誠懇貌。又或以爲明也。以上三句，追敘二人戀愛時之情景。❼不思其反：謂不反思其信誓也，猶今言不回頭想一想。❽句謂思其應反思之事已不肯。即既不思念舊日之恩情。❾已：終了也。言了結而已，尚復何言。

【欣賞品評】

輔廣曰：

谷風與氓二詩皆怨，然谷風雖怨而責之其辭直，蓋其初以正也。氓之詩則怨而悔之耳，其辭隱，蓋其初之不正也。

朱善曰：

責之以良媒，是欲謀之人也，而不知人之不吾與也。要之以卜筮，是欲詢之神也，而不知神之不吾告也。及其見棄而歸兄弟，是欲依其親也，而不知親之醜吾行而不見恤也。女之苟合者，色衰而愛弛；士之苟合者，利盡而交絕。合之不可以苟也如此！

守亮案：

詩序云：「氓，刺時也。宣公之時，禮義消亡，淫風大行，男女無別，遂相奔誘。華落色衰，復相棄背，或乃困而自悔，喪其妃耦，故序其事以風焉。美反正，刺淫佚也。」詩序刺時，刺淫佚也云云，一無可採。朱傳云：「此淫婦爲人所棄，而自敍其事以道其悔恨之意也。」細考詩篇，詩中男女既經媒妁卜筮而結合，何淫之有？歐陽修云：「據詩所述，是女被棄逐怨悔，而追序與男相得之初，殷勤之篤，而責其終始棄背之辭。」近人說解此詩者，多從歐陽氏之說。詩則歷言其如何相識，如何戀愛，如何結婚，如何貧苦度日，如何遭虐待而被棄。除婚前之戀愛及初婚之極盡纏綿外；餘則字字慘戚，語語悲悔，悽愴傷懷，低徊無限，宜與谷風同稱詩經雙璧也。方玉潤曰：「女殆癡於情者」，「未免一誤再誤，至於不可說。轉欲援情自戒，則其情愈可矜已。」「特其一念之差，所托非人，以致不終，徒爲世笑。」「一誤再誤」，「一念之差」，語有責難，不知所指者何?!「徒爲世笑」，意涉輕侮，深以爲非是。思純眞癡情女子，委情相托，而竟如是；則彼蚩蚩來即我謀之氓之負情背德，其何可恕！而彼被棄之女，豈僅「情愈可矜」，亦深堪悲恤者也。

五、竹竿

此一己喜愛女子，遠嫁他人，思念不已之詩。

籊籊竹竿❶，以釣于淇❷。豈不爾思❸？遠莫致之❹。

右第一章，觸景思人。

【註釋】

❶籊：音笛ㄉㄧˊ，籊籊：長而梢處漸細也。又光滑貌。❷淇：衛國水名，在今河南省北部。❸爾：汝也。句言豈不懷念爾也。❹致：招致也，句言因路遠而莫能使之來會也。

泉源在左❶，淇水在右。女子有行❷，遠兄弟父母❸。

右第二章，言其人已嫁。

【註釋】

❶泉源：小水之源，比於淇水而言。以淇爲大水也。或又以爲衞國水名，多泉水，今日百泉。❷行：嫁也。有行：即已出嫁。❸二句言既已出嫁，故遠離父母兄弟也。

淇水在右，泉源在左。巧笑之瑳❶，佩玉之儺❷。

右第三章，念其容止。

【註釋】

❶之：有如此之意味。瑳：音脞ㄘㄨㄛˇ，鮮白色。笑而見齒，其色瑳然。此指女笑貌之美。❷儺：音挪ㄋㄨㄛˊ，行有節度也。佩玉所以節步，言女子佩玉，行有節度，未有失儀之處也。又猗儺多姿，柔順貌。

淇水滺滺❶，檜楫松舟❷。駕言出遊❸，以寫我憂❹。

右第四章，以寫憂作結。

【註釋】

❶滺：音攸一ㄡ，滺滺：水流貌。涵有憂義。❷檜：音快ㄎㄨㄞˋ，木名。楫：划舟之槳也。句言以檜爲楫，以松爲舟也。❸駕：駕船也，蕩舟也。言：語詞。相當於而或乃字。❹寫：音泄ㄒㄧㄝˋ，除也，發散也，宣泄也。二句言蕩舟出而遨遊，以除我之憂也。

【欣賞品評】

賀子翼曰：

憑空設想，忽釣忽游，忽見泉源，忽對淇水，忽笑聲與水聲相間，忽玉色與波色相映。思力所結，惝恍迷離，妙甚妙甚。

守亮案：

詩序云：「竹竿，衞女思歸也。適異國而不見答，思而能以禮者也。」詩序思歸之說，自來說詩者多從之，如朱傳云：「衞女嫁於諸侯，思歸寧而不可得，故作此詩。」但細審詩篇，不類衞女思歸之作，季本曰：「衞之男子因所私之女既嫁，思之而不可得，故作此詩。」斯言是也。近人解詩者多從之。詩則初回想其舊日優游之樂，以路遠，雖思之切而會晤少也。繼則其女已嫁，遠離父母，一己無由再見，莫之如何矣！再則徒念其容止，空懷其好音，祇可懷想，不能目見也。終則何以解憂？惟蕩舟出遊於舊日垂釣之滺滺淇水，或可重拾往日舊夢乎？！結構完密，層次分明，局度雍容，音節圓暢。誠一情思眞摯，風韻雋永佳構也。

六、芄蘭

此男子早婚，詩人借其婦口吻以諷刺之之詩。

芄蘭之支❶，童子佩觿❷。雖則佩觿，能不我知❸。容兮遂兮❹，垂帶悸兮❺！

右第一章，以童子之服佩不相稱，喻其早婚之非是。

【註釋】

❶芄：音丸ㄨㄢˊ，芄蘭：草名。蔓生，枝葉細弱，可入藥。支同枝。此以芄蘭枝喻其早婚之夫所佩角錐，意在以角錐之小，以明其早婚夫身軀之小也。❷觿：音希ㄒㄧ，錐也，以象骨爲之，用以解結。成人之佩也。俗名解錐。童子結婚，等於成人，故亦佩之。❸能：猶而也。下同。我知：知我。或解知爲匹。能不我知：即不能配我，非我之匹偶也。❹容：謂容容，猶搖搖也。遂：舒緩放肆之貌。❺悸：帶下垂擺動之貌。二句狀其夫行動之可笑。

芄蘭之葉，童子佩韘❶。雖則佩韘，能不我甲❷。容兮遂兮，垂帶悸兮！

右第二章，作法與首章同，惟換韻以重言之，加重其義也。

【註釋】

❶韘：音社ㄕㄜˋ，射箭時所用之玦，戴於右手大拇指，用以鉤弦而免割痛，俗名扳指。原以皮爲之，故从

韋，後多用玉或象骨爲之。成人所佩，童子結婚，等於成人，故亦佩之。❷甲：韓詩作狎，親昵也。能不我甲：即不知與我相親昵，亦非我之匹偶也。

【欣賞品評】

裴普賢略謂：

此詩歷來未得妥解，若解作對一般小丈夫譏諷，則全詩文句完全吻合，且「能不我知」，「能不我甲」兩句，尤見其畫龍點睛之妙。在東周時之衞國，可能有小丈夫風俗。吾人將芄蘭解作衞人譏諷小丈夫，則較合情。讀之亦首尾靈活，全詩暢順而生動，且妙趣横生，風格顯露，真是一首好詩，可以媲美鄘風桑中。

守亮案：

詩序云：「芄蘭，刺惠公也。驕而無禮，大夫刺之。」詩序之說，清人黃中松已駁斥其非。朱傳云：「不知所謂，不敢强解。」朱傳疑而闕之精神，極其愼重。方玉潤曰：「此詩不過刺童子之好躐等而進，諸事驕慢。」王靜芝先生採方說，云：「此諷人應守分之詩也。」高亨以爲周代貴族男子早婚，成年女子嫁與十二三歲兒童，表示不滿之作。男子早婚，所謂小丈夫，今北方猶盛行，高說恐是，故裴普賢先生亦作如是觀。詩則或與童子不當有其服，或譏童子不能稱其服，或謂射者男子之事，尤非童孺所能。要皆謂童稚未至婚配之年，不應結婚也。今乃不如此，致使女子有「能不我知」，「能不我甲」之感也。且輕率無知，不成熟行動，全在末二句。愈如此，愈覺蘊藉。

七、河廣

此宋人僑居於衛地者所作，居衛而思宋之詩。

誰謂河廣❶？一葦杭之❷。誰謂宋遠？跂予望之❸。

右第一章，述宋衛不遠，而欲歸不得之情也。

【註釋】

❶河：指黃河。❷葦：蘆葦。一葦：輕物。杭：同航，渡也。句言以一葦撐舟而航渡，言其易渡也。又以一片蘆葉爲舟而航渡也。或又以爲河方冰時，布一束之葦，便可履之而渡也。❸跂：音企ㄑㄧˋ，擧踵也。予：我也。句言我可跂踵而望之。意謂不遠也。

誰謂河廣？曾不容刀❶；誰謂宋遠？曾不崇朝❷。

右第二章，作法與首章同，惟換韻重言之，以加重其義。

【註釋】

❶曾：乃也。刀：刀至薄，不容刀，極言河窄易渡也。或謂刀同舠，僅容三百斛之小舟也。❷崇：終也。自旦至食時爲終朝。曾不崇朝：謂不待終朝即可到達。極言其近也。

【欣賞品評】

龍起濤曰：

河廣，此詩之蘊藉者也。河本廣也，而謂之不廣；宋本遠也，而謂之不遠。旣不廣矣，不遠矣，而卒不往。其不往之故不言也，故曰詩之蘊藉者也。

守亮案：

詩序云：「河廣，宋襄公母歸於衞，思而不止，故作是詩也。」鄭箋云：「宋桓公夫人，衞文公之妹，生襄公而出。襄公卽位，夫人思宋，義不可往，故作是詩以自止。」詩序鄭箋之說，淸人崔述已駁斥其非。蓋宋襄公之世，衞已徙都黃河之南，適宋不待航而後渡也。詩安得作如是言乎？王質以爲宋人僑居於衞地者所作，極爲近理。故近人多從之。詩則以河本廣，而言「誰謂河廣」？筆勢空靈，出語驚人。故方玉潤曰：「飄忽而來，起最得勢，語亦奇秀可歌。」「奇秀可歌」之言，語出有心。廣不容刀，遠不崇朝，極言其狹近也；一葦可以航之，極言其易渡也。狹近且易渡，然何以不歸？其理由又總不說破。且硬排四誰謂假設語，以疑其辭。除龍氏「詩之蘊藉」外，斯皆方氏「奇秀可歌」之所在也。

八、伯　兮

此思婦寄征夫以詞之詩。

伯兮朅兮❶，邦之桀兮❷。伯也執殳❸，爲王前驅❹。

右第一章，述夫武壯，為邦之英傑，執兵器為王先鋒，敍之頗有驕矜自得之感。

【註釋】

❶伯：伯仲叔季之伯，猶今言老大，此則婦人謂其夫也。朅：音揭ㄐㄧㄝ，武壯貌。❷桀：同傑，才過人也，英傑也。❸殳：音梳ㄕㄨ，兵器，長一丈二尺，無刃。❹王：指周王。春秋桓五年秋，蔡人、衛人、陳人從王伐鄭。前驅：驅馬在前，猶言先鋒也。

自伯之東❶，首如飛蓬❷。豈無膏沐❸，誰適爲容❹？

右第二章，述愛情堅篤，別後無心裝飾。

【註釋】

❶之：往也。之東：往東也。鄭在王國之東，故曰之東，此非指衛之東也。❷蓬：草名，實有毛如絮，風吹則亂。首如飛蓬：言髮如飛蓬之亂，而無心梳理也。❸膏：今之潤髮油面霜之類。沐：即左傳之瀋沐，米汁也。今之洗髮精之類，用以沐髮。❹適：音笛ㄉㄧˊ，主也。言專意於一事也。句謂非無膏沐以整髮飾，惟以夫之遠征，對誰而容飾之？故無心專作整飾之事故耳。又適：悦也。言修飾容貌，將取悦誰何？又適：但也。言但爲誰人而修飾容貌耶？

其雨其雨❶，杲杲出日❷。願言思伯❸，甘心首疾❹。

右第三章，述思夫不歸，如大旱之望雲霓悲痛之狀。

【註釋】

❶其：將然之詞。句猶今言要落雨了？要落雨了？此希冀之詞，意謂其夫殆將歸乎？殆將歸乎？❷杲：音稿ㄍㄠˇ。杲杲：明貌。句言杲杲然日又出而不雨矣，以喻夫之終不歸也。❸願：念也。又甘願也。言：語詞。相當於而或乃字。又願言：猶願然，沉思貌。❹甘心：甘心情願也。首疾：頭痛也。句言雖思伯爲之頭痛，亦甘心情願也。又甘與苦古以相反爲義。是甘心，苦心，痛心也，謂痛心疾首也。又甘心，指心中怡悅也。首疾，指頭痛也，心中怡悅而又頭痛，是情緒之難定也。忽而聞伯之將歸，忽而聞伯之不能歸。忽而喜，忽而憂。乃有甘心、首疾之情狀也。

焉得諼草❶，言樹之背❷。願言思伯，使我心痗❸。

右第四章，述思樹諼草，食之忘憂；但不可得，仍深思之，致使心痗成疾也。

【註釋】

❶諼：音宣ㄒㄩㄢ，諼草：草名，即萱草，古以爲食之可以忘憂。故俗名忘憂草。❷樹：栽種也。背：古背北同字，句謂種諼草於房之北，即後院也。或以爲背借爲䍼，音部ㄅㄨˋ，小瓦盆也，謂植此諼草於其中也。❸痗：音妹ㄇㄟˋ，病也。

【欣賞品評】

朱善曰：

首如飛蓬，則髮已亂矣，而未至於病也。甘心首疾，則頭已痛矣，而心則無恙也。至於使我心痗，則心又病矣。其憂思之苦，亦已甚矣。所以然者，以其君子之未歸也。

守亮案：

詩序云：「伯兮，刺時也，言君子行役，爲王前驅，過時而不反焉。」鄭箋云：「衞宣公之時，蔡人、衞人、陳人從王伐鄭伯也。爲王前驅久，故家人思之。」朱傳以爲婦人以夫久從征役，而作是詩。詩序刺時之說自不可取。鄭箋之言，朱傳取之。方玉潤云：「此詩不特爲婦人思夫之詞，且寄遠作也，觀次章辭意可見。」則尤可補鄭朱未竟之義。觀二章以下至四章止，似皆婦與夫對語相傾訴，不類自言自語。方氏之言，至爲的論。詩則言征人離家既久，閨婦思念既深。但可怪者，全詩不僅無一怨言，且有自詡其夫爲邦之英傑，執兵器爲王前驅，而生驕矜榮幸之感。蓋情摯意切，故別後未嘗有容飾。思心爲勞，雖至首疾心痗，亦心甘情願也。徐常吉曰：「有膏沐而無意於首之容，願思伯而甘心於首之疾。思諼草而卒安於心之痗，此可以見婦人性情之至。」竹添光鴻曰：「甘心至首疾而不悔，則思之不能已可知。雖首疾而心亦甘，則其思之如貪口味，心不與他事，唯以思伯爲悅。」斯皆言其情之摯，意之切，而思之彌深也。

九、有狐

此婦人憂夫久役無衣之詩。

有狐綏綏❶，在彼淇梁❷。心之憂矣，之子無裳❸。

右第一章，由有狐綏綏然緩行淇水壩上，引起思念征夫遠行之心。

【註釋】

❶綏綏：行步遲緩貌。❷淇：衛國水名，在今河南省北部。梁：以石絕水曰梁，即今所謂之攔河壩。二句謂淇水已淺而狐覓食，以明時序已寒也。❸之子：是子也，謂征夫。裳：下衣曰裳。二句言征夫無裳，故婦人思之爲憂也。

有狐綏綏，在彼淇厲❶。心之憂矣，之子無帶❷。

右第二章，與一章同，惟換韻而重言之。

【註釋】

❶厲：音賴ㄌㄞˋ，瀨之假借字，水淺之處也。又旁側也。❷帶：束衣之物也。

有狐綏綏，在彼淇側。心之憂矣，之子無服❶。

右第三章，與前二章同，又換韻，三疊言之，以加重其義。

【註釋】

❶服：音坡ㄆㄛ，衣之總稱也。

【欣賞品評】

崔述曰：

狐在淇梁，寒將至矣；衣裳未具，何以禦冬？其為夫行役，婦人憂念之詩顯然。

守亮案：

詩序云：「有狐，刺時也，衞之男女失時，喪其妃耦焉。古者國有凶荒，則殺禮而多昏，會男女之無夫家者，所以育人民也。」已甚穿鑿。不知朱傳何來「有寡婦見鰥夫而欲嫁之」之說？方玉潤駁之曰：「不知何以見其爲寡婦？何以見其爲鰥夫？更何以見其爲而欲嫁之？夫曰之子，則明明指其夫矣。曰無裳、無帶、無服，則明明憂其夫之無裳、無帶、無服矣。」方氏之言甚是。姚際恆曰：「此詩是婦人以夫從役于外，而憂其無衣之作。」斯言得之。詩則凡言狐者，皆在冬季。狐之在梁、在厲、在側者，臨水覓食，是冬日水淺而天已寒也。天已寒而憂其征夫之無裳、無帶、無服，本乎自然之情，亦極合理。後有孟姜女送寒衣事，其爲此詩之續奏乎？

十、木瓜

此男女贈答之詩。

投我以木瓜❶，報之以瓊琚❷。匪報也❸，永以爲好也❹。

右第一章，述彼贈我答之情狀。

【註釋】

❶投：送也。給予也。木瓜：木瓜樹所結之果實，似小瓜，淡黃色，味酸帶澀，有香氣。非謂臺灣所產之木瓜。❷報：答也，回送也。瓊：玉之美者也。琚：音居ㄐㄩ，佩玉也。瓊琚與下瓊瑤，瓊玖，皆泛指佩玉而言。❸匪：同非。❹二句言非物質之報答，而爲情意之結好也。

投我以木桃❶，報之以瓊瑤❷。匪報也，永以爲好也。

右第二章，與首章同，惟換韻，重言之。

【註釋】

❶木桃：即桃子。以與上章木瓜一律，故桃李上亦加木字。或以爲瓜有瓜瓞，桃有羊桃，李有雀李，此皆枝蔓也。故言木瓜、木桃、木李以別之。❷瑤：美玉也。

投我以木李❶，報之以瓊玖❷。匪報也，永以爲好也。

右第三章，與首二章同，又換韻，三疊言之。

【註釋】

❶木李：即李子。❷玖：音久ㄐㄧㄡˇ，美玉也。或云黑色之次等玉。

【欣賞品評】

黃櫄曰：

木瓜、木桃、木李，皆微物也，而詩人欲以瓊琚、瓊瑤、瓊玖報之，且猶以為未足，非物之不足，而心之不足也。

守亮案：

詩序云：「木瓜，美齊桓公也。衞國有狄人之敗，出處于漕，齊桓公救而封之，遺之車馬器服焉。衞人思之，欲厚報之，而作是詩也。」强指狄人入衞之事，不免附會。朱傳則疑此乃男女相贈答之辭。朱傳是也，但朱傳並非首創其說。糜文開、裴普賢二先生曰：「解木瓜篇爲男女愛情詩者不自朱熹始，漢秦嘉留郡贈婦詩曰：『詩人感木瓜，乃欲答瑤瓊。』晉陸機爲陸思遠婦作詩曰：『敢忘桃李陋，側想瑤與瓊。』已視木瓜爲男女贈答。而南朝宋人何承天木瓜賦曰：『願佳人之予投，想同歸以託好。顧衞風之攸珍，雖瓊瑤而匪報。』則且以木瓜篇爲定情詩矣。」詩則投之也薄，而報之也厚，猶曰非敢以爲報。其所以如此者，祇欲結恩情之好耳。三疊三複，纏緜濃致。末二句不更一字，今傳奇合唱，猶本諸此。

王

王，王城。西周文王都豐，武王都鎬，至成王周公始經營洛邑，謂豐鎬為西都，洛邑為東都。平王東遷，都洛邑，號為王城。其故址在今河南省洛陽縣城東北郊。王風乃東周王城畿內之民間詩歌。其地卽周南沿河之一部分，在今河南省北部洛陽一帶。

王城之詩，不列於雅，而列於風。鄭箋云：「平王東遷，政遂微弱，下列於諸侯，其詩不能復雅，而同於國風焉」。然不曰周而曰王。朱傳云：「平王徙居東都王城，于是王室遂卑，與諸侯無異，故其詩不為雅，而為風。然其王號未替也，故不曰周，而曰王。」傅斯年略謂：二南雖涉東周之初，猶是西周之遺風，故非亂世之音；王風則在東遷之後，疆土日蹙，民生日困，故全為亂離之言。王風十篇，皆東周時詩。

王國 共十篇

一、黍離

此東周大夫憑弔西周故墟所作之詩。

彼黍離離❶，彼稷之苗❷。行邁靡靡❸，中心搖搖❹。知我者，謂我心憂❺；不知我者，謂我何求❻？悠悠蒼天❼！此何人哉❽！

右第一章，述見舊時宗廟宮室，盡為黍稷，中心感傷，呼天而訴之也。

【註釋】

❶黍：稷之黏者，即小黃米。離離：垂貌。又分披茂盛之貌。或以爲行列排比也。❷稷：與黍一類二種。黏者爲黍，不黏者爲稷。❸邁：行也。行邁：猶言行進，行路，行走。靡靡：猶遲遲也，腳步緩慢貌。❹搖搖：不定貌。又作愮愮，心憂不能自主也。❺二句言知我者，知我心中所傷感者爲家國之成廢墟也。故謂我心中憂傷。❻二句言不知我有家國之感者，見我徘徊不定，將謂我是何所求邪？❼悠悠：高遠貌。涵有憂義。蒼天：青天也，今所謂老天。❽句謂造成此種局面者，是何人耶？暗指亡西周之幽王。

彼黍離離，彼稷之穗❶。行邁靡靡，中心如醉❷。知我者，謂我心憂；不知我者，謂我何求？悠悠蒼天！此何人哉！

右第二章，與前章，惟換韻重言之。

【註釋】

❶穗：音歲ㄙㄨㄟˋ，禾之吐華結實成條狀者。❷醉：恍惚不定也，心神不能自主也。

彼黍離離，彼稷之實。行邁靡靡，中心如噎❶。知我者，謂我心憂；不知我者，謂我何求？悠悠蒼天！此何人哉！

右第三章，與前二章同，惟換韻，三疊而言之，以加重其情感。

【註釋】

❶噎：音耶一ㄝ，食塞咽喉也。

【欣賞品評】

方玉潤曰：

三章只換六字，而一往情深，低徊無限。此專以描摹風神擅長，憑弔詩中絕唱也。

守亮案：

詩序云：「黍離，閔宗周也。周大夫行役，至於宗周，過故宗廟宮室，盡爲禾黍。閔周室之顛覆，彷徨不忍去，而作是詩也。」詩序之說可從。惟詩中未見有「閔周室顛覆」之意。

周爲天下所宗，所都皆曰宗周。此宗周卽鎬京也。流離老吏，行役而過宗周，見宗廟宮室，荒涼如是。心爲之憂，能不搖搖，而如醉如噎乎！何以賀子翼有「感慨無端，不露正意」之言耶？老吏憂深怨遠，人不我知，惟呼天而訴之耳；但蒼天悠悠，知我悲涼悽愴、沉痛之情懷乎？詩則起首二句卽淒絕，便已傷心。而搖搖，則心失其所主而不定。至如醉如噎，則凝挹沉冥，鬱結息滯之甚矣。中間知我不知我四句，含蘊無窮，躊躇欷歔。末二句對蒼天而問何人，是明知其人而故追問之，直欲起九原而呵白骨，其聲至今猶可得聞也。

二、君子于役

此丈夫久役于外，其室家思之之詩。

君子于役❶，不知其期❷。曷至哉❸？雞棲于塒❹；日之夕矣，羊牛下來❺。君子于役，如之何勿思❻？

右第一章，述丈夫久役于外，日暮見雞返於舍，牛羊歸宿，不見君子之回而思之也。

【註釋】

❶君子：指夫也。于：助詞。役：徭戍邊地也。于役：行役，服徭役也。于有正在進行之意。❷句謂行役不知何時止也。❸曷：何也。下同。句言何時始能回來？指時間之遙遠無期言。❹塒：音時ㄕˊ，雞棲之所，鑿牆爲之者也。今名雞舍。❺二句言羊性畏露，晚出而早歸，常先於牛。且牛羊多放牧於山坡之處，入晚則歸宿，故曰下來。❻二句言見時已晚，牛羊已歸，不知君子此時在何處，有無宿止之所，故而思之也。

君子于役，不日不月❶。曷其有佸❷。雞棲于桀❸，日之夕矣，羊牛下括❹。君子于役，苟無飢渴❺。

右第二章，略同首章，惟意轉深耳。

【註釋】

❶不日不月：言不可以日月計之。言其時間之無限定，不知何時能止也。❷佸：音括ㄎㄨㄛˋ，相會也。句言何時能有相會之日？❸桀：本繫牲畜之小木樁，俗名橛子，此則雞棲之木架也。❹括，至也。句言牛羊下而至於宿止所也。❺苟：苟且，庶幾也，此希冀之詞。二句言祈其久役不能來歸之夫，庶幾無飢無渴，保平安也。

【欣賞品評】

許謙曰：

上三句謂君子之役無期可歸，次三句則家中目前之所覩者，雞則必棲於塒與桀，猶人必當止於家。今乃不得止息，日夕則牛羊必來，猶人出有期，必當歸。今乃無期可歸，則思君子之心，容可已乎？

守亮案：

詩序云：「君子于役，刺平王也。君子行役無期度，大夫思其危難以風焉。」其說過於迂曲。朱傳云：「大夫久役於外，其室家思而賦之。」朱說近之。惟詩中情景，重在鄉村農家，去其有地位之大夫而爲平凡人則善矣。詩則言行役無期，不知何時可歸，此不得不思者也。畜產出入，尚有旦暮之節；君子久役，而無止息之時，此情之不可堪者也。感時念征夫，日落憶歸人。似可見「枯藤，老樹，昏鴉。小橋，流水，人家」中懷想天涯斷腸人，久佇望遠之閨婦也。又雞棲牛羊，何預行役？觸目生情光景也。苟無飢渴，行役之勞，僅止此乎？但閨中人所知者，所念者，惟此而已。字淺詞婉，但情摯意哀。故方玉潤有「此詩言情寫景，可謂眞實樸至」之言也。

三、君子陽陽

此詠樂舞之人和樂之詩。

君子陽陽❶，左執簧❷，右招我由房❸。其樂只且❹！

右第一章，寫君子執簧招我共舞，得意和樂之狀。

【註釋】

❶陽陽：通作揚揚，得意之貌。又即洋洋、喜樂也。❷左：左手也，下同。簧：笙竽中金葉也，振之出聲，此指笙。或以爲樂器名，即搖鼓，有柄可執，搖而鼓之，故有吹笙鼓簧之說也。或又以爲皇之假借。皇，一名翿，見下翿注。❸右：右手也。下同。由：從也。房：私室也。招我由房：由私室招我出而共舞也。或以爲房，房中，舞曲名。或又以爲由房同由敖，猶遊遨也，謂相招爲遊戲耳。❹且：音居ㄐㄩ，語詞。或單曰只，單曰且。或合言只且，多同也哉語詞，無甚區別。下同。

君子陶陶❶，左執翿❷，右招我由敖❸。其樂只且❹！

右第二章，與首章同義，惟換韻。

【註釋】

❶陶陶：和樂之貌。又樂至於忘却外物也。❷翿：音陶去幺，舞者所持之羽，所以覆首作鳥形或翳身者也。❸敖：舞位也。招我由敖，由舞位招我起而共舞也。或以爲敖，驁夏，亦舞曲名。

【欣賞品評】

陳暘曰：

古之為樂，播諸聲音，而有簧以鼓之；形諸動靜，而有翿以容之，樂莫大焉，故詩人取之以見意。

守亮案：

詩序云：「君子陽陽，閔周也。君子遭亂，相招爲祿仕，全身遠害而已。」詩在王風，附會閔周，全係臆說，清人姚際恒已駁斥其非。朱傳云：「此詩疑亦前篇婦人所作。蓋其夫既歸，不以行役爲勞，而安於貧賤以自樂。其家人又識其意而深歎美之。」不知何所據而言此？傅斯年則祇取朱傳一樂字而云：「室家和樂之詩。」屈萬里先生因之，惟易室家爲夫婦。王靜芝先生又以詩有執簧翿而云：「此詠樂舞之人自樂之詩。」細審詩之左右招我字眼，則非自樂明矣。其後語雖有異，要皆不離此旨。詩則言陽陽自得也，陶陶和樂也，而兩章結語不又同爲「其樂只且」歟？於諸多抑鬱沉悶，懷憂傷感詩後得此，斯眞深可喜樂者也。

四、揚之水

此戍於南國之人思念家室之詩。

揚之水❶，不流束薪❷。彼其之子❸，不與我戍申❹。懷哉懷哉❺！曷月予還歸哉❻！

右第一章，戍人離家既久，念其家室，願早還歸之心情。

【註釋】

❶揚：水飛濺貌。❷不流：今言流不動。薪：柴薪也。句言束薪置之水上，不能浮流而下也。❸彼：指示字。其：音記ㄐ一ˋ，語詞。之子：指當戍而不來戍之他國軍隊言。或以爲指貴族或戍人指其妻。❹戍：以兵守邊疆也。申：姜姓之國，平王之母家也。在今河南信陽境。❺懷：思念也。又悲傷也。❻曷：何也。還：音旋ㄒㄩㄢˊ，還歸：返歸也。

揚之水，不流束楚❶。彼其之子，不與我戍甫❷。懷哉懷哉！曷月予還歸哉！

右第二章，作法與首章同，惟換韻。

【註釋】

❶楚：木名，荊棘之類。又草名。❷甫：亦姜姓之國，即呂，故城在今河南南陽縣境。

揚之水，不流束蒲❶。彼其之子，不與我戍許❷。懷哉懷哉！曷月予還歸哉！

右第三章，與前二章同義，又換韻，三疊咏之，以加重其思念之情也。

【註釋】

❶蒲：木名，即蒲柳。又草名。❷許：亦姜姓之國，故城在今河南許昌縣境。

【欣賞品評】

徐退山曰：

當與君子于役合看，彼為思婦之詞，此為征夫之詞。

守亮案：

詩序云：「揚之水，刺平王也。不撫其民，而遠屯戍於母家，周人怨思焉。」朱傳云：「平王以申國近楚，數被侵伐，故遣畿內之民戍之。而戍者怨思，作此詩也。」詩序之說，清人姚際恒已駁斥其非。且此詩亦非平王時詩，不知朱傳何以因之。傅斯年云：「此桓、莊時詩。桓、莊以前，申、甫未被迫；桓、莊以後，申、甫已滅於楚。」傅之言是也。周之戍邊，當非畿內之民所能獨爲役。必分命諸侯，互相更調，得以休息。而今諸侯乃莫之應，致使戍人輾徙不定。由申而甫，由甫而許，莫之能歸矣。其所以如此者，歐陽修云：「激揚之水，其力弱，不能流移於束薪。猶東周政衰，不能召發諸侯，獨使周人遠戍，久而不能代爾。」

若周之盛也，諸侯聽役於王室，無敢違抗，何至曷月予還歸哉，久戍不代，而出怨言也？又之子當戍者，或指貴族，似稍有可能。若謂戍人指其妻，則感不安。蓋婦人不當戍，而當戍者又不得帶妻子，何怨懟之有？詩則三章，中間僅六字不同，每章以一物一地相叶，所謂三疊唱之，並非每至一地乃爲一咏也。

五、中谷有蓷

此婦人遇人不淑之怨詩。

中谷有蓷❶，暵其乾矣❷。有女仳離❸，嘅其嘆矣❹。嘅其嘆矣，遇人之艱難矣❺。

右第一章，寫女之被夫遺棄，而由中谷有蓷說起。

【註釋】

❶中谷：谷中也。蓷：音推ㄊㄨㄟ，益母草也。❷暵：音漢ㄏㄢˋ，乾燥之貌。其：猶然也。下均同。❸仳：音辟ㄆㄧˇ別離也。指與男子相別，有被遺棄而分手意味。❹嘅：音慨ㄎㄞˋ，歎聲也。嘅其：嘅然也。句謂慨然而歎息也。❺艱難：窮困也。困厄也。

中谷有蓷，暵其脩矣❶。有女仳離，條其歗矣❷！條其歗矣，遇人之不淑矣❸！

右第二章，與首章章法相同，惟換韻。

【註釋】

❶脩：本乾肉，此謂將乾也。❷條其：條然，長貌。歗：同嘯，嘆之深也。句謂深長之歎息也。❸淑：善也，良也。今謂嫁非其人謂遇人不淑。或以爲不淑、不弔，往往通義。不弔，猶不幸也。

中谷有蓷，暵其濕矣❶。有女仳離，啜其泣矣❷。啜其泣矣，何嗟及矣❸！

右第三章，章法與前二章同，又換韻。

【註釋】

❶濕：讀爲㬤，音泣ㄑㄧˋ，欲乾也。❷啜：音輟ㄔㄨㄛˋ，哭泣時之抽噎貌。❸何嗟及矣：猶云嗟何及矣。言嘆嗟之亦何及於事也。

【欣賞品評】

輔廣曰：

方其歎且恨之時，而曰遇人之艱難，遇人之不淑，而無怨懟過甚之辭，固見其厚矣。及其至於傷而泣也，則亦曰何嗟及矣而已，殆有知其不可奈何而安於命之意，此尤見其厚也。

守亮案：

詩序云：「中谷有蓷，閔周也。夫婦日以衰薄，凶年饑饉，室家相棄爾。」閔周也，說涉附會。朱傳云：「凶年饑饉，室家相棄，婦人覽物起興，而自述其悲歎之辭也。」凶年云云三句，容或有之。而自述字眼亦有未妥，蓋詩中明言有女仳離，此詩人代爲之詞，非自詠也。故屈萬里先生曰：「此詠婦人被夫遺棄之詩。」近人多因之。詩則層層逼進，一步緊一步，故姚際恒有「由淺及深」之言。乾、脩、濕，由淺及深也。初則嘅然而歎息，繼則條然而悲呼，終則啜然而抽泣，亦由淺及深也。首章言遇人艱難，次章言遇人不淑，三章則不言遇人如何，僅謂嘆嗟何及。其不幸也，又何獨非由淺及深乎？蘇轍之「歎之者，知其不得已也。歗者，怨之深也。泣則窮之甚也」之言，固已知此矣。

六、兔爰

此傷世亂，生命多危，消極悲觀之詩。

有兔爰爰❶，雉離于羅❷。我生之初尚無爲❸，我生之後，逢此百罹❹。尚寐無吪❺！

右第一章，詩人傷時衰世亂，見兔之行，雉之遭羅網而感歎之。

【註釋】

❶爰爰：猶緩緩，行動遲慢貌，寬縱貌。今言自由自在。❷雉：音至ㄓ丶，野雞也。離：同罹，遭逢也。羅：網也。❸爲：作爲也，指軍役之事言，禍亂之事言。句言我初生極幼之時，尚無何軍役或禍亂之事也。或

以為我初生極幼之時，年幼無知，無所作為，自由自在，無甚可關心之事也。❹罹：音離ㄌㄧˊ，憂也。二句言我漸長曉事之後，乃遭逢甚多憂患之事也。❺尚：希冀之詞，庶幾也。吪：音鵝ㄜˊ，動也。句言生此亂世，痛苦百端，但願一眠無起也。下二章末句意同。

有兔爰爰，雉離于罦❶。我生之初尚無造❷，我生之後，逢此百憂。尚寐無覺❸！

右第二章，章法與首章同，惟換韻以重言之。

【註釋】

❶罦：音孚ㄈㄨˊ，一種捕鳥獸之網，名覆車者。其形若車，有兩轅，中施網，且裝有機關，能自動掩捕鳥獸。❷造：作為也，亦指軍役之事言，禍亂之事言。尚無造：尚未作，尚未形成也。❸覺：覺醒也。

有兔爰爰，雉離于罿❶。我生之初尚無庸❷，我生之後，逢此百凶。尚寐無聰❸！

右第三章，章法與首二章同，又換韻，三疊咏之，益增其歎息。

【註釋】

❶罿：音童ㄊㄨㄥˊ，又音衝ㄔㄨㄥ，捕鳥獸之網也。❷庸：勞也，病也。謂勞苦病痛之禍亂事也。或以為用也，謂用心於逃避禍亂也。❸聰：聞也。

【欣賞品評】

牛運震曰：

讀此詩如聞老人說開元天寶年間事。

守亮案：

詩序云：「兔爰，閔周也。桓王失信，諸侯背叛，構怨連禍，王師傷敗，君子不樂其生焉。」朱傳因之，云：「周室衰微，諸侯背叛，君子不樂其生，而作此詩。」其可取者，僅不樂其生四字而已。傳斯年則有「遭時艱難」，「生不如死」之言。其後說詩者，多本此而發揮之。詩則所言兔爰雉離者，物有幸與不幸也。時際喪亂，災禍頻仍。罹憂凡百，其來也，不知何時降及吾身。今日雖幸，焉知不突遭災難憂患，而為來日之不幸乎？觀「尚寐無吪」諸末句，則知痛不欲生；而願一眠無起，昏睡不醒，無耳聞目見之為得也。古之傷心人如新豐老翁八十八者，當尤熟悉此中痛苦。詞意悽愴，聲情激越，可堪一哭！

七、葛藟

此大動亂時代流落異鄉者感傷之詩。

緜緜葛藟❶，在河之滸❷。終遠兄弟❸，謂他人父❹。謂他人父，亦莫我顧❺。

右第一章，詩人述流離之痛也。

【註釋】

❶緜緜：長而不絕之貌。葛藟：葛屬，蔓生。句以緜緜葛藟之互相蔭託，喻家人父母兄弟之互庇以生。❷滸：音虎ㄏㄨˇ，水涯也。❸終：古永、終字每連用，終猶永也。遠：音願ㄩㄢˋ，遠離也。❹謂：稱謂也。❺顧：眷顧之也。二句言雖稱謂他人爲己之父，而他人亦不眷顧我，其困窘甚矣，情之難堪也亦甚矣。

緜緜葛藟，在河之涘❶。終遠兄弟，謂他人母。謂他人母，亦莫我有❷。

右第二章，章法同首章，換韻重言之。

【註釋】

❶涘：音俟ㄙˋ，水涯也。❷有：識有也。又借爲佑，佑助之也。或又以爲與友義近，親愛之也。

緜緜葛藟，在河之漘❶。終遠兄弟，謂他人昆❷。謂他人昆，亦莫我聞❸。

右第三章，章法如前，又換韻。

【註釋】

❶漘：音脣ㄔㄨㄣˊ，涯岸也。岸上平夷，岸下爲水洗蕩嚙入，伸出若脣。❷昆：兄也。❸聞：聽聞也。又音義同問，相恤問也。

【欣賞品評】

方玉潤曰：

此詩不必深解，但依集傳謂世衰民散，有去其鄉里家族而流離失所之作，斯得之矣。人一去鄉里，遠其兄弟，則舉目無親，誰可因依？雖欲謂他人之父以為父，而其父反愕然而不之顧；卽欲謂他人之母以為母，而其母亦恝然而不我親。父母且不可以僞託，況昆弟乎？則更澹焉如無聞也。民情如此，世道可知。誰則使之然哉？當必有任其咎者。

守亮案：

詩序云：「葛藟，王族刺平王也。周室道衰，棄其九族焉。」此又極盡其小題大作之能事者。朱傳云：「世衰民散，有去其鄉里家族而流離失所者，作此詩以自歎。」朱之言是也。後人雖異其詞，要以不離此旨。詩則所言大戰亂中，兵荒馬亂，狼煙四起。卽戰爭過後，亦滿目瘡痍，饑饉薦臻。於是二時也，自多失其故所，流落他鄉，而疏其所親矣。夫旣疏其所親，勢必親其所疏；而謂他人父，謂他人母，謂他人昆。雖如此，但人亦莫之眷顧，莫之親愛，莫之恤問也。哀鴻遍野，乞兒聲、孤兒淚，當可聞見也。「問之不肯道姓名，但道困苦乞爲奴。」是此寫照也。裴普賢先生「直可抵杜工部三吏三別諸篇」之言，信不誣也。詩三章只一意，始言父，次言母，次言昆。次序如此，實則未必，讀之不可太泥。

八、采葛

此男子懷念女子之詩。

彼采葛兮❶，一日不見，如三月兮❷。

右第一章，詩人懷念彼女，意以為此時女或正在采葛也。

【註釋】

❶彼：指示詞，謂所懷念之女子也。葛：采之可以爲絺綌葛布者也。❷二句言相思之苦，一日不見，即如三月之隔絕也。

彼采蕭兮❶，一日不見，如三秋兮❷。

右第二章，章法與首章同，換韻改月為秋。

【註釋】

❶蕭：荻蒿也，採之可供祭祀。❷三秋：指三季。通常以一秋爲一年，穀熟爲秋，穀類多一年一熟。古人云今秋，來秋，即今年，來年。此詩三秋，應長於三月，短於三歲，義同三季九月也。

彼采艾兮❶，一日不見，如三歲兮。

右第三章，章法與前二章同，又換韻重疊言之。

【註釋】

❶艾：蒿屬，乾之可以灸疾。

【欣賞品評】

龍仿山曰：

空中宕漾，令人不可捉摸；然一日不見四字，明露痕跡。此四字卻是自古至今一緊要關頭，寥寥短章，情蹙而詞迫。

守亮案：

詩序云：「采葛，懼讒也。」實距詩義太遠。朱傳云：「采葛所以為絺綌，蓋淫奔者託以行也。」朱傳凡見有男女之情者，即指為淫奔，不止此詩。傅斯年云：「男女相思之歌。」此後說之者多以此為準矣。詩則蓋男子深於情者，睽離未久，即感時之長，而情之難釋也。一日之不見，初則如三月，繼則如三秋，終則如三歲。此固文學之誇張手法，亦可見其思念之情，由淺而加深也。上一句指所思之人。至采葛、采蕭、采艾云云，皆設想此一女子，意謂此時或正采此三物；非如桑中之孟姜、孟弋、孟庸也。下二句言思念之情。亦一步緊一步，層層逼進。不云普通懷友之詩如方玉潤所言，而謂男子懷念女子者，蓋采葛、采蕭、采艾，多女子之所事也。

九、大車

此征夫思念妻室，寄之以詞，並明愛情永不渝之詩。

大車檻檻❶，毳衣如菼❷。豈不爾思❸？畏子不敢❹。

右第一章，寫征人思家之情。

【註釋】

❶大車：主帥所坐之車。或以爲牛車。檻音坎ㄎㄢˇ，檻檻：車行之聲。❷毳：音翠ㄘㄨㄟˋ，獸之細毛也。毳衣：績毛爲衣，取其可以禦雨，大夫巡行邦國之服也。菼：音談ㄊㄢˊ，荻也。如菼：言其色青。❸爾：指家中之妻也。言我行役在外甚久，豈不思家中之汝邪？❹子：指乘大車，衣毳衣之人，主事帥衆之人也。二句言我雖思家中之汝，但畏主事之人，不敢有所爲也。意謂不敢偷奔也。

大車啍啍❶，毳衣如璊❷。豈不爾思？畏子不奔❸。

右第二章，章法與首章同，惟換韻。

【註釋】

❶啍：音吞ㄊㄨㄣ，啍啍：車行之聲。或以爲車行重遲之貌。❷璊：音門ㄇㄣˊ，赤色玉也。或以爲借爲䊵，音亦同門，穀之一種，苗赤色。❸奔：奔逃也，逃亡也。

穀則異室❶，死則同穴❷。謂予不信，有如皦日❸。

右第三章，因不得見其妻室，乃寄之以詞，並以堅貞愛情稍慰之也。

【註釋】

❶穀：生也。異室：不得同居一室也。❷穴：墓穴也。二句言生則不得同室而居，但願死能同穴合葬也。❸皦：音皎ㄐㄧㄠˇ，白也，明亮也。此以白日作證，爲發誓之語。二句言若謂我不可信，則天日照鑒，必降大罰

也。

【欣賞品評】

王靜芝曰：

首章言不敢，不敢者何事？次章云不奔，知不敢者，是不敢逃亡而奔也。三章，因不得見其妻室，乃寄言以達其情，以稍溫慰之。蓋恐妻疑其在外另有所歡也。言生雖異室相處，將來死必同穴。如不信我言，我敢發誓，有如白日！

守亮案：

詩序云：「大車，刺周大夫也。禮義陵遲，男女淫奔，故陳古以刺今大夫不能聽男女之訟焉。」此說於第三章頗不易解。朱傳云：「周衰，大夫猶能以刑政治其私邑者，故淫奔者畏而歌之如此」除於第三章仍不易解外，且旣畏之不敢奔，而猶歌之以爲詩，傳諸後世，亦頗費解。姚際恒云：「僞傳，說皆以爲周人從軍，訊其室家之詩，似可通。爾指室家，子指主之者，奔，逃亡也。」方玉潤從此說，謂「詩意眞切」。姚氏、方氏之說，頗爲可取。詩則首二句已畫出可畏聲勢，詩之「豈不爾思」句，詞出無奈。不敢不奔句，畏懼特甚。且末章四句，沉鬱切至，眞摯感人，可泣鬼神。是生願旣違，而不得相從，而堅其誓約，死後亦不變其貞也。久役之苦，長思之悲，欲申無詞，思辯無說。民情至此，痛何可堪！

十、丘中有麻

此詠女與男約期相見之詩。

丘中有麻❶，彼留子嗟❷。彼留子嗟，將其來施施❸。

右第一章，女子與男子相期約來見。

【註釋】

❶丘：四方高中央低曰丘。麻：纖維可織爲布者。句謂男女相約之處也。❷彼：指示字。留：氏也，即後之劉氏。子嗟：字也。❸將：音羌ㄑㄧㄤ，發語詞。有願也、請也、希望也之意。施施：徐行貌。亦單作施。或以爲施謂施送，今言送禮物給我。

丘中有麥，彼留子國❶。彼留子國，將其來食❷。

右第二章，章法與首章同，惟換韻。

【註釋】

❶子國：亦留氏子之字也。❷來食：來就食於我也。或以爲今言給我東西吃。

丘中有李，彼留之子❶。彼留之子，貽我佩玖❷。

右第三章，總述前二章之事以作結也。

【註釋】

❶彼留之子：猶言彼姓留之人也。不言子嗟子國者，籠統稱之，皆設想之人也。❷貽：贈也。玖音久ㄐㄧㄡˇ，

美玉也。或以爲黑色之次等玉。

【欣賞品評】

王靜芝曰：

首章之所咏與次章之所咏，男子固不必為一人，女子亦不必為一人。此種詩歌，蓋當時流行，咏男女相悅期會之歌謠；形容其情狀而已，未必真有其事也。若今之流行歌曲，其詞皆作者臆想作成；但求描繪目前社會生活情況，使人欣賞而已。並非皆實有者。

守亮案：

詩序云：「丘中有麻，思賢也。莊王不明，賢人放逐，國人思之，而作是詩也。」序多以男女相悅或相棄事，指爲思賢棄賢。此亦如是，無甚可怪。朱傳云：「婦人望其所與私者而不來，故疑丘中有麻之處，復有與之私而留之者，今安得其施施然而來乎。」此雖是推測語氣，但義甚惡劣，是以姚際恒有：「言之大汚齒」之說也。且子嗟子國，本是設想之人，而毛傳不僅指爲二人，且又以子國爲父，之嗟爲子，皆極迂折，武斷無理。傅斯年解爲：「男女約期之詞。」近人多從之。詩則亦爲男女相悅，約期相會，互爲贈遺結恩好也。聞一多於「貽我佩玖」下云：「總是合歡之後，男贈女以佩玉。」則又想像力過於豐富矣。合歡二字，蛇足可刪。

鄭

鄭，國名。周宣王封其庶弟友於鄭邑，是爲鄭桓公。鄭邑者，宗周畿內咸林之地。鄭都在今陝西華縣境。桓公後爲幽王司徒，死於犬戎之難。其子武公掘突，與晉文侯迎宜臼于申而立之，是平王，徙於東都。武公亦爲司徒。鄭又取虢鄶十邑之地，其國擴大，右洛左濟，前華後河，食溱洧焉。乃徙其封而施舊號於新邑，是爲新鄭。即今河南新鄭是也。鄭風二十一篇，皆東遷以後之詩。

鄭國共二十一篇

一、緇衣

此詩人假天子語美武公之詩。

緇衣之宜兮❶，敝❷，予又改爲兮❸！適子之館兮❹，還❺，予授子之粲兮❻！

右第一章，美武公之德，宜其緇衣之位，及天子寵信之狀。

【註釋】

❶緇：音茲ㄗ，黑色也。緇衣：卿士居私朝之服也。宜：稱也。言合於武公所服也。❷敝：破舊也。❸予：我也。此詩人假天子之言，予指天子。改：更也。二句言服敝舊則天子又更爲新服與之也。❹適：往也。館：舍也，治事之處。此言天子往武公治事之館。❺還：音旋ㄒㄩㄢˊ，歸來也。❻授：給予也。粲：餐也。二句言適館還後，乃又授武公以餐食也。

緇衣之好兮，敝，予又改造兮❶！適子之館兮，還，予授子之粲兮！

右第二章，章法與首章同，換韻，重言以加重其義也。

【註釋】

❶造：作也。

緇衣之蓆兮❶，敝，予又改作兮！適子之館兮，還，予授子之粲兮！

右三章，章法同前二章，又換韻，三疊詠之。

【註釋】

❶蓆：安舒大方貌。

【欣賞品評】

徐退山曰：

此詩好德至矣，然要看改衣、適館、授粲，皆尋常事，尋常語。反覆周旋，無已之意，皆在其中，只是一個真。

守亮案：

詩序云：「緇衣，美武公也。父子並爲周司徒，善於其職，國人宜之，故美其德，以明有國善善之功焉。」朱傳因之。惟季明德以爲武公好賢之詩，姚際恒方玉潤從之。或又以爲寫公務員生活之詩；然緇衣明言卿士之服，非一般賢士或公務員所宜着，當以美武公爲宜。

故何楷曰：「武公有功周室，平王愛之，而作此詩」也。詩則三章僅易六字，餘則全同。雖云美武公，但妙在未露出美字。祇是改衣、適館、授粲尋常事，尋常語而已。惟着一又字、還字；屢用予字、子字。不僅殷勤之意自見。且疊複婉曲，情溢溢然。親熱委至，繾綣無已也。此詩首見一字句，後之詩詞一字爲句者，肇始於此。

二、將仲子

此男女相悅，女能自制，戒其勿放肆非禮以求愛，以免為父母兄長及鄉里所恥責之詩。

將仲子兮❶，無踰我里❷，無折我樹杞❸。豈敢愛之❹？畏我父母❺。仲可懷也❻，父母之言，亦可畏也❼！

右第一章，戒仲子勿越里而來也。

【註釋】

❶將：音羌ㄑㄧㄤ，發語詞。有願也，請也，希望也之意。仲：伯仲之仲。仲子：猶今言老二，指其心愛之人也。或以爲男子之名。❷無：同勿，禁止之辭，叮囑之辭。踰：越也。里：居處也。五家爲鄰，五鄰爲里，是二十五家爲一里。❸折：謂因踰牆而壓折，非采折之折。杞：音起ㄑㄧˇ，木名，柳屬。樹杞：即杞樹，以配韻倒置其字。下樹桑，樹檀同。❹之：舊解多指男子，實指杞樹。下同。❺母：音米ㄇㄧˇ。句言我心雖愛汝，但父母不知。若見汝如此，必至恚怒責斥，故可畏也。❻懷：思也，念也，愛戀也。句言仲子之爲人，固值得爲我所懷念也。或以爲女子叮囑男子之語，言仲子可牢牢記住。❼二句言汝固屬可愛

戀，但父母恚怒責斥之言，亦大可畏懼也。

將仲子兮，無踰我牆❶，無折我樹桑❷。豈敢愛之？畏我諸兄。仲可懷也，諸兄之言，亦可畏也！

【註釋】

右第二章，章法與首章同，惟換韻。

❶牆：垣牆也。❷桑：古者樹牆下以桑。

將仲子兮，無踰我園❶，無折我樹檀❷。豈敢愛之？畏人之多言。仲可懷也，人之多言，亦可畏也！

右第三章，章法與前二章同，換韻、重疊言之。

【註釋】

❶園：宅園也。❷檀：木名。

【欣賞品評】

徐常吉曰：

由踰里而牆而園，仲之來也，以漸而迫也；由父母而諸兄，而衆人，女之畏也，以漸而遠也。

守亮案：

詩序云：「將仲子，刺莊公也。不勝其母，以害其弟。弟叔失道，而公弗制。祭仲諫而公弗聽，小不忍以致大亂焉。」序引左傳鄭莊公與弟叔段事，以仲子爲祭仲，「畏我父母」，爲莊公不勝其母而視爲刺詩。然此詩與鄭莊公事多不能相合。朱傳又指爲淫奔之詩。朱傳凡見有男女之情者，即指爲淫奔，不獨此詩。或又解爲女子拒男子非禮，用字過於嚴厲。觀其詞婉，似男女相悅，有所叮囑。祈其勿過於莽撞行事，而爲父母兄長責斥，鄉黨鄰里之人多議論也。詩則言愛而有所不敢，懷而有所畏懼。不輕身以從，是發乎情，止乎禮，未若今諸多少男少女之肆無忌憚，恣其所欲爲，而一無視於恥責也。雖愛慕之情溢乎詞，然及其所行也，又多有所畏。以禮愼其守，而防其失，斯眞大有可取者也。

三、叔于田

此共叔段初居於京，頗能得衆，京人愛之而為此詩。

叔于田❶，巷無居人❷；豈無居人？不如叔也❸，洵美且仁❹。

右第一章，形容京人愛叔之狀。

【註釋】

❶叔：莊公之弟共叔段也，居於京城。于：助詞。田：獵也。于田：正在田獵也。于有正在進行之意。❷句言里巷之中，無居人也。非里巷中眞無居人，以雖有而不爲衆所注意，所注意者惟叔而已。故曰無居人。

❸二句言豈是眞無居人？以其皆不如叔，故言是無居人耳。❹洵：信也，即誠然。仁：英俊貌。又仁慈也。此言叔之所以爲衆注意如此者，以其信美而且仁也。

叔于狩❶，巷無飲酒❷；豈無飲酒？不如叔也❸，洵美且好。

右第二章，章法與首章同，換韻重言之。

【註釋】

❶狩：冬獵曰狩。❷飲酒：燕飲也。巷無燕飲：謂雖有亦無人關心也。❸二句言豈是眞無燕飲之人，以其不如叔，故雖有之猶無之也。

叔適野❶，巷無服馬❷；豈無服馬？不如叔也，洵美且武。

右第三章，章法同前二章，又換韻，三疊而歌咏之。

【註釋】

❶適：往也。野：音墅ㄕㄨˋ，郊外曰野。❷服：以鞍裝馬也，乘也。服馬：乘馬之人也。巷無乘馬之人，非眞無之也。雖有亦猶無也。

【欣賞品評】

彭執中曰：

玩此詩，如見叔段輕猨飛揚之態。閭里少年朋從追逐，極口誇美之也。

守亮案：

詩序云：「叔于田，刺莊公也。叔處于京，繕甲治兵，以出于田，國人說而歸之。」詩有洵美且仁等句，不類刺詩。朱傳云：「段不義而得衆，國人愛之，故作是詩。」又云：「或疑此亦民間男女相悅之辭也。」王靜芝先生曰：「朱子自不能指出何者爲是，可見其未有定見。此詩若謂不義得衆，則既爲不義，何能得衆？不義者往往以勢制衆，不能得衆也。若謂爲民間男女相悅，則民間之男，無此聲勢也。愚意以爲，此段居京之初，美豐姿，能武事，京人愛之，故爲此詩也。」田獵飲酒，國人歌之之意至明。且氣勢不平凡，王之言是也。詩則「巷無居人」，「巷無飲酒」，「巷無服馬」，疑語奇。而「豈無居人」、「豈無飲酒」、「豈無服馬」，皆不如叔也，注解妙。其所以如此者何在？以其「洵美且仁」、「洵美且好」、「洵美且武」也，又回答妥切。一疑語，一注解，一回答，有態有式，何等筆法。

四、大叔于田

此美共叔段田獵之詩。

大叔于田❶，乘乘馬❷。執轡如組❸，兩驂如舞❹。叔在藪❺，火烈具舉❻，襢裼暴虎❼，獻于公所❽。將叔無狃❾，戒其傷女❿。

右第一章，寫初獵搏虎，表示其勇壯。

【註釋】

❶兩叔于田相次，篇名無別，不便稱說。此篇較長，故加大字以別之。叔亦莊公之弟共叔段也。于：助詞。田：獵也。于田：正在田獵也。于有正在進行之意。❷第二乘字音剩ㄕㄥˋ，四馬曰乘。句言乘四馬之車也。❸轡：韁也。組：織絲爲之，言其柔也。御能使馬，則轡柔如組矣。句謂駕御技術之精良能操縱自如也。❹驂：古者一車四馬，中間夾轅之兩馬曰服，外面兩旁二馬稍後曰驂。驂馬在外，易見其驅馳有節奏，行列整齊之姿態，故曰如舞。❺藪：音叟ㄙㄡˇ，多草木之低地，禽獸聚居之處也。❻烈：猛火也。或以爲列之假借，謂行列也。具：俱也。擧：起也。兩句言獵人於藪澤處，燃燒草木，使之猛烈起火，驚驅禽獸，以便狩獵也。❼襢：音祖去ㄢˇ。裼：音錫ㄒㄧˊ。襢裼：裸露上身也。暴虎：徒手搏虎也。❽公所：鄭莊公之治事處所也。❾將：音羌ㄑㄧㄤ，發語詞。有願也、請也、希望也之意。狃：音扭ㄋㄧㄡˇ，習也。句言願叔勿以此暴虎之事習以爲常，掉以輕心也。❿戒：防也，今言提高警覺。女：音義同汝。句言鄭莊公戒叔，願其勿常從事此危險之事，以免傷汝之身也。

叔于田，乘乘黃❶。兩服上襄❷，兩驂鴈行❸。叔在藪，火烈具揚❹。

叔善射忌❺，又良御忌❻；抑磬控忌❼，抑縱送忌❽。

右第二章，寫驅車逐獸，表示其善御射。

【註釋】

❶乘黃：四馬皆黃色也。❷兩服：四馬一車，中間夾轅之兩馬也。上：前也。襄：駕也。上襄：猶言前駕，謂稍前於兩旁二驂馬也。❸鴈行：謂馬之排列，如雁之成行也。兩驂在兩服之左右稍後，一如雁之行列也。

❹揚：舉也。❺忌：語尾助詞，無義。❻良御：謂善於御馬駕車也。❼抑：發語詞，無義，下同。磬控：雙聲聯緜字，謂控止馬不使前進也。❽縱送：疊韻聯緜字，謂縱馬使之奔馳也。二句言或止馬不使之前進，或縱馬使之奔馳，皆便於發矢射獸也。

叔于田，乘乘鴇❶。兩服齊首❷，兩驂如手❸。叔在藪，火烈具阜❹。叔馬慢忌❺，叔發罕忌❻。抑釋掤忌❼，抑鬯弓忌❽。

右第三章，寫狩獵結束，表示其從容。

【註釋】

❶鴇：音保ㄅㄠˇ，字本應作駂，黑白雜毛之馬也。❷齊首：謂馬首相並，齊而前驅也。❸如手：左右兩驂夾兩服，如伸兩手之夾身也。與雁行同。❹阜：盛也。❺馬慢：田獵將畢，故馬慢也。❻發：射也。罕：稀也。田獵將畢，故射稀也。❼釋：解也。掤：音冰ㄅㄧㄥ，箭筒之蓋也。解箭筒之蓋，示射已畢，將裝箭入筒也。❽鬯：音暢ㄔㄤˋ，同韔，弓囊也，此處作動詞用，謂將弓裝入弓囊也。

【欣賞品評】

姚際恒曰：

描摹工豔，鋪張亦復淋漓盡致。便為長楊、羽獵之祖。

守亮案：

詩序云：「大叔于田，刺莊公也。叔多才而好勇，不義而得衆也。」然此詩皆讚美之辭，絕無諷刺之語。實寫共叔段田獵盛況，狀其獵獸之武勇也。詩則所言武勇何在？首章襢裼暴虎是也。以其如此，深得莊公垂愛，故曰：「將叔無狃，戒其傷女」也。不僅武勇，而且善射御，二章之「叔善射忌，又良御忌。抑磬控忌，抑縱送忌」是也。第三章寫田獵將畢，描摹尤工。馬慢發罕，則獸將盡矣；釋掤鬯弓，則事將已矣。其縱容自得，躊躇滿志之狀，煥然紙上。詩之每章首兩句，敍叔乘馬田獵。次兩句敍叔御馬整齊英壯。再次兩句敍叔至水草之處，烈火齊擧，驅獸待捕。然炳烺雄駿，精光注射處，全在「叔在藪」一段，當另眼看。而如舞、如手、雁行，亦形容入妙也。

五、清人

此鄭人刺鄭文公棄其師之詩。

清人在彭❶，駟介旁旁❷。二矛重英❸，河上乎翱翔❹。

右第一章，寫高克帥鄭師清邑之人在彭，久駐不用，翱翔遨遊之狀。

【註釋】

❶清：鄭邑名，在今河南中牟縣西。清人：清邑之人，高克所帥者也。彭：亦鄭邑名，臨黃河。❷駟：四馬也。介：甲也。駟介：四馬皆被甲也。旁：音彭ㄆㄥˊ，旁旁：同彭彭，馬強壯有力貌。又車馬奔走聲。❸二矛：酋矛有二也，二矛並建於車上。英：以朱羽爲矛飾也。重英：謂重其英飾也。❹河：黃河也。翱翔：猶遨遊，指士兵無所事事，遨遊玩樂也。

清人在消❶，駟介麃麃❷。二矛重喬❸，河上乎逍遙❹。

右第二章，章法與首章同，惟換韻。

【註釋】

❶消：亦臨黃河之地名。❷麃：音標ㄅㄧㄠ，麃麃：勇武貌。❸喬：鷮之省體。鷮音喬ㄑㄧㄠˊ，雉之一種，羽毛甚美，懸之以爲飾。重喬：言重懸鷮之羽毛以爲矛飾也。❹逍遙：優遊也。亦指士兵無所事事，優遊玩樂也。

清人在軸❶，駟介陶陶❷。左旋右抽❸，中軍作好❹。

右第三章，章首與前二章同，惟換韻。

【註釋】

❶軸：亦臨黃河之地名。❷陶陶：和樂之貌。又驅馳貌。❸左旋：左手執旗指麾以相周旋，以爲其軍進退之節。抽：通搯去幺，拔兵刃以習擊刺也。❹中軍：軍中也。作好，好讀去聲，音號ㄏㄠˋ，猶作樂也。

【欣賞品評】

范處義曰：

師之出處，當嚴其期。今乃翱翔之久，不思班師；師之屯次，當謹其備，今乃逍遙自適，同於兒戲。佳兵不祥之器，今乃左旋右抽，以軍作好，不敗何待？

陳推曰：

在彭、在消、在軸，有遷徙無常，爰居爰處之意；旁旁、麃麃、陶陶，俱指乘駟介之人言，有無事不歸，自為馳驅之意。重英、重喬，有師久英弊而虛備故事之意。

守亮案：

詩序云：「清人，刺文公也。高克好利而不顧其君，文公惡而欲遠之。不能，使高克將兵而禦狄于竟。陳其師旅，翺翔河上，久而不召，衆散而歸。高克奔陳。公子素惡高克進之不以禮，文公退之不以道，危國亡師之本也。故作是詩也。」春秋閔公二年：「冬，十二月，狄入衞，鄭棄其師。」左傳：「鄭人惡高克，使帥師次於河上，久而弗召，師潰而歸，高克奔陳。鄭人為之賦清人。」本少異說，惟傅斯年謂：「此詩本事竟不可考。」但未詳其所以，故仍從舊說。詩則所陳，自多師久不用，無所事事意。但軍紀嚴謹，今竟翺翔、逍遙於河上？而旋本旋旗以相指麾，抽本抽刃以習擊刺，今何左右之以作好中軍耶？如此游戲調笑情形，豈僅霸上諸軍，直同兒戲也，不潰何待？牛運震「不必說到師潰，隱然可見」之言是矣。

六、羔裘

此鄭人美其大夫之詩。

羔裘如濡❶，洵直且侯❷。彼其之子❸，舍命不渝❹。

右第一章，美其羔裘潤澤，正直美好，實存心堅貞不可奪者也。

【註釋】

❶羔裘：以羔羊之皮爲裘也，是大夫之服。如：猶之也，有如此之意味。濡：柔而有光也。如濡：狀其潤澤。❷洵：信也。直：正直也。侯：美也。句言誠爲正直而美也。❸彼：指示字。其：音記ㄐㄧˋ，語詞。之子：是人，指所美者也。❹舍：借爲捨。命：生命也。舍命：犧牲性命也。渝：變也。句言捨出生命亦不變節也。又舍，施也，布也。命，命令也。舍命，布施命令，傳達命令也。句言執行君上命令而無所改變也。又舍猶處也。命，天命也。處命不渝，言能以身居其所受之天命而不可奪也。

羔裘豹飾❶，孔武有力❷。彼其之子，邦之司直❸。

右第二章，美其武勇，且能改正他人之過，實善於從政者也。

【註釋】

❶豹飾：以豹皮緣袖爲飾也，以示武勇。❷孔：甚也。句言甚武勇而有力也。❸司：主也。直：正也，謂改正人之過失也。古有司直之官，君有過則匡正之。或又以爲主持直道正義之人也。

羔裘晏兮❶，三英粲兮❷。彼其之子，邦之彥兮❸。

右第三章，美其服飾鮮豔，讚其德行，實邦國俊彥者也。

【註釋】

❶晏：鮮盛貌。❷英：以素絲英飾裘也。粲：鮮明貌。❸彥：士之美稱，今言俊秀。

【欣賞品評】

朱善曰：

舍命不渝，則必不徼幸而苟得，而於守身之道得矣。邦之司直，則必不諛悅以求容，而於事君之道盡矣。既能順命以持身，又能忠直以事上，此所以為邦之彥也歟！

方玉潤曰：

此詩非專美一人，必當時盈廷碩彥，濟美一時，或則順命以持躬，或則忠鯁而事上，或則儒雅以聲稱，皆能正己以正人，不媿朝服以章身。故詩人卽其服飾之盛，以想其德誼經濟文章之美，而咏歎之如此。曰「舍命不渝」者，君子安命，雖臨利害而不變也；曰「邦之司直」者，大臣剛毅有力，獨能主持國是而不搖也；曰「邦之彥兮」者，學士文釆高標，足以黼黻猷為而極一時之選也。有此數臣，國勢雖孱，人材實裕，故可以特立晉楚大國之間而不致敗，此鄭之所以為鄭也。不然詩人縱陳古以風今，亦何與於當時時務之要歟！

守亮案：

詩序云：「羔裘，刺朝也。言古之君子，以風其朝焉。」序言非美今之人，而在美古刺今，過於迂曲，自不可取。朱傳云：「蓋美其大夫之詞。」其說可從。詩則三章皆以羔裘之美起句，其言如濡、豹飾、晏兮者，狀其所美者也。下卽分言其人如何如何。首章言「洵直且侯」，次章言「孔武有力」，而三章言「三英粲兮」，似不相稱。所謂粲者，其亦凾狀人之英俊煥發、卓絕秀出歟？第三句則同爲「彼其之子」。於所美者，不直指其人，所謂「回環諷詠，甘留舌本」也。下又分言「舍命不渝」，「邦之司直」，「邦之彥兮」。能「舍命不渝」，始可爲「邦之司直」。能爲「邦之司直」，始可爲邦之俊彥美士也。詩或合言，或分言。或三章相稱，或句有變化，亦饒興味。

七、遵大路

此男女相愛者，其一因失和而去，其一悔而留之之詩。

遵大路兮❶，摻執子之袪兮❷。無我惡兮❸，不寁故也❹？

右第一章，述二人將別，其一留止之狀。

【註釋】

❶遵：循也。❷摻：音閃ㄕㄢˇ，持也。袪：音去ㄑㄩˋ，或讀平聲，音區ㄑㄩ，袂也，衣袖也。❸無：勿也。惡：音物ㄨˋ，憎惡也。❹寁：音斬ㄓㄢˇ，遽然棄絕也。故：故舊之情也。二句言祈勿以我爲可惡而遽然棄絕故舊之情也。又音接ㄐㄧㄝ，接續也。句言不肯接續我故舊之情也？

遵大路兮，摻執子之手兮。無我魗兮❶，不寁好也❷？

右第二章，章法與首章同，換韻重為咏之。

【註釋】

❶魗：同醜，厭惡也。❷好：情好也，歡好也。

【欣賞品評】

龍仿山曰：

其聲輕揚，此列子所謂泠然善也，自是風體。若宋玉賦，乃采其斷句，不足為證。

守亮案：

詩序云：「遵大路，思君子也。莊公失道，君子去之，國人思望焉。」平空牽入莊公失道，無可取。朱傳以為淫婦為人所棄，故於其去也。擥其袪而留之。朱傳凡見有男女之情者，即指為淫，不獨此詩。且棄字落筆亦太重。細審詩意，自是王靜芝先生所謂：「相悅之男女，失和而將別之詩。」尚未決絕，不得遽言棄也。詩則言男將別女而去，女牽衣執手，悔而婉其辭以留之，情仍深而意猶切也。故輔廣曰：「『無我惡兮，不寁故也』猶假義以責之。至『無我魗兮，不寁好也』則眞情見而詞益哀矣。」范王孫曰：「大凡衣故不棄，物故不毀，故以故字動之。美必伐醜，貌不勝心，故以好字動之。」相與已故，願毋以喜新，而不念舊好，見惡而欲絕之也。牛運震有云：「相送還成泣，只三四語抵過江淹一篇別賦。」似已見其糾纏路側之景象矣，最具眞實感。

八、女曰雞鳴

此詩人咏賢夫婦相敬愛、相扶持之詩。

女曰：「雞鳴」，士曰：「昧旦」❶。「子興視夜」❷，「明星有爛❸。將翺將翔❹，弋鳧與鴈❺。」

右第一章，敍夫婦對言，夙興往射鳧雁之狀。

【註釋】

❶士：多言夫，未婚夫，情人，蓋所歡者也。昧：晦也。旦：明也。昧旦：天將明而猶晦，尚未大明也。❷興：起也。視夜：謂視夜色之早晚也。此女子之言。❸明星：啓明之星，先日而出，俗稱曉星。爛：明也。有爛；爛然也。天將曉時，衆小星皆不見，惟啓明獨爛然於東方。❹句言即將天明，爲群鳥將翺將翔之時也。又狀出獵者之飛馳而去也。❺弋：音異一ˋ，繳射也，即以生絲繫矢而射。繳音灼ㄓㄨㄛˊ。鳧：音孚ㄈㄨˊ，野鴨也。以上三句，男子回答也。

弋言加之❶，與子宜之❷。宜言飲酒❸，與子偕老❹。琴瑟在御❺，莫不靜好❻。

右第二章，敍男弋禽歸來，夫婦和樂之狀。此章皆女子之言。

【註釋】

❶言：語詞。相當於而或乃字。下同。加：著也，射中也。❷宜：肴也，謂和以滋味之所宜，以烹調爲肴也。句言汝得鳧鴈，我爲汝作成肴以食之也。❸句謂烹調爲肴而以之下酒也。❹偕：音皆ㄐㄧㄝ，俱也。偕老：相伴到老也，有共生同死意。相敬愛相扶持如此，夫婦之至情也。❺御：用也。琴瑟之在用，言夫婦之和樂也。又侍也。在御：猶言在側。古士無災患喪病之故，不徹琴瑟。言琴瑟在御者，見其夫婦和樂，無災患喪病也。❻句謂無不安靜而和樂也。

知子之來之❶，雜佩以贈之❷。知子之順之❸，雜佩以問之❹。知子之好之❺，雜佩以報之❻。

右第三章，贈以雜佩，表深情切愛之意，此章皆男子之言。

【註釋】

❶來：讀爲勑ㄌㄞˋ，和順也，體貼也。又來此也。❷雜佩：古時佩玉，由珩、璜、琚、瑀、衝牙等玉組成之。懸腰間下垂，行動則衝牙觸璜有聲。❸順：愛也。謂與己和順無違也。❹問：贈也。❺好：音號ㄏㄠˋ，愛好之也。❻報：答也，回送也。

【欣賞品評】

朱公遷曰：

此詩與齊鷄鳴同意，然彼言會朝之事，可知其為國君之妃；此其男子躬親射弋，則士庶人之妻也。

朱善曰：

鷄鳴而興，昧旦而往，言其時之有常也。翱翔而往，鳧鴈而歸，言其事之有常也。弋而取之於外，宜而和之於內，蓋欲各供其職也。酒食以養其身，琴瑟以和其志，蓋欲同享其樂也。

守亮案：

詩序云：「女曰雞鳴，刺不說德也。陳古義以刺今，不說德而好色也。」不知何所據而來此語？朱傳云：「此詩人述賢夫婦相警戒之詞。」世多從之。亦有謂未經過正式婚禮，以輕鬆愉快方式，扮演委禽合卺等手續，作爲結婚補賞者。細審原詩，似少此意，當以朱傳爲是。詩則以士女問答對起，格調別致。射者男子之事也，詩有「弋鳧與鴈」；中饋婦人之事也，詩有「與子宜之。」是已爲夫婦也。故歐陽修曰：「今徧考詩，諸風言偕老者多矣，皆爲夫婦之言也。」飲酒相樂，期於偕老。何等情深意厚？而「琴瑟在御，莫不靜好。」不僅安詳和樂，亦雅馴可誦。周南風之莊正和雅，復見於此矣。詩之末章連用三知子句，何等懇切？所謂來之、順之、好之，是眞知之深也。而雜佩僅一物，卻用贈之、問之、報之三句寫而不厭其煩。是恐劉勰所謂：「言不盡意」，思有所以濟之也。輔廣曰：「一意而三疊之，以見其情之不能自已也。」斯言得之。

九、有女同車

此蓋婚者美其新婦之詩。

有女同車，顏如舜華❶。將翱將翔❷，佩玉瓊琚❸。彼美孟姜❹，洵美且都❺！

右第一章，美其新婦如舜花之美也，為悅其色。

【註釋】

❶舜：木槿也。華：同花。❷將翱將翔：形容其姿態之美，行進若舞，婀娜多姿而又步調優雅之狀。又或

形容座車馳騁如鳥翱翔之狀也。❸瓊：玉之美者也。又赤色玉。琚：音居ㄐㄩ，佩玉也。瓊琚：謂以美玉爲佩也。❹彼：指示字。孟：長也。姜：齊女。孟姜：姜姓之長女，此謂其新婦也。❺洵：信也，即誠然。都：美也。文雅閑雅之美也。洵美且都：詩三百中，時有此疊牀架屋之句。

有女同行，顏如舜英❶。將翺將翔，佩玉將將❷。彼美孟姜，德音不忘❸。

右第二章，重上章章法，為懷其德。

【註釋】

❶英：花也。❷將將：音義均同鏘鏘ㄑㄧㄤ，擬聲詞，佩玉互擊之聲也。❸德音：詩經中之德音，可歸納爲二義：一謂他人之言語，一謂聲譽，此德音當指聲譽言。不忘：猶不已，永存也。又或謂德音爲深情蜜意。德音不忘謂深情蜜意不能或忘也。

【欣賞品評】

范處義曰：

同車同行，親迎之禮也。舜華舜英，德之見於容也。瓊琚將將，德之稱其服也。洵美且都，信美而且閑雅也。德音不忘，美名之不可忘也。詩人之言如此，非賢女不足以當之。

守亮案：

詩序云：「有女同車，刺忽也。鄭人刺忽之不昏於齊。太子忽嘗有功於齊，齊侯請妻之，齊女賢而不取，卒以無大國之助，至于見逐，故國人刺之。」歐陽修卽持異議。王靜芝先生曰：「此又盡力牽詩入於宮庭者。忽既不昏於齊，何同車之可言？且忽又被逐，尙何須刺之？」朱傳云：「疑亦淫奔之詩。」惟詩開首卽云有女同車，屈萬里先生曰：「由此語證之，知當爲夫婦而非淫奔者，蓋淫奔之男女，不得公然同車也。」由詩中所呈現顏色之美，佩飾之盛觀之，當係新婚。詩則喜得新婦，既悅其如舜花之色美，又懷其似玉聲之德音也。兩章所述幾全同，末句似係讚語，落在色美德音上。姚際恒於「將翺將翔，佩玉將將」二句，似甚喜之。謂：「始聞其佩玉之聲，故以『將翺將翔』先之，善于摹神者。翺翔字從羽，故上詩言鳧雁，此則借以言美人，亦如羽族之翺翔也。神女賦：『婉若游龍乘雲翔』，洛神賦：『若將飛而未翔』，又『翩若驚鴻』，又『體迅飛鳧』，又『或翔神渚』，皆從此脫出。」

十、山有扶蘇

此詩人咏女子赴期會，未遇所悅，而遇惡徒之詩。

山有扶蘇❶，隰有荷華❷。不見子都❸，乃見狂且❹。

右第一章，寫女子所遇非所期。

【註釋】

❶扶蘇：木名，即扶胥，小木也。❷隰：音席ㄒㄧˊ，下濕之地也。荷華：即荷花。❸都：美也。子都：美

男子之稱。指女子所愛之人。❹且：音居ㄐㄩ，語詞。又伹之省借，拙也。狂伹：狂而且拙之人也。

山有橋松❶，隰有游龍❷。不見子充❸，乃見狡童❹。

右第二章，重首章之義，換韻重唱之，加重言之也。

【註釋】

❶橋：一作喬，高也。❷游：枝葉放縱也。龍：即今之水紅。❸充：美也。子充猶子都也。美男子之稱。❹狡童：狡獪之小兒也。

【欣賞品評】

朱道行曰：

借子都子充，相形狂狡。狂以情之蕩言，狡以情之詐言。

守亮案：

詩序云：「山有扶蘇，刺忽也。所美非美然。」與詩義毫不相關。朱傳云：「淫女戲其所私者。」朱傳凡見有男女之情者，即指爲淫，不獨此詩。此又著一戲字，詩無此意，不知所戲者何？詩明言女約男至一地會晤，而所期者子都子充未至，乃遇此狂且狡童惡徒也。詩中義旨極爲顯明，今電影電視劇中，常有此類情事發生，想古今無別也。詩則山有扶蘇橋松，隰有荷華游龍，皆期約之佳處也。未見之子都子充，皆期約之所歡者也。已遇之狂且狡童，乃其所厭之惡少也。或實有之，或託言。或易人易地，或否，似皆不關重要。詩義如此，不必再析論之。而牛運震以扶蘇興狂且，荷華興子都，橋松興子充，游龍興狡童。高亨略同之。既失之泥，且原詩山有、隰有各二物，如有所興，必有所當，何容如此錯綜破壞？

十一、蘀兮

此蓋述親故和樂之詩。

蘀兮蘀兮❶，風其吹女❷。叔兮伯兮❸，倡，予和女❹。

右第一章，述親故詠歌和樂之情狀。

【註釋】

❶蘀：音拓去ㄨㄛˋ，草木皮葉脫落墜地曰蘀。又爲檡之假借。檡，音宅ㄓㄜˊ，小木名。❷女：同汝，指蘀而言也。下同。❸叔、伯：猶今言老大，老二。指親故而言也。❹倡：始唱也。女：同汝，指叔伯，下同。和：音賀ㄏㄜˋ，應和也。句謂請汝始唱，我將和汝之歌亦隨之而唱也。

蘀兮蘀兮，風其漂女❶。叔兮伯兮，倡，予要女❷。

右第二章，章法與首章同，換韻漂要二字而已。

【註釋】

❶漂：同飄，吹動也。❷要：音腰一ㄠ，成也，曲一終爲一成。要女：意即接唱汝之歌以終結其曲也。

【欣賞品評】

王靜芝曰：若此詩者，家人伯仲，傍晚相聚於槐蔭之下，涼風習習，蘀葉飄落，歡談共樂，心曠神怡。詩人乃信口作歌，家人和之。曰：「蘀兮蘀兮，風其吹汝！」是何等自然之神情，殆為天籟。

守亮案：

詩序云：「蘀兮，刺忽也。君弱臣強，不倡而和也。」詩明言倡女和女，何謂不倡而和？王靜芝先生謂序言直同猜謎是也。朱傳云：「此淫女之詞。」朱傳凡見有男女之情者，即指為淫，今此詩未有男女之情，何以亦謂之淫？實費解。此外，嚴粲以為小臣憂國之心，姚際恒以為有深于憂時之意，方玉潤以為諷朝臣共扶危。立說各異，皆能持之有故，言之成理。然皆不如傅斯年只是你唱我和，當是一種極尋常歌詞，如周南之芣苢之說為善也。詩則兩章只易四字，結構短小而完整，殆歌之善於唱和者也。或家人團聚，或友朋郊遊，同歌蘀兮，皆無不可，此見於今者甚多矣。即古人亦有「人歌而善，必使反之，而後和之」也。

十二、狡　童

此男女相悅，因小誤會，男棄女而去，女子愛恨交加之詩。

彼狡童兮❶，不與我言兮❷！維子之故❸，使我不能餐兮❹！

右第一章，寫女子因男子絕情而去，食不下嚥之情狀。

【註釋】

❶狡童：狡獪之小兒也，戲指其愛人。❷不與我言：因絕情而去，不與我交言也。❸維：舊多云語詞無義，實通惟，僅也。子：指狡童。句言祇因汝絕情而去之故。❹餐：食也。句言使我食不下嚥也。

彼狡童兮，不與我食兮❶！維子之故，使我不能息兮❷！

右第二章，章法同首章，換韻。

【註釋】

❶不與我食：因絕情而去，不與我共食也。❷息：安息也。又喘息也。句謂今言使我喘不過氣來。蓋極言鬱怒之生理反應，不能如平常之喘息也。

【欣賞品評】

牛運震曰：

兩「維子之故」，說得恩深義重，纏綿難割。

守亮案：

詩序云：「狡童，刺忽也。不能與賢人圖事，權臣擅命也。」既曰刺，然何以呼君爲狡童，而竟詈罵之？不類刺詩。朱傳云：「淫女見絕而戲其人之詞」。朱傳凡見有男女之情者，卽曰淫。細審詩義尙未完全絕之，仍多藕斷絲連者在。如已見絕，何以戲之以詞？又何有心情戲之以詞？故解作完全決絕，或女子失戀，斥男子愛情不終者，皆意有未足。詩則始不與言而食不下嚥，此尙輕；繼則不與食而氣結不能安息，則重矣。其所以如此者，恩仍深，義仍重也。否則，旣一了百了，或豁然反悟，或刀繩自決，當不是此不能餐，不能息光景。至其詈罵之詞，似可看作愛恨交加之嘔氣語也。此等情形，今熱戀中之鬧彆扭愛侶至多。

十三、褰　裳

此男女相悅，男子情好漸疏，女子恨怒負氣以斥之之詩。

子惠思我❶，褰裳涉溱❷。子不我思，豈無他人❸？狂童之狂也且❹！

右第一章，寫女子望其所愛者來，又恐其不來，負氣恨怒之情狀。

【註釋】

❶子：指男士。惠：愛也。思：念也。❷褰：音牽ㄑㄧㄢ，褰裳：攝提下衣也。涉：徒步渡水也。溱：音珍ㄓㄣ，鄭國水名。二句言子如愛我念我，則當攝提其下衣涉溱以來會我。❸二句言子如不思我，豈無他人之思我也。❹狂童：猶狂且狡童也。且音居ㄐㄩ，語詞。句言狂妄之小子狂妄亦至極矣。又狂，癡騃也。狂童，癡貌或今言傻小子。

子惠思我，褰裳涉洧❶；子不我思，豈無他士❷？狂童之狂也且！

右第二章，同首章之義而換韻重言之。

【註釋】

❶洧：音尾ㄨㄟˇ，鄭國水名。❷士：多言夫，未婚夫，情人，蓋所歡者也。此他士猶言他人。

【欣賞品評】

唐汝諤曰：

溱洧未必褰裳可涉，特明其至之易耳。狂童直是謔辭，有相眷戀之意。

守亮案：

詩序云：「褰裳，思見正也。狂童恣行，國人思大國之正己也。」鄭箋云：「狂童恣行，謂突與忽爭國，更出更入，而無大國正之。」謂國人怨突篡國，而望他國來見正。姚際恒已非之。王靜芝先生曰：「春秋桓十五年夏五月，鄭伯突出奔蔡。冬十一月，公會宋公衞侯陳侯于袲，伐鄭。左傳曰：『謀伐鄭，將納厲公也。』厲公卽突。是諸侯皆助突伐忽也。今序謂國人望他國來見正，是不合於史者也。」朱傳又涉及淫女。傅斯年曰：「女子戲語所愛者之辭。」此近是。或解見絕之女，戲謔男子之詞，去其見絕則可矣。詩則頗爲輕倩，然未免於佻而失雅，鄭風中女子多如此。任性撒野，無檢束，少收斂，有似今之太妹然。溱洧之水，固非褰裳可涉者也。但如愛之切，思之專，則可如河廣之葦航不崇朝也，今竟不聞此等言語，而情好漸疏矣。子不思我念我，豈無他人他士？子意不專而泛，我意亦當如是也。朱傳云：

「子惠然而思我，則當褰裳而涉溱以從子。」如惠然思我，必有所行動，其行動何？褰裳涉溱以來會我也。今何解作褰裳涉溱以從子？倒矣。

十四、丰

此女子出嫁自咏之詩。

子之丰兮❶，俟我乎巷兮❷；悔予不送兮❸！

【註釋】❶子：謂親迎者。丰：音風ㄈㄥ，豐滿也，指面貌言。❷俟：音寺ㄙ，等待也。乎：於也。巷：門外也。句言女子在房中觀之，見其在門外等候也。❸予：我也。句言女子見男子親迎而俟乎門外，自喜得如此良人。因悔前者相見之時，曾故作矜持而不送之，實有負於君子，故而感愧也。

右第一章，寫女子於男子親迎時，所生之感想。

子之昌兮❶，俟我乎堂兮❷；悔予不將兮❸！

【註釋】❶昌：壯盛美好貌。❷堂：廳堂也，門堂也。❸將：送也。

右第二章，換韻，重述首章之心情。

衣錦褧衣❶，裳錦褧裳❷。叔兮伯兮❸，駕予與行❹。

右第三章，女子述其臨嫁裝飾啓行之狀也。

【註釋】

❶衣：音亦一ˋ，穿著也。錦：文衣也。褧：音窘ㄐㄩㄥˇ，褧衣：今所謂罩袍，以防灰塵之汚及錦衣也。錦褧衣：出嫁之衣也。❷裳：亦穿著也。第二裳字：下衣也。錦褧裳：嫁者之服也。❸叔伯：猶今言老大，老二。指送嫁者，不必爲兄弟。❹與：共也。句言駕車與我同行也。

裳錦褧裳，衣錦褧衣。叔兮伯兮，駕予與歸❶。

右第四章，重述三章之義，與第一二兩章之重述手法同。

【註釋】

❶歸：婦人謂嫁曰歸。

【欣賞品評】

龍仿山曰：

前二章以悔字作主，後二章以駕字作主；前二章是懊詞，後二章是勸詞。四章前後不脫予字，亦復一線穿去。

守亮案：

詩序云：「丰，刺亂也。婚姻之道缺，陽倡而陰不和，男行而女不隨。」朱傳云：「婦人所期之男子已俟乎巷，而婦人以有異志不從，既則悔之。」前者以爲婚嫁之詩，後者則不作親迎觀。惟仍有未妥處。詩則旣云男子已俟乎巷堂，女子已衣錦褧衣，裳錦褧裳。並囑叔兮伯兮，駕予與行與歸。何有男行而女不隨？又何有異志而不從？詩之所以產生問題，乃在「悔予不送」、「悔予不將」二句。此二悔字落筆甚妙，實由經驗中體味而來。故解作往昔相見，故作矜持，而不送不將，實有負於君子之情；但竟未以爲意，且來親迎，而自感悔愧之說爲善也。牛運震之「一意貫串，結構甚緊」之一意，恐亦落在悔字上。

十五、東門之墠

此男女相思而不得相見之詩。

東門之墠❶，茹藘在阪❷。其室則邇❸，其人甚遠❹。

右第一章，思其人而不得見之辭也。

【註釋】

❶墠：音善ㄕㄢˋ，掃除整潔之平地也。又土墩也。❷藘：音閭ㄌㄩˊ，茹藘：茜草，一名茅蒐，其根可作絳紅色染料。阪：音反ㄈㄢˇ，今音板ㄅㄢˇ，陂陀不平之處也，即今云斜坡。❸其：指所相思者。邇：近也。❹二句言見其室而不見其人，蓋咫尺天涯之意。近而不得見，故謂之遠也。

東門之栗❶，有踐家室❷。豈不爾思，子不我即❸！

右第二章，章法同首章，有訴苦相責意味。

【註釋】

❶栗：栗樹也。❷踐：行列整齊貌。有踐：即踐然，行列之狀也。家室：房舍也。❸子：指所相思者。即：就也。二句言豈不思念汝也，但子不肯來就我耳。

【欣賞品評】

牛運震曰：

意象高遠，蕭然出塵之槩。鍾惺曰：春風秋水伊人六句，便是室邇人遠妙注。

守亮案：

詩序云：「東門之墠，刺亂也。男女有不待禮而相奔者也。」朱子因之，而目爲淫詩。蓋男女相悅相思之詩，序必曰刺，曰奔。朱傳必曰淫。姚際恒獨持異議，而讚美爲貞詩。詩明言「其人甚遠」又曰「子不我即」。何奔之有？何淫之有？故傅斯年曰：「上章言室邇人遠，下章言思之而不來，蓋愛而不晤者之辭。」斯言是也。或言女子戀男子，或言男子戀女子。而方玉潤又有「就首章而觀，曰：室邇人遠者，男求女之詞；就次章而論，曰：子不我即者，女望男之心也。」似不必再如此深究之。詩則遠字最傳神，思字最情切，室雖邇但子不我即，亦最莫可如何也。似訴似怨，眞情全流露矣。朱傳云：「陂之上有草，識其所與淫者之處也。」如此解詩，拙劣可厭。

十六、風雨

此風雨雞鳴之夜，喜見久別之夫，平安歸來之詩。

風雨淒淒❶，雞鳴喈喈❷。既見君子❸，云胡不夷❹！

右第一章，寫風雨雞鳴之夜，喜見其夫歸來也。

【註釋】

❶淒淒：寒涼貌。❷喈：古音基ㄐㄧ。喈喈：鷄鳴聲。❸君子：指其夫。❹云：如也。胡：何也。云胡：如何也。又胡云之倒文，誰說也。夷：平也。又悅也，蓋由懸念轉爲平靜之喜悅也。

風雨瀟瀟❶，雞鳴膠膠❷。既見君子，云胡不瘳❸！

右第二章，重首章之義，換韻。

【註釋】

❶瀟瀟：或作潚潚，音修ㄒㄧㄡ，風雨急驟之聲。❷膠：古讀如鳩ㄐㄧㄡ，嘐之假借。膠膠：鷄鳴聲。❸瘳：音抽ㄔㄡ，病癒也。句謂抑鬱苦悶之心病，一時霍然而愈也。

風雨如晦❶，雞鳴不已❷。既見君子，云胡不喜！

右第三章，仍為前二章之義，而重疊三唱之。

【註釋】

❶晦：昏暗如夜也。❷不已：不止也。

【欣賞品評】

姚際恒曰：

喈為衆聲和，初鳴聲尚微，但覺其衆和耳。再鳴則聲漸高，膠膠，同聲高大也。三號以後，天将曉，相續不已矣。如晦，正寫其明也。惟其明，故曰如晦。惟其為如晦，則淒淒、瀟瀟時尚晦可知。詩意之妙如此，無人領會，可與語而心賞者，如何如何！

守亮案：

詩序云：「風雨，思君子也。亂世則思君子不改其度焉。」說詩者多從之。惟朱傳指爲淫奔之詩。詩序所言，固爲曲解舊病；朱傳所指，亦其舊習。傅斯年曰：「相愛者晤於風雨雞鳴中。」斯言得之。但相愛者之言，說者又不一，或謂所歡情人，或謂故舊老友。惟觀君子一詞，似指習用之久別丈夫爲善。龍起濤「義同草蟲」之說是也。詩則首二句一片陰淒之氣，令人慘然失歡。樂府詩云：「雷聲雨淚，觸景傷懷，鴈過鳥飛，牽人遠思。」正懷思君子之際，於此時也，接言既見之。則胡不因懸念之心既平，抑鬱之病既瘉，而驚喜，而怡悅也。喜深於瘳，瘳深於夷。且喈喈膠膠有別，淒淒瀟瀟不同。下筆如此有層次，實爲一風雨懷人名作也。是以徐退山曰：「空館相思夜，孤燈照雨聲，如此情，如此景，那得無如此作？」

十七、子衿

此愛而不晤，責其所愛者何以不來之詩。

青青子衿❶，悠悠我心❷。縱我不往❸，子寧不嗣音❹？

右第一章，女子思其所悅，責其不來也。

【註釋】

❶衿：音今ㄐㄧㄣ，即襟也，亦即衣領。青矜：青領也，謂衣領以青色緣飾之，凡父母在者，其深衣及衽皆如此，非但學子之服也。男子所服，此謂穿着青青領衿之男子也。❷悠悠：思之長也。涵有憂義。句言我思子情意深長也。❸縱：雖也，即使也。句言即使我不往汝處也。❹寧：乃也，何也，今言爲甚麼？嗣：韓詩作詒，寄也，贈送也。嗣音：即寄贈以音問書信也。

青青子佩❶，悠悠我思。縱我不往，子寧不來？

右第二章，重首章之義，換韻重唱之。

【註釋】

❶青青：繫佩玉所用綬帶之色。佩：佩玉也。句謂佩此以青綬繫玉之男子也。

挑兮達兮❶，在城闕兮❷。一日不見，如三月兮❸！

右第三章，寫女在城闕候男，不得相晤之苦也。

【註釋】

❶達：音踏ㄊㄚˋ。挑達：往來徘徊貌。又借爲跳躂，頓足不安貌。❷闕：音確ㄑㄩㄝˋ，作二臺於城門外之左右，築樓觀於其上，曰闕。後世之城門樓，是其遺制。又以其闕然爲道，故謂之闕。二句謂女子登城闕以望其所思之男子也。❸二句言相思之苦，一日不見，即如三月之隔絕也。

【欣賞品評】

朱公遷曰：

一章二章，致思而微責之。末章切責而深思之。

守亮案：

詩序云：「子衿，刺學校廢也。亂世則學校不修焉。」其所以如此者，蓋以青衿爲學子所服也。但青衿不僅學子所服，且詩中情感，絕非師生所宜有。故朱傳云：「此亦淫奔之詩。」朱傳凡見有男女之情者，即指爲淫奔，不獨此詩。然知此爲男女之情，已擺脫詩序束縛。傅斯年曰：「此愛而不晤，責其所愛者何以不來也。」故用之焉。詩則悠悠句已憂矣，然不嗣音，不來訪，又苦甚也。一二章用字妙，縱有己理虧，寧有婉責人意味。三章既無嗣音，又不來訪；矜持之心既無，憂苦之情難耐。於是至其往日相會之處，望其有奇蹟出現而相聚，以慰己心也。全詩不僅似一絕佳尺牘，且直如面訴。

十八、揚之水

此兄弟相互告誡，勿為他人所間之詩。

揚之水❶，不流束楚❷。終鮮兄弟❸，維予與女❹。無信人之言❺，人實迋女❻。

右第一章，寫兄弟二人互誡，無為他人離間之言所欺也。

【註釋】

❶揚：水飛濺貌。❷不流：今言流不動。楚：木名，荊棘之類。又草名。句言束楚置之水上，不能浮流而下也。❸終：猶既也。鮮：音險ㄒㄧㄢˇ，少也。❹維：舊多云語詞無義，實通惟，僅也。女：同汝。二句言既少兄弟，獨吾與汝二人耳。❺無：同勿，禁止之辭，叮囑之辭。❻迋：音狂ㄎㄨㄤˊ，借爲誑，欺騙也。

揚之水，不流束薪❶。終鮮兄弟，維予二人。無信人之言，人實不信。

右第二章，重首章之義，換韻重唱之。

【註釋】

❶薪：柴薪也。

【欣賞品評】

方玉潤曰：

此詩不過兄弟相疑，始因讒間，繼乃悔悟，不覺愈加親愛，遂相勸勉以為根本之間，不可自殘。又況骨肉無多，維予與女，何堪再離？女豈謂人言可信哉？他人雖親，難勝骨肉；人實迋女，以遂其私而已矣。慎無信他人之言而致疑於骨肉間也。語雖尋常，義實深遠。

守亮案：

詩序云：「揚之水，閔無臣也，君子閔忽之無忠臣良士，終以死亡，而作是詩也。」序言忽無忠臣良士，詩言終鮮兄弟，不相應。且莊公之子十一人，忽非鮮兄弟者；若以兄弟喻臣輔，亦殊不類，故知其非是也。朱傳又指爲淫者相語，然於終鮮兄弟語無法交代。此祇是兄弟或因他人離間之言所傷而失和，繼而悔悟，祈能互相規勸警誡，勿再受欺也。詩則每章首兩句以激揚之水，其力弱，不能流移束楚束薪，喻離間無根之言，不足使人相信而受欺也。次兩句動之以手足親情，末兩句則爲規勸警誡也。牛運震曰：「苦口危詞，瀝肝之言，淒痛難讀。」所言極是。

十九、出其東門

此男子情有獨鍾，能專愛之詩。

出其東門，有女如雲❶。雖則如雲❷，匪我思存❸。縞衣綦巾❹，聊樂我員❺。

右第一章，寫男子情有獨鍾，雖見衆多美女，而不移其心也。

【註釋】

❶如雲：言其衆多也。❷則：猶然也。❸匪：同非。思存：思之所存，猶言在念也。即意之所中，愛之所在也。二句言雖然美女如雲之衆，然非我所思念者也。❹縞：音槁ㄍㄠˇ，縞衣：白色之衣也。綦：音其ㄑㄧˊ，蒼艾色。綦巾：蒼艾色之佩巾也。或謂婦人用以裹頭之巾。二者爲女服之貧陋者，皆女子未嫁者所服。句言此縞衣綦巾之女，乃其所愛者也。❺聊：且也。員：音云ㄩㄣˊ，爲云之古字，語尾助詞。聊樂我員：言我且自樂之也。

出其闉闍❶，有女如荼❷；雖則如荼，匪我思且❸。縞衣茹藘❹。聊可與娛❺。

右第二章，重前章之義，換韻而疊唱之。

【註釋】

❶闉：音因一ㄣ，曲城也，城門之外，復爲環牆以障城門者，即所謂甕城也。闍：音都ㄉㄨ，城臺也，曲城之上有臺謂之闍，連言之則曰闉闍。❷荼：音途ㄊㄨˊ，茅草之穗，色白。如荼：言服色白而人衆多也。❸且：音居ㄐㄩ，語詞。又讀爲徂ㄘㄨˊ，存也。❹藘：音閭ㄌㄩˊ，茹藘，茜草，一名茅蒐，其根可作絳紅色染料。此謂茅蒐所染之巾，縞衣而絳紅巾也。❺娛：樂也。

【欣賞品評】

方玉潤曰：

此詩亦貧士風流自賞，不屑屑與人尋芳逐豔。一旦出遊，睹此繁華，不覺有慨於心，以爲人生自有伉儷，雖荊釵布裙，自足爲樂，何必妖嬈豔冶，徒亂人心乎？故東門遊女雖則如雲，而又如荼，終無人繫我心懷。豈矯情乎？色不可以非禮動耳！心爲色動，且出非禮，則將無所止。詩固知足，亦善自防哉！

守亮案：

詩序云：「出其東門，閔亂也。公子五爭，兵革不息，男女相棄，民人思保其室家焉。」

公子五爭事，見史記鄭世家；然詩中所敘，與此絕不相涉，詩序不可從。朱傳云：「人見淫奔之女而作此詩。以爲此女雖美且衆，而非我思之所存。不如己之室家，雖貧且陋，而聊可以自樂也。」淫奔者如雲如荼，成何體統？自不如傳斯年「自言其所愛之專一」爲是也。詩則每章首兩句寫美女之豔麗衆多。次二句寫雖豔麗衆多如此，但不慕非禮之色，無動心於彼也。末二句寫己之情有獨鍾，故可自樂之也。詩寫樂又有層次。聊樂我員者，自樂其樂也；聊可與娛者，與彼同樂其樂也。讀詩多矣，寫男子能不三心二意，始亂終棄，已不可多得。今竟見有能專愛如此者，令人耳目一新。

二十、野有蔓草

此男女邂逅相遇，見而情鍾，終成眷屬之詩。

野有蔓草❶，零露漙兮❷。有美一人，淸揚婉兮❸。邂逅相遇❹，適我願兮❺。

右第一章，寫由田野相遇至適我願之經過。

【註釋】

❶野：郊外謂之野。蔓草：蔓延之草也。❷零：落也。漙：音團ㄊㄨㄢˊ，團團然圓也。形容露多貌。❸淸：目之美也。揚：眉之美也。淸揚：眉目淸明也。或又以淸揚指眼睛。婉：好貌。又爲晼之借，大目貌。句言眉目淸秀婉美也。❹邂：音謝ㄒㄧㄝˋ，逅：音垢ㄍㄡˋ，邂逅：不期而遇也。❺適：契合也。句言合於我

之心意願望也。

野有蔓草，零露瀼瀼❶。有美一人，婉如清揚❷。邂逅相遇，與子偕臧❸。

右第二章，換韻重述前章之義。

【註釋】

❶瀼：音攘ㄖㄤˇ，瀼瀼：露盛貌。❷如：猶然也。婉如：猶婉然。此句猶上清揚婉兮。❸臧：善也。句言同獲善美，指成眷屬後生活之樂也。又臧，藏古通用，謂隱藏也。

【欣賞品評】

龍仿山曰：

「邂逅相遇，適我願兮，」此八字有色飛眉舞之致。首章「清揚婉兮」，次章只消將此四字倒轉便是，通首筆意亦是此四字。

守亮案：

詩序云：「野有蔓草，思遇時也。君之澤不下流，民窮於兵革，男女失時，思不期而會焉。」附會過遠，無甚可取。朱傳云：「男女相遇於野田草露之間，故賦其所在以起興。」本可見男女之情，指爲淫詩，今竟未有。然解與子偕臧句：「言各得其所欲也。」亦甚惡劣。能就詩論詩，得其要旨，斯亦難矣。傅斯年曰：「男女相遇而相愛，自言適願。」似一見鍾情，終成眷屬也。詩則每章首二句寫田野景物，次二句寫美人之美態，次句寫不期而遇，末句寫相遇後終成眷屬之美善。以蔓草得露，其澤渥；美人得遇，其意濃，以與末句適願偕臧之喜幸也。用字少而情有餘，故裴普賢先生曰：「着筆不多，而妙透毫端。兩章末句，是傳神之筆。」

二十一、溱洧

此青年情侶縱情遊樂之詩。

溱與洧❶，方渙渙兮❷。士與女❸，方秉蕑兮❹。女曰：「觀乎？」士曰「既且❺。」「且往觀乎❻？洧之外，洵訏且樂❼！」維士與女❽，伊其相謔❾，贈之以勺藥❿。

右第一章，述士女乘春遊於溱洧，戲謔相樂之狀。

【註釋】

❶溱：音珍ㄓㄣ。洧：音尾ㄨㄟˇ，溱洧：鄭國二水名，合於鄭城南，今謂之雙洎河。❷方：正也。渙渙：水流盛貌。蓋三月桃花水下之時也。❸此士與女泛指男女遊客，下女曰、士曰之士女，則專指男女所歡愛者。❹秉：持也。蕑：音間ㄐㄧㄢ，蘭也。❺既：已也。且：音義同徂ㄘㄨˊ，往也。既且：言既已往觀之也。❻且：姑且也。又再也。❼洵：信也，即誠然。訏：音吁ㄒㄩ，大也。釋文引韓詩作盱，聲同義通。盱，樂也。洵訏且樂，與洵美且都句法相似；詩三百中，時有此類疊牀架屋之句。以上三句，女復勸男往遊於洧水之外，蓋溱洧之上，遊人衆多，不便暢談情懷，故於洧水之外，別闢幽境，謂其地實可樂也。女勸男

或僅且往觀乎一句，亦有至章末所有文字皆女勸男者。❽維：舊多云語詞無義，實通惟，僅也。❾伊：因也。謔：戲謔也。戲謔今云調笑。言士與女往觀，因相戲謔。又伊：讀如喔咿之咿一，笑聲也。伊其：伊然也。❿勺藥：今作芍藥，香草名，有草本木本兩種。木本芍藥，即今牡丹。草本芍藥又名江離，與將離同音，故又名離草，將別時以此爲贈。舊說謂男贈女，理或然也。實互贈亦可。

溱與洧，瀏其清矣❶。士與女，殷其盈矣❷。女曰：「觀乎？」士曰：「既且。」「且往觀乎？洧之外，洵訏且樂」！維士與女，伊其將謔❸，贈之以勺藥。

右第二章，換韻重唱首章之義。

【註釋】

❶瀏：音留ㄌㄧㄡˊ，流清貌。❷殷：衆也。盈：滿也。二句言士女衆多，盈滿於溱洧之間也。❸將：當作相，傳寫而誤，上章可證。

【欣賞品評】

牛運震曰：

寫春景物態，明媚可掬，開後人情豔詩多少神韻。

守亮案：

詩序云：「溱洧，刺亂也。兵革不息，男女相棄，淫風大行，莫之能救焉。」鄭箋因之，其解維士與女，伊其相謔句爲：「因相與戲謔，行夫婦之事。」此老想像力之豐富，令人歎爲觀止。士女衆多，盈滿於溱洧之間者盡爲「淫奔」，且「行夫婦之事」於洧之外，眞「莫之能救焉」矣！且朱傳又云：「淫奔者自敍之詞。」與人淫奔，竟自敍之。自詡乎？自眩乎？鄭雖曰淫，亦不致不知恥也如是。如此解詩，令人作嘔。詩祇是士女乘春縱情遊樂於山水名勝區，如今之春假或花季遊碧潭、野柳、陽明山然。於其中擇相愛情侶之對語爲之。不僅爲一絕妙士女春遊圖，亦三百篇中別具一格佳構也。詩則兩章皆首兩句寫春水盛，次兩句寫遊客多。下則情侶遊興不歇，流連忘反，笑語戲謔，盡其歡娛。臨別贈以香草花卉，結恩好相同文字。不僅敍問答，頓挫婉轉，且妙於用虛字轉折。故牛運震曰：「兩方字，神色飛動；兩矣字，輕脫有態。」「女曰、士曰，昵昵兒女話。」「且往觀乎一轉，輕雋之極，眞有話態。」「伊其相謔，不盡其詞，然已情態爛熳。」「一結雋永可思，逸氣橫生。」

齊

齊，國名。周武王封太公望之國，其地東至於海，西至於河，南至於穆陵，北至於無棣。即今山東北部之地也。太公都營丘，地在今山東昌樂縣東南。至五世胡公，徙都薄姑，地在今山東博興縣境。胡公子獻公，又徙治臨菑。即今山東臨淄縣。太公本姓姜氏，其先祖於虞夏之際封於呂，從其封姓，故曰呂尙。呂尙以魚釣干周文王，文王遇太公於渭之陽，與語大悅，曰：「吾太公望子久矣！」故號之太公望。齊至戰國之初，田和篡其國，其後國號未改，然已非姜姓之國，而爲田氏之齊。此詩皆姜氏齊之詩也。傅斯年曰：「齊有泱泱大國風之譽，詩三百中殊不足以見此。疑詩三百之集合受齊影響少，齊詩多不入內，入內者固不足代表齊也。」齊風凡十一篇，鄭氏詩譜以雞鳴等五篇列西周懿王時，南山等六篇列東周莊王時。起於齊哀公，而下迄齊襄公時。近人或以爲皆東周時詩。

齊國共十一篇

一、雞鳴

此賢婦警夫早朝之詩。

「雞既鳴矣❶，朝既盈矣❷。」「匪雞則鳴❸，蒼蠅之聲❹。」

右第一章，寫賢婦警其夫，二人相對語也。

【註釋】

❶既：已也。❷朝：音潮ㄔㄠˊ。盈：滿也。朝盈：會朝之臣已滿矣。二句爲賢婦促夫之語。❸匪：同非。則：猶之也。❹二句爲夫答婦之語。

「東方明矣，朝既昌矣❶。」「匪東方則明，月出之光❷。」

右第二章，賢婦見東方有光，於是又警其夫。

【註釋】

❶昌：盛也，言人多。二句賢婦再促其夫也。❷二句爲夫再答婦之語。

「蟲飛薨薨❶，甘與子同夢❷。會且歸矣❸，無庶予子憎❹。」

右第三章，賢婦三警其夫也。

【註釋】

❶薨：音烘ㄏㄨㄥ，薨薨：同轟轟，蟲飛聲。夜將旦，則百蟲飛鳴，故聲薨薨也。以下四句，皆賢婦之語。❷甘：甘心情願也，樂也。同夢：同寢也。❸會：朝會也。且：將也。句言會朝將散而人皆歸矣。❹無庶：庶無之倒文。庶：庶幾也，希望之辭。無：同毋，禁止之辭，叮囑之辭。予：我也。憎：厭惡也。言庶幾毋因我之故而不早起朝會，使人憎惡汝也。又予，與也，猶貽也。言固甘願與子同夢。然朝會雖將歸，子如亟起而往，尚可參與之。如此，則庶幾不致貽子以憎惡也。

【欣賞品評】

方玉潤曰：

此正士大夫之家雞鳴待旦，賢婦關心，常恐早朝遲誤，有累愼德，不惟人憎夫子，且及其婦，故尤為關心，時存警畏，不敢留於逸也。前二章摹寫其以早為遲，其實時尚早也。末章則真恐其遲，故進層言：非不欲與子同夢，特恐朝會人歸，致召人咎耳。全詩純用虛寫，極回環摩盪之致，古今絕作也。

守亮案：

詩序云：「雞鳴，思賢妃也。哀公荒淫怠慢，故陳賢妃貞女，夙夜警戒，相成之道焉。」惟所指哀公之事，並無確據。朱傳但以為古賢妃告戒於君之詞。後之說詩者多從之。王靜芝先生於末章曰：「由此章之詞更可證明爲賢婦之語。蓋若賢妃者，其夫爲君。如君晏起，朝臣惟等候之耳。君不至，朝臣豈敢自散而歸？故『會且歸矣』一語，決非妃之言語可知矣。」嘗以方玉潤「賢婦警夫早朝也」爲是。至陸侃如解爲幽會之詩，不似，無可取。詩則起勢陡峭奇特，第一章乃聽，第二章乃視，第三章則確知天眞明，時不可失矣。此時也，情雖急；而仍以無庶予子憎摯語柔婉促之，蓋愈婉而愈緊也。王安石曰：「甘與子同夢，情也；會且歸矣，無庶予子憎，義也。」甘字寫盡夢中美境，同夢二字奇創，後人慣熟，不覺其妙。而會且歸矣，亦虛設之語，是佳處全在末章。至雞鳴之與蠅聲，日出之與月光，此易辨者也，而竟混爲一談。答語漫然推諉，幾近無賴。此正寫出將醒未醒時之恍惚迷離，貪戀牀笫情形，命筆亦自不凡。

二、還

此詠兩獵者相遇於山野間，共同逐獸，互相贊揚之詩。

子之還兮❶，遭我乎峱之閒兮❷。竝驅從兩肩兮❸，揖我謂我儇兮❹！

右第一章，敍獵者相遇，並驅逐獸，互為贊美之詞也。

【註釋】

❶之：是也。還：音旋ㄒㄩㄢˊ，便捷之貌。❷遭：遇也。峱：音撓ㄋㄠˊ，齊國山名，在今山東臨淄南。❸

竝：併也。今寫作並。竝驅：謂相偕而驅也。從：逐也。又同蹤，追蹤也。下同。肩：豜之假借，音肩ㄐㄧㄢ，獸三歲曰豜。兩肩：或以爲即下文之兩狼。❹儇：音旋ㄒㄩㄢˊ，亦便捷之貌。又好貌，與下文好，臧一律。揖我並謂我亦便捷，報我前言子之還兮之贊也。

子之茂兮❶，遭我乎峱之道兮。竝驅從兩牡兮❷，揖我謂我好兮！

右第二章，重首章之義，換韻。

【註釋】

❶茂：美也，爲健壯之美貌。❷牡：雄獸也。兩牡：或以爲即下文之兩狼。

子之昌兮❶，遭我乎峱之陽兮❷。竝驅從兩狼兮，揖我謂我臧兮❸！

右第三章，重前二章之義，又換韻而為三疊唱。

【註釋】

❶昌：盛壯貌。❷陽：山南曰陽。❸臧：善也。

【欣賞品評】

裴普賢略謂：

此詩以白描勝，寫來如見其人，如聞其聲，如電影之放映，且極成功活畫出典型之齊人。是詩，是畫，亦是一部別具風格之影片。

守亮案：

詩序云：「還，刺荒也。哀公好田獵，從禽獸而無厭。國人化之，遂成風俗。習於田獵謂之賢，閑於馳逐，謂之好焉。」朱傳云：「獵者交錯於道路，且以便捷輕利相稱譽如此，而不自知其非也。則其俗之不美可見。」夫國人田獵，除可爲衣食者外，且有健身習武之用。何以謂其俗不美？卽國君爲之，如不流於逸樂，則孟子亦有：「百姓聞王車馬之音，見羽毛之美，舉欣欣然有喜色而相告」之言，又何傷焉而不自知其非？故無刺意。王靜芝先生曰：「此詩是述獵人相遇贊美之詞。」斯言是也。詩則每章首句寫己譽彼人，次句寫獵者相遇之所，次句寫並驅獸而共逐之，末句寫彼人譽我以相報也。曰遭，曰竝，曰揖，是一章中自有照應。而還字、茂字、昌字與儇字、好字、臧字。甚而山間，山道、山陽與有肩、有牡、有狼亦無不如是也。獸走馬逐，車馳人奔；飛揚豪駿，控弦鳴鏑；口語嘈雜、聲勢喧騰。鄭風大叔于田之後，又一田獵傑作也。

三、著

此敍親迎時女子之心情之詩。

俟我於著乎而❶，充耳以素乎而❷，尙之以瓊華乎而❸。

右第一章，敍親迎時男俟於著，女子掛耳墜時之緊張心情。

【註釋】

❶俟：待也。我：嫁者自謂也。著：與宁同。門屏之間也。乎而：語詞。❷充耳：瑱也。以絲繩懸於耳際之雕花玉石，有時亦作塞耳之用，故曰充耳。充：塞也。以素：謂以素絲以爲紞也。紞音膽ㄉㄢˇ，即懸瑱之絲繩。詩中所謂充耳，或指紞，或指瑱、或兼而言之。❸尚：加也。瓊華：美石似玉者也。又玉色之美者曰瓊。華：音乎ㄏㄨ，以玉雕刻之花也。蓋以此懸於紞下以爲飾。

俟我於庭乎而❶，充耳以青乎而❷，尙之以瓊瑩乎而❸。

右第二章，章法同首章，易其所俟之地為庭，並易青，瑩叶韻。

【註釋】

❶庭：在大門之內，寢門之外，今所謂庭院也。❷青：青色紞也。❸瓊瑩：亦美石之似玉者。又瑩：榮之假借，亦花也。木謂之華，草謂之榮。

俟我於堂乎而❶，充耳以黃乎而❷，尙之以瓊英乎而❸。

右第三章，章法同前二章，又易其所俟之地為堂，並易黃，英叶韻。

【註釋】

❶堂：升階所至之堂上也。又廳堂也。❷黃：黃色紞也。❸瓊英：亦美石之似玉者。又英：音央一ㄤ，亦花也。

【欣賞品評】

屈萬里曰：

充耳以素、以青、以黃，與尚之以瓊華、瓊瑩、瓊英，非謂三人服飾各不同，亦非謂一人而真有此三種服色也。國風無一章之詩，此爲足成三章，不得不變換其辭耳。

守亮案：

詩序曰：「著，刺時也。時不親迎也。」朱傳因之。詩明言親迎，何以詩序言不親迎以爲刺？故姚際恒曰：「此本言親迎，必欲反之爲刺，何居？若是，則凡美者皆可爲刺矣。」屈萬里先生有「此是嫁者即事之詩」之說，斯言是矣。詩則言新郎俟新娘於著、於庭、於堂。俟處不同，皆以漸而近，故愈近而心情愈緊也。是以胡適之曰：「充耳以素、以靑、以黃，與尚之以瓊華、瓊瑩、瓊英，因心情緊張，而不知所以爲飾也。」且詩善用虛字，以虛字勝，亦爲其特色之一，此舒緩之齊俗文體乎？魏文帝固曰：「徐幹時有齊氣。」是以徐退山曰：「妙以乎而二字作齊人口角。」上還詩，每句皆用兮字收，亦有舒緩味道。

四、東方之日

此男子想像美女子與之相會之詩。

東方之日兮，彼姝者子❶，在我室兮。在我室兮，履我即兮❷。

右第一章，寫男子想像中女子與之相就之狀。

【註釋】

❶姝：音抒ㄕㄨ，美色也。者：猶之也。子：指女子。❷履：躡也，今謂踩踏。即：就也。句言此女躡我之跡而相就也。又即借爲笫，音子ㄗˇ，席也。古人無病不設牀，就地設席，坐臥其上。

東方之月兮，彼姝者子，在我闥兮❶。在我闥兮，履我發兮❷。

右第二章，義同首章，換日為月，因以換韻。

【註釋】

❶闥：音踏去ㄚˋ，內門也，房室之小門。又夾室也，句言此女已進入秘室。❷發：行跡也。句言躡我行跡而去也。又發借爲襏，音發ㄈㄚ，葦席也。

【欣賞品評】

王靜芝曰：

謂日者言朝，謂月者言夕。希望朝夕相會之意也。在我闥與在我室，雖易其地，而其義相同；履我發與履我即，雖語法有變，而其義亦等。蓋皆隨韻用辭也。

守亮案：

詩序云：「東方之日，刺衰也。君臣失道，男女淫奔，不能以禮化也。」朱傳雖未明言淫奔之詞，但云「此女躡我之跡而相就」，以示淫奔之意。以此說之者不乏其人，即近人高亨，亦以爲係男女幽會之詩，男子寫其情人至其家留宿。然就文詞度之，純係男子思慕女子過深，想像中其女子與之相就也。詩則東方之日，東方之月，日月明照，想像中美女子來去時也。彼姝者子之在我室闥，履我卽發，自是思慕過深，幻覺中美女子來就我也。意極驚喜，語亦細娟。如解爲眞正幽會，則與詩意似不相合。故屈萬里先生曰：「首章言東方之日而來就，次章言東方之月而行去，是爲晝來而夜去也，此於情理上似有未安。」

五、東方未明

此刺法度無常，使令無時之詩。

東方未明❶，顚倒衣裳❷。顚之倒之，自公召之❸。

右第一章，寫手忙脚亂，致衣裳顚倒之狀。

【註釋】

❶東方未明：非專指將明未明之時，是指夜色正黑，距明尚遠也。❷衣裳：上衣下裳。今穿著顚倒，所以致此者，匆忙起身，非僅東方未明一因也。❸召：令也，呼喚也。二句言所以顚之倒之者，由於公之召令倉促而至，乃過於匆忙也。

東方未晞❶，顚倒裳衣。倒之顚之，自公令之❷。

右第二章，重首章之義，換韻。

【註釋】

❶晞：音希ㄒㄧ，日將出也，今謂破曉。句言尚未至日將出之時，謂甚早也。❷令：命也，號令也。

折柳樊圃❶，狂夫瞿瞿❷。不能辰夜❸，不夙則莫❹。

右第三章，以柳樊足以分界，喻晨夜之有分際。今則不失之早，則失之晚也。

【註釋】

❶樊：藩也。圃：菜園也。言折柳枝以為菜園之藩籬也。又折斷以柳枝所編織成之菜園藩籬也。❷狂夫：顛倒衣裳，折柳樊圃之臣子自喻。瞿：音巨ㄐㄩ，瞿瞿：驚慌四顧之狀。❸辰：讀為晨，不能晨夜，猶言不辨晨夜也。又辰夜：司夜也。古有司夜之官曰挈壺氏，掌漏刻；不能辰夜，謂挈壺氏不善管理夜間之漏刻。蓋不便怨君之召令不以時，乃怨司夜官之未能盡責也。❹夙：早也。莫：同暮，晚也。不夙則莫：言不失之早，則失之晚，號令無時也。

【欣賞品評】

陳推曰：

惟興居無節，斯號令不時。而臣下之奔走伺候者，亦將無可準信。此詩人所以刺也。

守亮案：

詩序云：「東方未明，刺無節也。朝廷興居無節，號令不時，挈壺氏不能掌其職焉。」詩有「自公召之」，「自公令之」之語，詩序所謂刺無節者，蓋得其當。其所以云司漏刻之「挈壺氏不能掌其職焉」者，郝敬曰：「興居號令，非辰夜者所得司。無所歸咎，不敢斥君而求諸挈壺氏，所謂『敢告僕夫』云爾。」故多從詩序說。惟近人亦有不然者，如高亨謂農夫叙爲莊園主人服傜役之歌。如此，則「自公召之」，「自公令之」二語，將無着落，不足取。詩則前兩章首兩句言興居無節，而於匆忙中顚倒其衣裳。後兩句言其所以顚之倒之如此者，乃由於公之召令不時也。末章首言折柳樊圃，如狂夫般之驚慌四顧。最後點出不夙則莫，不失之早，則失之晚之刺意。全篇描繪一臣子於晨夜中匆忙起牀，以致顚倒衣裳，且折柳樊圃。其法度無常，使令無時如此，情何以堪，不可爲常也。故輔廣曰：「興居有節，號令有時，然後能常。不然則始雖若豫而勤，終則必至於怠而失之莫矣。且晝夜昏明，人所當知，所當守也。今乃顚倒錯謬如此，則其它越禮亂常之事，不言而可知矣。」顚倒衣裳句，奇語入神！然爲虛設，以誇張其詞，事不至此也。否則，滿朝必爲奇異衣冠化裝早會矣，成何體統？必無此理。

六、南　山

此刺齊襄公鳥獸之行，淫乎其妹文姜之詩。

南山崔崔❶，雄狐綏綏❷。魯道有蕩❸，齊子由歸❹。既曰歸止❺，曷又懷止❻？

右第一章，以南山雄狐，喻襄公之淫行。

【註釋】

❶南山：即牛山，在齊都臨淄城南郊。崔崔：高大貌，喻人君之尊嚴。❷狐：邪媚之獸。雄狐：指齊襄公。綏綏：行步遲緩貌。兩句言雄狐綏行於崔崔南山中以求匹耦，喻襄公爲人君而有淫行也。❸魯道：適魯之道路也。蕩：平坦也。有蕩：即蕩然，謂蕩然而平坦也。❹齊子：齊國之女子，指文姜。歸：女子謂嫁曰歸。句謂文姜由此道出嫁於魯也。❺曰：語詞。下同。止：語詞。又同之，指文姜。下同。❻曷：何也。懷：思也，謂襄公思念文姜也。二句言文姜既已出嫁爲他人之婦，襄公何以仍懷思而眷戀不已也？

葛屨五兩❶，冠緌雙止❷。魯道有蕩，齊子庸止❸。既曰庸止，曷又從止❹？

右第二章，換首二句，重首章義。

【註釋】

❶屨：音巨ㄐㄩˋ，葛屨：以葛編成之草鞋也。兩：今謂之雙。五兩：即五雙，古時結婚有送屨之禮。❷緌音甤ㄖㄨㄟˊ，冠纓下端之飾也，今言纏頭之類。屨緌兩物當係結婚時新娘所製以贈新郎者。此謂魯桓與文姜已正式完成婚禮而爲夫婦矣。❸庸：用也，用猶由也。句謂文姜由此道出嫁於魯也。❹從：相從也。句言襄公何以仍相從文姜而不改其淫行？

蓺麻如之何❶？衡從其畝❷；取妻如之何❸？必告父母。既曰告止，曷又鞠止❹？

右第三章，由種麻之理，興起娶妻之理。

【註釋】

❶蓺：古藝字，種植也。❷衡：通橫，衡從：縱橫也。種麻之道，必先縱橫耕治其田畝，然後種之也。❸取：通娶。❹鞠：窮也，盡也，困厄之也。句言襄公何以仍困厄文姜，使其難遂夫婦之道也。

析薪如之何❶？匪斧不克❷；取妻如之何？匪媒不得❸。既曰得止，曷又極止❹？

右第四章，疊三章之義，而由析薪之理，興起娶妻之理。

【註釋】

❶析薪：劈柴也。❷匪：同非。克：能也。❸媒：通二姓之言者也。詩以劈柴必用斧，喻娶妻之必有媒人。❹極：猶窮也，困扼之也。與上章鞠止義相似。

【欣賞品評】

方玉潤曰：

魯桓、文姜、齊襄三人者，皆千古無恥人也。故此詩不可謂專刺一人。首章言襄公縱淫，不當自淫其妹。妹既歸人而有夫矣，則亦可以已矣，而又曷懷之有乎？次章言文姜卽淫，亦不當順從其兄。今既歸魯而成耦矣，則亦可以已矣，而又曷返齊而從兄乎？後二章言魯桓以父母命憑媒妁言而成此昏配，非苟合者比，豈不有聞其兄妹事乎？既取而得之，則當禮以閑之，俾勿歸齊，則亦可以已矣，而又曷從其入齊，至令得窮所欲而無止極，自取殺身禍乎？故欲言襄公之淫，則以雄狐起興；欲言文姜成耦，則以冠屨之雙者為興；欲言魯桓被禍，則先以蓺麻與告父母以臨之，析薪與媒妁以鼓之，而無如魯桓之懦而無志也何哉？詩人之大不平也，故不覺發而為詩，亦將使千秋萬世後知有此無恥三人而已，又何暇為之掩飾其辭而歸咎於一哉！

守亮案：

詩序云：「南山，刺襄公也，鳥獸之行，淫乎其妹，大夫遇是惡，作詩而去之。」鄭箋云：「襄公之妹，魯桓公夫人文姜也。襄公素與淫通。及嫁，公適之。公與夫人如齊，夫人愬之襄公。襄公使公子彭生乘公，而搤殺之。夫人久留於齊，莊公卽位後乃來。猶復會齊侯於禚，于祝丘，又如齊師。齊大夫見襄公行惡如是，作詩以刺之，又非魯桓公不能禁制夫人而去之。」王靜芝先生曰：「鄭箋所敍，見春秋及左傳桓公十八年，莊公二年、四年、五年。此詩直指齊襄公、魯桓公與文姜之事，甚爲顯著。詩序前後所言自無問題。惟後段言大夫作詩，則似未必。蓋若齊國之大夫，職司政事，君行如有可諫則諫；諫而不聽，當退則退。若此既不能諫止於前，而徒作詩諷刺於後，於事何益？非大夫所當爲。」此詩於史有據，故少異說。詩則鳥獸之行，無忌狂態，不必作陳琳爲袁紹檄豫州及駱賓王討武曌也，祇於篇首露雄狐二字，則所有醜行皆可推而知之矣，不必痛罵。又詩多言首章刺齊襄公，二章刺文姜，三四章刺魯桓公。亦有全詩刺文姜，而雄狐又無着者，嚴粲又謂通篇刺魯桓，衆說莫一。然細審懷止，固齊襄懷念文姜；然從止何以必爲文姜相從齊襄，而非齊襄之相從文姜？「譏齊襄在懷從二字。」前人固已言之矣。又三四章鞠止、極止，何以必爲魯桓縱文姜而任其所爲、盡其所慾？而非齊襄之窮極困厄文姜之不得遂其夫婦之道乎？夫齊襄、文姜、魯桓三人，皆當刺之。然獨刺齊襄，則文姜、魯桓，究能脫其咎而不被責之乎？是以不必曲其詞而分刺之也。日人竹添光鴻亦主全詩刺齊襄，則倍感痛切。通詩全以詰問法，婉切得情，應一齊閉口，難以置對。輔廣曰：「既曰歸止，既曰庸止，既曰告止，既曰得止，言其始之幸得其正也。曷又懷止，曷又從止，曷又鞠止，曷又極止，惜其終之肆行縱欲而莫之正也。」噫！此君子惋而惜之之言也。又藝麻析薪句，極平常、極俚俗，此欲使老嫗都能解，白傳之祖也歟？

七、甫田

此勸慰別離之人，勿為徒勞多思念之詩。

無田甫田❶，維莠驕驕❷。無思遠人❸，勞心忉忉❹。

右第一章，勸慰者以耕治過大之田，將徒勞無益為說，以勸勿思遠人。否之，則徒勞多憂思也。

【註釋】

❶無：同毋，禁止之辭，叮囑之辭。上田字音店ㄉㄧㄢˋ，耕治也。甫：大也。句謂勿耕治過大之田也。❷維：語詞。無義。莠：音有ㄧㄡˇ，害苗之草類，俗名狗尾草。驕：音喬ㄑㄧㄠˊ，驕，喬之借字。高也。驕驕：高貌。❸遠人：至遠方之從役者。❹忉：音刀ㄉㄠ，忉忉：憂勞貌。

無田甫田，維莠桀桀❶。無思遠人，勞心怛怛❷。

右第二章，重首章之義而疊唱之，換韻。

【註釋】

❶桀桀：讀爲揭揭ㄐㄧㄝ，亦高長貌。❷怛：本音達ㄉㄚˊ，此叶ㄉㄜˋ，怛怛：憂傷不安貌。

婉兮孌兮❶，總角丱兮❷。未幾見兮❸，突而弁兮❹。

右第三章，勸慰者設想之事，相別未久，今喜見之，竟高大而戴冠矣。

【註釋】

❶孌：音攣三聲，ㄌㄩㄢˇ，婉孌：少好貌。❷總角：即結髮，結兩角之髮辮。男未冠女未笄之時，髮型如此。丱：音貫ㄍㄨㄢˋ，總角貌。束兩辮上聳如兩角之狀也。❸未幾見：言相別未久也。❹突而：而或作若，突然也。弁：音便ㄅㄧㄢˋ，冠也。古男子二十而冠，謂已成年也。以上四句，言總角少好之童，相別未久，將突然高大成年，戴冠而出矣。

【欣賞品評】

王靜芝曰：

此詩乃安慰離別之人之詩。前二章勸勿作徒勞之懷念，三章設想遠人將不久歸來，則將見其成長而弁也。

守亮案：

詩序云：「甫田，大夫刺襄公也。無禮義而求大功，不脩德而求諸侯。志大心勞，所以求者，非其道也。」與詩絲毫無關。朱傳云：「戒時人厭小而務大，忽近而圖遠，將徒勞而無功也。」似亦由詩序來，無甚新義。傅斯年曰：「丈夫行役在外，其妻思之。」屈萬里先生曰：「此蓋喜遠人歸來之詩。」然又與無田甫田，無思遠人句不合。此詩蓋述毋作力不能及之事，以勸慰毋思遠人；否之，則徒勞思念而增憂傷也。詩則所言無字，落筆甚重，其禁止叮囑義，煥然紙上。蓋不作力不能之妄作，則不多事力而無益；其於遠人也，不想力不能之妄想，則不多懷想亦無益也。詩本憂傷悲戚，莫可奈何！但第三章，言毋再如此，並作設想。言彼遠人，不久將返而相見。斯時也，則彼總角之童，睽違未久，已突而冠出，長大成人，出現於面前矣。斯成驚喜，亦勸慰之所在也。末章自是傳神之筆。

八、盧令

此美獵者之詩。

盧令令❶，其人美且仁❷。

右第一章，美獵者美且仁。

【註釋】

❶盧：黑色獵犬。令：音零ㄌㄧㄥˊ，鈴之省。令令：即鈴鈴，犬頸下帶有鈴，可發鈴鈴響聲。❷其人：指獵者。仁：英俊貌。又仁慈也。

盧重環❶，其人美且鬈❷。

右第二章，美獵者美且勇。

【註釋】

❶重環：子母環也。大環又貫小環，獵犬繫於頸下者也。❷鬈：音權ㄑㄩㄢˊ，髮好貌。又勇壯也。

盧重鋂❶，其人美且偲❷。

右第三章，美獵者美且強。

【註釋】

❶鋂：音梅ㄇㄟˊ，一環貫二小環也。❷偲：音鰓ㄙㄞ，又音思ㄙ，多鬚貌。又強壯也，有才智也。

【欣賞品評】

裴普賢略謂：

齊人俗尚游獵，詩人卽所見而詠之。全篇雖只二十四字，寫獵人之修飾與丰姿，已給人留下深刻印象。讀之音調和諧，頗有韻味，堪稱絕妙小品。

守亮案：

詩序云：「盧令，刺荒也。襄公好田獵畢弋，而不修民事。百姓苦之，故陳古以風焉。」然詩與襄公事無涉，亦無陳古以風之之意。齊俗喜田獵，詩人見其人犬美壯，故詠而讚之。朱傳云：「其意與還略同。」則近似之。惟還乃獵者自咏，且以馳逐爲能事。而此則詩人咏獵者，且以聲容爲美觀，作法又各不同耳。詩則三章皆以獵犬所繫鈴環寫起。所謂令令、重環、重鋂者，不僅狀其容，亦狀其聲也。但於獵犬之凶猛鷙悍，則略而去之，未曾落筆。其於縱犬獵獸之人也，則大加誇譽讚美。所謂美且仁，美且鬈，美且偲者，不僅美其貌，亦美其德也。至其斬獲，亦略而去之，未曾落筆。詩人自有取去，得其美之之所在矣。陳鵬飛曰：「此詩與孟子言『今王田獵於此，百姓聞王車馬之音，見羽旄之美，舉欣欣然有喜色』同意。」斯言得之。

九、敝笱

此刺魯桓公不能防閑文姜之詩。

敝笱在梁❶，其魚魴鰥❷。齊子歸止❸，其從如雲❹。

右第一章，示魯桓公之弱，不足以制齊女也。

【註釋】

❶敝：殘舊也。笱：音苟ㄍㄡˇ，以竹為器，而承梁之空以取魚者也。今仍有此捕魚具，俗謂鬚籠。梁：堰石障水而空其中，以通魚之往來者也。今謂魚梁、堵魚壩。❷魴：音房ㄈㄤˊ，鯿魚也。又名赤尾魚。鰥：音官ㄍㄨㄢ，魚名。二者均大魚。❸齊子：指文姜。歸：反歸於齊也。止：語詞。又同之，指齊國。❹從：隨從之人也。如雲：言盛也。

敝笱在梁，其魚魴鱮❶。齊子歸止，其從如雨❷。

右第二章，義同首章，換韻重言之。

【註釋】

❶鱮：音序ㄒㄩˋ，似魴而頭大，或謂之鰱，亦大魚也。❷如雨：言多也。

敝笱在梁，其魚唯唯❶。齊子歸止，其從如水❷。

右第三章，義同前二章。

【註釋】

❶唯：音尾ㄨㄟˇ，唯唯：韓詩作遺遺。唯、遺皆同音，鱮之假借，亦魚名。又出入無忌之貌。❷如水：亦言多也。

【欣賞品評】

輔廣曰：

如雲，盛也；如雨，多也；如水，與之俱流而不止也。魴鰥、魴鱮，但言其大耳，唯唯則言其出入之自如也。

守亮案：

詩序云：「敝笱，刺文姜也。齊人惡魯桓公微弱，不能防閑文姜，使至淫亂，爲二國患焉。」詩序所云，大致得其要旨。屈萬里先生據傳斯年「形容齊女出嫁」，而以爲「咏文姜嫁於魯之詩。」觀其如雲如雨等氣象，似是嫁時光景。然於敝笱魴鰥云云，無法交代。兩句明有魴鰥等大魚，非敝敗之笱所能制義。故以敝笱喻魯桓，魴鰥等喻文姜，言魯桓不足以制文姜也。以齊子之淫縱無忌，出入無忌。其如雲如雨盛況，亦未必非歸齊寫照。故朱傳云：「齊人以敝笱不能制大魚，比魯莊公不能防閑文姜，故歸齊而從之者衆也。」是朱子以齊子歸止，歸於齊也。又文姜與齊襄敗德事，雖發生甚早。然至魯桓公被殺，始達高潮。故詩直刺魯桓公不能防閑文姜，而有此結果也。不必如朱傳易爲莊公。姚際恒所謂：「不能防閑其母之罪，孰若不能防閑其妻之罪爲尤重耶！」詩則起首下一敝字，便是一字之貶。不僅喻魯桓之微弱無力，兼有魯國禮法破壞義也。又各章末之如雲、如雨、如水，亦有其次第。蓋雲合而爲雨，故以雨繼之；雨降而成水，故以水繼之也。

十、載驅

此刺文姜如齊無忌之詩。

載驅薄薄❶，簟茀朱鞹❷。魯道有蕩❸，齊子發夕❹。

右第一章，寫文姜馳會襄公之狀。

【註釋】

❶載：語詞。相當於乃或則字。驅：車馬急走也。薄薄：疾驅之聲。❷簟：音店ㄉㄧㄢˋ，方文之竹席也。茀：音弗ㄈㄨˊ，車之蔽物也。簟茀：以方文竹席爲車蔽也。鞹：音廓ㄎㄨㄛˋ，獸皮之去毛者。朱鞹：以朱

漆鞹也。句言文姜所乘之車，朱鞹爲車飾。車蔽者，遮車後戶，使不見車中人也。❸魯道：適魯之道路也。蕩：平坦也。有蕩：即蕩然，謂蕩然而平坦也。❹齊子：齊國之女子，指文姜。發夕：發於夕。即連夜出發，不待天明也。又發，明發，即旦也。發夕，即旦夕。齊子旦夕者，言文姜之車旦夕可以往來也。

四驪濟濟❶，垂轡濔濔❷。魯道有蕩，齊子豈弟❸。

右第二章，再寫文姜往會襄公，車馬之威美及其態度之從容。

【註釋】

❶驪：音離ㄌㄧˊ，馬之黑色者。濟濟：盛美貌。❷轡：御馬之索也，今謂馬韁繩。濔：音米ㄇㄧˇ，又音你ㄋㄧˇ，濔濔：衆也，狀垂轡紛亂之貌。又柔輭貌。❸豈弟：愷悌之假借，音楷ㄎㄞˇ替ㄊㄧˋ，和樂平易也。狀文姜毫無忌憚羞愧之意。

汶水湯湯❶，行人彭彭❷。魯道有蕩，齊子翺翔❸。

右第三章，寫文姜車馬所經途間之狀。

【註釋】

❶汶：音問ㄨㄣˋ，水名，正流曰大汶河，源出今萊蕪縣東北原山，西南流經泰安縣治東，合石汶、牟汶、北汶、小汶諸水西流，至汶上縣西入運河。湯：音傷ㄕㄤ，湯湯：水盛貌。或曰水流聲。❷彭：音邦ㄅㄤ，彭彭，盛多貌。又行人啣啣急走腳步聲。❸翺翔：猶遨遊，遊樂之貌，喻自在逍遙。

汶水滔滔❶，行人儦儦❷。魯道有蕩，齊子遊敖❸。

右第四章，如三章義，換韻而疊唱之。

【註釋】

❶滔滔：水流盛貌。❷儦：音標ㄅㄧㄠ，儦儦，衆多貌。❸遊敖：敖遊也。

【欣賞品評】

方玉潤曰：

此詩在莊公之年，其會兄也，竟至樂而忘返，遂翺翔遠遊，宣淫於通道大都，不顧行人訕笑，豈尚知人間有羞恥事哉！至今汶水上有文姜臺，與衞之新臺可以並臭千古，雖濯盡汶濮二水滔滔流浪，亦難洗厥羞矣。

守亮案：

詩序云：「載驅，齊人刺襄公也。無禮義故盛其車服，疾驅於通道大都與文姜淫，播其惡於萬民焉。」齊襄公與文姜事見南山及敝笱二詩。春秋書文姜與齊襄公五會：莊公二年冬，會齊侯于禚。四年春，享齊侯于祝丘。五年夏，如齊師。七年春，會齊侯于防。冬，會齊侯于穀。詩序但謂刺襄公。而朱傳云：「齊人刺文姜乘此車而來會襄公也。」衡以此詩所言：「齊子發夕」，「齊子豈弟」，皆言文姜。當以刺文姜之如齊無忌爲是。詩則言襄公文姜醜惡事，是爲國恥，指而目之者千萬人，斯泱泱汶水之波，亦流惡難盡也。然齊子文姜之無羞恥之心，忌憚之意，惟淫邪瀆倫是事。詩將何以明之？賀子翼曰：「曰發夕，何情急也？發夕而後，胡爲有豈弟樂易之容也？將渡汶水，胡爲而翺翔遊敖，喜不自勝也？簟茀朱鞹，四驪垂轡，是何裝束？魯道有蕩，是何通衢？行人彭彭儦儦，是何耳目？詩中一概鋪敍，不刺似刺，刺似不刺；不言似言，言似不言，所以爲風人也。」輔廣曰：「首章言文姜疾驅其車，離於所宿之舍而來會襄公也；二章言其四馬之美，六轡之柔，而其人則無忌憚羞愧之意也；三章四章則又言行道之人甚衆，而彼乃翺翔遊敖於其間也。人而無羞惡之心，則亦何所不至哉！」范處義亦曰：「發夕，則以宵而逝，猶有自赧之意；曰豈弟，則安然樂易，已無自歉之色；曰翺翔，則迴翔從容而後去；曰遊敖，則遊觀恆適而忘反。雖指齊子而言，襄公無禮無義之迹，不可掩矣。」鋪敍之詳，形容之巧，刺之深，疾之甚，三氏已道盡矣。惟欲言者，齊泱泱大國，本應選入甚多詩篇；今則不然，已可怪。而所選者，又多南山敝笱類此載驅之詩，盡爲文姜與襄公醜惡事。不知季札觀樂時，環坐聽者之他邦名公子與三桓子孫，有何感想？嗚呼！文姜不知恥，而其子孫亦遂習慣於忍恥也。悲夫！

十一、猗嗟

此齊人美魯莊公儀容材藝之詩。

猗嗟昌兮❶！頎而長兮❷！抑若揚兮❸！美目揚兮❹！巧趨蹌兮❺！射則臧兮❻！

右第一章，美莊公之狀貌，及其善於舞射。

【註釋】

❶猗：音依一，猗嗟：歎詞。昌：壯盛美好貌。❷頎：音祈くㄧˊ，長貌，狀其美也。❸抑：通懿，美色也。抑若：懿然也。揚：神氣昂揚也。又前額也，名詞。❹揚：此揚爲動詞，展開也。又借爲陽，明也。句言目開而見其美，謂眉清目秀，容光煥發也。❺巧趨：步履輕巧迅捷也。蹌：音槍くㄧㄤ，行有節奏貌。句言舞之輕巧美妙動作。❻臧：善也，言射技之精也。

猗嗟名兮❶！美目清兮❷！儀既成兮❸！終日射侯❹，不出正兮❺！展我甥兮❻！

右第二章，重前章之義，換韻而疊唱之。

【註釋】

❶名：通明，有昌盛義，大義，面色明淨義。❷清：目清明也。❸儀：指舞之禮儀。成：完備而無違失也。❹侯：張布或皮而射之者，今謂靶子，箭靶。❺正：音征ㄓㄥ，侯中之鵠的，今謂紅心。不出正：言每射必中其鵠的，射無虛發也。❻展：誠也。甥：姊妹之子曰甥，魯莊公爲齊襄公與桓公之甥也。

猗嗟孌兮❶！清揚婉兮❷！舞則選兮❸！射則貫兮❹！四矢反兮❺！以禦亂兮❻！

右第三章，仍爲前二章之義，而重疊三唱之。

【註釋】

❶孌：音攣三聲、ㄌㄩㄢˇ，美好貌。指莊公風度之超群。❷清：目之美也。揚：眉之美也。清揚：眉目清明也。或又以清揚指眼睛。婉：好貌。又爲睕之借，大目貌。句言眉目清秀婉美也。❸選：齊也。句謂舞能與音樂相齊諧，相配合也。❹貫：中也，穿也。謂射能中的而貫穿之也。❺四矢：禮射每發四矢。反：復也。句言四矢皆重貫於一處也。❻言善射如此，則可爲國禦亂矣。

【欣賞品評】

裴普賢曰：

三章均寫射，却層次分明，逐章進展。首章籠統讚其射之臧；次章始讚其箭箭皆中，誠然我甥。「展我甥兮」，親之之辭也。末章更進一步讚其四矢同貫一處。射技絕倫，可以禦亂。「以禦亂兮」，期之之辭也。

守亮案：

詩序云：「猗嗟，刺魯莊公也。齊人傷魯莊公有威儀技藝，然而不能以禮防閑其母。失子之道，人以爲齊侯之子焉」。然細審原詩，皆讚美之詞，全無刺意。至所謂：「人以爲齊侯之子焉」之語，蓋本公羊傳夫人譖于齊侯，公曰：「同非吾子，齊侯之子也！」此事爲文姜譖語，似不可以之說詩。朱傳云：「按春秋桓公二年，夫人姜氏至自齊。六年九月，子同生，卽莊公也。十八年，桓公乃與夫人如齊，則莊公誠非齊侯之子也。」故鄭箋云：「容貌技藝如此，誠我齊之甥。言誠者，拒時人言齊侯之子。」詩則前人多著重一射字，故於「抑若揚兮」，屈萬里先生謂：「此句當指射言。」「巧趨蹌兮」，王靜芝先生謂：「形容射之動作。」「儀既成兮」，何楷謂：「儀，賓射之儀。」成，備也，言終其射事，禮儀完備而無所違失也。實則此詩首章前四句寫其體型盛大修長，懿然貌美，眉目姣好。次寫舞，再次寫射。二三章前兩句同首章，第三句寫舞，餘則寫射及贊語。由第三章第三句「舞則選兮」例之，知「巧趨蹌兮」，乃狀舞之輕巧美妙動作，而「儀既成兮」，乃指舞之禮儀，非射之禮儀也。

魏

魏，國名，姬姓之國。漢書地理志云：「河東土地平易，有鹽鐵之饒，本唐堯所居，詩風唐魏之國也。」又曰：「魏國亦姬姓也，在晉之南河曲。故其詩曰：『彼汾一曲。』『寘諸河之側。』自唐叔十六世至獻公，滅魏，以封大夫畢萬。」左傳襄公二十九年：「虞、虢、焦、滑、霍、揚、韓、魏，皆姬姓也。」其始封之時，約當周初，而始封之人及其世次，則無可考。其域南枕河曲，北涉汾水。約在今山西省南部解縣、安邑、芮城、平陸、夏縣等一帶地。魯閔公元年，晉獻公滅魏，以爲畢萬采邑，魏遂亡而入晉。其後畢萬後裔與韓趙分晉，則是戰國時七國之魏，非姬姓之魏也。鄭氏詩譜云：「其與秦晉鄰國，日見侵削，國人憂之。當周平桓之世，魏之變風始作。」是魏風皆是獻公滅魏以前之詩。或以爲唐魏詩同風，但唐魏之關係決不與邶鄘衞同。邶鄘衞者實是一事，皆是衞詩。而唐魏詩意多不同，魏詩悲慨，唐詩言及時行樂，容非一體。或又因篇中有公行、公路、公族等晉官名，疑其爲晉詩者，然證據不足，蓋姬魏詩中有此官名，則是姬魏亦有此官也。魏風七篇，多怨怒之音，一片政亂國危氣象。

魏國 共七篇

一、葛屨

此刺褊之詩。

糾糾葛屨❶，可以履霜❷。摻摻女手❸，可以縫裳❹。要之襋之❺，好人服之❻。

右第一章，述褊心之狀，所製裳衣，奉與好人服之，非己所用，怨詞也。

【註釋】

❶糾糾：編結之貌。又稀疏之貌。屨：音巨ㄐㄩˋ，葛屨：以葛織成之草鞋也。此夏日所用。❷可：讀爲何，下同。履：腳踏也。履霜應著冬日皮屨，而今何以竟著夏日所用葛屨？可謂褊矣。❸摻：音纖ㄒㄧㄢ，摻摻：即纖纖，細長美好貌。❹裳：下衣也。此言裳亦包衣。句言可以縫裳，乃不宜縫裳，強其爲之也。❺要：同腰，裳腰也。襋：音棘ㄐㄧˊ，衣領也。二字均作動詞用，即縫成其腰其領，謂作成衣裳也。❻好人：蓋指所刺之人也。

好人提提❶，宛然左辟❷，佩其象揥❸。維是褊心❹，是以爲刺❺。

右第二章，寫好人之安舒及佩飾，惟內實褊心，故刺之。

【註釋】

❶提提：安舒貌。或引作媞媞，好貌，細腰貌。❷宛：當讀爲婉。婉然：柔順之貌。辟：音避ㄅㄧˋ，左辟：作者遇提提好人，避之於左，示恭敬也。❸揥：音替ㄊㄧˋ，搔首之簪也。象揥：揥以象牙爲之，貴夫人之飾也。❹維：舊多云語詞無義，實通惟，僅也。是：此也。褊：音扁ㄅㄧㄢˇ，褊心：心胸狹隘，器量過小也。❺二句言獨以其心胸狹隘，器量過小，故作詩以刺之也。

【欣賞品評】

牛運震曰：

女手縫裳，借作褊急點染。維是褊心，非直指此一事也。

守亮案：

詩序云：「葛屨，刺褊也。魏地陿隘，其民機巧趨利。其君儉嗇褊急，而無德以將之。」此詩尾處明言「維是褊心，是以爲刺」。詩序謂刺褊得之，如能刪去其君云云則善矣。但所刺者究爲何人？或謂君夫人，或謂長上，或謂主婦，或謂美人，亦有謂妻之丈夫、婢之主人者，皆無不可。但其作者，要以朱子「卽縫裳之女」之說爲是。詩則用兩可以，除解作何以外，尚有勉强不可以，委曲不情意味。故輔廣曰：「糾糾葛屨，本非可以履霜，然自儉嗇者言之，則亦可用以履霜矣。以興摻摻女手，本未可以縫裳，然自褊急者言之，則亦可以縫裳矣。夫人之情，儉嗇者必褊急。褊急而不已，則較計瑣屑，務省而不適宜，謀利而不顧禮，將無所不至矣。」既如此，則所謂好人，亦大有問題。故龍仿山有「爲屨、爲裳、爲揥。自足、自要、自領，通身看來，均無大雅氣象。猶强命之曰好人，寫其醜態。而再呼好人，似譽、似諷，似莊、似諧。此種刺法，自饒冷趣」之言也。

二、汾沮洳

此刺某大夫愛修飾之詩。

彼汾沮洳❶，言采其莫❷。彼其之子❸，美無度❹；美無度，殊異乎公路❺。

右第一章，以美無度，異乎公路，刺其過分修飾也。

【註釋】

❶彼：指示字。下同。汾：水名。在今山西省。出太原晉陽山，西南流入黃河。沮：音居ㄐㄩ，洳：音如ㄖㄨˋ，沮洳：下濕之地也。句言彼汾水所流經之下濕之地也。❷言：語詞。相當於而或乃字。莫：菜名，似柳葉，厚而長，有毛刺，可爲羹。❸其：音記ㄐㄧˋ，語詞。之子：是子也。❹美無度：謂好美飾而無節度也。又無度，猶無比也，兩物相比量爲度。❺殊：甚也。殊異：大不同也。路，借爲輅，音路ㄌㄨˋ，車也。公路：掌君路車之官，主居守。與公行、公族，皆大夫。卿大夫之適、庶子爲之，多貴族。句謂其人太過修飾，不合乎一己身爲公路之職位與身分也。下二章殊異乎公行，殊異乎公族義同。

彼汾一方❶，言采其桑，彼其之子，美如英❷；美如英，殊異乎公行❸。

右第二章，與首章義同，換韻而重言之。

【註釋】

❶一方：即一旁，一邊，彼一方也。❷英：音央一ㄤ，華也。❸行：音杭ㄏㄤˊ，公行即公路，以其主兵車之行列故謂之公行。或謂掌國君衛士之行伍，即衛隊長。

彼汾一曲❶，言采其藚❷。彼其之子，美如玉；美如玉，殊異乎公族❸。

右第三章，與前二章義同，換韻而重言之。

【註釋】

❶曲：水流彎曲處也。❷藚：音續ㄒㄩˋ，一名澤蕮，葉如車前草，可食，亦可入藥。❸公族：掌國君宗族之官。

【欣賞品評】

龍仿山曰：

周南采卷耳，而忽嗟懷人；此則采莫藚，而忽遇之子。皆從不意中得之，所以為興。通篇從異字生情，妙在每疊一句。短章中更饒頓挫，節奏獨絕。

守亮案：

詩序云：「汾沮洳，刺儉也。其君儉以能勤，刺不得禮也。」夫儉爲美德，何以刺之？且所言者公路、公行、公族，明爲卿大夫，何以言刺君？由美無度，殊異乎公路云云，則知修飾過分，大異乎一己之職位與身分，故刺之也。方玉潤以爲「美儉德也。」詩有美無度語，不似。傅斯年以爲「言一尋常百姓之子，美如玉英，貴族不及。」高亨以爲婦女贊美男子之詩。詩有殊異乎公路等語，當爲卿大夫，又不似。詩則言卿大夫過分修飾，而至美無度，殊異乎公路等程度。則奢侈浮華，不關心人民生活疾苦可知。魏詩之所以多刺，除此外，尚有葛屨、碩鼠、伐檀等。其地隘民貧，貴族貪鄙，爲其主因歟！牛運震謂：「抑揚有致，節奏絕佳。」

三、園有桃

此賢者憂國政日非之詩。

園有桃，其實之殽❶。心之憂矣，我歌且謠❷。不知我者，謂我士也驕❸。「彼人是哉❹！子曰何其❺？」「心之憂矣，其誰知之？其誰知之？蓋亦勿思❻！」

右第一章，述己之憂思，非他人所能知諒之也。

【註釋】

❶之：猶是也。殽：音堯一ㄠˊ，食用也，啖也、吃也。❷歌：以樂和曲曰歌。謠：徒歌而無樂也。❸驕：縱也，傲也。二句言不知我者，聞我歌且謠，乃以我爲驕狂也。此設想之言也。❹彼人：指時君或執政者。❺子：指詩人。何其：猶今語之什麼。此亦設想之言，謂彼人所行皆是矣。而汝所言者，是何意耶？❻蓋：音曷ㄏㄜˊ，蓋、盍古通用，何也。亦：語詞。句言似此情形，何能不思之？思之令吾憂也。思有憂義。以上四句，皆詩人之自語。

園有棘❶，其實之食。心之憂矣，聊以行國❷。不知我者，謂我士也罔極❸。「彼人是哉！子曰何其？」「心之憂矣，其誰知之？其誰知之？蓋亦勿思！」

右第二章，義與首章同，換韻而重唱之。

【註釋】

❶棘：棗也，俗謂酸棗。❷聊：且也。行國：行於國中。古於都城亦謂之國。❸罔極：無良也。謂驕縱無所至極也。

【欣賞品評】

輔廣曰：

黍離之憂，憂王室之已覆也；園有桃之憂，憂魏國之將亡也。憂其已覆而不我知，則亦已矣；憂其將亡而不我知，則欲其思之者亦宜也。

季本曰：

此詩言當國者無意於治，所以憂世者不能不切於心也。然不知我者，謂我乃士也驕縱無極，以其無志，不以世道為憂，故不思也。思則必能知我憂世之心矣。

守亮案：

詩序云：「園有桃，刺時也。大夫憂其君國小而迫，而儉以嗇，不能用其民，而無德教。日以侵削，故作是詩也。」詩皆憂時之義，並非刺詩。朱傳云：「詩人憂其國小而無政。」近是。詩則憂思繚繞，視黍離尤深。人不我知，只有無語問蒼天。「彼人是哉！子曰何其？」設想得奇，非怪得妙。「其誰知之」？疊一筆淒絕，是世人皆醉我獨醒也。「蓋亦勿思」！不敢疾怨，多少嗚咽摧折？有波瀾，有頓挫，有吞吐，有含蓄。兩章下半章全同，憂之之意，豈堪再說一遍？而再說之者，心憂重而思之長也。姚際恒曰：「詩如行文，極縱橫排宕之致。」深獲我心。沉鬱頓挫，與黍離異曲同工。太史公有「居則忽忽若有所亡，出則不知其所往」之言，其此憂國政日非賢者之寫照歟?!

四、陟岵

此行役者思家人之詩。

陟彼岵兮❶，瞻望父兮。父曰：「嗟予子，行役夙夜無已❷。上慎旃哉❸！猶來，無止❹。」

右第一章，行役者登高遠望家鄉，設想其父望子歸來之言。

【註釋】❶陟：音至ㄓ丶，升也，登也。彼：指示字。岵：音戶ㄏㄨ丶，多草木之山也。❷行役：因公而出行也，今言出差，惟義偏於出征。夙：早也。已：止也，息也。❸上：尚古通用。希冀之辭，有庶幾之意。旃：音占ㄓㄢ，之也。又之焉二字之合聲。句謂望爾小心謹愼也。❹來：歸來也。止：留止於外也。句言猶可以來歸，不致留止他方也。以上數句，爲行役者設想其父念己之語。

陟彼屺兮❶，瞻望母兮。母曰：「嗟予季❷，行役夙夜無寐❸。上愼旃哉！猶來，無棄❹。」

右第二章，義與首章同，換韻而重唱之，並易父為母。

【註釋】❶屺：音起ㄑㄧˇ，無草木之山也。❷季：依伯仲叔季而言，謂少子也。尤憐少子，婦人之情也。❸寐：眠寢也。❹棄：謂死也，今謂人死曰棄世。又指棄家不歸。

陟彼岡兮，瞻望兄兮。兄曰：「嗟予弟，行役夙夜必偕❶。上愼旃哉！猶來，無死。」

右第三章，與前二章義同，又換韻，再易母為兄，三疊而言之。

【註釋】

❶偕：古音讀若紀ㄐㄧˋ，俱也。與其他行役之人相偕也。此相偕者共同行動，不得自由也。又夙夜必偕，與晝夜相終始，即晝夜不息之意。

【欣賞品評】

輔廣曰：

既思其父，又思其母，又思其兄。既想像其念己之言，又想像其祝己之言，曰庶幾其謹之哉！則斯人也必能以其親之心為心，亦可謂賢矣。

方玉潤曰：

人子行役，登高念親，人情之常。若從正面直寫己之所以念親，縱千言萬語，豈能道得意盡！詩妙從對面設想，思親所以念己之心，與臨行勗己之言，則筆以曲而愈達，情以婉而愈深，千載下讀之，猶足令羈旅人望白雲而起思親之念，況當日遠離父母者乎？

守亮案：

詩序云：「陟岵，孝子行役，思念父母也。國迫而數侵削，役乎大國，父母兄弟離散，而作是詩也。」與詩旨大致相合，然詩之第三章，乃兄對弟而言，若謂爲孝子，則欠妥矣。詩則勝處，全在父曰，母曰，兄曰以下對己之設想語，己思親人而知親人之思己也。中有多少嗟歎，多少叮嚀，多少希冀，多少盼望，多少愛憐，多少慰藉。而初言猶來無止，繼言猶來無棄，雖生死莫卜，尙不忍出一死字。終則竟無意中脫口而出之矣，何等悲切?!從軍遠役，父母兄弟離散，思歸不得，悽楚辛酸，讀之能無黯然魂銷而爲之嗚咽乎?!「格調高，意思眞，詞氣厚，孝悌詩當如是。」牛運震此言是也。觀陟岵詩，則知魏之役其民者亦已痛矣?!王右丞「遙知兄弟登高處」句，唐人詩中已踞最勝，令人魂牽，然何能及此詩之兄曰云云也。

五、十畝之間

此賢者不樂仕途，偕友歸隱之詩。

十畝之閒兮，桑者閑閑兮❶！行，與子還兮❷！

右第一章，詩人自咏歸隱之狀。

【註釋】❶桑者：采桑之人也。閑閑：猶閒散。往來自得之貌。❷行：猶今語走吧。子：汝也，謂同僚。還：音旋ㄒㄩㄢˊ，謂歸返田園也。以上三句，言若此生活，我等宜行而同歸於此以隱居也。

十畝之外兮，桑者泄泄兮❶！行，與子逝兮❷！

右第二章，同首章之義，換韻而重唱之也。

【註釋】❶泄：音亦一ˋ，泄泄：弛緩舒散之貌，和樂貌。又衆多貌。❷逝：往也。

【欣賞品評】

姚舜牧曰：

曰十畝之間，又曰十畝之外；曰桑者閑閑，又曰桑者泄泄。蓋深嫉朝市之莫可居，而欲飄然於風塵之外也，仕者之心如是，豈世道之福哉！

守亮案：

詩序云：「十畝之閒，刺時也。言其國削小，民無所居焉。」詩明言閑閑泄泄，爲往來自得，舒散和樂之狀，何謂民無所居？若謂刺時，則朱傳云：「政亂國危，賢者不樂仕於其朝，而思與其友歸於農圃，故其詞如此。」似此，雖曰刺，亦無不可。至有謂農家婦女采桑歌，或男女相悅同歸者。以詩有「與子逝兮」句，曰逝者，則有長往不返之意，皆不似。詩則當與北風相近。惟彼詩有北風、雨雪、赤狐、黑烏等句，語多熱諷，乃疾離之爲快。故曰「其虛其邪，既亟只且。」此詩則無此等言語，只是慕閑閑泄泄田園生活，主因雖亦由政亂國危、欲偕友歸之，但蘊藉恬淡多矣。寫田家樂，則仕之不樂可知。故嫉朝市之莫可居，而偕行還逝，以飄然於風塵之外也。落落數語，退居隱逸之意，昭然可見；陶公歸去來辭，當從此衍出。

六、伐檀

此刺執政者重斂貪鄙，尸位素餐之詩。

坎坎伐檀兮❶，寘之河之干兮❷，河水清且漣猗❸。不稼不穡❹，胡取禾三百廛兮❺？不狩不獵❻，胡瞻爾庭有縣貆兮❼？彼君子兮❽！不素餐兮❾！

右第一章，刺貪者之不勞而食，由自食其力者說起，恨極怨極。

【註釋】

❶坎坎：伐檀之聲也。或云即砍砍，伐木之動作。檀：木名，可以爲車者。❷寘：同置。干：厓也，岸也。上之字猶諸也。❸漣：音連ㄌㄧㄢˊ，風行水成文也。猗：音宜ㄧˊ，與兮同，語詞。下同。❹稼：種之曰稼。穡：收之曰穡。對言之其義如此，散言之則稼穡義通，即從事農作，種田。❺胡：何也。廛：音纏ㄔㄢˊ，一夫所居曰廛，其田百畝，此謂取三百夫之田賦也。又纏之假借，禾秉也。今謂之把，束也。❻狩：冬獵曰狩。獵：宵田曰獵。對言之其義如此，散言之則狩獵義通，即從事田獵。❼縣：音義同懸ㄒㄩㄢˊ，掛也。貆：音桓ㄏㄨㄢˊ，獸名，即貛也。❽君子：謂有賢德修養之仁人。或又指貪鄙之在位者。❾素餐：今謂之白吃飯，言不勞而食，無功受祿也。或又指無菜吃白飯。

坎坎伐輻兮❶，寘之河之側兮，河水清且直猗❷。不稼不穡，胡取禾三百億兮❸？不狩不獵，胡瞻爾庭有縣特兮❹？彼君子兮，不素食兮❺！

右第二章，如首章之義，換韻而重言之。

【註釋】

❶輻：音福ㄈㄨˊ，車輪間之細木，以放射式共湊於轂，以支輞而成輪者。❷直：波紋直也。❸億：萬萬爲億。三百億：言其禾之多也。又繶之假借，禾秉也，今謂之把，束也。❹特：獸三歲曰特。一說獸四歲爲特。此指一般野獸。❺素食：猶素餐。

坎坎伐輪兮，寘之河之漘兮❶，河水清且淪猗❷。不稼不穡，胡取禾三百囷兮❸？不狩不獵，胡瞻爾庭有縣鶉兮❹？彼君子兮，不素飧兮❺！

右第三章，同前二章義，又換韻而疊唱之。

【註釋】

❶漘：音脣ㄔㄨㄣˊ，涯岸也。岸上平夷，岸下爲水洗蕩齧入，伸出若脣。❷淪：小風拂水成文如輪也。❸囷：音君ㄐㄩㄣ，倉之圓者。又稇之假借，禾秉也，今謂之把，束也。❹鶉：音純ㄔㄨㄣˊ，鵪鶉也。❺飧：音孫ㄙㄨㄣ，熟食也，夕食也。或以爲水澆飯也。素飧：猶素餐也。

【欣賞品評】

徐退山曰：

忽而敍事，忽而推度，忽而斷制，後人不能效步。

守亮案：

詩序云：「伐檀，刺貪也。在位貪鄙，無功而受祿，君子不得進仕爾。」後之解詩者，雖詞有小異，但義無大別。要以刺執政者，或有財勢者之重斂貪鄙，尸位素餐，無功受祿，不勞而獲爲準。詩則每章首三句皆寫君子之勞力所得，未被重用，散置或漣或淪，滺滺河水之涯側。良材棄之河畔，則君子之寂寞，可以想見。下四句卽發不平之鳴，彼不稼不穡者，何取禾三百廛兮？不狩不獵者，何瞻爾庭有懸貆兮之不勞而獲也？末二句言至彼君子人也，則無此無功受祿，尸位素餐之情矣！點睛之筆，著紙欲飛。有冷嘲，有熱諷，有質問，有責罵。言雖已盡，意有未窮，三百篇中不可多得者也。故牛運震曰：「起落轉折，渾脫傲岸。首尾結構呼應靈緊，此長調之神品也。」

七、碩鼠

此刺重斂，執政者貪婪苛征，如大鼠之害己，故刺而去之，適彼樂土之詩。

碩鼠碩鼠❶，無食我黍！三歲貫女❷，莫我肯顧❸。逝將去女❹，適彼樂土❺。樂土樂土，爰得我所❻？

右第一章，以碩鼠喻重斂之執政者，不堪其貪殘而欲去之也。

【註釋】

❶碩：音石ㄕˊ，大也。碩鼠或解爲鼫鼠，或鼨鼠。似兎，尾有毛，青黃色，喜食田中粟豆，關西呼爲鼩鼠，實即今田鼠。重言之，深恨之也。❷三歲：言其久也。貫：與慣通，今齊魯方言，謂愛養之而不忍拂其意曰慣，與此詩義合。謂慣縱之也。或又解作伺候侍奉。女：讀爲汝。指碩鼠。下同。❸顧：念也，眷顧也。句謂莫肯關心眷顧我也。❹逝：發語聲也，無義。又通誓，謂發誓也。❺適：往也。樂土：安樂之處也，蓋設想之詞，未必實有也。❻爰：乃也。句言乃得我安身之所也。

碩鼠碩鼠，無食我麥！三歲貫女，莫我肯德❶。逝將去女，適彼樂國❷。樂國樂國，爰得我直❸？

右第二章，重首章之義，換韻而重唱之。

【註釋】

❶德：惠也。句謂莫肯施德惠於我也。❷樂國：安樂之國也。❸直：猶宜也。句言乃得其宜居之所也。或解直爲直道，直道者，正直可行之大道，謂無阻礙也。以示碩鼠食麥之國無直道也。或解作值，謂勞動得其代價也。

碩鼠碩鼠，無食我苗！三歲貫女，莫我肯勞❶。逝將去女，適彼樂郊。樂郊樂郊，誰之永號❷？

右第三章，同前二章之義，又換韻而疊唱之。

【註釋】

❶勞：讀如澇ㄌㄠˋ，勞來也，今語謂之慰勞。句謂莫肯勞慰我也。❷之：猶其也。其，將然之詞。誰之：言將爲誰也。永：長也。號：呼也。疾痛則號呼。言既往樂郊，則無復有害己者，當復爲誰而永號乎。

【欣賞品評】

輔廣曰：

首章冀得其所，次章冀適其宜，末章則冀其得免於永號而已。讀碩鼠之詩，固當知民之情不可以久隳，而又當知民之情亦無敢有過求也。

守亮案：

詩序云：「碩鼠，刺重斂也。國人刺其君重斂，蠶食於民，不脩其政，貪而畏人，若大鼠也。」大體得之。朱傳云：「民困於貪殘之政，故託言大鼠害己而去之也。」如此則意足矣，後之解詩者不離此旨。詩則以蟲之可賤惡者之碩鼠之害黍麥，喻重斂貪殘之執政者。不讀其詞，則可知其意矣。終至使其民莫之能居，欲他往之。民苦於虐政，亦已甚矣。是詩魏風之碩鼠，其爲虐也，竟過於禮檀弓之猛虎，其碩也亦大可駭人。而所謂樂土、樂國、樂郊者，乃無奈之民所設想適往之烏托邦耳，此癡想深堪悲憫。疊呼碩鼠起句，已疾痛切怨。「誰之永號」作結，是期其歎息愁恨之聲，不再復聞也，果可得乎？牛運震曰：「促急重疊，亡國之音哀以思。」不久國卽亡之，其重斂苛征，虐其民致之乎?!細讀魏詩後，則知前所云多怨怒之音，一片政亂國危氣象之言，非虛發矣。

唐

唐，國名，姬姓之國。其封域在太行恒山之西，太原太岳之野，卽今山西省太原一帶。其都晉陽，卽今太原，爲堯舊都之地。堯後遷都河東平陽，卽今臨汾縣境內。左傳及史記，皆謂周成王封其弟叔虞於此，是爲唐侯。近人據晉公盦考定叔虞實封於武王之世，左傳及史記說非是。史記晉世家又謂：「唐叔子燮，是爲晉侯。」後人據此，遂以爲唐改稱晉，始於晉侯燮；馬瑞辰據國語及呂氏春秋考定自叔虞時卽有晉名，舊說亦未的也。叔虞後三世至成侯，自晉陽徙都曲沃，卽今山西聞喜縣。八世至穆侯，又徙於絳，卽今山西絳縣。十世至昭侯，復徙於翼，卽今山西翼城縣東南。昭侯以曲沃封桓叔，至其孫武公幷晉，又自曲沃徙絳。嗣後晉之疆土益大。此謂之唐而不曰晉者，蓋其詩採自唐地。其地土瘠民貧，勤儉質樸，憂深思遠，有唐堯之遺風也。鄭玄詩譜歐陽修補亡云：「僖侯立，當宣王時，唐之變風始作。凡十三君，至於獻公，有詩者四。」自惠公以下無詩。又十九君至於靖公爲韓魏趙所滅。則唐風十二篇，上起西周宣王時，下迄東周惠王時也。

唐國共十二篇

一、蟋蟀

此歲暮述懷之詩。

蟋蟀在堂❶，歲聿其莫❷。今我不樂，日月其除❸。無已大康❹？職思其居❺。好樂無荒❻，良士瞿瞿❼。

右第一章，寫歲暮享樂，惟不可已甚以自勉也。

【註釋】

❶蟋蟀：蟲名，能振翅而鳴，或謂之促織。里俗云：「促織鳴，嬾婦驚。」在堂：蟋蟀於九、十月即進入屋內以避寒。❷聿：音玉ㄩˋ，語詞。莫：古暮字。其暮：言將盡也。❸日月：指時光。除：去也。二句謂歲月逝去而年將終也，當此之時，何不爲樂？❹無：毋也，希冀之詞。已：同以，用也。大：古與太通用，太甚也。康：樂也。句言雖宜爲樂，然希毋太過於甚也。❺職：常也，主也。又當也、尚也，表庶幾，希望。居：處也，謂所居之地位與職責。句言當常思其所居之事也。❻荒：樂之過而廢事也。句言雖及此時行樂，亦勿荒廢職事也。❼良士：賢士也。瞿：音具ㄐㄩˋ，瞿瞿：驚顧之貌。句言彼良士，瞿瞿然驚顧，期其不致恣縱也。

蟋蟀在堂，歲聿其逝❶。今我不樂，日月其邁❷。無已大康？職思其外❸。好樂無荒，良士蹶蹶❹。

右第二章，重首章之義，換韻而重唱之。

【註釋】

❶逝：去也，過也，往也。❷邁：往也，行也。❸外：除也，本位以外之工作也。句言其所治之事，固當思之，而所治之餘，亦不敢忽也。❹蹶：音貴ㄍㄨㄟˋ。蹶蹶：驚起貌，動而敏於事之勤奮貌。

蟋蟀在堂，役車其休❶。今我不樂，日月其慆❷。無已大康？職思其憂❸。好樂無荒，良士休休❹。

右第三章，義同前二章，又換韻疊唱之。

【註釋】

❶役車：行役之車也。庶人乘役車，役車休，農功無事也。❷慆：音滔去ㄠ，過也。❸憂：謂可憂慮之事也。❹休休：安閑之貌。言樂而有節，不至於過，則可以安閑，亦不敢恣樂之意也。

【欣賞品評】

劉瑾曰：

此詩必曰蟋蟀在堂，而後曰今我不樂，則能不遊於逸矣。既曰今我不樂，又曰無已大康，則能不淫於樂矣。曰職思其外，則儆戒無虞也。曰好樂無荒，則無怠無荒也。以詩人之克勤克儉，所憂所思，雖無唐虞君臣之德業，而其發於詩者，與伯益告戒之辭，同條其貫。信乎前聖遺風之遠也。

方玉潤曰：

蟋蟀，唐人歲暮述懷也，此真唐風。其人素本勤儉，强作曠達而又不敢過放其懷，恐耽逸樂，致荒本業，故方以日月之舍我而逝，不復回者，為樂不可緩；又更以職業之當修，勿忘其本業者，為志不可荒，無已，則必如彼瞿瞿良士，好樂而無荒焉可也。

守亮案：

詩序云：「蟋蟀，刺晉僖公也。儉不中禮，故作詩以閔之。」詩無刺意，亦無儉不中禮意，尤與僖公無涉。朱傳云：「唐俗勤儉，故其民間終歲勞苦，不敢少休。及其歲晚務閒之時，乃敢相與燕飲爲樂。」頗得其旨，解詩者多以之爲準。惟姚際恒曰：「觀詩中良士二字，既非君上，亦不必盡是細民，乃士大夫之詩也。」詩則言終歲勤儉勞苦之人，於歲暮閒暇之時，當思一紓其長期緊張生活，稍作鬆弛。但自律過甚，未敢放懷。雖云今我胡不爲樂，而繼之則有「無已大康」之自警也。人固應有憂患之來，多出於非常，而遠慮之之念。然此詩之職思也，首言其居，猶是本分職事。次言其外，則及其本分職事外之其餘者矣。有此本已足，而又言其憂。已思其本分職事以外之餘者矣，尚有可憂慮者乎?!其所以仍思之者，是重在操心也危，慮事也深，思患豫防，故良士由瞿瞿而蹶蹶，終至休休也。如此戰戰兢兢，未敢稍縱性格，固詩中晉人所有，亦我先民之美德也。「好樂無荒」，爲詩之正意，自當與「無已大康」同等視之。詞氣雖婉，但意念甚切。此等語句，豈可忽乎哉！

二、山有樞

此刺吝不中禮，未能及時行樂以舒其憂之詩。

山有樞❶，隰有榆❷。子有衣裳，弗曳弗婁❸；子有車馬，弗馳弗驅❹。宛其死矣❺，他人是愉❻！

右第一章，有衣裳車馬，不知服乘，過度吝嗇，未能及時行樂也。

【註釋】

❶樞：木名，刺榆也。榆之一種，有刺。❷隰：音席ㄒㄧˊ，下濕之地也。榆：今榆樹。❸婁：音屢ㄌㄩˇ，亦曳也。曳，狀其拖於地；婁，狀其牽於手。是曳婁皆拖曳之義，謂服用也，穿著也。❹馳：走馬謂之馳。驅：策馬謂之驅。馳驅：車馬疾走也，謂乘坐。❺宛：猶若也。又死貌。又枯死也。或又以爲苑之借。宛其：宛然也。❻愉：悅也，樂也。

山有栲❶，隰有杻❷。子有廷內❸，弗洒弗埽❹；子有鐘鼓，弗鼓弗考❺。宛其死矣，他人是保❻！

右第二章，與首章義同，換韻而重言之。

【註釋】

❶栲：音考ㄎㄠˇ，木名，山樗也。❷杻：音紐ㄋㄧㄡˇ，木名，梓屬。❸廷：同庭，中庭也。內：堂與室也。❹埽：同掃。弗洒弗掃：謂心憂無意從事於此也。❺鼓、考：皆敲擊也。❻保：保有之，佔有之也。

山有漆❶，隰有栗。子有酒食，何不日鼓瑟？且以喜樂，且以永日❷。宛其死矣，他人入室❸！

【註釋】

右第三章，首尾均同前二章，惟換韻，且中間四句稍作改變。

❶漆：漆樹也。❷永：猶終也。永日：終日也。以上四句，言既有酒食，何不鼓瑟享受之，終日樂不已也。❸入室：謂佔有之也。

【欣賞品評】

謝枋得曰：

始言他人是愉，中言他人是保，末言他人入室，一節悲一節，此亦憂深思遠也。

守亮案：

詩序云：「山有樞，刺晉昭公也。不能脩道，以正其國，有財不能用，有鐘鼓不能以自樂，有朝廷不能洒埽，政荒民散，將以危亡，四鄰謀取其國家而不知，國人作詩以刺之也。」勸其有衣食車馬當及時享用，豈是不能脩道，將以危亡之時所當言者？序之不足取固不待言。

朱傳則以爲答蟋蟀一篇，而以解其憂，亦純屬猜度。屈萬里先生本王質說謂：「此勸友人及時行樂之詩。」似是。如能益以季明德：「刺儉不中禮」之言，則益善矣。雖此詩說者紛紜，想庶幾得之也。詩則傳神處，全在許多有字、弗字之質問語、責備語。明福王南京春聯云：「萬事不如杯在手，一年幾見月當頭？」亡國荒君，自無可取。然有衣裳，弗曳婁。有車馬，弗馳驅云云，亦大爲非是。宛其死矣一語，將喚醒愚人多少？雖如此，但世仍多守財奴。吝嗇終身，未有稍樂於生前。一旦西歸，而他人入室，是愉是保，亦何自有之邪？吝不中禮，已憂愁鬱抑驚恐。而所謂及時行樂，亦以悲音出之。表面似達觀，似享樂。實則係頹靡，係傷感。哀絃促節，寄意淒惻。

三、揚之水

諷昭公以備曲沃之詩。

揚之水❶，白石鑿鑿❷。素衣朱襮❸，從子于沃❹。既見君子❺，云何不樂❻！

右第一章，寫國人傾心於曲沃桓叔之狀。

【註釋】

❶揚：激揚也。激揚之水無力，喻晉昭侯之微弱。❷鑿：音做ㄗㄨㄛˋ，鑿鑿：鮮明貌。鮮潔貌。以白石之

鮮明，喻桓叔之強盛。❸素衣：白色上衣也。朱：紅色也。襮：音博ㄅㄛˊ，領也。諸侯之服刺繡其領，而以朱爲緣邊也。❹子：指曲沃君桓叔也。沃：曲沃也，晉之大邑，在今山西。二語言國人欲獻諸侯之服，從桓叔於曲沃也。❺君子：指曲沃君桓叔也。❻云何：如何也。

揚之水，白石皓皓❶。素衣朱繡❷，從子于鵠❸。既見君子，云何其憂！

右第二章，義同首章，換韻而重唱之。

【註釋】

❶皓皓：潔白貌。❷朱繡：紅色刺繡，猶上朱襮，亦指衣領。❸鵠：音鼓ㄍㄨˇ，近曲沃邑名，此指曲沃。

揚之水，白石粼粼❶。我聞有命❷，不敢以告人❸。

右第三章，首兩句與前同，而後遽以兩句作結，使人有驚奇之感。

【註釋】

❶粼：音鄰ㄌㄧㄣˊ，粼粼：水清見石之貌。❷命：命令也。蓋指桓叔謀國之事。❸二句言聞其命而不敢以告人者，爲之隱也。桓叔將以傾晉，而民爲之隱。爲之隱則心傾於桓叔也。

【欣賞品評】

李樗曰：

「既見君子，云何不樂」，以見其得衆心也。「我聞有命，不敢以告人，」亦是言得衆心也。張横渠曰：「民愛桓叔，聞有叛逆之命，不敢以告人，以見民心之愛桓叔，其深如此。」

守亮案：

詩序云：「揚之水，刺晉昭公也。昭公分國以封沃，沃盛彊。昭公微弱，國人將叛而歸沃焉。」朱傳云：「晉昭侯封其叔父成師于曲沃，是爲桓叔。其後沃盛强而晉微弱，國人將叛而歸之，故作此詩。」此後說詩者多無太大異義。惟亦有以爲女子赴男友婚姻之約之詩。然詩首言從子於沃，末言我聞有命，不敢以告人，恐以舊說爲長。詩則以揚之水起興，乃激揚之水無力，喻晉昭侯之微弱，不能制桓叔之强盛也。桓叔好德，故晉衆附焉，由詩「從子於沃」之從字可知，「云何不樂」之樂字可知。且不敢告人者，爲桓叔隱，欲其事之成也。昭公不知早爲之備以防之，而有此等事，不宜刺諷之乎？徐退山曰：「語甚隱妙，不但晉侯不悟，卽桓叔亦不知。」恐是，眞舊所謂「此巧於告密者」也。

四、椒聊

此美體格碩大，子孫衆多之詩。

椒聊之實❶，蕃衍盈升❷。彼其之子❸，碩大無朋❹。椒聊且❺！遠條且❻！

右第一章，以椒聊之實盈升，喻子孫衆多。

【註釋】

❶椒聊：即今之花椒樹。❷蕃衍：繁多也。盈：滿也。言椒實雖小，而多則可以滿升。❸彼：指示字。其：音記ㄐㄧˋ，語詞。之子：是子也。彼其之子：指所美之人也。❹碩：大也。朋：比也。❺且：音居ㄐㄩ，語詞。下同。❻遠條：長枝也。枝而能長，謂子孫衆多也。

椒聊之實，蕃衍盈匊❶。彼其之子，碩大且篤❷。椒聊且！遠條且！

右第二章，重首章之義，換韻而疊唱之。

【註釋】

❶匊：音菊ㄐㄩˊ，兩手曰匊。今俗言捧也，拼二手承物之謂。❷篤：厚也，指性情言。

【欣賞品評】

范祖禹曰：

椒聊且者，本其始也；遠條且者，言其枝別將遠而無窮也。

守亮案：

詩序云：「椒聊，刺晉昭公也。君子見沃之盛强，能修其政，知其蕃衍盛大，子孫將有晉國焉。」後之解詩者多從之。然詩中不但無刺意，且多讚美之詞，一如螽斯之祝人子孫衆多，桃夭之祝人家族繁盛。詩則言碩大無朋，是體格壯大，無可倫比，雖可美但仍未必也。至碩大且篤，則言及性情篤厚矣，是則眞可美也。如此之人，自應子孫衆多，家族繁盛，故以椒實之盈升盈匊言之。椒實本少者也，而今竟盈升盈匊矣，是不同於尋常者也。兩章末二句同嘆之，是椒之條遠，則實之益蕃，而三致意焉。結語含蘊無窮。

五、綢繆

此咏新婚夫婦，感結為婚姻之不易，驚喜交集之詩。

綢繆束薪❶，三星在天❷。今夕何夕❸？見此良人❹！「子兮子兮❺！如此良人何❻！」

右第一章，寫新婚之夜，新婦見新郎，感婚姻原多阻礙，今竟如願而驚喜交集也。以新婦為主。

【註釋】

❶繆：音謀ㄇㄡˊ，綢繆：猶纏綿也。束薪：本綑束在一起之柴薪，此喻夫婦結合，束兩人爲一人，謂婚姻既成也。❷三星：參宿也。在天：初昏見於東方天上也。❸句乃欣喜慶幸之詞，言今晚不同於尋常夜晚也，如夢如寐。❹良人：丈夫之稱，指新郎。❺子：亦指新郎，乃新婦呼之之詞，今云你呀！你呀！又咨之假借，嗟歎之詞。❻如：奈也。如此良人何：乃喜不自禁之詞，大有不知如何是好心情，謂將對此良人如之何也！

綢繆束芻❶，三星在隅❷。今夕何夕？見此邂逅❸。「子兮子兮❹！

如此邂逅何！」

右第二章，義同首章，換韻而重唱之。以新婦新郎二人為主。

【註釋】

❶芻：乾草也。❷在隅：在天之東南隅也，昏見之星至此，則夜深矣。又隅謂房角，言星稍偏斜，正對房角。❸邂逅：會合也，相遇也。又邂逅，悅也。此用為名詞，謂可悅之人也。言夫婦竟有此結合，初未敢奢望如此。而今竟如願，頗有意外之感。❹子：乃新婦新郎自呼對方之詞。

綢繆束楚❶，三星在戶❷。今夕何夕？見此粲者❸！「子兮子兮❹！如此粲者何！」

右第三章，義同前二章重唱之。以新郎為主。

【註釋】

❶楚：木名，今謂荆楚。❷戶：室戶也。戶必南出，昏見之星至此，則夜分矣。此謂通夜纏綿也。❸粲：美也，粲者：指新婦言。❹子：指新娘。

【欣賞品評】

方玉潤曰：

今夕何夕等語，男女初婚之夕，自有此惝怳情形景象，不必添出國亂民貧男女失時之言，始見其為欣慶詞也。詩詠新婚多矣，皆各有命意所在，唯此詩無甚深義，只描摹男女初遇，神情逼真，自是絕作，不可廢也。若必篇篇有為而作，恐自然天籟反難索已。

守亮案：

詩序云：「綢繆，刺晉亂也，國亂則婚姻不得其時焉。」觀詩意，明已結爲夫婦，何言不得其時？毛傳云：「三星在天，可以嫁取矣。」亦明言得時也。鄭箋反又申詩序說，無可取。朱傳云：「國亂民貧，男女有失其時而後得遂其婚姻之禮者。」得之。姚際恒、方玉潤皆謂純是賀新婚之詩，而陸侃如釋爲野合。如此，則無深義，而不得發「子兮子兮」之喜不自禁，不知如何是好語矣。詩人每以薪喻昏姻，如翹翹錯薪，析薪如之何是也。此詩又加綢繆字，義尤顯明。詩則三章前兩句皆如此起筆，並寫夜色之變化，由淺而深，極有層次。三四兩句，寫欣喜慶幸之詞，溢於言表，與老杜詩「今夕復何夕，共此燈燭光，夜闌更秉燭，相對如夢寐」四語合參，尤知此詩之妙。末兩句乃親昵呼之，喜不自禁。而「如此良人何」諸語，慶幸已極，口不能宣矣。纏綿之情，眞有解說不出光景。詩三章究以新婦新郎何者爲主，意見頗分歧。惟以良人稱夫，佐證甚多，故章旨如此說之。

六、杕杜

此自傷兄弟失好而無助之詩。

有杕之杜❶，其葉湑湑❷。獨行踽踽❸，豈無他人？不如我同父❹。

嗟行之人❺，胡不比焉❻？人無兄弟，胡不佽焉❼？

右第一章，由杕然之杜，興己之孤特，而冀人親之助之也。

【註釋】

❶杕：音地ㄉㄧˋ，孤特貌。有杕：杕然也。杜：木名，即赤棠樹。❷湑：音許ㄒㄩˇ，湑湑：盛貌。❸踽：音舉ㄐㄩˇ，踽踽：無所親之貌。❹二句言豈無他人可親，惟不如同父之兄弟也。❺嗟：哀歎詞。行：音杭ㄏㄤˊ，道路也。行之人：謂道路上之行人也。亦即上他人。❻胡：何也。比：讀如畢ㄅㄧˋ，親也，輔也，助也。❼佽：音次ㄘˋ，助也。以上數語，言使他人而苟如兄弟也，則胡不親之，助之？以見他人終莫如我兄弟也。

有杕之杜，其葉菁菁❶。獨行睘睘❷，豈無他人？不如我同姓❸。嗟行之人，胡不比焉？人無兄弟，胡不佽焉？

右第二章，義同首章，換韻，以為重唱。

【註釋】

❶菁：音精ㄐㄧㄥ，菁菁：茂盛貌。❷睘：音瓊ㄑㄩㄥˊ，睘睘：無所依貌。一本作煢煢，義同。❸姓：生也，本母而言。同姓：猶同母也。二句言豈無他人可親，惟不如同母之兄弟也。或又謂同族之人。

【欣賞品評】

季本曰：

此詩之意，欲人厚於兄弟而篤親親之恩。言杕杜雖特生，亦有湑湑菁菁之葉以庇本根，人苟獨行而無兄弟，則無庇矣。見人不可無兄弟也。非兄弟則為行路之人，行路之人相遇，何嘗相親比乎？此即常棣所謂「雖有良朋，況也永歎」之意。

守亮案

詩序云：「杕杜，刺時也。君不能親其宗族，骨肉離散，獨居而無兄弟，將為沃所并爾。」此又附會歷史曲沃強大事，以強合刺詩之說，不足取。朱傳云：「此無兄弟者，自傷其孤特而求助於人之辭。」然方玉潤曰：「詩言不如我同父，明明是有兄弟人語。」方之言是也。此當以方氏自傷兄弟失好而無助之說為是，故用之焉。詩則每章首兩句以獨特之樹，葉猶湑湑菁菁茂盛，興第三句人豈可踽踽睘睘，無所親依而獨行也。四五句自傷兄弟失好之悲痛，以上寫其孤特。下四句求助於人也，但胡可而得焉。姚際恒曰：「此詩之意，似不得于兄弟而終望兄弟比助之辭。」言我獨行無偶，豈無他人可共行乎？然終不如我兄弟也。使他人而苟如兄弟也，則嗟彼行道之人，胡不親比我？而人無兄弟者，胡不佽助我乎？」全詩性至情摯意深，亦自孤儒可憐。

七、羔裘

此男女二人原有舊好，後男子發跡，而棄前情，女子仍念之之詩。

羔裘豹袪❶，自我人居居❷。豈無他人❸？維子之故❹。

右第一章，寫男子發達，雖欲我棄，惟我仍念舊日情好也。

【註釋】

❶袪：音驅ㄑㄩ，衣袖也。羔裘豹袪：羔爲裘，而以豹爲袖，卿大夫之服也。❷居居：讀爲裾裾ㄐㄩ，衣服盛貌。自我人居居：謂其裾裾然華盛之裘，出自我人也。❸句謂豈無其他可交往之人也。❹維：舊多云語詞無義，實通惟，僅也。子：指今衣羔裘豹袖爲卿大夫之舊好。之：是也。故：故舊也。句言惟以子故舊之情是念也。

羔裘豹褎❶，自我人究究❷。豈無他人？維子之好❸。

右第二章，義同首章，換韻而重唱之。

【註釋】

❶褎：同袖。❷究究：猶居居。❸好：情好也。又音號ㄏㄠˋ，愛好也。句言惟子是愛也。

【欣賞品評】

范處義曰：

作是詩者，蓋與在位之人有舊好。

守亮案：

詩序云：「羔裘，刺時也。晉人刺其在位不恤其民也。」既怨在位者，何以又言維子之好？序說不可從。朱傳云：「此詩不知所謂，不敢强解。」傳斯年從之。裴普賢先生曰：「今按詩之本文體會，當係男女二人原本要好，後則男子發達，不理舊情人，而女子卻仍念舊不忘，遂作此詩。」較序說爲勝，今從之。詩則雖未有棄我明言，然細審「豈無他人」句，知中間發生事端頗多，承受委曲頗多，故發此憤恨激動之言也。其所以不與他人交往者，惟子故舊之情是念，惟子是愛也。了了數語，情頗曲折，意亦深厚，自是佳構。

八、鴇羽

此民久役，而不得養其父母所作之詩。

肅肅鴇羽❶，集于苞栩❷。王事靡盬❸，不能蓺稷黍❹。父母何怙❺？
悠悠蒼天❻，曷其有所❼？

右第一章，征人苦於行役而思田園父母，自為歎息之詞也。

【註釋】

❶肅肅：摹聲之詞，此乃急促飛翔所成之羽聲也。鴇：音保ㄅㄠˇ，鳥名，似雁而大，有胡雁之稱，無後趾，不棲于樹，俗名野雁。鴇羽：猶鴇翼。❷集：止棲也。苞：茂也。栩：音許ㄒㄩˇ，柞櫟也，其子爲皂斗，俗名橡子，即皂角，殼可以染皂者是也。❸王事：王室之事，猶今言國家之事。靡：無也。盬：音古ㄍㄨˇ，止息也。王事靡盬：王事靡可止息也。❹蓺：古藝字，種也。稷黍：稷與黍一類二種。黏者爲黍，不黏者

爲稷，皆即小黃米。❺怙：音戶厂ㄨˋ，恃也。又借爲餬，食也。句言父母年老，不能從事耕稼工作，將何所恃而得以餬口乎？❻悠悠：高遠貌。涵有憂意。蒼天：青天也，今所謂老天。❼曷：何也。所：處所也。句言何時始有安身之所也。

肅肅鴇翼，集于苞棘❶。王事靡盬，不能蓺黍稷，父母何食？悠悠蒼天，曷其有極❷？

右第二章，義同首章，換韻重言之。

【註釋】

❶棘：酸棗也。❷極：已也，終了也。句言此行役何時始能止已也。

肅肅鴇行❶，集于苞桑。王事靡盬，不能蓺稻粱。父母何嘗❷？悠悠蒼天，曷其有常❸？

右第三章，同前二章，又換韻而疊唱之。

【註釋】

❶行：音杭厂ㄤˊ，行列也。鴇行：猶雁行，謂結隊飛行也。又行，羽莖也。鴇行，猶上鴇羽、鴇翼。❷嘗：以口試物，即食也。❸常：平常也，正常也。句言何時始能復其平常家居生活也。

【欣賞品評】

王靜芝曰：

肅肅鴇羽，集于苞栩者，征人自為比也。征人終日勞苦，日暮途遠，夕陽在山，隨地紮營，棲止非其所安，故因以興歎，以肅肅群鴇自比。蓋鴇為雁類，本不木棲，今集於木之枝上，其所棲難安也。

守亮案：

詩序云：「鴇羽，刺時也。昭公之後，大亂五世，君子下從征役，不得養其父母，而作是詩也。」朱傳云：「民從征役而不得養其父母，故作此詩。」序說本與朱傳說相似，惟必指為昭公之後，大亂五世，不免自限範圍，不如朱傳所言，故用朱傳說。詩則三章皆上二句言征役之苦，棲非其宜。下五句恨久役不得供養父母。又首言王事靡可止息，不能藝黍稷等物，故父母胡可得而怙之、食之、嘗之邪？末兩句乃呼天訴其久役之痛也。一章言居處何時可定？二章言行役何時可已？三章言舊樂何時可復？故方玉潤曰：「始則痛居處之無定，繼則念征役之何極，終則恨舊樂之難復。民情至此，咨怨極矣。」三呼父母及悠悠蒼天，何等悲愴無奈！然無怨其上語，疾其上語，此詩人之忠厚也。平平敷敘，但音響節奏俱妙，且調高而情摯，故感人至深。

九、無衣

此晉大夫為武公請命于天子之使之詩。

豈曰無衣七兮❶？不如子之衣❷，安且吉兮❸！

右第一章，晉大夫向天子之使請命，請天子命武公為諸侯也。

【註釋】

❶七：侯伯之禮七命。其國家宮室車旗衣服禮儀，皆以七爲節。諸侯之禮，冕服七章。七章之衣者，以雉、火、宗彝畫衣三章，以藻、粉米、黼、黻繡裳四章。句謂豈無七章之服，舊固有之也，然非天子命我之服也。❷子：指天子之使。子之衣：即指天子之命服也。❸安：綏也。吉：祥也。句謂服天子之命服，眞成諸侯，則安綏而吉祥矣。

豈曰無衣六兮❶？不如子之衣，安且燠兮❷！

右第二章，降其衣為六章之服，天子之卿服也。降而請之，若能獲六命之服，亦已足矣。然此惟謙詞而已，非真降而求之也。

【註釋】

❶六：天子之卿六命，車騎衣服以六爲節。變七言六者，謙也。不敢必爲侯伯，得受六命之服，列於天子之卿，亦足矣。❷燠：音玉ㄩˋ，暖也。暖亦安之意也。

【欣賞品評】

牛運震曰：

此刺武公也。蓋設為請命之詞以醜之。後世篡竊之徒，紛紛賜劍履，加九錫，皆自為之而要天子之命以為重，唐劉仁恭曰：「旌節吾自有，但要長安本色爾。」此所謂「不如子之衣安且吉」也。

守亮案：

詩序云：「無衣，美晉武公也。武公始並晉國，其大夫爲之請命乎天子之使，而作是詩也。」序之所言，惟美武公一語不足信。蓋武公賂王以獲王命，不足以言美也。武公名稱，曲沃桓叔之孫，併晉，以寶器賂周釐王，王以爲晉侯。武公雖併晉而心不自安，以未得天子之命服也。諸侯不命於天子，則不成爲國君。故請乎天子之使。事詳史記晉世家。故毛萇曰：「諸侯不命於天子，則不成爲君。」朱傳云：「當是時，周室雖衰，典刑猶在。武公既負弒君篡國之罪，則人得而討之，而無以自立於天地之間。故賂王請命，而爲說如此。」詩則在請命於天子，而竟自謂：「豈曰無衣，不如子之所命。」語氣驕橫，儼然傲睨無君面目可見。何曾着一周天子在其眼中？徐退山曰：「豈曰不如四字，描寫跋扈驕蹇口角如生。蓋亂世天子，乃奸雄之所借資，曹操所以終身不廢漢獻與？」魏晉後無王之心，而有篡弒之念之請錫賜名器服章，直如兒戲，甚而無所不用其極者，未嘗非晉武公之始作俑也。

十、有杕之杜

此自感孤特，切盼友人來過訪之詩。

有杕之杜❶，生于道左❷。彼君子兮，噬肯適我❸。中心好之❹，曷飲食之❺？

右第一章，寫友人如惠然肯來，則中心喜悅，以酒食飲食之也。

【註釋】

❶杕：音地ㄉㄧˋ，孤特貌。有杕：杕然也。杜：木名，即赤棠樹。❷道左：言道之僻地也。❸噬：音逝ㄕˋ，發語詞。肯：心可之也。適：往也。噬肯適我：心冀其來，而不敢必，意謂庶幾肯來我家也。❹好：音號ㄏㄠˋ，喜愛也。❺曷：何也。飲：音印ㄧㄣˋ，動詞，使之飲也。食：音四ㄙˋ，動詞，使之食也。句言不知以何物飲之食之，或胡不以飲食款待之，而晤對暢談也。

有杕之杜，生于道周❶。彼君子兮，逝肯來遊❷。中心好之，曷飲食之？

右第二章，同首章，惟換韻以重言之耳。

【註釋】

❶周：曲也。道周：言道之曲處也。❷逝：發語詞。

【欣賞品評】

朱公遷曰：

道左則僻，道周則迂，杕杜生於僻左迂迴之地，力薄位卑，有若此矣。故兩章皆合兩句為比，適我且不肯，況肯來以遨遊乎？以意之淺深為次序。

守亮案：詩序云：「有杕之杜，刺晉武公也。武公寡特，兼其宗族，而不求賢以自輔焉。」朱傳云：「好賢而恐不足以致之。」然詩內容，乃切望彼來過訪晤談，無甚刺義，亦無甚求賢義。糜文開先生曰：「此或靜女已過婚齡，盼望有白馬王子，翩然來臨也。」亦是。詩則每章首兩句以杕然之杜，生於道之僻地曲處，喻己之孤特，實須友人情誼勞慰寂寞，引起三四句切望好友來過訪晤談遨遊。肯字落筆妙，心冀其來，然未敢期其中心肯之而必來也。末兩句兩章相同，寫中心喜好切愛之情，汲汲如不及。而曷字又有無所措手足，欲言不盡之妙也。

十一、葛生

此婦人悼念亡夫之詩。

葛生蒙楚❶，蘞蔓于野❷。予美亡此❸。誰與？獨處❹！

右第一章，感時節而生哀思也。

【註釋】

❶葛：蔓生植物。蒙：覆蓋也。楚：木名。❷蘞：音斂ㄌㄧㄢˋ，蔓生草也。蔓：延也。二句所言，春深時之景象也。❸予：我也。美：所美之人，婦人謂其夫也。稱夫曰美，猶稱夫曰良人。亡：去也，不忍顯言其死，故曰去此耳。❹與：共也。言與誰相共也，似疑惑而實肯定，惟有獨處耳。

葛生蒙棘❶，蘞蔓于域❷。予美亡此，誰與？獨息❸！

右第二章，由哀思而至墓地悼念之也。

【註釋】

❶棘：酸棗樹。❷域：塋域也，指墓地言。❸息：寢息也，止息也。獨自止息，亦猶獨處之義也。

角枕粲兮❶，錦衾爛兮❷。予美亡此，誰與？獨旦❸！

右第三章，由墓地歸，夜寢哀傷之情也。

【註釋】

❶角枕：以角飾枕也。或謂古者枕以木篋爲之，謂之枕篋。篋爲方長之小盒，中有抽屜，可存零星小物。中宛，兩端翹起如角鉤然，故古人謂之角枕。粲：鮮明貌。❷衾：音欽ㄑㄧㄣ，被也。爛：鮮明貌。此角枕錦衾或謂臥室二人共用之寢具，或謂用以殮尸之具。❸旦：天明也。獨旦：獨處至於天明也。

夏之日❶，冬之夜❷。百歲之後，歸于其居❸。

右第四章，淒楚哀痛，願百歲之後，死而同穴也。

【註釋】

❶夏之日：夏季晝長，言夏之日者，謂日日似夏日之漫長難度也。❷冬之夜：冬季夜長，言冬之夜者，謂夜夜似冬夜之漫長難度也。二句謂夏日遲遲，冬夜漫漫，哀思無已，度日如年也。❸居：墳墓也。

冬之夜，夏之日。百歲之後，歸于其室❶。

右第五章，義同四章，顛倒冬夜夏日，因以換韻，重詞疊唱之也。

【註釋】

❶室：墓室也。

【欣賞品評】

裴普賢略謂：

此悼亡詩，充溢一片悲切淒涼情緒，抒寫至為成功。此真實之感覺，至情之流露，自易動人，獲得讀者共鳴。後之潘岳、元稹諸悼亡詩傑作，亦無非觸景生情，哀思難忘，不出此詩窠臼。但此詩誰與？獨處！誰與？獨息！誰與？獨旦！已見詩人技巧之運用。至夏之日，冬之夜六字之反復吟詠，更成千古絕唱！此六字舉日與夜，所以表晝夜流轉，長日哀思。舉夏與冬，所以表寒暑更遞，長年哀思。年月累積，即無時無刻，或有間斷也。夏日晝永，冬日夜長，最感孤寂。四章先夏後冬，五章先冬後夏，一轉換間，重複中有變化，一唱再歎，哀感遂達至於極點。此六字之自然運用，不見斧鑿之痕，而分析其功效，竟有如此之大，耐人尋味，妙不可言！

守亮案：

詩序云：「葛生，刺晉獻公也，好攻戰，則國人多喪矣。」蓋已得見爲悼念亡夫之詩。朱傳以爲婦人以其夫久從征役而不歸而作，似離題稍遠。何楷指域爲其夫葬地。故嚴粲定爲悼亡之作。然此詩之定爲悼亡，不始自宋嚴坦叔。徐退山曰：「袁羊嘗詣劉恢，恢眠未起。袁作詩調之曰：『角枕粲文茵，錦衾爛長筵。』劉尙晉明帝女，主見詩大不平。曰：『袁羊，古之遺狂。』劉孝標謂袁以死嘲劉，故主不平，則其爲悼亡詩舊矣。」詩則一二章首兩句連寫三物，荒塚纍纍，祭掃悲哀之景，宛然在目，江淹所謂「蔓草縈骨，拱木斂魂」，當自此出，勝讀松柏白楊之句。三句不忍顯言其死，故云去此。且亡字連美字，何等慘痛?!至末句言誰與相共邪？惟獨處、獨息、獨旦耳，三誰字，三獨字，覩之心悲，有彩鸞獨舞，羅衾生寒，惋惻慘悽，哀哀欲絕之感。至此，則知寂寞淒涼，苦楚何堪，此情將誰訴之乎？令人不忍卒讀。且鄭玄於「百歲之後，歸於其居」句下箋曰：「婦人專壹，義之至，情之盡。」讀此詩不僅知爲悼亡之祖，亦悼亡詩之絕唱也。

十二、采苓

此勸人勿輕信讒言之詩。

采苓采苓❶，首陽之巓❷。人之爲言❸，苟亦無信❹。舍旃舍旃❺！

苟亦無然❻。人之爲言，胡得焉❼？

右第一章，勸人勿輕信不實之言也。

【註釋】

❶苓：音零ㄌㄧㄥˊ，藥草名，一名大苦。又名甘草。或云即卷耳。❷首陽：山名。在今山西永濟縣境，亦名雷首山。巔：頂也。簡兮詩言隰有苓，似苓不生於山巔。❸爲：讀作僞ㄨㄟˋ，爲言即僞言，訛言也，今云謠言。以下爲言均同。❹苟：且也，姑置之也，尚也，庶幾也，希望之詞。亦：語詞。無信：勿信也。❺舍：捨也。旃：音占ㄓㄢ，之也。又之焉二字之合聲，舍旃：即捨之焉。❻無然：勿以爲然也，即不要信以爲眞。❼得：猶中也，即合理之意。言人之僞言，既不合理，胡能達其目的，發生作用？

采苦采苦❶，首陽之下。人之爲言，苟亦無與❷。舍旃舍旃！苟亦無然。人之爲言，胡得焉？

右第二章，義同首章，換韻而重唱之。

【註釋】

❶苦：苦菜也，即荼，生山田及澤中，得霜甜脆而美。❷與：許也，許諾也，承諾也。

采葑采葑❶，首陽之東。人之爲言，苟亦無從。舍旃舍旃！苟亦無然。人之爲言，胡得焉？

右第三章，義同前二章，換韻而疊唱之。

【註釋】

❶葑：音封ㄈㄥ，蕪菁也，根可食。

【欣賞品評】

輔廣曰：

凡有言者，不審而遽聽之，則讒言日進。反是而一切拒絕之，則忠言又不復可聞矣。二者胥失之也，故讒譖之人，不畏人之不聽，而畏人之能審。今雖不聽，彼將浸潤而入之，則異日或不能不聽矣。惟能審察，而真有以見其情僞之所以然，則不惟不敢進，而亦無自而進矣。此止讒之法也。

朱善曰：

采苓於首陽，非必果無是事也，而猶曰無遽以為信，則欲其察之詳也。曰舍之而無遽以為然，則欲其聽之審也。能如此，則雖誑之以理之所有，其計且有所不行；況欲昧之以理之所無，其計果孰得而行哉？小人之為讒譖，或積小以成大，或飾虛以為實，其為害大矣。

守亮案：

詩序云：「采苓，刺晉獻公也。獻公好聽讒焉。」序說刺獻公聽讒，詩中無專指刺獻公意，去其獻公則可矣，故朱傳云：「此刺聽讒之詩。」世少異說。詩則首兩句爲當時衆所周知之不可信之僞言。鄭玄箋曰：「言采苓之人衆多非一也，皆云采此苓於首陽山之上。首陽山之上信有苓矣，然而今之采者，未必於此山。」次兩句審其言之眞僞，如屬僞言，庶幾勿以爲眞而信之也。故下接言捨之，捨之。末兩句苟能勿以爲然，則胡能達其目的，發生作用？三章下半章皆全同，而結句胡得焉，至關重要。夫讒言爲害也大，其入也由於積漸，故歐陽修曰：「夫讒者，疏人之所親，疑人之所信，奪人之所愛。非一言可效，一日可爲，必須累積而後成。或漸入而日深，或多言之並進。故曰：『浸潤之譖。』又謂：『積毀銷骨』也。」究其有無之實，勿輕信之，則無積少成多爲患之害，胡可得其逞而必自止也。一篇惓惓，無限深情苦衷，讀後自當知之。

秦

秦，國名，嬴姓之國，其地在禹貢之雍州。卽今陝西甘肅兩省大部及青海、額濟納之地爲古雍州之地。秦之先世爲顓頊之後，至大費，一名伯翳，尙書謂之伯益。佐禹治水有功，賜姓嬴氏。其後中潏居西戎以保西垂。六世孫大駱生成及非子。非子居犬丘，好馬及畜，善養息之。周孝王召之使主馬于汧渭之間，馬大蕃息。孝王分土封之爲附庸，而邑之秦，卽今甘肅省隴西縣，使復續嬴氏祀，號曰秦嬴。宣王時非子曾孫秦仲爲大夫，伐西戎不克反被殺。及幽王爲犬戎所殺，平王東遷，秦仲孫襄公以兵送之。平王封襄公爲諸侯，賜之岐以西之地，襄公於是始與諸侯通聘享之禮。襄公生文公，以兵伐戎，遂收周餘民而有之。地至岐，岐以東獻之周。至玄孫德公，始徙於雍，卽今陝西省興平縣。傳至德公曾孫穆公而爲春秋五霸之一。傅斯年曰：「秦與周同地，雖異世而有同者，秦風詞句每有似小雅處。」秦風凡十篇，皆爲東周時詩。詩序以駟驖爲美秦仲，朱熹未之信，蓋非西周時詩也。

秦國共十篇

一、車鄰

此美秦之富强，君臣和樂之詩。

有車鄰鄰❶，有馬白顚❷。未見君子❸，寺人之令❹。

右第一章，述入宮未見君以前之經過。

【註釋】

❶鄰鄰：或作轔轔，衆車行聲也。❷顚：額部也。白顚：馬額正中有白毛也。❸君子：指秦君而言。❹寺人：內小臣也，爲閹人，後世之宦官是也。之：猶是也。令：使也。謂將見君，故使寺人通報之也。

阪有漆❶，隰有栗❷。既見君子❸，竝坐鼓瑟❹。今者不樂❺，逝者其耋❻。

右第二章，敘已見國君相燕飲之樂也。

【註釋】

❶阪：音反ㄈㄢˇ，今音板ㄅㄢˇ，陂陀不平之處也，即今云斜坡。漆：木名。❷隰：音習ㄒㄧˊ，下濕之地也。

栗：木名。二句言阪有漆樹生焉，隰有栗樹生焉，事物各得其宜，喩秦之君臣各盡其能也。❸句謂旣已見其君也。❹竝坐：同坐也。句言其君臣之從容諧合，上下相親，燕飮安康也。或謂非與君竝肩而坐，乃鼓瑟者竝坐耳。❺句謂如今再不歡樂之。❻逝：去也。指日月之逝去。其：將然之詞。耋：音迭ㄉㄧㄝˊ，年八十曰耋，耋，鐵也，皮黑如鐵；老也。逝者其耋，言日月逝去，我將老矣。二句言今日再不歡樂之，則後日老之將至，欲爲此樂，不可復得也。

阪有桑，隰有楊。旣見君子，竝坐鼓簧❶。今者不樂，逝者其亡❷。

右第三章，與二章義同，換韻而重唱之也。

【註釋】

❶簧：笙竽中之金葉，吹時鼓動作聲者也。笙亦謂之簧。或謂搖鼓，有柄可執，搖而鼓之。❷亡：死亡也，言日月逝去，我將死亡矣。

【欣賞品評】

崔述曰：

吾讀詩至秦風車轔之篇，而不禁喟然三歎也。曰：嗟乎！趙高之禍，其萌於此矣！此篇獨先以寺人之令，若未見時有寺人之令，然後旣見時有瑟簧之鼓者。嗟夫！旣見君子則並坐鼓瑟，並坐鼓簧，其情親矣，其分尊矣，而未見君子則不能不借助於寺人，豈不可懼也哉？

大凡人主任用近侍，賢人未有不為其所譖者。編詩者以車轔始，以權輿終，或亦有深意存焉乎！觀於商鞅富强之才，必由景監以見。呂不韋懼禍，則薦嫪毒以為內援。似秦立國以來，多寄耳目於寺人者。而秦本周之舊，先王遺澤猶存，固當有遠慮之君子。或者詩人見微知著，故作此詩以風之，未可知也。縱作詩者不必果有此意，而讀此詩自可以悟此理，正不待於讀秦本紀、李斯列傳而後知其微也。

守亮案：

詩序云：「車鄰，美秦仲也。秦仲始大，有車馬禮樂侍御之好焉。」然秦仲為周宣王大夫，詩中言寺人等官，非所宜有。朱傳謂：「是時秦君始有車馬及此寺人之官。將見者，必先使寺人通之，故國人創見而誇美之也。」未落實秦之何君，較序說妥善多矣。秦始富强，固可美之；君臣和樂，尤可美也。惟「寺人之令」一語，顯示擁有極大權勢為可憂耳。詩則首章前兩句寫車既衆多，馬亦桀驕，狀其富且强也。後兩句點出寺人過分尊嚴，含後之無窮宦豎弄權喪亂。故徐退山曰：「書以秦誓終，見代周者秦也。風以寺人始，見亡秦者寺人也。」首章未見君子，二三章既見，中間以寺人為樞紐，秦寺人之權重，由此可知。二三章首兩句言山有隰有，事物各得其宜，喻秦之君臣各盡其能也。三四句既相見之後，竝坐鼓瑟鼓簧，不僅可見君臣閒暇燕飲和樂，且可知非秦舊聲也。故沈萬鈳曰：「夫擊甕扣缶，彈箏拊髀，而歌烏烏快耳目者，眞秦之聲也。今鼓瑟鼓簧，非其舊聲，創見可知。」末二句悲壯中帶有哀歎，故嚴粲曰：「言貴生前得意，否則虛老歲月耳。」莽莽草草，寫出古風霸氣。

二、駟驖

此美秦君田獵之盛之詩。

駟驖孔阜❶，六轡在手❷。公之媚子❸，從公于狩❹。

右第一章，寫田獵出行之狀也。

【註釋】

❶駟：音四ㄙˋ，四馬也。驖：音鐵ㄊㄧㄝˇ。一作鐵，鐵色之馬也，亦取其堅壯如鐵然。駟驖：言四馬皆為鐵色。孔：甚也。阜：大也。❷轡，音佩ㄆㄟˋ，御馬之索也，今云韁繩。每馬有二轡，四馬應有八轡，但以驂馬內轡納之於軜，故在手者惟六轡耳。❸公：秦君也。媚：愛也。媚子：所寵愛之人也，指左右寵信而言。或謂愛子。❹于：助詞，有正在進行之意。狩：冬獵曰狩。于狩：正在狩獵也。

奉時辰牡❶，辰牡孔碩❷。公曰：「左之❸！」舍拔則獲❹。

右第二章，寫田獵之狀也。

【註釋】

❶奉：奉獻也。時：是也。辰：讀為慎，大獸也。又音義同麎ㄔㄣˊ，牝鹿也。此泛指雌獸，與牡為對文。牡：獸之雄者也。或解時為合於時節。祭祀之牲不用牝，皆以牡為貴。獸人獻時節之獸以供膳，故虞人亦驅時節之獸以待射也。句謂虞人驅獸以供君射也。❷碩：大也。❸左之：命御者使左其車，以射獸之左。古射

者以中其左爲善。心臟偏左，蓋射左易中要害心臟而速死，死速則肉鮮故也。一說古祭祀多用獸之右半體，射左始能保持右體之完整。❹舍：同捨，釋也，放也，發矢也。拔：矢末也。箭之發出，乃放開矢之末端也。句謂矢發出即有所獲，狀射技之精也。

遊于北園❶，四馬既閑❷。輶車鸞鑣❸，載獫歇驕❹。

右第三章，敍田事已畢，遊園之狀也。

【註釋】

❶北園：似爲遊息之地而非田獵苑囿。句寫獵後之事。❷四馬：即首章駟驖。閑：閒暇也，悠閒也。或云熟習。句言射罷不再田獵，故而從容閒暇也。❸輶：音由一ㄡˊ，輕也。輶車：輕便之車也。鸞：當作鑾，鈴也。鑣：音標ㄅ一ㄠ，馬銜外鐵也，置鑾鈴於馬銜之兩旁稱鑾鑣。❹載：動詞，載犬於車上也。獫：音險ㄒ一ㄢˇ，獵犬之長喙者。歇驕：又引作猲獢，獵犬之短喙者。或云歇，動詞，使之休息也。驕：同獢，名詞，犬名。載獫歇驕：載獫驕於車上，使之休息，因其獵逐時，過分用力故置之車上，免再奔走勞累也。

【欣賞品評】

輔廣曰：

「駟驖孔阜」，言其馬之盛也。「六轡在手」，言其御之善也。「公之媚子，從公于狩。」言公有所親愛之人，隨公以田獵，疑卽指御者而言也。「奉時辰牡，辰牡孔碩。」虞人奉翼大獸以待公之射，禮儀之備也。「公曰左之，舍拔則獲。」射御之精也。「遊于北園」，因出狩而遊觀也。「四馬旣閑」，車馬皆閑習也。「輶車鸞鑣，載獫歇驕。」雖田犬而亦處之得宜也。此皆昔無而今有，故歷敍其事而誇美之也。

守亮案：

詩序云：「駟驖，美襄公也。始命，有田狩之事，園囿之樂焉。」詩無始命之意，亦無時代可考，專美襄公。方玉潤云：「美田獵之盛也。」但旣曰公，則當在襄公之後所作，而爲美秦之某一君田獵之盛者也。然其盛況爲前所未見，故沈守正曰：「獵非先秦之所無也，威儀氣象之改觀，則今所創見耳。」故朱傳云：「此亦前篇之意也。」詩則首章寫將狩之時：言車馬之盛，使令之多，特着一從字。次章寫狩獵之時：言待狩之禮，行狩之善，特着一奉字。三章寫狩畢之時：言勞逸之節，綜理之周，特着一旣字。何等有層次秩序。然觀其所美者如此，則其所缺者亦多。故方玉潤曰：「今秦初膺侯命，舉行大典，其相率以從于狩者，不聞腹心干城之寄，而乃曰『公之媚子』，則嗜好何如耶？知周之所以王而久，秦之所以帝而促者，其由來蓋有素已。」

三、小戎

此夫出征，其婦念之之詩。

小戎俴收❶，五楘梁輈❷，游環脅驅❸，陰靷鋈續❹，文茵暢轂❺，駕我騏馵❻。言念君子❼，溫其如玉❽。在其板屋❾，亂我心曲❿。

右第一章，婦人念其出征之夫，想其出征時車馬之狀，並別後至彼西戎，居宿板屋之苦境，而心亂不安也。

【註釋】

❶小戎：兵車也，群臣所乘者。俴：音賤ㄐㄧㄢˋ，淺也，取其便捷。收：軫也。周代之車，左右前後皆有箱板，所以收斂所載者。後箱板可豎起，亦可放下，以便乘者之上下車。俴收：乃後箱板稍低也。❷楘：音木ㄇㄨˋ，交相纏繞也。以絲交縈纏之，務爲纏固。五楘，束之凡五處也。輈：音舟ㄓㄡ，車轅也。大車謂之轅，兵車、田車、乘車謂之輈。輈前端上曲如橋梁，故曰梁輈。梁輈纏束五處，故曰五楘梁輈。❸游環：以皮或銅爲之，在服馬背上，驂馬之外轡貫之，以其游移不定，故曰游環。脅驅：以皮爲之，前係於衡之兩端，後係於軫之兩端。當服馬脅之外，所以驅驂馬，不得內入也。❹陰：輿前軾下之板，又名揜軓。遮於車軾前軫下正中，掩住軓板，亦以爲飾也。靷：音引ㄧㄣˇ，馬引車所用之皮條。後端繫於車軸，出於揜軓之下，前端繫於衡。以出於陰下，故曰陰靷。鋈：音沃ㄨㄛˋ，白金也。古金、銀、銅、鐵，總謂之金。續：靷必以數條皮帶相連接而成以續其長，其接處用白色鐵環扣緊，以保牢固，故曰鋈續。❺茵：音因ㄧㄣ，車席也。文茵：虎皮車席也。或曰有花紋之車席也。暢：長也。轂：音谷ㄍㄨˇ，車輪中心車軸外之圓木也。❻騏：音其ㄑㄧˊ，青黑色有如棋盤格紋之馬。馵：音住ㄓㄨˋ，馬之後左足白者。❼言：語詞。相當於而或乃字。念：懷思也。君子：婦人謂其夫也。❽溫其：溫然也。如玉：美之之詞也。句言其夫態度性情溫文如玉。❾板屋：以板爲屋也。秦之西陲及西戎民房多如此。❿心曲：猶言心靈深處也。思而不見，

故言心亂。

四牡孔阜❶，六轡在手❷。騏駵是中❸，騧驪是驂❹。龍盾之合❺，鋈以觼軜❻。言念君子，溫其在邑❼。方何為期❽？胡然我念之❾？

右第二章，婦人念其夫，仍由其出發時之車馬憶起。馬已行，車漸遠，我懷念之君子，歸期何時？何使我思念如此也。

【註釋】

❶牡：雄馬也。孔：甚也。阜：大也。❷轡：音佩ㄆㄟˋ，御馬之索也，今云繮繩。每馬二轡，四馬有八轡，但以驂馬內轡納於觖，故在手者惟六轡耳。❸駵：音留ㄌㄧㄡˊ與騮同。赤身黑鬣之馬也。是中：居中間，謂為服馬也。❹騧：音瓜ㄍㄨㄚ，黃馬黑喙者。驪：黑馬也。騧驪是驂：謂以騧驪為兩側之驂馬也。❺龍盾：盾上畫龍文者。合：合二盾載之車上，以備破毀也。❻觼：音厥ㄐㄩㄝˊ，環之有舌者。軜：音納ㄋㄚˋ，驂之內轡也。置觼於軾前，繫軜。所以繫二轡，成六轡也。故曰觼軜。鋈：白色金屬，以之飾觼，故謂鋈以觼軜。❼在邑：在西鄙之邑也。❽方：將也。句言將何時為歸期也。❾胡然：何以如此。句言何以使我想念如是之極也。

俴駟孔羣❶，厹矛鋈錞❷。蒙伐有苑❸，虎韔鏤膺❹。交韔二弓❺，竹閉緄縢❻。言念君子，載寢載興❼。厭厭良人❽，秩秩德音❾。

右第三章，婦人念其夫，由兵器憶起，意在作戰也。思念君子，於寢眠之時，亦不能釋於懷。但願良人平安，寄以音信也。

【註釋】

❶俴駟：駟馬皆不被甲也。孔群：謂甚爲合群也。❷厹：音求ㄑㄧㄡˊ。厹矛：即酋矛。矛頭三棱形。錞：音敦ㄉㄨㄣˋ，矛之下端也。鋈錞：白色金屬所做之錞也。❸蒙：尨雜也。伐：盾之別名。蒙伐：畫雜羽之文於盾也。苑：文貌。有苑：即苑然，文采貌。句言盾上畫有雜羽，文采爛然。❹韔：音暢ㄔㄤˋ，弓囊也。虎韔：用虎皮作成之弓囊也。鏤：雕鏤也。膺：弓之前面曰膺，弓之後面曰臂。鏤膺：謂雕鏤之弓面也。❺句謂於韔中顛倒安置二弓，以備有損壞也。❻閉：古通柲，弓檠也，以竹爲之，縛於弓裏。緄：音滚ㄍㄨㄣˇ，繩也。縢：音騰ㄊㄥˊ，句謂以竹爲柲，以繩綑紮於弓裏也。❼載：則也。興：起也。謂念君子之起居，寢而復起，不能入睡也。❽厭厭：安靜也。良人，謂其夫。❾秩秩：有序也。有序言相繼而來，無差失也。德音：指對方之語言。

【欣賞品評】

嚴粲曰：

小戎之詩，鋪陳兵車器械之事，津津然誇說不已。以婦人閔其君子，而猶有鼓勇之意，其真秦風也哉！

牛運震曰：

借婦人語氣，矜車甲而閔其君子，立意便勝。極雄武事，妙在以柔婉參之也。不必定以為婦人之詩。

守亮案：

詩序云：「小戎，美襄公也。備其兵甲，以討西戎。西戎方彊，而征伐不休，國人則矜其車甲，婦人能閔其君子焉。」據此則一詩兩義，而中間並無貫通語氣之處，實不可通。亦無美襄公之詞。朱傳從之，且謂「則雖婦人亦知勇於赴敵而無怨矣。」婦人勇於赴敵，詩中未之見。而無怨者，亦不盡然。詩三言「言念君子」，語極激動，意絕悲婉，何言無怨？牛運震於「亂我心曲」句有云：「怨而娟。」知朱傳之說亦未的也。此當是秦人西征，征人之婦念之爲是。詩則首章主寫車，次章主寫馬，三章主寫兵器，卽所謂戰爭也。每章前六句寫車馬之盛壯，人員之桀驕，兵器之精銳。列國中敍戰具，無如此篇之精詳。後四句寫征人之婦念之之心情。由「亂我心曲」，而「胡然我念之」，而「秩秩德音」。似有一層輕一層，無奈之詞也。雖如此，於情思語中，敍具壯盛軍容，爲其他念征人詩所無。故賀子翼曰：「上夸車馬弓矛之盛，下言君子良人之美，亦有『東方千餘騎，夫壻居上頭。坐中數千人，皆言夫壻殊』之意。」唐人詩：「可憐無定河邊骨，猶是春閨夢裏人。」此詩之良人君子在邑，在板屋者似之，然不肯作此敗興語。詞濃氣勁，此其秦風之所以爲秦風也歟？

四、蒹葭

此有所愛慕而不得近之詩。

蒹葭蒼蒼❶，白露爲霜❷。所謂伊人❸，在水一方❹。遡洄從之❺，道阻且長❻；遡游從之❼，宛在水中央❽。

右第一章，述伊人藏身於幽僻處，可望而不可卽也。

【註釋】

❶蒹：音兼ㄐㄧㄢ，荻也。葭：音加ㄐㄧㄚ，蘆也。蒼蒼：深青之色。又盛也。句言蘆荻盛多而成蒼蒼之色也。❷白露爲霜：言其時之暮，秋色漸深也。❸伊：猶是也。伊人：是人，彼人也，指所愛慕者。❹一方：卽一旁，在水之另一邊。言隔絕也。❺遡：音素ㄙㄨˋ，向也。洄：音回ㄏㄨㄟˊ，回轉也。從：就也，卽也。句言逆河流上行以就之也。❻阻：險阻也。句言則陸路險阻而遙遠也。❼句言順河流下行以就之也。❽宛：宛然也，坐見貌，言其形貌可以目見其存在於前也。又儼然也，彷彿也。句言彷彿在水之中央，雖近而不可至也。

蒹葭淒淒❶，白露未晞❷。所謂伊人，在水之湄❸。遡洄從之，道阻且躋❹；遡游從之，宛在水中坻❺。

右第二章，義同首章，換韻重唱之。

【註釋】

❶淒：一作萋。淒淒與萋萋同義，茂盛貌。❷晞：音希ㄒㄧ，乾也。❸湄：音眉ㄇㄟˊ，水草之交也，謂水邊、涯側。❹躋：音基ㄐㄧ，升也。句謂走上坡路，甚爲艱難也。❺坻：音池ㄔˊ，水中高地也。

蒹葭采采❶，白露未已❷。所謂伊人，在水之涘❸。遡洄從之，道阻且右❹；遡游從之，宛在水中沚❺。

右第三章，義同前二章，又換韻而為疊唱之。

【註釋】

❶采采：猶淒淒，亦茂盛貌。❷已：止也。未已：未止也，未完也，亦未乾之意。❸涘：音四ㄙˋ，水涯也。❹右：曲也，謂迂迴也，曲折也。❺沚：音止ㄓˇ，謂水中可止息之小渚也，指乾地。

【欣賞品評】

糜文開曰：

日人白川靜以民俗學解詩經，謂楚辭湘君、湘夫人固為祭祀水神之詩，國風漢廣三家詩據神話以解之，則「不可求思」，「不可泳思」，「不可方思」，亦祭祀漢水女神之辭。蒹葭篇之所謂伊人，宛在水中央。其情詞彷彿漢廣，或亦漢水上游祭祀水神之歌也。此說新穎有理，可供參考。

守亮案：

詩序云：「蒹葭，刺襄公也。未能用周禮，將無以固其國焉。」詩序所陳，與詩無涉。朱傳云：「言秋水方盛，所謂彼人，乃在水之一方，上下求之而皆不可得，然不知其何所指也。」所謂不知何所指者，蓋因伊人一詞，可指佳人，可指美人，可指異性友人，亦可指同性友人；可指賢臣，亦可指明君，甚而有謂斥襄公者故也。故或以為惜賢之詩，或以為訪賢之詩。亦有隱者自詠，追尋戀人之說也。都無不可，故不知其所指也。要以若可望而不可即，實求之而不遠，思之而即至，有所愛慕而不得近之之說為是。詩則每章首二句寫秋景，覺秋光滿目，抵一篇悲秋賦。其餘寫不可近之之伊人所在處，可思不可見，可望不可即也。意境縹緲，極纏緜，極惝怳，是寫景，亦是抒情。秋水淼淼，已傳幽人之神。蒹葭二句，又傳秋水之神。且蒼蒼淒淒，露氣波光；蘆洲荻渚，出沒霜天烟江之間。縹緲無痕，若滅若沒，若隱若現。不僅筆力淡遠，情感亦自凝滯也。是以賀子翼曰：「宛在二字，意想深穆，光景孤淡。李白（賈島之誤）訪隱士詩：『只在此山中，雲深不知處。』又（當作李白）訪戴道士詩：『無人知所往，遙指（今本作愁倚）兩三松。』與下四句皆可意會，不可言傳。」傅斯年亦曰：「此亦相愛者之詞。辛稼軒元夕詞云：『衆裏尋他千百度，驀然回首，那人却在燈火闌珊處。』與此詩情同。」於慷慨悲歌秦風中，有此景色淒迷，煙波萬狀，高逸出塵抒情詩，覺有清新之感。其措詞之婉秀雋永，音節之流轉優美，情韻之纏綿濃郁，劉大杰謂其藝術在秦詩諸章之上。

五、終南

此秦人美其君之詩。

終南何有❶？有條有梅❷。君子至止❸，錦衣狐裘❹。顏如渥丹❺，其君也哉！

右第一章，寫其君之服飾容止而讚美之也。

【註釋】

❶終南：山名，在今陝西西安南。爲秦嶺主峯，亦簡稱南山。❷條：木名，即山楸。梅：木名，即柟，又名楠，高大喬木，此梅之本義。至酸果之梅應作某。❸君子：指其君。止：舊多解爲語尾詞，實與之通，此指終南山。句言秦君來此終南山也。❹錦衣：采錦之衣也。錦衣而狐裘，諸侯之服也。❺渥：厚漬也。丹：紅色之粉末。言面色如厚漬以丹，形容其紅潤也。

終南何有？有紀有堂❶。君子至止，黻衣繡裳❷。佩玉將將❸，壽考不忘❹。

右第二章，大旨同首章，並祝其長壽無已也。

【註釋】

❶紀：讀爲杞ㄑㄧˇ。堂：讀爲棠ㄊㄤˊ。紀、棠均木名，杞柳與甘棠也。❷黻：音弗ㄈㄨˊ，初文作㡀，其狀爲㔺㔺，後爲古代禮服上黑青相間之花紋。黻衣：猶言袞衣也。繡：五色備謂之繡。繡裳：古代禮服或飾或繡以采色之花紋於下裳也。黻衣繡裳：通言君所着之章服也。❸將將：同鏘鏘ㄑㄧㄤ，狀佩玉之聲也。❹忘：通亡，失也。不忘：猶不已，長久之意。壽考不忘：即長生不老也。或解忘如字，謂秦襄公得周天子之賜，始有周地而爲諸侯，故不忘周之恩賜也。

【欣賞品評】

范處義曰：

「有條有梅」，則林木可用；「有紀有堂」，則形勢可居。詩人謂岐豐之地，其美如此，而襄公以王命而得之，又受諸侯之顯服；「顏如渥丹，其君也哉。」謂其容貌之盛，足以稱人君之位也；「佩玉將將，壽考不忘」，謂其佩服之美，終身不可忘周之賜也。

守亮案：

詩序云：「終南，戒襄公也。能取周地，始為諸侯，受顯服，大夫美之，故作是詩以戒勸之。」審其詞章，毫無戒勸之意，祇有讚美之語。而所美之者限於大夫，亦未必，故不如朱傳泛言秦人為善也。詩則兩章幾全同，皆以終南起筆。蓋終南形勢重要，周秦得失正係於此也。首兩句以問答式出之。「終南何有」者，欲誇終南之有也。乃自答曰「有條有梅」，「有紀有堂」。言其物之豐富，象秦之壯大也。第三句寫我君至此止焉。第四第五句寫君之服飾容止，燦然諸侯之飾、諸侯之容也。末以讚語作結，第一章「其君也哉」，韻遠情深，除讚美外，似無他言。而第二章「壽考不忘」，帶有頌聲，順祝其長生不老也。詩極雍容華貴，剛毅質勁。

六、黃　鳥

此秦穆公死，三良從葬，秦人哀之之詩。

交交黃鳥❶，止于棘❷。誰從穆公❸？子車奄息❹。維此奄息❺，百夫之特❻。臨其穴❼，惴惴其慄❽。彼蒼者天，殲我良人❾！如可贖兮❿，人百其身⓫。

右第一章，秦人惜三良之從葬而死，行於野，臨其穴，而哀悼之也。

【註釋】

❶交交：古詩歌通作咬咬，鳥之鳴聲也。又飛而往來之貌。或曰小貌。黃鳥：即黃雀。❷止：棲也。棘：酸棗樹也。❸從：從死殉葬也。穆公：秦穆公，姓嬴名任好。❹子車：氏。奄息：名。子車或引作子輿。❺維：舊多解爲發語詞，實通惟，僅也，獨也。❻特：傑出之稱。又匹也，當也。百夫之特：猶言百夫是當，謂其才德可當百人也。❼穴：讀如玉ㄩˋ，墓穴也。❽惴：音墜ㄓㄨㄟˋ，惴惴：恐懼貌。慄：戰慄也。❾殲：音尖ㄐㄧㄢ，殺盡也。良人：善良之人也。❿贖：音熟ㄕㄨˊ，貿也，今言換回。⓫言有百人來願以其身贖之也。

交交黃鳥，止于桑。誰從穆公？子車仲行❶。維此仲行，百夫之防❷。臨其穴，惴惴其慄。彼蒼者天，殲我良人！如可贖兮，人百其身。

右第二章，義同首章，惟換從死之人為仲行，因以換韻，而重唱之。

【註釋】

❶行：音杭ㄏㄤˊ，仲行：人名。❷防：猶當也。與上特同義。

交交黃鳥，止于楚❶。誰從穆公？子車鍼虎❷。維此鍼虎，百夫之禦❸。臨其穴，惴惴其慄。彼蒼者天，殲我良人！如可贖兮，人百其身。

右第三章，義同前二章，又換其所傷悼之人，因以又換韻，從而為三疊之唱。

【註釋】

❶楚：木名，荊楚樹。❷鍼：音掐ㄑㄧㄢˊ，鍼虎：人名。❸禦：猶當也，與上特防同義。

【欣賞品評】

蘇轍曰：

臣之託君，猶黃鳥之止于木，交交其和鳴。今三子獨不得其死，曾鳥之不若也。然三良之死，穆公之命也。康公從其言而不改，其亦異於魏顆矣。故黃鳥之詩，交譏之也。

方玉潤曰：

古人封建國君，得以專制一方，生殺予奪，惟意所欲。似此苛政惡俗，天子不能黜，國人不敢違，哀哉良善，其何以堪！若後世大一統，人命至重，非天子不得擅生殺。雖無知愚民，猶自矜恤，況賢人乎！封建固良法，封建亦虐政。秦漢後竟不能復，雖曰時勢，亦人心為之也。聖人存此，豈獨為三良悼乎？亦將作萬世戒耳。

守亮案：

詩序云：「黃鳥，哀三良也。國人刺穆公以人從死，而作是詩也。」古今無異說。左傳文公六年：「秦伯任好卒，以子車氏之三子奄息、仲行、鍼虎爲殉。皆秦之良也。國人哀之，爲之賦黃鳥。」史記秦本紀：「武公卒，葬雍平陽，初以人從死，從死者六十六人。」後愈演愈烈。又曰：「繆公卒，葬雍，從死者百七十七人。秦之良臣子輿氏三人名曰奄息、仲行、鍼虎，亦皆在從死之中，秦人哀之，爲作歌黃鳥之詩。」仲尼有云：「始作俑者，其無後乎，爲其象人而用之也。」俑尚如此，何況生人？又何況與乎三良，故深可哀也。然三良不食其言，以從君死。後人亦多不以爲然。故朱傳云：「而詩人不以爲美者，死不爲義，不足美也。」詩則三章僅易數字，且下半章全同，是哀痛之言，別無可代耳！首兩句，黃鳥止於荆楚者，不得其所也，今三良從死，亦不得其所矣。第三句，「誰從穆公」，呼得慘痛，似作不知之詞也。第四句，「子車奄息」云云，有三子不必如此，何以如此之恨。五六句，此三良「百夫之特」云云，言其才德之傑出過人，可當百夫，今竟如此，良可哀也。七八句，臨穴惴惴云云，寫得悲痛，使人目眩心墜。九十句，「彼蒼者天」云云，徒爲無可奈何之呼號耳！其聲驚心，滴淚迸血。末二句，言如可贖之，則有百人願代爲犧牲，痛惜之也。全詩字字是血，句句是淚，千古遺恨之作也。徐退山曰：「自有此詩，三良復生。」詩之感人，有如是者，讀之泫然淚落。

七、晨風

此夫有負於婦，婦愛而責之，望其重歸舊好之詩。

鴥彼晨風❶，鬱彼北林❷。未見君子❸，憂心欽欽❹。如何如何❺？忘我實多❻！

右第一章，婦人思其夫，雖有負己，願重歸舊好，仍語多哀怨也。

【註釋】

❶鴥：音玉ㄩˋ，疾飛貌。彼：指示字。晨風：鳥名，即青黃色似鷂之鸇，鷙鳥也。晨當作鷐。❷鬱：茂盛貌。❸君子：謂其夫。❹欽欽：憂而不忘之貌。❺如何如何：此婦人設詞，自問其夫何以竟有負我之事也。❻多：猶甚也。句謂忘我之善，竟如是之過甚也。

山有苞櫟❶，隰有六駮❷。未見君子，憂心靡樂❸。如何如何？忘我實多！

右第二章，義與首章同，惟換首二句鴥彼、鬱彼，為山有、隰有，並換韻。

【註釋】

❶苞：木叢生曰苞，茂也。櫟：音力ㄌㄧˋ，木名，其實謂之橡子。❷隰：音習ㄒㄧˊ，低濕之地也。六：音陸ㄌㄨˋ，叢生也。駮：音博ㄅㄛˊ，即駮馬，木名。駮馬即梓榆。❸靡樂：無樂也，言憂之甚也。

山有苞棣❶，隰有樹檖❷。未見君子，憂心如醉❸。如何如何？忘我實多！

右第三章，換韻疊唱。二三章章法全同，與首章二句不同，義亦相似，仍是一意三疊之詩。

【註釋】

❶棣：音地ㄉㄧˋ，即唐棣，木名。❷檖：音遂ㄙㄨㄟˋ，木名，即赤羅，一名楊檖。❸如醉：言昏而不醒，則憂益深矣。

【欣賞品評】

鄒泉曰：

首章以物之有所止，興己之有所憂。二三章，亦以山與隰之所有，興未見君子而有憂也。

守亮案：

詩序云：「晨風，刺康公也。忘穆公之業，始棄其賢臣焉。」詩中惟有負心之意，便作臆斷耳。又何有文字與乎康公穆公？朱傳以爲婦人念其君子之詩。但與「忘我實多」之負心語又不相稱。故解此詩者，或謂婦見棄於夫，或謂臣見棄於君，或謂士見棄於友，皆似有可能。然由「未見君子，憂心欽欽。」靡樂，如醉語覘之。實未眞至決絕地步也。又或謂爲思念久役不歸之夫，然又不應出「忘我實多」語。故作夫有負於婦，婦愛而責之，望其重歸舊好也。詩則所謂負心云云者，全在末二句，故三章全以此作結，蓋怨詞纏綿也。所謂愛而責之者，愛心全表現在未見君子，憂心如何如何二句上。詩亦極有層次，憂心初則欽欽，繼則靡樂，終則如醉，深淺之次，一層深似一層。而「如何如何，忘我實多」語，最耐人玩味。既哀怨，又願負心人覺察之，而翻然改悔，重歸舊好也。用心之苦，何人知之。

八、無衣

此秦人勤王從軍之詩。

豈曰無衣？與子同袍❶。王于興師❷，脩我戈矛❸。與子同仇❹。

右第一章，從軍者勇於赴敵，相與共勉也。

【註釋】

❶袍：長衣也，軍士日以爲衣，夜以爲被，類今之披風。或曰斗篷。同：共也。同袍：友愛之詞，共患難之詞。❷王：指天子周王。于：語助詞。王于興師：言王正在興師出兵，欲與敵戰也。❸脩：同修，整治也。戈、矛：均古兵器。❹與子同仇：謂汝之仇敵，即我之仇敵，而共殲之也。

豈曰無衣？與子同澤❶。王于興師，脩我矛戟❷。與子偕作❸。

右第二章，義同首章，換韻重唱之也。

【註釋】

❶澤：襗之假借，褻衣也，當係今之汗衣、汗衫。或曰褲也。❷戟：音幾ㄐㄧˇ，古兵器，長丈六尺。❸作：起也，有奮發振作意。偕作：共同奮起而戰也。

豈曰無衣？與子同裳❶。王于興師，脩我甲兵❷。與子偕行❸。

右第三章，又換韻，為三疊唱。

【註釋】

❶裳：下衣也。❷甲：鎧甲。兵：兵器之總名。甲兵：今言武器裝備。❸行：往也，有踴躍樂從意。同行：共同偕行趨敵也。

【欣賞品評】

朱善曰：

「與子同袍」，恩愛相結於無事之時也；「與子同仇」，患難相恤於有事之日也。曰「王于興師」，則非從其君之私也，誠欲其君奉王命而為討賊復讎之舉也。

守亮案：詩序云：「無衣，刺用兵也。秦人刺其君好攻戰，亟用兵，而不與民同欲焉。」然同仇、偕作、偕行、皆爲振奮之詞，不當爲刺。朱傳云：「秦俗强悍，樂乎戰鬭，故其人平居而相謂也。」平居非是。偕作、偕行，明指共同奮起趨敵行動。左傳定公四年謂吳入郢，申包胥如秦乞師，立依於庭墻而哭，日夜不絕聲，勺飲不入口，七日。秦哀公爲之賦無衣。九頓首而坐，秦師乃出。亦在此所謂奮起趨敵行動也。謝枋得謂秦人欲報戎仇，故踴躍從軍，而無退志。然「王于興師」之王稱秦君，舍周王而弗用，終覺難安。方玉潤謂：「秦人樂爲王復仇也。」近之，但未言及行動爲憾。實則此詩必爲已從軍啟行，乃有斯言也。故解爲此秦人勤王從軍之詩也。詩則三章幾全同。首兩句寫其友愛之心，共患難之情。雖曰與爾同之，非爾眞無衣也。下三句寫王正在興師，乃整頓武器裝備，軍士英勇赴敵，同仇敵愾決心。有不戒而孚，不令而從氣勢。此奮不顧身，好勇壯烈，尚功負氣行爲，固秦風之所宜有也。英壯邁往之氣，非唐人出塞諸詩所能及。

九、渭陽

此秦康公為太子時，送其舅晉公子重耳返國之詩。

我送舅氏❶，曰至渭陽❷。何以贈之？路車乘黃❸。

右第一章，以車馬送舅氏也。

【註釋】

❶我：秦康公嵤爲太子時自稱。舅：母之昆弟曰舅。舅氏：指晉公子重耳。❷曰：發語詞，無義。渭陽：渭水之陽也。此時秦都於雍，至渭陽者，雍在渭南。水北曰陽。晉在秦東，行必渡渭，蓋東行至於咸陽之地也。❸路車：諸侯之車也。乘：音剩ㄕㄥˋ，乘黃：一車四馬皆黃色也。

我送舅氏，悠悠我思❶。何以贈之？瓊瑰玉佩❷。

右第二章，以玉石送舅氏也。

【註釋】

❶悠悠：思之長也，涵有憂義。❷瓊瑰：石而次於玉者。瑰：音歸ㄍㄨㄟ。瓊瑰玉佩：以瓊瑰爲佩玉也。

【欣賞品評】

嚴粲曰：

送舅而有所思，則思母也。此詩念母而不言母，但言見舅而勤拳不已，自有念母之意。讀之者，但覺其味悠然深長，然未足以舒我心之思也。

方玉潤曰：

詩格老當，情致纏綿，為後世送別之祖，令人想見携手河梁時也。

守亮案：

詩序云：「渭陽，康公念母也。康公之母，晉獻公之女。文公遭麗姬之難，未反而秦姬卒。穆公納文公，康公時爲大子，贈送文公于渭之陽，念母之不見也，我見舅氏，如母存焉。及其卽位，思而作是詩也。」詩明言送舅，而序偏曰念母，不知何以如此。又謂康公卽位後而作此詩，迂曲難通。朱傳云：「秦康公之舅，晉公子重耳也。出亡在外，穆公召而納之。時康公爲太子，送至渭陽而作此詩。」朱傳言爲太子時送舅氏至渭陽而作此詩，較念母卽位後作明確多矣。詩則上章是送之有所在，而以所乘贈之。下章是送之有所思，而以所佩贈之。嚴粲曰：「送舅涉渭，至水之北。何以贈舅氏乎？惟路車乘馬而已。歉然猶以爲薄，意有餘也。」而「悠悠我思」句最感人，故姚際恒曰：「悠悠我思句，情意悱惻動人，往復尋味，非惟思母，兼有諸舅存亡之感。」輔廣亦曰：「讀是詩者，見其情意周至，言有盡而意無窮，良心之發，固如是也。」母已亡，又別舅，骨肉情深，語雖平常，至足感人也。故孔穎達曰：「秦姬生存之時，望使文公反國。康公見舅得反，憶母宿心，故念母之不見，見舅如母存也。」能無悠悠我思乎！

十、權輿

此自歎始受君主優禮而終被涼薄之詩。

於❶！我乎！夏屋渠渠❷；今也，每食無餘。于嗟乎❸！不承權輿❹！

右第一章，詩人自歎受涼薄之詞也。

【註釋】

❶於：音烏ㄨ，歎詞。❷夏：大也。屋：具也。大具：大饌具也，猶言盛饌。渠渠，猶勤勤也，即殷勤。或曰屋如字，渠渠，高大深廣貌。句謂居以高大深廣大屋也。❸于嗟：同吁嗟，悲歎聲。❹承：繼也。權輿：始也。句謂嘆君之待己，不能繼其初，始終如一也。

於！我乎！每食四簋❶；今也，每食不飽。于嗟乎！不承權輿！

右第二章，同首章之義，換韻而疊唱之。

【註釋】

❶簋：音軌ㄍㄨㄟˇ，扁圓形食器，竹製，或金屬或陶製。圈足，兩耳或四耳，方座，帶蓋。四簋：黍稷稻粱，或解作今之四菜，禮食之盛也。

【欣賞品評】

輔廣曰：

「夏屋渠渠」，無不致其備也；「每食無餘」，無一致其備也。「每食四簋」，無不極其至也。「每食不飽」，無一極其至也。其進銳者其退速，惟有恒者然後可久也。

守亮案：

詩序云：「權輿，刺康公也。忘先君之舊臣，與賢者有始而無終也。」不知由何處得知專指康公之忘先君舊臣與賢者？朱傳云：「此言其君始有渠渠之夏屋，以待賢者。而其後禮意寖衰，供意寖薄。至於賢者每食而無餘。於是歎之，言不能繼其始也。」去其康公、先君字眼則善多矣。解此詩者，古今多無大分歧。然亦有貴族生活沒落，今不如昔之說者。觀「夏屋渠渠，每食四簋」，「不承權輿」句，不甚相似，仍以自嘆始受君主優禮而終被涼薄之說爲善。詩則言君之於我，其始與以大饌具，以豐盛之餚。而今日食則無餘，不能飽矣。于嗟乎！君之待我，不能繼其始也。其受涼薄，不能始終如一之情可見。「不承權輿」句，置諸「于嗟乎」歎詞下作結，最耐人玩味，含有多少委曲，是意不平而詞甚婉也。惟孟子有言，古之君子所就三，所去三。君之待賢，禮貌衰至每食不飽，豈非飢餓免死者乎？君固可非短，而當時之號爲賢者竟不他去之，斯亦可恥者矣。

陳

陳，國名，嬀姓之國，帝舜之後，有虞閼父者，爲周武王陶正。武王賴其利器用，與其爲神明之後，以元女太姬妻其子嬀滿而封之於陳，都於宛丘之側，是曰陳胡公。與黃帝、帝堯之後，共爲三恪。其封域在禹貢豫州之東，當今河南省舊開封府以東，南至安徽省亳州一帶之地。其地廣平，無名山大澤。西望外方，卽嵩高山。東不及孟諸澤，在今河南省商丘縣東北。太姬無子，好巫覡歌舞之樂，民俗化之。傳世至陳閔公二十一年，卽魯哀公二十一年，爲楚惠王所滅。陳都故址，在今河南省淮陽縣東南。傳斯年曰：「陳風所歌之事，最近於鄭。」陳風凡十篇，鄭譜據詩序：「幽公立，當周厲王之時，陳之變風始作，凡十三君至於靈公，有詩者五。」朱傳僅認可株林一篇爲刺靈公淫乎夏姬而作。其詩序辯說曰：「陳風獨此篇有據。」

陳國共十篇

一、宛丘

此刺陳之士大夫游蕩之詩。

子之湯兮❶，宛丘之上兮❷。洵有情兮❸，而無望兮❹！

右第一章，直指游蕩之人有失德望也。

【註釋】

❶子：指游蕩之人也。湯：讀爲蕩ㄉㄤˋ，游蕩也。又搖擺也，狀舞姿。❷宛丘：其丘四方高，而中央低下，故曰宛丘，宛丘在陳城南道東。❸洵：信也，誠然也。情：心情愉悅也。❹望：威望也，德望也，名望也，爲人所敬仰也。或解望爲祭名，祭神而有歌舞，今無望祭，而亦有舞，是遊蕩而已。

坎其擊鼓❶，宛丘之下。無冬無夏❷，值其鷺羽❸。

右第二章，寫游蕩者逸樂之情狀也。

【註釋】

❶坎：擊鼓聲。坎其：猶坎然。❷句謂無論冬季夏季也。❸值：持也，執也。鷺羽：鷺鷥之羽也。毛長潔

白，舞者用以爲翳。翳者，舞者持以指麾者也。由上二句知其常在歌舞作樂之中也。

坎其擊缶❶，宛丘之道。無冬無夏，値其鷺翿❷。

右第三章，同二章，換韻以重唱之也。

【註釋】

❶缶：音否ㄈㄡˇ，陶器，大腹小口，用以盛流質者，古人扣之，用以節樂。❷翿：音道ㄉㄠˋ，翳也。以鷺鷥羽毛編爲扇形，舞者所持，以翳身者也。

【欣賞品評】

方玉潤曰：

此必陳君與其臣下不務政治，相與遊樂，君擊鼓而臣舞翿，無冬無夏，威儀盡失，故過宛丘下者，相與指而誚曰：「子之遊蕩，洵足為樂。奈失儀何！其何以為民望乎？」蓋在上者，下民所瞻望者也。今乃不自檢束如是，無怪其民視而輕之，曰子者，外之之辭，亦輕之之意耳。然小民未必敢輕君上，故泛指遊蕩人而言，使終日遊蕩者聞而知所警戒焉。

守亮案：

詩序云：「宛丘，刺幽公也。淫荒昏亂，游蕩無度焉。」詩刺游蕩，甚爲明著；然未必是刺幽公。朱傳云：「國人見此人常游蕩於宛丘之上，故敍其事以刺之。」至於此人爲誰，既言樂舞，又能常爲游蕩之事，非平民所能爲，當爲陳之士大夫也。或謂舞者爲專務歌舞祭神之巫女，詩乃男有情於女，而未敢奢望以得之之詩也，說亦可通。詩則所言歌舞原爲休閒娛樂活動，亦爲藝術表現。但若此詩之舞非其地，且無休止，則非是矣。故范祖禹曰：「冬夏祁寒大暑之時也。人之好樂，於是時必少息焉。今也無冬無夏，則其它時可知矣。」「洵有情兮」，令蕩子心折；而望字所謂民具爾瞻也。今不知約斂，以樹立形象，則其風俗之敝可知矣。是以吳季札聞歌陳風，而曰：「國無主，其能久乎」也。

二、東門之枌

此陳國醉心歌舞，男女慕悅之詩。

東門之枌❶，宛丘之栩❷。子仲之子❸，婆娑其下❹。

右第一章，寫舞者之人與處也。

【註釋】

❶枌：音墳ㄈㄣˊ，木名，即白楡。❷宛丘：其丘四方高，而中央低下，故曰宛丘。宛丘在陳城南道東。栩：音許ㄒㄩˇ，櫟樹，俗稱橡子。❸子仲：氏也。子仲之子：子仲氏之女也。即下「不績其麻，市也婆娑」之人。❹婆娑：舞也，今多用爲舞貌。

穀旦于差❶，南方之原❷。不績其麻❸，市也婆娑❹。

右第二章，寫廢其職事，醉心於歌舞也。

【註釋】

❶穀：善也。旦：日也。穀旦：吉日良辰也。于：語詞。相當於乃字。差：音釵ㄔㄞ，擇也。穀旦于差：猶言良日爰擇，今謂選擇好日子。❷原：高平之地曰原，似指東門與宛丘。又南方原氏之女也。❸績：紡也。紡麻爲婦女之事。❹市：音沛ㄆㄟˋ，此狀其舞之疾速貌。或謂作市，音是ㄕˋ，市場也。或引市作女，句謂該女子婆娑起舞也。

穀旦于逝❶，越以鬷邁❷。視爾如荍❸，貽我握椒❹。

右第三章，寫男美女，女贈物以結恩好也。

【註釋】

❶逝：至也，句言吉日而往也。❷越以：猶于以，爰以，語詞。鬷：音宗ㄗㄨㄥ，總也，衆也。又合也。邁：行也。句謂衆男女會合同往，結隊而行也。❸荍：音喬ㄑㄧㄠˊ，錦葵也，花似錢大，色粉紅，有紫紋縷之。此男以花比所愛之女也。❹貽：贈也。握椒：一握之椒。椒，芬芳之物，贈之以結恩好也。

【欣賞品評】

方玉潤曰：

姚氏際恒引漢王符潛夫論曰：「詩刺『不績其麻，女也婆娑。』今多不修中饋，休其蠶織，而起學巫覡，鼓舞事神，以欺誑細民。」以為足證詩意，是則然矣。然豈必盡學巫覡事哉？亦不過巫覡盛行，男女聚觀，舉國若狂耳！東門、宛丘，其地也；枌栩相蔭，可以游息其下也。子仲之子，男覡也；不績其麻，女巫也。婆娑鼓舞，神弦響而星鬼降也；穀旦于差，諏吉期會也；越以鬷邁，男婦畢集以邁觀也；視如荍而貽之椒，則又觀者互相愛悅也。此與鄭溱洧之采蘭贈勺大約相類，而鄙俗荒亂則尤過之。在諸國中，又一俗也。故可以觀也。舊傳云大姬婦人尊貴，好樂巫覡歌舞之事，其民化之，蓋謂此也。為民上者，可不知謹所尚歟！

守亮案：

詩序云：「東門之枌，疾亂也。幽公淫荒，風化之所行，男女棄其舊業，亟會於道路，歌舞於市井爾。」序之直指幽公云云，穿鑿過甚。朱傳云：「此男女聚會，歌舞而賦其事，以相樂也。」歌舞相樂，則近似矣。詩則「穀旦于差」，「穀旦于逝」句，行動擇取吉日，祭祀之意存焉。又「不績其麻，市也婆娑」，其醉心歌舞可知。而「視爾如荍，貽我握椒」，則慕悅之情見矣。詩中婆娑於「東門之枌，宛丘之栩」，明非一處也。「不績其麻」，明非一時也。於此男女雜處相樂中，慕悅之情，必油然而生，此理之當然，似不可以淫蕩無度說之。黃櫄曰：「嘗觀豳之風俗，其男耕，其婦饁，其女桑。至於八月載績，則蠶事畢而麻事起矣。今陳之風俗，至於男女不紡績其麻，市也婆娑。此所謂上有好者，下必有甚焉者也。」如此，則完全否定男女慕悅之情，則非是矣。牛運震曰：「風豔可挹，妙在以質直出之。」斯善說詩者也。

三、衡門

此賢者不用世而隱處之詩。

衡門之下❶，可以棲遲❷。泌之洋洋❸，可以樂飢❹。

右第一章，隱者自道雖居簡而食不足，然能自得其樂也。

【註釋】

❶衡門：橫木爲門也。門之深者有堂宇，此但橫木爲門，則房舍之最簡陋者也。❷棲遲：止息也，游息也，存身，棲身之意。❸泌：音必ㄅㄧˋ，泉水也。洋洋：水廣大貌。又泌，借爲鮅，魚名，即赤眼鱒，形似鱔魚。又洋洋多貌。❹樂飢：遊樂而忘飢也。又樂，借爲療，他書亦多引作療，治也。是樂飢爲治療飢餓也。二句言鮅魚甚多，可以充飢也。故下文云：「豈其食魚，必河之魴？」「豈其食魚，必河之鯉？」

豈其食魚❶，必河之魴❷？豈其取妻❸，必齊之姜❹？

右第二章，隱者自道無奢無求自得其樂之狀。

【註釋】

❶豈：難道也。其：將然之詞。❷魴：音防ㄈㄤˊ，魚名。黃河之魴魚，味最鮮美。二句言將來食魚，難道必黃河之魴乎？❸取：同娶。❹齊：姜姓大國。齊之姜：即齊國貴族姜姓之女也。

豈其食魚，必河之鯉？豈其取妻，必宋之子❶？

右第三章，義同二章，換韻疊唱之，以加重其義也。

【註釋】

❶子：宋國，商之後，子姓。宋之子，謂宋國貴族之女也。

【欣賞品評】

輔廣曰：

此詩以為隱居自樂而無求者之辭，則辭順理明，甚易而實是。夫逐物徇外，乃人之常情。今玩其辭意，安愉恬淡，非樂內者，有所不能也。

熊朋來曰：

人須是世味淡，則能隱；亦須世味淡，則能樂。衡門可棲遲，居不求安也。泌可樂飢，食不求飽也。然飲食男女，人之大欲，欲特以食魚取妻言之。

方玉潤曰：

此賢者隱居甘貧而無求於外之詩。陳之有衡門也，亦猶衛之有考槃，秦之有蒹葭。是皆從舉世不為之中而己獨為之。可謂中流砥柱，挽狂瀾於既倒，有關世道人心之作矣。然衛雖淫亂，實多君子。秦雖强悍，不少高人。陳則委靡不振，巫覡盛行。其狂惑之風尤難自拔。而此獨澹焉無欲，超然自樂。所處者，不過衡茅陋室。所飲者，不過泉水悠洋。食不必鯉與魴，妻不必宋子而齊姜。則其為志也何如哉！

守亮案：

詩序云：「衡門，誘僖公也。愿而無立志，故作是詩，以誘掖其君也。」序之說詩，離題太遠，無可取。韓詩外傳云：「衡門，賢者不用世而隱處也。」朱傳云：「此隱居自樂而無求者之辭也。」皆能得其旨，至此，世少異說矣。詩則前一章言居處飲食，不嫌簡陋，謙柔恬易，有自足意。後二章言欲無奢求，隨遇而安，蕭曠高遠，有桀傲態。是眞能隱居、自樂、無求者也。兩可以字，四豈其字、必字，正反翻跌，呼應緊足，章法甚靈。

四、東門之池

此男子愛慕女子之情之詩。

東門之池❶，可以漚麻❷。彼美叔姬❸，可與晤歌❹。

右第一章，寫男女會於漚麻池側而對歌也。

【註釋】

❶池：城池也，即護城河。❷漚：音慪ㄡˋ，久浸漬也。浸漬去其生麻之膠質，使之柔輭且剝離麻幹也。❸叔姬：依伯仲叔季言，爲姬姓之第三女也。叔，今本作淑。淑，賢也。❹晤歌：相對歌唱也。

東門之池，可以漚紵❶。彼美叔姬。可與晤語。

右第二章，義同首章，換韻重唱之。

【註釋】

❶紵：音住ㄓㄨˋ，即苧，麻之一種，今呼爲青麻。

東門之池，可以漚菅❶。彼美叔姬，可與晤言。

右第三章，義同前二章，又換韻而三疊唱之。

【註釋】

❶菅：音奸ㄐㄧㄢ，草名，似茅而滑澤，根質強韌，可作繩索，織席編筐。

【欣賞品評】

龍仿山曰：

詩旨在一漚字，晤歌、晤語、晤言，皆所以漚也。思清句雅，無狎褻謔浪之意。若以桑中、溱洧例之，便孤負此一篇好詩，且墮入浪子惡道。

守亮案：

詩序云：「東門之池，刺時也。疾其君之淫昏而思賢女以配君子也。」全篇無君昏淫之義，即有之，亦當思賢臣以輔佐之，以匡其不逮，何以思賢女邪？序之不足信可知矣。細審全詩，但爲男女期會相晤之語，故朱傳云：「男女會遇之詞。」以語出男子之口，故解爲男子慕悅女子之情詩也。詩則仿山有言，「詩旨全在一漚字。」蓋漚有經久義，池水漚麻，以喻漸漬；男女之情，又何獨不然？故詩一章深似一章。始則相晤歌，遙與之合曲而歌也；繼則相晤語，近與之相答述也。終則相晤言，去其距離，與之相言論也，此皆一漸漬漚字之功。

五、東門之楊

此男女相期而不遇之詩。

東門之楊❶，其葉牂牂❷。昏以爲期❸，明星煌煌❹。

右第一章，寫相期約而不遇也。

【註釋】

❶楊：木名，楊柳之揚起者。❷牂：音臧ㄗㄤ，牂牂：茂盛貌。又風吹樹葉之聲。❸昏：黃昏也。句謂約以黃昏爲相見之期也。❹明星：星名，即金星，先日而出，後日而入，故有啓明與長庚不同之名。啓明俗稱曉星，長庚俗稱黃昏星。煌煌：明亮貌。句謂候至啓明已見，猶未見來會也。

東門之楊，其葉肺肺❶。昏以爲期，明星晢晢❷。

右第二章，義同首章，換韻而疊唱之。

【註釋】

❶肺：音沛ㄆㄟˋ。肺肺：茂盛貌。又風吹樹葉之聲。❷晢：音哲ㄓㄜˊ。晢晢：明亮貌。

【欣賞品評】

裴普賢曰：

男女約會在東門白楊林，日入為期，對方失約未到，所以但聞風吹樹葉之聲，但見「明星煌煌」，「明星晢晢」。此詩寫來很是含蓄，而情景活現，十分深刻，十分生動，耐人尋味。唐人李商隱詩：「昨夜星辰昨夜風，畫樓西畔桂堂東；身無彩鳳雙飛翼，心有靈犀一點通。」當淵源於此篇。

守亮案：

詩序云：「東門之楊，刺時也。昏姻失時，男女多違，親迎女猶有不至者也。」然詩中未見昏姻之義。朱傳云：「此亦男女期會而有負約不至者。」朱說是也。詩意甚明，未悉姚際恒、方玉潤何以謂為「未詳？」詩則本以黃昏為相見之期，然候至啟明已見，天將曉矣，猶未見來會，是終不至也。明星煌煌、晢晢字，何等耀眼驚心！對方本負約，然取意高遠，未作負約怨恨語，責斥語，渾厚至極。蘇州民歌曰：「約郎約到月上時，看看等到月偏西，不知儂處山低月出早，還是郎處山高月上遲。」亦如是高遠渾厚也。或曰：「由黃昏候至天明，當必為男子。」故解為男女相期會而女未至之詩，亦是。

六、墓門

此刺某在位者之詩。

墓門有棘❶，斧以斯之❷。夫也不良❸，國人知之❹。知而不已❺，誰昔然矣❻。

右第一章，寫不良之人，為惡已久，國人盡知之也。

【註釋】

❶墓門：陳之城門名。又墓道之門也。棘：賤惡之樹，以喻所憎恨之人。❷斯：析也，今謂之劈，此咒罵之詞。句謂將此憎惡之人劈之始稱快。❸夫：指所刺之人也。❹句言其不良行爲，已成國人所共知之事也。❺已：改也，罷除也。不已：謂其過惡不改而罷除以休止也。❻誰昔：昔也。猶言疇昔。句謂此種情形，不僅今日有之，自昔已常然矣。

墓門有梅❶，有鴞萃止❷。夫也不良，歌以訊之❸。訊予不顧❹，顚倒思予❺。

右第二章，寫諫之仍不改悟顧我，後必有悔也。

【註釋】

❶梅：柟也。❷鴞：音宵ㄒㄧㄠ，惡聲之鳥也。萃：音翠ㄘㄨㄟˋ。萃止：集聚棲止也。又止或以爲當作之，指梅樹。❸訊：諫也，責問勸告之意。❹予：猶而也。又我也。或又以爲當作子，形似而誤。子指所刺者。句謂諫之而仍不顧我也。❺顚倒：顚覆破滅也。句言至顚覆破滅之時，則當思我之諫言矣。

【欣賞品評】

薛志學曰：

上章言積惡不悛，而追咎其始，深絕之也。下章言悔過無及，而永思其終，儆教之也。

總是愛人無已之意。

守亮案：

詩序云：「墓門，刺陳佗也。陳佗無良師傅，以至於不義，惡加於萬民焉。」陳佗事見春秋。左傳桓公五年：「陳侯鮑卒，再赴也。於是陳亂。文公子佗殺太子免而代之。」惟此詩於辭中並未見佗之字樣，僅謂「夫也不良，國人知之。」不如泛指在位者爲善。詩則言執政者之惡，已至國人盡知，而欲斧以劈之地步。仍曰「夫也不良」，而隱其名，此風人之忠厚也。輔廣曰：「人之爲惡，初動於隱微之中，猶有懼人之知之心。至於公然形肆於外，則已無所忌憚矣，然猶幸其爲人所規正刺譏而有改也。今其爲惡，至於國人皆知之，而猶不自改，則非一日之積，蓋不可得而救藥之也。」似此，不以斧劈之將何待？姚舜牧曰：「凡人之不良者，初不畏人之知，亦不顧人之訊。至於顚倒，然後致思，則已無及矣。此有識者必辨之於早，不待狼狽而後爲無及之思也。」顚倒思之，有臨危思古人之意，讀之如聞事後慨嘆之聲也。

七、防有鵲巢

此男女相悅，受讒言欺誑，憂勞不安之詩。

防有鵲巢❶？邛有旨苕❷？誰侜予美❸？心焉忉忉❹！

右第一章，寫男女情好而忽有隙，乃憂有間言也。

【註釋】

❶防：隄防也。鵲宜巢於木上，今巢於堤岸，乃不合理不可信也。❷邛：音窮ㄑㄩㄥˊ，丘也。旨：美也。苕：音條ㄊ一ㄠˊ，草名，生於低濕之地，可生食。此謂邛有旨苕，亦令人懷疑也。❸侜：音舟ㄓㄡ，誑也，欺罔也。此處爲造謠挑撥意。予美：予所美之人也。❹忉：音刀ㄉㄠ，忉忉：憂勞貌，不樂貌。

中唐有甓❶？邛有旨鷊❷？誰侜予美？心焉惕惕❸！

右第二章，義同首章，換韻而疊唱之。

【註釋】

❶中：中庭也。唐：中庭之通路也。甓：音闢ㄆ一ˋ，砌階之磚也。有階斯有甓，中唐無階係平地而言有甓，是不可信之事也。❷鷊：音逆ㄋ一ˋ，綬草也，雜色如綬之小草。❸惕：音替ㄊ一ˋ，惕惕：憂懼貌，不安貌。

【欣賞品評】

方玉潤曰：

鵲本巢木，而今則曰防有鵲巢矣；苕生下隰，而今則曰邛有旨苕矣。而且中唐非甓瓴之所，高丘豈旨鷊所生？人皆可以偽造而為謠。又況無根浮詞，不侜張予美而生彼攜貳之心耶？予是以常懷憂懼，中心惕惕而不能自解也。

守亮案：

詩序云：「防有鵲巢，憂讒賊也。宣公多信讒，君子憂懼焉。」惟詩中毫無君臣之義在。憂懼間言，則本詩之旨耳。故朱傳云：「此男女之有私，而憂或間之之詞。」斯言近似。高亨解爲男子失去愛妻，尋找不得，心中十分憂懼。細審全詩，似未至失去愛妻如此嚴重地步。且詩所美者究何所指？甚難確定。不必專指愛妻也。詩則憂慮之意，反覆道之，大有警懼在。裴普賢先生以爲：解此詩從詩文本身看，爲男女相悅，而有他人以造謠挑撥之。但亦可進而託興於男女夫婦之情，通達於君臣主從之義之寓意詩讀。且美人一辭多次出現於詩經各篇，爲後代詩歌中被喻爲君王、爲君子、爲賢能等之先聲，而此篇亦可視爲其濫觴也。

八、月出

此詩人單戀一美女子之詩。

月出皎兮❶，佼人僚兮❷；舒窈糾兮❸，勞心悄兮❹！

右第一章，由月光之美，興美人之美，以寫思念之情。

【註釋】

❶皎：月光潔白也。❷佼：音絞ㄐㄧㄠˇ，好貌。又作姣。佼人，美人也。僚：音聊ㄌㄧㄠˊ，好貌。本作嫽。❸舒：發語詞。無義。糾：音矯ㄐㄧㄠˇ。窈糾：猶窈窕也，美好之貌。又思慮之幽遠愁結也。❹勞：憂也。悄：亦憂也，思而不見故心爲之勞而憂心悄悄也。

月出皓兮，佼人懰兮❶；舒慢受兮❷，勞心慅兮❸！

右第二章，義同首章換韻而重唱之。

【註釋】

❶懰：音柳ㄌㄧㄡˇ，好貌。又或引作嬼，妖冶也。❷慢：音有ㄧㄡˇ，慢受：猶窈糾，美好之貌。又憂思也。❸慅：音草ㄘㄠˇ，憂貌。

月出照兮❶，佼人燎兮❷；舒夭紹兮❸，勞心慘兮❹！

右第三章，義同前二章，又換韻而三疊唱之。

【註釋】

❶照：亦皎皓之義。又美人爲月光所照也。❷燎：明也，亦美好貌。❸夭紹：嬋娟作姿容也，亦美好之貌。又糾緊之意。❹慘：憂也。

【欣賞品評】

朱善曰：

月出之詩，其悅之也至矣，其思之也切矣，其憂之也深矣。移是心以好賢，亦將何求而不獲哉？惜也吾未見好德如好色者也。

方玉潤曰：

此詩雖男女詞，而一種幽思牢愁之意，固結莫解。情念雖深，心非淫蕩。且從男意虛想，活現出一月下美人，並非實有所遇。蓋亞山洛水之濫觴也。至其用字聱牙，句句用韻，已開晉唐幽峭一派。

守亮案：

詩序云：「月出，刺好色也。在位不好德而說美色焉。」詩中確有男女之情，但重在刺在位不好德而好色，則甚爲勉强。故朱傳云：「此亦男女相悅而相念之詞。」似此，則爲月下思人，純爲抒情之作。惟由每章末句之憂勞愁苦觀之，似非男女相悅，而係男子之單戀。或解爲陳國貴族，殺害一英俊人物。作者目覩此慘劇，歌以悼之。離詩太遠，不似。詩則第一句寫月色，第二句寫美人容色之美，第三句寫行動姿態之美，曲線之美。末句寫相念之深，不能自寧。詩從月落想，所謂月下看美人，增加一分嬝嬝是也。宋玉神女賦：「其始也，耀乎若白日初出照屋梁；其少進也，皎若明月舒其光。」曹植洛神賦：「髣髴兮若輕雲之蔽月。」又云：「遠而望之，皎若太陽升朝霞。」恐皆本此詩。香霧雲鬟，清輝玉臂，似可想見。蘇東坡赤壁賦：「誦明月之詩，歌窈窕之章。」卽此詩之首章。呂祖謙曰：「此詩用字聱牙，意者其方言歟！」

九、株林

此陳靈公淫乎夏姬，驅馳而往，朝夕不休息，國人作詩以刺之之詩。

胡爲乎株林❶？從夏南❷？匪適株林，從夏南❸。

右第一章，隱述陳靈公至夏氏家會夏姬事，而不言其母，但言其子，以為舍蓄也。

【註釋】

❶胡：何也。株：夏氏之邑也。在今河南柘城縣。林：野也。句謂靈公於株林何所作爲也。❷夏南：徵舒字。徵舒字子南，故稱夏南，夏姬之子也，此稱其子，不稱其母，實指夏姬也。夏姬，陳大夫夏御叔妻，鄭女。❸匪：非也。又彼也。適：往也。二句言非去株林，特以欲從夏南，故至株林耳。

駕我乘馬❶，說于株野❷；乘我乘駒❸，朝食于株❹。

右第二章，寫靈公來株之狀，而不明言也。

【註釋】

❶乘：音剩ㄕㄥˋ。乘馬：四馬也。❷說：音稅ㄕㄨㄟˋ，舍息也。句言舍息於株之野也。❸上乘字音成ㄔㄥˊ，駕也。下乘字音剩ㄕㄥˋ。駒：馬六尺以下曰駒。易四馬而爲四駒，以轉移人之耳目也。❹朝食于株：言其進食之時間，是已過宿也。

【欣賞品評】

朱善曰：

衛之亂至於牆有茨而極，於是有狄入衛之禍；陳之亂，至於株林而極，於是有楚入陳之禍。然則狄非能入衛也，宣姜實召之也；楚非能入陳也，夏姬實召之也。此所謂女戎也。比事以觀，可以為淫亂者之戒也。

方玉潤曰：

靈公與其臣孔寧、儀行父淫於夏姬事見春秋傳，而此詩故作疑信之謂。非特詩人忠厚不肯直道人隱，抑亦善摹人情，如見忸怩之態。蓋公卿行淫，朝夕往從所私，必有從旁指而疑之者。卽行淫之人亦自覺忸怩難安，故多隱約其辭，故作疑信言以答訊者而飾其私。詩人卽體此情，爲之寫照。不必更露淫字，而宣淫無忌之情，已躍然紙上，毫無遁形，可謂神化之筆。然羞惡之心，人皆有之。使陳靈君臣知所羞惡而檢行爲，則何至有徵舒射廐之難？卽楚亦可不必入陳也。女戎名亂，足爲炯戒。聖人存此，亦信史歟！

守亮案：

詩序云：「株林，刺靈公也。淫乎夏姬，驅馳而往，朝夕不休息焉。」詩無異說。左傳宣公九年：「陳靈公與孔寧、儀行父通於夏姬。皆衷其衵服以戲于朝。洩冶諫曰：『公卿宣淫，民無效焉。且聞不令，君其納之。』公曰：『吾能改矣。』公告二子。二子請殺之，公弗禁。遂殺洩冶。」孔寧、儀行父，陳卿也。十年：「陳靈公與孔寧、儀行父飲酒於夏氏。公謂行父曰：『徵舒似女。』對曰：『亦似君。』徵舒病之。公出，自其廐射而殺之。」春秋書云：「陳夏徵舒弒其君平國。」事極淫蕩。詩則詞意厚道含蓄，故許天贈曰：「首章本言從夏姬也，然但指其子，而不直斥其所從之人；末章言從夏姬之頻也，然不指其人，而但言其所至之地。此詩之厚也。」賀子翼亦曰：「首章似疑、似怪、似隱、似慙。諱淫而言從，諱母而言子。明明說出，卻似未嘗說出，妙極。次章不復及夏南，但述其往來株林之狀而已。旣駕且乘，非復微行；有馬有駒，更非單騎。說野則終日矣，朝食則達旦矣，妙不多著一句，而神情自出。」是見之之亟，且非一往；恣行無忌，事至昭然也。詩人善言，短章無多，故能曲盡其妙。

十、澤陂

此男子熱戀一美女，不得親近，因作此以抒其憂之詩。

彼澤之陂❶，有蒲與荷❷。有美一人，傷如之何❸！寤寐無爲❹，涕泗滂沱❺。

右第一章，述思念之苦狀。

【註釋】

❶陂：音坡ㄆㄛ，水澤之隄岸也。❷蒲：昌蒲也。荷：荷花也。❸傷：思也。言思念而傷感，不知如何是好也。❹寤：音誤ㄨˋ，覺醒也。寐：音妹ㄇㄟˋ，入眠也。無爲：無所作爲，言寂寞無所事事也。❺涕：自目曰涕，淚也。泗：自鼻曰泗，鼻液也。滂沱：大雨貌，此狀涕泗交流之盛多。

彼澤之陂，有蒲與蕑❶。有美一人，碩大且卷❷。寤寐無爲，中心悁悁❸。

右第二章，義同首章，換韻而重唱之。

【註釋】

❶蕑：音間ㄐㄧㄢ，蘭也。又當作蓮，蓮與荷爲一物。❷碩：大也。碩大：謂長麗佼好。卷：音權ㄑㄩㄢˊ，好貌。❸悁：音娟ㄐㄩㄢ。悁悁：憂思也。

彼澤之陂，有蒲菡萏❶。有美一人，碩大且儼❷。寤寐無爲，輾轉伏枕❸。

右第三章，義同前二章，又換韻而三疊唱之。

【註釋】

❶菡：音汗ㄏㄢˋ，萏：音旦ㄉㄢˋ。菡萏：荷花之別稱。❷儼：矜莊貌。❸伏枕：輾轉不寐，伏枕思念，既深且久也。

【欣賞品評】

范處義曰：

詩人以蒲配荷、配蕑、配菡萏，所謂男女相悅也，其未得之也，則既思其人而感傷，又思其人髮之卷，又思其人貌之儼。寤寐之間，不復它有所為，或涕泗俱下，或悁悁憂感，或輾轉廢寢，此皆合男女之情而言之。詩人言其情而不及於亂，亦欲其止乎禮義也。

方玉潤曰：

集傳謂與月出相類，誠然。起極幽豔，繼乃傷感，故知為思存作，非悼亡篇也。大抵臣不得於其君，子不得於其父，皆可藉此以抒懷。詩人所言，或實有所指，或虛以寄興。興之所到，觸緒即來。後世江南曲、子夜歌，此類甚多。豈篇篇俱有所為而言耶！

守亮案：

詩序云：「刺時也。言靈公君臣，淫於其國，男女相悅，憂思感傷焉。」實由前篇株林附會而來。朱傳曰：「此詩之旨，與月出相類。」惟後人多據朱傳而以爲男女相悅而相念之詩。今就每章末二句觀之，似未至男女相悅地步，而爲一男子熱戀一美女，而不得親近之之悲苦也。詩則言有如此之澤陂，生有如此美且盛開之蒲草荷花。對此良辰美景，焉得不思彼長麗佼好美人也。然思之不得親近，其思念感傷之情，不知如何是好也。「寤寐無爲」四字，情景最苦！所云「傷如之何」！即無爲二字註脚耳。而由「涕泗滂沱」，「中心悁悁」，「輾轉伏枕」觀之，知熱戀不得親近之苦，亦已極矣。

檜

檜，一作鄶，國名，相傳爲祝融之後，妘姓。其世次無可考。范處義引王肅云：「周武王封祝融之後於濟、洛、河、潁之間，爲檜子。」未詳所據。周平王時爲鄭武公所滅，併入鄭。檜城故址，在今河南省密縣東北，接新鄭縣界。傅斯年曰：「檜詩之體，以兮爲結，甚似鄭風緇衣，故鄭檜恐是一地之詩。」屈萬里先生曰：「鄭因檜地，都於溱洧之間；鄭詩既數言溱洧，此又別出檜詩，明檜詩之別出，非因方域及樂調與鄭詩不同，蓋以其爲未被併於鄭以前之詩也。」此檜風四篇。蓋未被併於鄭以前之詩，西周末年與平王東遷初年之作也。

檜國共四篇

一、羔裘

此憂檜君變易常禮，侈奢飾麗，重游燕、怠朝政之詩。

羔裘逍遙❶，狐裘以朝❷。豈不爾思？勞心忉忉❸！

右第一章，寫檜君以朝服燕，燕服朝之不得體而憂之也。

【註釋】

❶羔裘：小羊皮所製理朝辦公之法服也。逍遙：遊戲宴樂也。❷狐裘：狐皮所製燕居之便服也。朝：上朝也。二句謂遊宴時，著理朝辦公之法服；臨朝時，著燕居之便服。服非所宜，近於戲謔，故詩人憂勞不已也。❸勞：憂也。忉：音刀ㄉㄠ，忉忉：憂勞貌。

羔裘翱翔❶，狐裘在堂❷。豈不爾思？我心憂傷！

右第二章，義同首章，換韻而重唱之。

【註釋】

❶翱翔：猶逍遙也。❷堂：公堂也。在堂：亦在朝之義。

羔裘如膏❶，日出有曜❷。豈不爾思？中心是悼！

右第三章，專言羔裘之美，日照之有光，引起前二章之思，兼有前二章之義。

【註釋】

❶膏：脂膏也，謂其潤澤光亮如油脂也。❷有曜：曜然，光亮貌。謂羔裘因日照而有光彩也。

【欣賞品評】

方玉潤曰：

小序云：「大夫以道去其君也。」大序以為國小而迫，君不用道，好絜其衣服，逍遙游燕而不能自强於政治，故作是詩。夫國君好絜衣服，過之小者也，何必去！卽云國小而迫，正臣子相助為理之秋，更不必去。此必國勢將危，其君不知，猶以寶貨為奇，終日游宴，遑恤是脩，臣下憂之，諫而不聽，夫然後去。去之而又不忍遽絕其君，乃形諸歌詠以見志也。

守亮案：

詩序云：「羔裘，大夫以道去其君也。國小而迫，君不用道，好絜其衣服，逍遙遊燕，而不能自强於政治，故作是詩也。」朱傳已覺其「大夫以道去其君」之非是，僅云：「檜君好潔其衣服，逍遙遊宴而不能自强於政事，故詩人憂之。」仍本序說。夫國君好絜衣服，不爲大過。檜君之所失，在逍遙而以羔裘，是法服爲嬉遊之具；視朝而以狐裘，是臨御爲褻媟之場。所謂朝服燕，燕服朝，變易常禮，失其體統也。再加之以逍遙翺翔之重游燕，則驕侈怠慢，荒於朝政可知，故可憂也。詩則一二章先言逍遙翱翔，後言以朝在堂，是所重者在彼，所輕者在此也。三章言羔裘之美，明亮如油脂之色，日光之照。如此侈奢飾麗，則何有心思志慮於國邪?!且但言羔裘，不及狐裘者，見其逍遙游燕之日多，而視朝之日少耳。「豈不爾思」一句，含有多少忠愛婉摯之情，宜其爲之憂勞傷悼也。

二、素冠

此女子思慕男子之詩。

庶見素冠兮❶，棘人欒欒兮❷，勞心慱慱兮❸！

右第一章，女子思慕男子之心情也。

【註釋】

❶庶：庶幾也，希冀之詞。素冠：古男子冠禮用素冠。爲古之常服。句謂希望能見到彼男子也。❷棘：與瘠通，瘦也。棘人：女子自謂也。二、三兩章之第二句亦皆女子自謂。欒：音鸞ㄌㄨㄢˊ，欒欒：瘦貌，女爲思念而憔悴也。❸勞：憂也。慱：音團ㄊㄨㄢˊ，慱慱：憂貌。

庶見素衣兮❶，我心傷悲兮，聊與子同歸兮❷！

右第二章，仍為思慕之情。

【註釋】

❶素衣：古男子之服。❷聊：且也。同歸：欲之其家也。

庶見素韠兮❶，我心蘊結兮❷，聊與子如一兮❸！

右第三章，同二章章法，換韻而疊唱之。

【註釋】

❶韠：音畢ㄅㄧˋ，蔽膝也，亦男子所服。❷蘊結：有事蘊結於心中而不能解也。❸如一：如一人也。言相與能如一人，同生同死也。

【欣賞品評】

屈萬里曰：

舊謂此詩為刺不能三年之喪者，以有素冠素衣之語也。按：古人喪服，以縷之粗細，定其輕重，非必尚白。古冠禮用素冠，士冠禮始冠鄭注云：「白布冠，今之喪冠是也。」曰今之喪冠，明古者不必如是。鄭風出其東門言「縞衣綦巾」，是女子平時亦衣白衣。曲禮云：「父母在，衣冠不純素。」始以純素為嫌。曲禮蓋戰國晚年或秦漢間人所作，所言未必為古俗也。翟灝通俗編有說詳之。

守亮案：

詩序云：「素冠，刺不能三年也。」朱傳從之。後之解詩者，多不敢廢之。即如傅斯年，已發現有男女之情，而猶曰：「亦男女相愛之辭。女子見其所愛者遭喪，仍欲速嫁之也。」

遭喪之言，斯序說之未盡去者也。至屈萬里先生，始詳言以去序說而有新解。王靜芝先生曰：「蓋三年之喪，爲孔子之主張，後世儒者，遇此大題目，多莫敢議論。惟三年之喪即使應守，而此詩中所言，固與三年之喪無關也。詩序之所以說此詩爲刺不能三年者，以有素冠、素衣、素韠數語而已。然素冠素衣素韠之文，從未於喪禮中見之。姚際恒考之綦詳。然則據素冠等語以爲指三年之喪，明爲誤矣。因舊說以此詩爲刺三年之喪，而通俗乃以棘人爲居父母喪者之稱。流傳既久，已不可更易。然此詩非指三年之喪而言，則可確定。」是以姚際恒曰：「此詩本不知指何人，但以『勞心』『傷悲』之詞，『同歸』『如一』之語，或如諸篇，以爲思君子可，以爲婦人思男亦可。」今據以爲女子思慕男子之詩。詩則通篇傳神全在起手一庶字，此一庶字，中含有無限希冀，無限屬望。希望見其素冠、素衣、素韠之人而不得，故心悲傷，蘊結，欒欒然而瘦也。至慱慱、同歸、如一，身心憔悴，或言同歸舊好，一如往昔；或言永不分離，同生共死也。金谷詩：「白首同所歸」。河梁詩：「與子如一身。」當自此出。

三、隰有萇楚

此傷世亂愁苦，而羨草木之無知，無室家之累之能爲樂之詩。

隰有萇楚❶，猗儺其枝❷。夭之沃沃❸，樂子之無知❹！

右第一章，傷時痛苦，感物思悲也。

【註釋】

❶隰：音習ㄒㄧˊ，下濕之地也。萇楚：羊桃也，葉長而狹，花紫赤色，其枝莖弱，過一尺，引蔓於草上。❷猗：音阿ㄜ。儺：音娜ㄋㄨㄛˊ。猗儺：同阿娜，美盛貌，柔順貌。❸夭：少好貌。沃沃：猶沃若，光澤貌，柔嫩貌。或謂夭之沃沃爲人之年少而英秀。❹樂：羨慕也，愛悅也。子：指萇楚。無知，不知愁苦也。又無知與下無家無室，皆無妻室意。

隰有萇楚，猗儺其華❶。夭之沃沃，樂子之無家❷！

右第二章，義同首章，換韻而重唱之。

【註釋】

❶華：古花字。❷無家：無家室之累也。

隰有萇楚，猗儺其實。夭之沃沃，樂子之無室❶。

右第三章，義同前二章，又換韻而三疊之。

【註釋】

❶無室：猶無家。

【欣賞品評】

輔廣曰：

人之有知，所以為萬物之靈也。有家有室，所以異於物也。今也政煩賦重，不堪其苦，反歎不如物之無知無家焉，則不樂其生甚矣。何為使之至此極哉？為人上者，宜有所覺矣。

鄒忠胤曰：

詩發乎情，如其情以為情者，常也。亦有反其情以為情者，檜風之萇楚是也。夫人懷五常之性，為有生最靈，誰則甘冥然無知者？且有心知，卽有情慾，聞以未有家室為苦，不聞以無之為快也。今檜之民，至於不樂有知，不樂有家，不樂有室，致羨乎萇楚之猗儺，豈復近人情乎？此所為反其情以為情也。蓋世治則室家相保，由上所養；世亂則室家相棄，由上所殘。是詩不知作於何時，殆亡國之音乎！

守亮案：

詩序云：「隰有萇楚，疾恣也。國人疾其君之淫恣，而思無情慾者也。」此說與詩無涉。朱傳曰：「政煩賦重，人不堪其苦，歎其不如草木之無知也。」政煩賦重，詩中雖無明文，然不可謂絕無此因素。除此外，至人不堪其苦，歎其不如草木之無知。則傷生不逢時，喪亂頻仍，顛沛流離之情可知矣。詩則三樂字極慘，有生之所以可樂者，身爲萬物之靈長，以其有知、有室、有家耳！今則樂其無知、無室、無家。是無妻室，無負擔牽累，乃少愁苦，故可樂也。有妻室之人，竟羨無妻室之草木，其痛深矣。詩人於苦痛之極，無可告訴時，見無知萇楚之猗儺，乃傾吐其欣羨之辭，似不近情理；然悲困無聊，亦不得不有此苦想也。

四、匪風

此檜將滅於鄭，人民流離道路，痛苦悲愴，望周興以救之之詩。

匪風發兮❶，匪車偈兮❷。顧瞻周道❸，中心怛兮❹！

【註釋】

❶匪：彼也。下同。發：飄揚貌。又猶發發，風之吹颰疾厲聲。❷偈：音桀ㄐㄧㄝˊ，疾驅貌。❸顧：迴視也。周道：與周行同義，猶言大道，即自周而來之大道也。❹怛：音達ㄉㄚˊ，悲傷也。

右第一章，檜人流離道途，因景物而興懷也。

匪風飄兮❶，匪車嘌兮❷。顧瞻周道，中心弔兮❸！

【註釋】

❶飄：猶吹也。❷嘌：音漂ㄆㄧㄠ，疾也。❸弔：傷也。

右第二章，義同首章，換韻而重唱之。

誰能亨魚❶？溉之釜鬵❷。誰將西歸❸？懷之好音❹。

【註釋】

右第三章，望周之興而救檜也。

❶亨：古同烹。古言治國每以烹魚爲喻，烹魚煩則碎，治民煩則散，知烹魚則知治民矣。❷漑：洗滌也。之猶其也。下同。釜：鍋也。無足曰釜。鬵：音旬ㄒㄩㄣˊ，大釜也。❸西歸：返回於周，謂歸附於周，即仕於周也。檜在周東，故曰西歸。❹懷：念也，意即盼望。好音：好消息。意謂西歸助周復興之好消息。

【欣賞品評】

方玉潤曰：

鄭桓公之謀伐虢與檜也久矣，然未幾而旋亡。使周轍不東，檜亦未必受迫於鄭。其或王綱再振，鄭必不敢加兵於檜。而今已矣，悔無及矣，不能不顧瞻周道而自傷也。蓋周興則我小國亦與之俱興矣。搔首茫茫，其誰能亨魚乎？有則我願為之漑其釜鬵也，其誰將西歸乎？

守亮案：

詩序云：「匪風，思周道也。國小政亂，憂及禍難，而思周道焉。」思周道也是。朱傳云：「周室衰微，賢人憂歎而作此詩。」蓋周幽王無道，犬戎殺幽王於驪山之下，西周覆亡，天下大亂。時檜亦衰亂，百姓流離，乃思周室之興，以能救檜也。裴普賢先生則以爲「有檜人仕於西周者，於鎬京淪陷後循周道流亡東返，感懷時事，憂傷靡已，途次賦詩以抒情。」詩蓋作於平王東遷之初，檜將被滅於鄭之時。詩則以風之發飄，車之偈嘌，一以喻政亂心危，一以寫流離途中實景實情。於斯時也，回顧自周而來之道塗，能不怛弔以悲傷乎？故一二章嘆其衰微也。三章則祈彼善治其國者，能若烹小鮮，得其時宜，不致於亂，使大局挽回，恢復西周之盛。如此，則政出天子，強不凌弱，以振救我小國之衰亂也。著一懷字，兩誰字，一西字。風景依然，擧目則有江山異色之感。

曹

曹，國名，姬姓，周武王弟叔振鐸所封之國。封域約當今山東省菏澤定陶一帶。曹都故址，在今定陶縣。傳二十四世至曹伯陽，於魯哀公八年爲宋景公所滅。傅斯年曰：「曹叔振鐸，文之昭也。周初所褒大封，後乃畏服於强鄰。故鳲鳩之辭，稍似小雅；下泉之辭，有類亡國之音哀以思者，蓋曹在初年必爲大國，後乃衰微不承權輿耳。」曹風四篇，鄭譜補亡謂：「昭公立，當周惠王時曹之變風始作，至於共公，凡二君有詩。」其中候人篇，有「三百赤芾」句，合於左傳所記晉文公入曹，數曹共公不用僖負羈而乘軒者三百人事。詩序謂爲刺共公之詩，後人多採信。末篇下泉則自明何楷採易林之說，以詩中郇伯卽晉荀躒，詩乃美荀躒能勤王，平王子朝作亂事。馬瑞辰證成之。屈萬里先生採其說，以此詩爲三百篇最晚之作。實下泉非曹人美郇伯荀躒能勤王之詩，乃傷晉文之侵曹，而念周之衰，無力以制晉扶曹，念周懷郇伯也。方玉潤倡其說，王靜芝先生採之。如此，當早於荀躒勤王後詠詩美之幾百二十年，非三百篇最後之作。

曹國共四篇

一、蜉蝣

此以蜉蝣之朝生暮死，而嘆人生短促之詩。

蜉蝣之羽❶，衣裳楚楚❷。心之憂矣，於我歸處❸！

右第一章，以蜉蝣之朝生暮死，而憂己生命短促也。

【註釋】

❶蜉蝣：蟲名，長六七分，體似蜻蛉而小，四翅，後翅極小，尾毛有三，細長如絲。幼蟲棲水中，約三年，脫皮成蟲，成蟲交尾產卵即死，生存期僅數小時，故有朝生暮死之說。❷楚楚：鮮明整齊貌。❸於：音烏ㄨ，歎詞。下同。歸處：謂死也。句謂噫！我將大歸以死矣。

蜉蝣之翼，采采衣服❶。心之憂矣，於我歸息❷！

右第二章，義同首章，換韻而重言之。

【註釋】

❶采采：華美盛飾貌。❷歸息：亦謂死也。

蜉蝣掘閱❶，麻衣如雪❷。心之憂矣，於我歸說❸！

右第三章，義同前二章，又換韻而三疊之。

【註釋】

❶掘閱：容閱也。言容貌鮮豔可賞閱也，此指蜉蝣之全身。❷麻衣：白布衣也。如雪：鮮潔貌。❸說：音稅ㄕㄨㄟˋ，舍息也。歸說：亦謂死也。

【欣賞品評】

裴普賢曰：

此詩乃歎人生之如蜉蝣，表面上雖甚可愛，其奈朝生暮死，轉瞬卽逝何？豈可徒事奢浮乎？蓋「少小不努力，老大徒傷悲」也！

守亮案：

詩序云：「蜉蝣，刺奢也。昭公國小而迫，無法以自守，好奢而任小人，將無所依焉。」詩無侈奢任小人義。朱傳云：「此詩蓋以時人有玩細娛而忘遠慮者，故以蜉蝣爲比而刺之。」詩亦無玩細娛而忘遠慮義。後之解詩者或謂：「競誇浮華，不務實際。」或謂：「人無遠慮，必有近憂。」皆由詩序、朱傳而來。實則此詩祇是以蜉蝣之朝生暮死，而嘆人生短促也。蘇子瞻赤壁賦：「寄蜉蝣於天地。」卽用此詩。詩則善於狀物，楚楚、采采、「麻衣如雪」，自是淨練之工妙語。而歸處、歸息、歸說云云，鍾伯敬曰：「歸處言這裏說不得，到家裏與你說；歸息，歸說言急忙說不得，坐一會與你說，皆從心之憂矣一句生出來。」徐退山許以「此解最妙。」實不如馬瑞辰謂三者皆謂死也之說爲善。

二、候人

此刺曹君遠君子而近小人之詩。

彼候人兮❶，何戈與祋❷。彼其之子❸，三百赤芾❹。

右第一章，指君子不能得意，祗為候人之官而已。

【註釋】

❶候人：官名，掌道路迎送賓客之職也。❷何：音賀ㄏㄜˋ，同荷，以肩承物也，負荷也。祋：音奪ㄉㄨㄛˊ，殳也，兵器名。長一丈二尺，無刃。❸彼：指示字。其：音記ㄐㄧˋ，語詞。之子：是子也，指彼小人之流，赤芾乘軒者。❹芾：音費ㄈㄟˋ，蔽膝也。大夫以上，赤芾乘軒。曹共公之臣，乘軒者三百人。

維鵜在梁❶，不濡其翼❷。彼其之子，不稱其服❸。

右第二章，以鵜之在梁，與彼人服赤芾之不稱。

【註釋】

❶鵜：音啼ㄊㄧˊ，鵜鶘也，體大於鵝，色灰白，嘴長尺餘，頷下有大喉囊，能竭水取魚，先則連水吞入，貯喉囊中，繼乃吐其水而食之。梁：堰石障水而空其中，以通魚之往來者也。今謂魚梁、堵魚壩。❷濡：

音儒ㄖㄨˊ，漬濕也。❸稱：音趁ㄔㄣˋ，配合適當也。

維鵜在梁，不濡其咮❶。彼其之子，不遂其媾❷。

【註釋】

❶咮：音紂ㄓㄡˋ，鳥嘴也。❷遂：稱也。媾：寵也。不遂其媾：其人與其所得之寵渥不相稱。

右第三章，義同第二章，換韻疊唱之。

薈兮蔚兮❶，南山朝隮❷。婉兮孌兮❸，季女斯飢❹。

右第四章，言小人得志，君子失意也。

【註釋】

❶薈蔚：本狀草木之盛多，此指雲氣之升騰貌。❷隮：音績ㄐ一，雲升也。又虹升也。兩句言小人衆多而氣燄盛也。❸婉、孌：少好貌。❹季女：少女也，喻賢者。句言賢者守貞而反困窮也。

【欣賞品評】

輔廣曰：

一章，言候人而何戈與祋者宜矣，彼小人而三百赤芾何哉？問之也。二章三章，則以維鵜在梁，不濡其翼咮，以興彼小人者，不稱其服寵，惜之也。末章，方言小人之盛，而賢者不得其所，此蓋當時君子之詞也。所謂賢者，其指僖負羈歟？使晉文公以是為曹之罪而伐之，則其賢而失所亦可知矣。

守亮案：

詩序云：「候人，刺近小人也。共公遠君子而好近小人焉。」朱傳因之，世少別說。晉文公伐曹。三月入之，數曹共公不用僖負羈，而乘軒者三百人。見左傳僖公二十八年。所謂乘軒者三百人，即此三百赤芾是也。又重耳流亡於曹時，曹共公無禮，聞重耳駢脅，欲觀其裸。浴，薄而觀之。僖負羈饋重耳盤飧，寘璧其間。重耳受飧反璧。見左傳僖公二十三年。故晉文公惡曹共公之無禮，而以僖負羈爲賢，及入曹，乃數之以罪也。曹君之遠君子，近小人，昭昭明著。詩則以三百赤芾作主，不稱不遂，則有辜負知遇。無功受祿，徒具衣冠。結黨營私，爭寵倖進，置國家大計於腦後，捫心自問，能無愧乎？姚舜牧曰：「候人雖一職之微，然皆各供其事，任其勞。彼赤芾者，優游於朝著之間，不稱不遂；但比周爲黨，薈萃如南山之朝隮，何怪婉孌自少者之不得其食哉！蓋深恨而痛刺之詞。」宜乎文公伐而數責之也。輕描閒寫，曹君用人顚倒處自見。

三、鳲鳩

此曹人美在位者之詩。

鳲鳩在桑❶，其子七兮。淑人君子，其儀一兮❷。其儀一兮，心如結兮❸！

右第一章，由鳲鳩之均養七子，興淑人君子之美。

【註釋】

❶鳲：音尸ㄕ，鳲鳩：布穀鳥也。❷儀：儀度也，猶言態度。一：專一也。句言其行爲態度，永遠專一不二也。❸如結：言其如物之固結而不散也。心如結：言不二三其德，朝更暮改也。

鳲鳩在桑，其子在梅❶。淑人君子，其帶伊絲❷。其帶伊絲，其弁伊騏❸。

右第二章，由鳲鳩之子長在梅，興淑人君子之其帶用素絲，其冠用玉飾之有成就也。

【註釋】

❶句謂其子能飛翔於梅樹之上矣。❷伊：維也，是也。帶：大帶也。大夫以上大帶用素。其帶伊絲：謂大帶用素絲，故言絲也。❸弁：音便ㄅㄧㄢˋ，皮冠也。騏：當作璂，以玉爲之飾弁者。弁帽多鹿皮製，其合縫處綴以寶石。寶石於弁帽上星羅棋布，一如棋子在棋盤然，故謂之璂。

鳲鳩在桑，其子在棘❶。淑人君子，其儀不忒❷。其儀不忒，正是四國❸。

右第三章，章旨同前章，換韻。

【註釋】

❶棘：酸棗樹，小棗叢生者。❷忒：音特ㄊㄜˋ，差錯也，改變也。❸正：率正也。四國：四方之國，猶言天下也。正是四國：謂四國之人，以之爲法也。

鳲鳩在桑，其子在榛❶。淑人君子，正是國人。正是國人，胡不萬年❷！

右第四章，章旨同前章，換韻。

【註釋】

❶榛：音珍ㄓㄣ，木名。❷胡：何也。句謂何以不長壽萬年乎？此國人祝其萬壽無疆也。

【欣賞品評】

劉瑾曰：

鳲鳩之子雖非一，而鳲鳩飼之之心則如一；其子之飛往雖無常，而鳲鳩居以待之則有常。詩人託興之取義者，亦以應接事物之變，四國人民之衆，而君子則度有常而心如一也。然其言之有序，以爲君子之心如結，是以其儀專一而有常度。有常度，是以其帶與弁亦有常而不差忒。不差忒，是以其儀不忒而可以表正四國。表正四國，則其終也可以受天之祿而壽考萬年。是雖祝願之詞，固亦天人感通之理也。

守亮案：

詩序云：「鳲鳩，刺不壹也。在位無君子，用心之不壹也。」然詩中純爲讚美之語，絕無刺義。且詩處處顯示平均如一，何以序謂刺不壹，使人不解。朱傳云：「詩人美君子之用心，均平專一。」庶幾近之。或以爲「正是四國」語，固非周公不足以當之。而謂美周公儀度有常，能正四國之詩。惟正是四國，謂四方之國之人，以之爲法，亦不必落實定爲周公。詩則以鳲鳩之均養七子，心一不二，無其偏頗，與「淑人君子」，有其高尚儀度，心有常而不變，專一之美也。毛傳謂鳲鳩之飼子，朝從上而下，暮從下而上，平均如一。如此太泥，實不如李樗之「但謂鳲鳩於其子，使之各得養，無使偏而已，不必以爲朝從上而下，暮從下而上也。」此詩須從四個「淑人君子」著眼。或美其儀一，或美其心結，或美其誠於中之形於外，或美其四國之人之以爲法，最後除美之外，並順祝其「胡不萬年」也。牛運震曰：「平易和雅，變風中少有此格。」斯言得之。

四、下泉

此傷晉之侵，乃念周之衰，無以制霸之詩。

冽彼下泉❶，浸彼苞稂❷。愾我寤嘆❸，念彼周京❹。

右第一章，傷周衰不能制霸也。

【註釋】

❶冽：音列ㄌㄧㄝˋ，寒涼也。下泉：泉自高處下流者也。❷苞：豐茂也，草叢生也。稂：音郎ㄌㄤˊ，草名，似禾，又名狼尾草。❸愾：音慨ㄎㄞˋ，歎息之聲。寤：覺也。或以爲語詞，❹周京：周之京都，天子所居，謂西京。

冽彼下泉，浸彼苞蕭❶。愾我寤嘆，念彼京周❷。

【註釋】

右第二章，義同首章，換韻而重唱之。

❶蕭：蒿也。❷京周：即周京。倒文以協韻耳。

冽彼下泉，浸彼苞蓍❶。愾我寤嘆，念彼京師❷。

【註釋】

右第三章，與前二章同義，又換韻而三疊之。

❶蓍：音詩ㄕ，草名，類蒿，古人以其莖爲占筮之用。❷京：大也。師：衆也。京師：國都也。天子之所居，必以衆大言之，亦指西京而言。

芃芃黍苗❶，陰雨膏之❷。四國有王❸，郇伯勞之❹。

【註釋】

右第四章，懷往者王室之盛也。

❶芃：音朋ㄆㄥˊ，芃芃：茂盛貌。❷膏：潤澤也。❸四國：四方諸國也。有王：心中尚有周天子，尊敬而朝之也。❹郇：音旬ㄒㄩㄣˊ，郇伯：郇侯也，文王之後，爲州伯，有治諸侯之功。勞：音澇ㄌㄠˋ，慰勞也。

【欣賞品評】

方玉潤曰：

傷周無王不足以制霸也。此與匪風同被大國之伐，而傷周王之不能救己也。夫天下有道則禮樂征伐自天子出，天下無道則禮樂征伐自諸侯出。今晉文入曹，執其君，分其田，以釋私憾，寧能使曹人帖然心服乎！此詩之作，所以念周衰，傷晉霸也。使周而不衰，則四國有王，彼晉雖強敢擅征伐，又況承王命而布王恩者，有九州之伯以制之。昔者郇國之君，嘗承是命治諸侯而有功矣，而今不然也，不能不愾然寤歎，以念周京如芭稂之見浸下泉，日蕪沒而自傷耳。

守亮案：

詩序云：「下泉，思治也。曹人疾共公侵刻，下民不得其所，憂而思明王賢伯也。」此說以爲曹人疾曹共公之暴虐，乃憂思明王賢伯而賦此。然觀其下泉浸稂之語，下泉絕不似喻君，浸亦不似喻君暴虐之義。朱傳云：「王室陵夷而小國困弊，故以寒泉下流而苞稂見傷爲比，遂興其愾然，以念周京也。」義稍近似，仍嫌空泛。詩中有「愾我寤歎，念彼周京」之語，與國事有關，顯然可見。王靜芝先生曰：「愚意以爲此晉文入曹，曹人傷晉之侵，而念周室衰微，無力以制晉扶曹，故念周而懷郇伯也。下泉之洌，是喻晉也。寒冽是言其侵人之厲也。苞稂喻曹人生命之所繫。是先感其國之辱，其人之危。然後思外援之不濟，王室之今非昔比者。」斯言是也。詩則前三章起二句有荒原曠野，蓬蒿滿目景象。一列字有不寒而慄意，一浸字有終歲沮洳意，一苞字有稊稗叢生，根深難拔意。而「愾我寤嘆」四字沈憂，景象如繪。末一句「念彼周京」，懷昔盛時，當不致如此也。第四章「芃芃黍苗」，是憶往昔各國康樂之象也。「陰雨膏之」，是王室能扶小國之象也。由此以憶起四國有王，王室强大之事，而又有郇伯以勞之。蓋郇伯有治諸侯使各國康樂而無侵害之功，故念之也。

豳

豳，國名，亦作邠。在禹貢雍州岐山之北，今陝西省栒邑縣境。周之先世公劉由戎狄遷於此。十世爲太王，徙居岐山之陽周原之地，始稱周。十二世爲文王，十三世而武王伐紂滅商，遂有天下。朱傳曰：「武王崩，成王立，年幼不能莅阼，周公旦爲冢宰攝政，乃述后稷公劉之化，作詩一篇以戒成王，謂之豳風。而後人又取周公所作，及凡爲周公而作之詩以附焉。」於此知豳雖爲周先人之國，而豳風多言周公事。但豳風非全爲豳人所作也。傅斯年曰：「豳風雖涉周公事，然決非周公時詩之原面目，恐口頭流傳二三百年後而爲此語。」屈萬里先生曰：「豳地與周公無關，而豳詩多言周公東征事，此必有故。疑周公東征時所率者多豳地之民，所爲歌詩，皆豳地之聲調，故其詩雖作於東國，而仍以豳名之也。七月之詩，疑亦東征之士，懷念故土，作之以慰鄉思者。」斯言皆是。蓋周公東征，所率多豳地之民故也。

豳風凡七篇。七月一詩，無周公陳王業戒成王之意，蓋乃豳人詠豳地生活之作。東山一詩，當是豳人隨周公東征三年，返鄉抒情之作。破斧一詩，則豳人隨周公東征之士，自述其作戰艱苦終獲勝利之詩。九罭乃東人眷戀周公，不願其離去之詩，事後爲豳人所傳誦者。由是可知，鴟鴞或東征時周公所作亦爲豳人所誦者。狼跋則豳人東征時所作以美周公者。東征多豳人，故豳人爲詩多敘周公。周公之事，多爲豳人所述，故有關周公之詩編入豳風也。而呂覽稱破斧爲東音，則其詩且從此流傳於東方矣。

豳國共七篇

一、七月

此豳人自咏其生活之詩。

七月流火❶，九月授衣❷。一之日觱發❸，二之日栗烈❹；無衣無褐❺，何以卒歲❻？三之日于耜❼，四之日舉趾❽。同我婦子，饁彼南畝❾，田畯至喜❿。

右第一章，寫七月漸涼，備衣度歲，及來春始耕之事。

【註釋】

❶七月：夏歷七月也。夏之七月，爲周之九月，以下諸言月者，同。火：星名，一曰大火，即心宿也。六月初昏，火見於正南方，至七月昏則漸向西沈，故曰流火。流：謂下趨也。❷九月：爲周之十一月。授衣：授與寒衣也。又授製冬衣材料使爲之也。言九月霜始降，蠶績之功成，製寒衣以授家人，使之禦寒也。❸一之日：夏曆之十一月，周之正月也。觱：音必ㄅㄧˋ，觱發：風寒也。❹二之日：夏曆之十二月，周之二月也。栗烈：借爲凜冽。寒氣也。❺褐：音何ㄏㄜˊ，毛布，貧賤者之服也。❻卒歲：終歲也。夏曰歲，周曰年。二句言若無衣無褐，則何以度歲末而過新年邪？❼三之日：夏曆之正月，周之三月也。于：助詞。又爲

也。耜：音似ㄙˋ。農具，略似今之鐵鍬，其柄謂之耒。于耜：修理耜也。❽四之日：夏曆之二月，周之四月也。舉趾：謂舉足踏耜，即開始耕田也。❾饁：音葉一ㄝˋ，饋也，今謂送飯。二句言我婦我子，送飯至南畝間，以供田間耕作者食用也。❿畯：音俊ㄐㄩㄣˋ，田畯：教田之官，一曰農大夫，一曰農正。勸耕者也。句言田畯至此，見耕作之狀而欣喜也。

七月流火，九月授衣。春日載陽❶，有鳴倉庚❷。女執懿筐❸，遵彼微行❹，爰求柔桑❺。春日遲遲❻，采蘩祁祁❼。女心傷悲：殆及公子同歸❽！

右第二章，細寫女子春日采桑蘩之情況，並思及其將婚事。

【註釋】

❶載：始也，乃也。陽：溫暖也。❷倉庚：鳥名，即黃鶯。❸懿筐：深筐也。❹遵：循也。微行：小徑也。❺爰：乃也。柔桑：嫩桑也。蠶始生宜食之。❻遲遲：舒緩貌。春日漸長故云。❼蘩：白蒿也，蠶始生未可食桑，故以此白蒿啖之。祁祁：衆多貌。❽殆：將也。及：與也。公子：豳公子也。言將與豳公子同歸，女思自己之終身，已許嫁公子，將歸其家，則遠父母，故而悲也。或以爲恐將被貴公子強與之俱歸也。但下有爲公子裳，爲公子裘語，似無惡意，非強與之俱歸而悲傷也。

七月流火，八月萑葦❶。蠶月條桑❷，取彼斧斨❸，以伐遠揚❹，猗彼女桑❺。七月鳴鵙❻，八月載績❼。載玄載黃，我朱孔陽❽，爲公子裳❾。

右第三章，承前采桑蠶意，繼言紡之、染之、治之以為公子裳也。

【註釋】

❶萑：音完ㄨㄢˊ，荻之堅成者。又借為刓，音同，割也。八月收割蘆葦以備來年用為曲薄以養蠶也。❷蠶月：養蠶之月。指夏曆三月而言。條桑：言桑葉茂盛也。又條取桑枝，以采其葉也。❸斨：音槍ㄑㄧㄤ，斧屬。受柄之孔，橢者曰斧，方者曰斨。❹遠揚：枝條之遠出而揚起者。句言伐彼遠處揚起之枝也。❺猗：美盛貌。女桑：桑小而條長者，不可條取，取其葉而存其條枝也。❻鵙：音決ㄐㄩㄝˊ，鳥名，伯勞也。又名子規，杜鵑。❼載：則也，乃也。績：紡也。❽玄、黃、朱：皆謂染絲之色也。孔：甚也。陽：明也。二句謂我所染之朱色最為鮮明也。❾為：治也。治之以供公子為裳也。

四月秀葽❶，五月鳴蜩❷。八月其穫，十月隕蘀❸。一之日于貉❹，取彼狐狸，為公子裘。二之日其同❺，載纘武功❻。言私其豵❼，獻豜于公❽。

右第四章，四至十月耕蠶畢，繼言冬獵習武事也。

【註釋】

❶秀：不榮而實曰秀。葽：音腰ㄧㄠ，草名。❷蜩：音條ㄊㄧㄠˊ，蟬也。❸隕：音允ㄩㄣˇ，落也。蘀：音拓ㄊㄨㄛˋ，草木皮葉落地為蘀。❹于：助詞，有正在進行之意。貉：音賀ㄏㄜˋ。貉為獵祭，因稱獵為貉。于貉：往獵貉也。❺同：會同也。謂冬獵大合衆人而行之也。❻纘：音纂ㄗㄨㄢˇ，繼也。功：事也。田獵所以習武事，故云。❼言：語詞。相當於而或乃字。私：私有之也。豵：音宗ㄗㄨㄥ，豕一歲者曰豵。此謂獸之小者，獲則收為私有之用。❽豜：音肩ㄐㄧㄢ，豕三歲曰豜。公：豳公也。此謂獸之大者，獲之則獻于公也。

五月斯螽動股❶，六月莎雞振羽❷。七月在野❸，八月在宇❹，九月在戶❺，十月蟋蟀入我牀下❻。穹窒熏鼠❼，塞向墐戶❽。嗟我婦子，曰爲改歲❾，入此室處❿。

右第五章，寫蟲之移以見天之寒，塞穴墐戶，以保居室之溫，而度歲暮迎新春也。

【註釋】

❶斯螽：蟲名。動股：謂以股磨翅作聲也。或以爲跳動。❷莎：音蓑ㄙㄨㄛ，莎鷄：蟲名，黑色赤頭，以其生莎草間，故名。俗謂之紅娘子或紡織娘。振羽：振動其羽而作聲也。或以爲飛動。❸野：野外也。言蟲在野，此指下文十月蟋蟀入我牀下之蟋蟀。❹宇：簷也。謂蟋蟀八月在屋簷之下也。❺戶：門也。言蟋蟀遷地避寒，九月乃至門戶間也。❻句言至十月大寒，蟋蟀避寒依人，則入牀下以過冬矣。❼穹：音窮ㄑㄩㄥˊ，穴也。窒：音質ㄓˋ，塞也。穹窒：塞屋中之穴隙，以免寒氣之侵入也。或以爲穹借爲烘。窒，當作室，謂以火烘乾居室。熏鼠：以煙火熏鼠穴，使其逃逸也。❽向：冬季向風之窗，即北向之窗牖也。冬季北風凜冽，塞北窗以防寒也。墐：音謹ㄐㄧㄣˇ，以泥塗物也。庶人篳戶，至冬，則北風凜冽，難禦風寒，故以泥塗之於戶，使寒風不入。如此，則寒可禦矣。❾曰：發語詞。爲：將也。言將改歲也。此謂夏曆十月，即周曆十二月，周人年終而改歲。❿處：居也。以上三句，言至此時，共婦及子，入此溫暖之室，以度歲暮而迎新春也。

六月食鬱及薁❶，七月亨葵及菽❷，八月剝棗❸，十月穫稻❹：爲此春酒❺，以介眉壽❻。七月食瓜，八月斷壺❼，九月叔苴❽。采荼薪樗❾，食我農夫❿。

右第六章，寫農圃飲食之事。

【註釋】

❶鬱：唐棣之屬。薁：音玉ㄩˋ，俗謂之野葡萄。❷亨：古烹字。葵：菜名。菽：也名。❸剝：扑之假借字，擊也，擊之使落也。❹穫：前四章已言八月其穫，此穫字疑爲濩之假借。濩：煮也，煮之以備釀酒之用也。❺春酒：凍醪也。冬時釀之，新春飲之也。❻介：音丐ㄍㄞˋ，求也。眉壽：高壽也。高年者每有豪眉，故云。❼壺：瓠之假借。斷：謂斷其蒂而取之，乾則盛水或酒，以有壺之用也。❽叔：拾也。苴：音居ㄐㄩ，麻子也。可供菜羹。❾荼：苦菜也。樗：音書ㄕㄨ，木名，俗稱臭椿。薪樗：採樗以爲薪也。❿食：音四ㄙˋ，以物與人以供食也。

九月築場圃❶，十月納禾稼❷。黍稷重穋❸，禾麻菽麥。嗟我農夫，我稼既同❹，上入執宮功❺。晝爾于茅❻，宵爾索綯❼；亟其乘屋❽，其始播百穀❾。

右第七章，寫農事之餘，則服勞役執宮功也。

【註釋】

❶築場圃：謂築場於圃也。場圃同地，春夏耕而種菜爲圃，秋冬壓平使堅以理穀實則爲場也。❷納：收入穀倉也。禾：穀連藁秸之總名。稼：穀類所結之實也。禾稼：五穀之通稱。❸重：音蟲ㄔㄨㄥˊ。穋：音陸ㄌㄨˋ。先種後熟曰重，後種先熟曰穋。❹同：聚也。言稼已收聚完畢也。❺上入：上而入於都邑。執：作

也。宮功：豳公宮室之事也。❻爾：語詞。于：助詞，有正在進行之意。于茅：治理茅草之事也。❼宵：夜也。索：搓製也。綯：音陶ㄊㄠˊ，繩也。索綯：搓製絞糾其繩索也。❽亟：音義同急。其：語詞。乘：音成ㄔㄥˊ，覆也。乘屋：謂以茅覆屋也。❾其：將然之詞。言所以亟其乘屋者，以將開始播種百穀，忙於來年之耕種也。

二之日鑿冰沖沖❶，三之日納于凌陰❷。四之日其蚤❸，獻羔祭韭❹。九月肅霜❺，十月滌場❻。朋酒斯饗❼，曰殺羔羊❽。躋彼公堂❾，稱彼兕觥❿：萬壽無疆⓫。

右第八章，寫藏冰燕飲，升公堂祝福之事。

【註釋】

❶沖沖：鑿冰之聲也。❷納：藏也。藏冰，所以備暑也。凌陰：冰室也。今謂之冰窖。❸蚤：同早。或謂蚤爲取義，謂取冰也。又早朝也。❹獻：供祭也。句謂以羔羊，韭菜祭獻，以開冰室也。❺肅霜：氣肅而霜降也。句謂九月霜降收縮萬物也。❻滌：清掃也。十月場事已畢，故清掃之。❼朋：兩樽曰朋，或釋爲朋儕。斯：是也。饗：宴也，謂鄉飲酒也。❽曰：語詞。❾躋：音基ㄐㄧ，升也。公堂：豳公之堂也。又學校也。❿稱：兩手並舉也。兕：音ㄙˋ，野牛也。觥：音工ㄍㄨㄥ，兕觥：以兕牛角製成之酒器，後以銅爲之。⓫萬壽：猶言萬歲。疆：竟也。無疆：猶言無窮盡也。此祝福之語，祝其萬年長壽而無邊限極止也。

牛運震曰：

此詩以編紀月令為章法，以蠶衣農食為節目，以預備儲蓄為筋骨，以上下交相忠愛為血脈，以男女室家之情為渲染，以穀蔬蟲鳴之屬為點綴。平平常常，癡癡鈍鈍，自然充悅和厚，典則古雅。真絕大結構也。有七八十老人語，然和而不傲；有十七八女子語，然婉而不媚；有三四十壯者語，然忠而不戆。凡詩皆專一性情，此詩兼各種性情。一派古風，滿篇春氣，斯為詩聖大作手。

姚際恒曰：

鳥語蟲鳴，草榮木實，似月令；婦子入室，茅綯升屋，似風俗書；流火寒風，似五行志；養老慈幼，躋堂稱觥，似庠序禮；田官染織，狩獵藏冰，祭獻執功，似國家典制書。其中又有似採桑圖、田家樂圖、穀譜、酒經。一詩之中無不具備，洵天下之至文也。

方玉潤曰：

此詩之佳，盡人能言，其大旨所關，則王氏云：「仰觀星日霜露之變，俯察昆蟲草木之化。以知天時，以授民事。女服事乎內，男服事乎外。上以誠愛下，下以忠利上。父父子子，夫夫婦婦。養老而慈幼，食力而助弱。其祭祀也時，其燕饗也簡。」數語已盡其義，無餘蘊矣。今玩其辭，有樸拙處，有疏落處，有風華處，有典核處，有蕭散處，有精緻處，有淒婉處，有山野處，有真誠處，有華貴處，有悠揚處，有莊重處。無體不備，有美必臻。晉唐後陶、謝、王、孟、韋、柳田家諸詩，從未見臻此境界。

守亮案：

詩序云：「七月，陳王業也。周公遭變，故陳后稷先公風化之所由，致王業之艱難也。」朱傳從之，稍易其作詩之原因謂：「周公以成王未知稼穡之艱難，故陳后稷公劉風化之所由，使瞽矇朝夕諷誦以教之。」皆與詩內容不相合。由牛運震，姚際恒，方玉潤三氏之言，知王靜芝先生之「此豳人自詠其生活之詩」之不謬。詩則首章衣食雙起，爲農民重務。下四章則多言衣，或養蠶，或績麻，或染色，或造裳，或爲裘，或從衣之外爲禦寒之法，兼及住。六章專言食。七章言納稼又及播穀，仍不離食，亦涉及住。末章總論農功既畢，田家之樂，此其大略也。王靜芝先生曰：「其中凡鳥語蟲鳴，草榮木實之象；婦子入室，茅綯升屋之俗；養老慈幼，躋堂稱觥之樂。田官狩獵，藏冰祭獻之制；采桑績染，播穀納禾之事；春日秋霜，冬寒卒歲之情，無不俱備。眞爲田家樂居之活動圖畫；情詞並茂，景物生動，若在眼前，誠眞善且美之文也。」詩爲十五國風最長者，描寫農民四時生活詳備而生動。姚際恒推崇備至，稱之爲「天下之至文。」誠不誣也。

二、鴟鴞

此周公東征時，自述其艱苦為國之詩。

鴟鴞鴟鴞❶！既取我子，無毀我室❷！恩斯勤斯❸，鬻子之閔斯❹！

右第一章，自託為鳥之護巢，艱難危苦之情也。

【註釋】

❶鴟：音痴彳。鴞：音消ㄒㄧㄠ。鴟鴞：惡鳥，即貓頭鷹，專捕其他小鳥爲食。此以鴟鴞比武庚。❷無：同毋。二句謂汝鴟鴞，既取我子而食，勿得再毀我之巢。以此比武庚既敗管蔡，不可更毀我周室也。❸恩：魯詩作殷。恩勤連語，義同殷勤，勤勞也。斯：語詞。❹鬻：音育ㄩˋ。鬻子：稚子也，指成王。閔：憐憫也。句言憐憫此稚子也。

迨天之未陰雨❶，徹彼桑土❷，綢繆牖戶❸。今女下民❹，或敢侮予❺！

右第二章，以鳥之為巢自比，豫作未雨綢繆，期無後患也。

【註釋】

❶迨：及也。今言趁著。❷徹：通撤，取也。土：杜之借字，東齊謂根曰杜。桑土：桑根也。❸繆：音謀ㄇㄡˊ，綢繆：猶纏綿，纏紮緊繞之謂。牖：音有一ㄡˇ，窗也。戶：門也。此指鳥巢，通氣出入之處。鳥巢以草或細根等纏紮而成，故曰綢繆牖戶，蓋使之堅固也。❹女：同汝。下民：巢下之人也。❺或敢：猶誰敢。言我勤苦如此，尚有敢投石，取卵，巢不堅爲人所乘欺侮之事乎。

予手拮据❶，予所捋荼❷，予所蓄租❸。予口卒瘏❹。曰予未有室家❺！

右第三章，仍以鳥之為巢自比，極言其操作勞苦，手足皆病也。

【註釋】

❶拮：音結ㄐㄧㄝˊ。据：音居ㄐㄩ。拮据：手病也。謂手操作勞苦，不能屈伸自如也。❷捋：音勒ㄌㄜˋ，取也。荼：荻穗也，可以鋪巢。謂取彼蘆葦與茅草之穗，墊藉巢底使之安適也。❸蓄：積也。租：同苴，草也。積草亦鋪巢之用。又租賦之租，蓋鳥食也。❹卒：借爲瘁，病也。又如字，終也，盡也。瘏：音圖ㄊㄨˊ，病也。❺曰：語詞。句言其所以如此辛勤者，以予未有室家之故耳。

予羽譙譙❶，予尾翛翛❷；予室翹翹❸，風雨所漂搖❹。予維音嘵嘵❺！

右第四章，仍以鳥爲比，雖羽殺尾敝，但危殆未減，故而恐懼哀鳴也。

【註釋】

❶譙：音樵ㄑㄧㄠˊ。譙譙：羽毛憔悴減少也。❷翛：音消ㄒㄧㄠ。翛翛：羽毛凋敝焦枯狀。❸翹：音翹ㄑㄧㄠ。翹翹：高危之狀。❹漂搖：沖擊動蕩，危殆不安也。漂屬雨，搖屬風。❺嘵：音消ㄒㄧㄠ，嘵嘵：恐懼哀怨聲。

【欣賞品評】

朱善曰：

鴟鴞之於衆鳥，有攫其子而食之者矣，而鳥不廢其生育之勤也。有毀其巢而破之者矣，而鳥不廢其補葺之勞也。蓋子之殘而室之毀者，禍患之不測也。養育之勤而補葺之勞者，己分之當為也。豈可以禍患之或至，而遂廢其室家嗣續之常理也哉！若武庚之敗管蔡，則比之於鳥，雖取其子而猶未毀其室也。而纏綿補葺之勤，周公果可以辭其責耶？於是拮据，於是蓄租，於是手口交病，卒之羽殺尾敝，以成其室而未安也，則其作詩以遺王，亦不得而不汲汲矣。

守亮案：

詩序云：「鴟鴞，周公救亂也。成王未知周公之志，公乃爲詩以遺王，名之曰鴟鴞焉。」詩序之說，朱傳以爲最爲有據而從之云：「武王克商，使弟管叔鮮、蔡叔度，監于紂子武庚之國。武王崩，成王立，周公相之。而二叔以武庚叛。且流言于國曰：『周公將不利于孺子。』故周公東征二年，乃得管叔武庚而誅之。而成王猶未知周公之意。公乃作此詩以貽王。」此尙書金縢之說也。金縢僞書，自不足信。徐察全詩，盡是危苦之辭，當是周公東征時，自述其艱苦爲國之詩也，無以遺成王之意。詩係周公所述，詩中大鳥以自比，鴟鴞比殷武庚，子比管叔，蔡叔，鬻子比成王，室家比周國。詩則通篇皆作鳥語，情哀詞切。開首連呼鴟鴞鴟鴞，悲鳴而起；中連用予字，其聲悲，其詞苦，末以嘵嘵哀音結之，詩義雖盡，似仍有難言之隱也。或僅作禽言詩觀，非周公自述，然與孔子「能治其國家，誰敢侮之」評語不合。又賈生鵩賦，後世禽言，此其濫觴歟？

三、東　山

此東征之士，旣歸而述懷之詩。

我徂東山❶，慆慆不歸❷。我來自東，零雨其濛❸。我東曰歸❹，我心西悲❺。制彼裳衣❻，勿士行枚❼。蜎蜎者蠋❽，烝在桑野❾；敦彼獨宿❿，亦在車下⓫。

右第一章，敍歸途中所見之情景及心情。

【註釋】

❶徂：音殂ㄘㄨˊ，往也。東山：東方有山之地，意與東土同，指東征所至者也。❷慆：音滔ㄊㄠ。慆慆：言時間之久也。❸零：落也。濛：細雨貌。其濛；猶濛然也。❹曰：語詞。句謂我由東歸來。❺西悲：心乃思念西方家鄉而興悲也。悲有思念意。豳在西故云。❻制：製也。裳衣：上曰衣，下曰裳，平居之服，歸裝也。意謂脫去戎裝，著我常居之服也。❼士：事也，用爲動詞，從事也。行：音杭ㄏㄤˊ，陣也。枚：銜枚也。句言勿再從事於戰陣而銜枚疾走也。❽蜎：音娟ㄐㄩㄢ。蜎蜎：蠕動之貌。蠋：音蜀ㄕㄨˇ，桑尺蠖。❾烝：語詞。相當於乃字。又或釋爲衆。或釋爲久。或釋爲正。❿敦：團也。獨宿者畏寒蜷其身團團然。⓫亦：語詞。句謂臥乎兵車之下也。

我徂東山，慆慆不歸。我來自東，零雨其濛。果蓏之實❶，亦施于宇❷。伊威在室❸，蠨蛸在戶❹。町畽鹿場❺，熠燿宵行❻。不可畏也！伊可懷也❼！

右第二章，敍至家所見室廬荒廢之狀。

【註釋】

❶蠃：音裸ㄌㄨㄛˇ。果蠃：栝樓也，又名瓜蔞。根可入藥，俗名天花粉。❷亦：語詞。施：音異一ˋ，延也。又古音讀與拖同，拖，蔓也。今北方俗語，謂之拖秧。宇：屋簷也。❸伊威：蟲名，一名委黍，一名鼠婦，類土鼈而小，常棲息於陰濕之處。或以爲似即蠍虎，又名守宮。❹蠨：音蕭ㄒㄧㄠ。蛸：音梢ㄕㄠ。蠨蛸：長足蜘蛛也，俗名喜子。❺町：音挺ㄊㄧㄥˇ。疃：音團之上聲ㄊㄨㄢˇ，町疃：舍旁之隙地也。句言舍旁隙地，以無人而鹿以爲場矣。❻熠：音浥一ˋ。燿：音耀一ㄠˋ。熠燿：狀光之閃動不定。宵行：夜出之蟲名，喉下有光如螢。句謂宵行之蟲夜出，閃閃有光也。以上六句，形容家中因乏人整飭而呈荒涼之景象。❼伊：語詞。相當於維或乃字。二句言如此淒涼之景，並不可畏，乃維可懷念耳。

我徂東山，慆慆不歸。我來自東，零雨其濛。鸛鳴于垤❶，婦嘆于室❷。洒埽穹窒❸，我征聿至❹。有敦瓜苦❺，烝在栗薪❻。自我不見，于今三年。

右第三章，敍婦待夫歸之狀，及至家見苦瓜栗薪之感想。

【註釋】

❶鸛：音灌ㄍㄨㄢˋ，食魚之鳥，似鶴而頂不丹，全身灰白色，翼尾黑色，巢水邊高樹上，俗名老等。垤：音迭ㄉㄧㄝˊ，蟻塚也。蟻聚土隆起，有高大如塚者。或謂小丘。❷婦：指出征者之妻。句謂征夫之妻念行役之勞苦而歎息於家也。❸穹：空隙也。窒：堵塞也。句謂洒掃而塞室之隙，待其夫之歸而作準備也。❹征：行也。聿：音玉ㄩˋ，語詞。聿至：爰至也，謂抵家。❺敦：音堆ㄉㄨㄟ。有敦：團團然也。瓜苦即苦瓜。

或以爲即瓠瓜。❻栗薪：栗木爲薪也。又堆積之柴薪也。此乃故鄉微物，久不見則見而感深也。

我徂東山，慆慆不歸。我來自東，零雨其濛。倉庚于飛❶，熠燿其羽❷。之子于歸❸，皇駁其馬❹。親結其縭❺，九十其儀❻。其新孔嘉❼，其舊如之何❽？

右第四章，敘見其婦，憶昔婚時事，戲語以為樂也。

【註釋】

❶倉庚：鳥名，黃鶯也。于：語詞，有正在進行之意。于飛：在飛也。❷熠：音浥一ˋ。燿：音耀一ㄠˋ。熠燿：狀其羽光之閃動不定也。❸之子：是子也，謂其妻。于歸：出嫁也。此追敘舊事，征人回憶其妻初嫁時之事。❹皇：馬之黃白者曰皇。駁：音薄ㄅㄛˊ。馬之赤白者曰駁。❺縭：音離ㄌㄧˊ，褘也。又稱蔽膝，又稱大巾。佩之於前，可以蔽膝；蒙之於首，可以覆頭。結縭謂母結其蔽膝之帶。女婚時之禮也。❻儀：儀式也，禮儀也。九其儀，十其儀，言其儀之多也。❼新：謂新婚之時。孔：甚也。嘉：美也。❽舊：久也，謂今日也。與上句新爲對文。言新婚之時既甚善矣，今日既已久也，將如之何乎？蓋戲語以爲樂，以見其情好之篤也。

【欣賞品評】

龍仿山曰：

通篇一悲字作線索，首章之悲，悲中有喜。二章之畏，畏亦悲也。前六句皆畏景，卽悲景也。三章之歎，婦之悲也。方饒洒掃，而征人聿至，則又當喜。四章之嘉，有喜無悲矣。因此時之熱鬧，思前日之荒涼，可喜可賀，皆反對悲字著筆，不致以衰颯了局。通篇情中有景，景中有情，情景兼到，漢魏人猶有其遺風。

守亮案：

詩序云：「東山，周公東征也。周公東征，三年而歸，勞歸士，大夫美之，故作是詩也。」朱傳云：「周公東征已三年矣，既歸，因作詩以勞歸士。」就其全篇詩義揆度之，此是東征之士，歸來述懷之作。非美周公，亦非勞歸士也。詩則每章皆以「零雨其濛」四字點綴，蓋思家遇雨，最是苦境。有此四字，便覺黯然魂銷。首章班師遇雨也，次章長途遇雨也，三章抵家遇雨也，四章相聚遇雨也。首章之既東歸矣，又曰西悲。少陵云：「喜心翻倒極。」又曰：「反畏消息來。」詩中兼此二意。二章之田廬荒廢之狀，蕭條景況，令人可畏。漢人從軍行云：「兔從狗竇入，雉從梁上飛，中庭生旅穀，井上生旅葵。」老杜云：「行行見空巷，日夜氣慘悽，但對狐與貍，豎毛怒我啼。」彷彿似之。三章之婦方洒掃，而征人忽至，湊巧湊趣，卻又無端感及瓜苦栗薪，故鄉微物，久不見而見之感深也。四章之「其新孔嘉」二語，似諷似謔，敲動還軍情豔之思。老杜詩云：「夜闌更秉燭，相對如夢寐。」可爲注脚。極風韻，極惻怛，蘊藉無盡。姚際恒曰：「末章駘蕩之極，眞是出人意表。凱旋詩乃作此香豔幽情之語，妙絕！」

四、破斧

此豳人隨周公東征之士，自述其作戰艱苦而終獲勝利之詩。

既破我斧❶，又缺我斨❷。周公東征❸，四國是皇❹。哀我人斯❺，亦孔之將❻。

右第一章，東征之士，自述其從戰久而且艱，終獲勝利也。

【註釋】

❶斧：本爲伐木析薪之具，此作兵器。破斧言征戰既久，斧已破缺也。❷斨：音槍ㄑㄧㄤ，斧屬。受柄之孔，橢者曰斧，方者曰斨。缺斨同上破斧義。❸周公：名旦，武王弟成王叔，謚文公。東征事即平武庚管蔡之亂。❹四國：四方之國，猶言天下也。此指商與管蔡霍也。皇：匡也，正也。❺哀：可憐也。我人：從征軍士自謂。斯：語詞。謂回憶激烈之戰爭，追悼陣亡之伙伴，思念久別之家人，斯皆足引起哀痛也。❻亦：語詞。孔：甚也。將：美也。四國既匡，征人得息，故云亦孔之將。

既破我斧，又缺我錡❶。周公東征，四國是吪❷。哀我人斯，亦孔之嘉❸。

右第二章，義同首章，換韻而重唱之。

【註釋】

❶錡：音奇ㄑㄧˊ，鑿屬。或以爲兵器之一種，形如鍬，兩面有刃，長柄。❷吪：音訛ㄜˊ，化也。❸嘉：善也。

既破我斧，又缺我銶❶。周公東征，四國是遒❷。哀我人斯，亦孔之休❸。

右第三章，義同前二章，再換韻而三疊之。

【註釋】

❶銶：音求ㄑㄧㄡˊ，鑿柄。或以爲兵器之一種，三面有鋒，又名酋矛。❷遒：音酋ㄑㄧㄡˊ，收斂也。❸休：美也。

【欣賞品評】

崔述曰：

詳味此詩之意，乃東征之士自述其勞苦，絕無稱美周公一語。惟其勞而不怨，由於周公勤勞王室，不自暇逸，是以其民皆悉周公之心，敵愾禦侮，不辭況瘁。至於斧破斨缺而無異言，卽此見周公之美耳。

守亮案：

詩序云：「破斧，美周公也。周大夫以惡四國焉。」鄭箋云：「惡四國者，惡其流言毀周公也。」朱傳云：「從軍之士以前篇周公勞己之勤，故言此以答其意。」謂爲周大夫美周公，詩無此意。且前篇非周公勞歸士，朱子以答其意之說亦非是。揆其詩文，乃豳人隨周公東征，自述其久戰艱苦而終獲勝利也。詩則每章首二句之破缺，言征戰旣久，金屬兵器已殘缺不全。而肉體之軀，將何以堪！其征戰之苦，由「哀我人斯」句之哀，可以推知。次二句周公東征，匡正斂固四國，使之改變對周之舊有態度，而完成安定大業，從征之士，與有榮焉。一旦勝利，解甲歸田，重獲家庭生活，將是何等幸福。故每章末句著一將字、嘉字、休字，以道出心中之所感也。

五、伐柯

此詠周代婚姻禮俗之詩。

伐柯如何❶？匪斧不克❷。取妻如何❸？匪媒不得❹。

右第一章，以伐柯之必以斧，言娶妻之必經媒妁。

【註釋】

❶柯：斧柄也。伐柯：伐木以爲斧柄也。❷匪：通非。克：能也。言取斧之柄，非以斧不能爲之也。❸取：同娶。❹媒：通二姓之言者也。句謂非從媒介紹，通二姓之言，不可得也。

伐柯伐柯，其則不遠❶。我覯之子❷，籩豆有踐❸。

右第二章，寫旣娶初見之禮也。

【註釋】

❶則：法則也。榜樣也。手執斧柄而伐木以爲斧柄，法則榜樣在手，故云不遠也。❷覯：音構ㄍㄡˋ，見也。之子：是子也，指新婦言。❸籩：音邊ㄅㄧㄢ，竹製，其形似豆，用以盛棗、栗、桃、梅、脯、脩等食物者。豆：木製或陶製，亦有銅製者，用以盛肉醬等之食物者。有踐：猶踐然，行列之貌。

【欣賞品評】

裴普賢略謂：

憑媒說合之禮俗，實最初見之於詩經，其禮俗東起黃河下游濱海之齊國，西至黃河上游陝西之邠州，一致採用。故取妻如何？匪媒不得，成為當時流行習語。同時見於齊風南山與豳風伐柯篇。而鄭衛等黃河中游富庶地區，男女戀愛之風雖盛行一時，戀愛成熟，仍挽請媒人說合，故衛風氓篇仍曰「匪我愆期，子無良媒。」因之，吾人可據以謂舊時男女婚嫁之須憑媒妁之言，實出於詩經所記當時禮俗之傳統，並非周禮所硬性規定。而吾人研究周代婚姻禮俗實際情況，詩經之價值當不下於儀禮、禮記、周官三禮。詩經之十五國風，實係研究周代民俗最寶貴之原始資料。豳風伐柯篇，即詠周代婚姻禮俗之詩。

守亮案：

詩序云：「伐柯，美周公也。周大夫刺朝廷之不知也。」此言淸方玉潤已斥其非，斷不可信。朱傳云：「周公居東之時，東人言此，以比平日欲見周公難。」亦與詩義不合，不可從。詩明言「取妻如何？匪媒不得。」是必為詠婚姻之詩。劉玉汝以「之子指妻為比」。傅斯年「疑是婚詩」。後之解詩者多從之。高亨以「之子指媒人」。籩豆有踐，意在設宴，謂男子宴請媒人，委託介紹對象之詩，亦有見地。詩則首章言娶妻必經媒妁，次章言我乃經媒妁之言，行同牢共食之婚禮。王靜芝先生曰：「其所言者，皆媒聘婚禮之語，當是咏婚姻宜合於禮之詩也。」斯言是矣。

六、九罭

此居東周人以周公將西歸，留之不得，心悲而作之詩。

九罭之魚❶，鱒魴❷。我覯之子❸，袞衣繡裳❹。

右第一章，以小網不能網巨魚，喻周公恐不克久留下土小國也。

【註釋】

❶罭：音域ㄩˋ，九罭：網小魚之網也。❷鱒：音忖ㄘㄨㄣˇ，鱗細赤目之魚也。魴魚：鯿魚也。鱒魴皆魚之美者大者。❸覯：音構ㄍㄡˋ，見也。之子：是子也，指周公。❹袞：音滾ㄍㄨㄣˇ，袞衣：畫有卷龍之衣，王與公侯所著。繡裳：繡有花紋之裙。此皆周公居東之時所服者也。

鴻飛遵渚❶，公歸無所❷。於女信處❸！

右第二章，以鴻飛遵渚，喻周公將歸，東人之不捨也。

【註釋】

❶鴻：雁也。遵：循也。渚：音主ㄓㄨˇ，小洲也。❷所：處也。處：止也。無所：猶言不止，謂不留止於東土也。❸於：音烏ㄨ，歎詞。下同。女：同汝。信：再宿曰信。句謂因惜別周公而歎惋之詞，希望周公能多留一宿也。下同。

鴻飛遵陸❶，公歸不復❷。於女信宿❸。

右第三章，義同二章，易前二句句尾而疊之。

【註釋】

❶陸：高平之地曰陸。❷復：返也。❸宿：猶處也。

是以有袞衣兮❶，無以我公歸兮❷，無使我心悲兮❸。

右第四章，東人以周公之歸，將心悲而眷戀深也。

【註釋】

❶是：此也，指東土。言此東土因周公之征，而得有服袞衣之人，實與有榮焉也。❷句言勿使我公歸也，希冀之辭。❸句言我公不歸，則我心不悲，希其不歸，免我心悲也。

【欣賞品評】

唐汝諤曰：

朝廷不可一日無公，而公亦無一日不以朝廷為念。則公之歸，自有不違恤乎人情者。但天下可喜，而東人則可悲。故願於信處信宿之外，得少留焉，卽以為幸也。

守亮案：

詩序云：「九罭，美周公也。周大夫刺朝廷之不知也。」全與伐柯詩同旨，必無其理。朱傳云：「此亦周公居東之時，東人喜得見之而言。」語亦迂曲附會，自不可取。姚際恒曰：「此詩東人以周公將西歸，留之不得，心悲而作。」斯言是也，後之解詩者多本此義說之。其所以入豳風者，乃東人送周公西歸時所作，而豳人於歸後傳之也。詩則首言九罭細網，不克網鱒魴大魚，知著袞衣繡裳之周公勢必西歸也。故接言「公歸無所」，「公歸不復」也。我等既無挽回仍留止東土之策，不使之西歸不復返，於無可奈何下，期其再事小留一宿，東人惜別留止之情，於此可見。末章終言「是以有袞衣兮」，其欣仰何至！「無以我公歸兮」，其懷念何深！「無使我心悲兮」，其離情何堪！語極曲折纏緜。

七、狼跋

此東征豳人美周公之詩。

狼跋其胡❶，載疐其尾❷。公孫碩膚❸，赤舄几几❹。

右第一章，以狼之跋前疐後，興周公之雖遭疑謗，亦能處之不失其常也。

【註釋】

❶跋：足躐之也。胡：項下垂肉，即頷也。❷載：則也。疐：音至ㄓˋ，與躓通，礙也。二句言老狼胡肉及尾長，進則踐其胡，退則躐其尾，喻進退兩難也。❸公孫：公侯之子孫，此指周公。碩：大也。膚：美也。❹舄：音細ㄒㄧˋ，屨也。赤舄：冕服者所著之屨也。几：音己ㄐㄧˇ，几几：步履聲。或以爲安重貌。

狼疐其尾，載跋其胡。公孫碩膚，德音不瑕❶。

右第二章，義同上章。顛倒二句之法以換韻。

【註釋】

❶德音：此謂聲譽。瑕：已也。德音不瑕：猶言德音不已。或以爲瑕，疵病也。是德音不瑕，言聲譽無瑕疵也。

【欣賞品評】

孔穎達曰：

作狼跋詩者，美周公也。進退有難，而聖德著明，終無愆過。故周大夫美其不失其聖也。經二章皆云進退有難之事，德音不瑕，是不失聖也。

守亮案：

詩序云：「狼跋，美周公也。周公攝政，遠則四國流言，近則王不知，周大夫美其不失其聖也。」詩序以此爲美周公之詩，其義甚是，但以爲周大夫所作則未必。朱傳云：「周公雖遭疑謗，然所以處之不失其常，故詩人美之。」語轉委曲，小別於詩序，尤有可取、且易作者周大夫爲詩人，較序說爲佳。但詩人究誰屬？則王靜芝先生「豳人所作」者是也。詩則每章上二句言老狼之跋胡疐尾，以喻周公之進退失據。蓋二叔流言以病其外，成王不信以憂其內。若周公者，豈非前則跋其胡，後則疐其尾乎？下二句言周公之能周於德，不失其聖。雖遭疑謗，仍處之不失其常，從容自得。故無往不宜，而二患皆釋，不亦可美乎？是以卒章末句直言其德音令聞之無瑕疵也。